AF216199

DARCY CRIMSON

Moon Notes

Originalausgabe
1. Auflage
© 2023 Moon Notes im Verlag Friedrich Oetinger GmbH,
Max-Brauer-Allee 34, 22765 Hamburg
Alle Rechte vorbehalten
© Text: Darcy Crimson
Dieses Buch wurde vermittelt von
der Literaturagentur erzähl:perspektive, München
(www.erzaehlperspektive.de)
© Umschlaggestaltung: Rocket & Wink, Hamburg
Druck und Bindung: FINIDR, s.r.o., Lípová 1965,
737 01 Český Těšín, Tschechische Republik
Printed 2023
ISBN: 978-3-96976-041-3

www.moon-notes.de

Für alle, die einen Regenbogen im Herzen tragen.
Dieses Buch ist für euch. Für uns.

PROLOG

Blutrotes Licht fließt über das Vulkangestein. Fauliger Gestank verbeißt sich in meiner Nase, und die allgegenwärtige Kälte überzieht meine Arme mit einer Gänsehaut. Ich streiche mit den Fingerkuppen über die rauen Tunnelwände und kann immer noch nicht ganz begreifen, dass ich tatsächlich hier bin.

Schon von Kindesbeinen an wurde mir eingebläut, dass ich mich von dem unerforschten Labyrinth unterhalb meiner Heimatstadt besser fernhalten soll. In Neapel sagt man, die Katakomben bedeuten nichts als Ärger. Das Betreten der Bereiche außerhalb der Touristen-Hotspots ist nicht ohne Grund strikt verboten. Woche für Woche ist die Polizei damit beschäftigt, Unruhestifter aus den Tunneln zu vertreiben oder verschollene Jugendliche wiederzufinden. Denn nicht jeder, der sich in das Untergrundreich hinabwagt, schafft es zurück an die Erdoberfläche. Die Menschen tendieren dazu, das wirre Geflecht aus unterirdischen Kammern und Stollen zu unterschätzen. Einmal falsch abgebogen, verliert man die Orientierung und verirrt sich in den scheinbar endlosen Windungen.

Ich habe eigentlich immer geglaubt, ich wäre schlau genug, um mich von solch einer Gefahr fernzuhalten. Aber eigentlich war ja klar, dass es genau deshalb irgendwann passieren musste.

»Habt ihr schon mal eine Untergrundparty besucht?«, fragt der hochgewachsene Fremde über seine Schulter hinweg, während er mich und meine Freundin selbstsicher durch die verästelten Gänge führt.

Ich verneine knapp, woraufhin ein schmales Lächeln an seinen Lippen zupft. »Wie aufregend«, raunt er und schiebt seine in zwei runde Gläser eingefasste Sonnenbrille zurecht. Wieso zum Teufel trägt jemand an einem Ort wie diesem eine Sonnenbrille? Kommt er sich hier unten nicht lächerlich damit vor? Ich runzle die Stirn.

»Keine Sorge, wir sind gleich da«, meint er schließlich und richtet seinen Kopf wieder nach vorn.

Irgendetwas stimmt nicht mit diesem Kerl. Ich kann nicht genau zuordnen, was mich so an ihm stört, aber da ist etwas in seinem Wesen … etwas Lauerndes. Liegt es an seinen fließenden Bewegungen, die den knielangen Mantel, der seine Glieder wie nachtschwarze Tinte umspielt, kaum zum Rascheln bringen? Seinem herausfordernden Tonfall? Oder doch an etwas ganz anderem?

»Mir ist nicht wohl bei der Sache«, murmle ich meiner besten Freundin Franca zu, die knapp hinter mir durch den Tunnel eilt und versucht, mit uns Schritt zu halten. Sie schnauft lautstark, und obwohl ich sie nicht direkt ansehe, erahne ich, wie sie übertrieben die Augen verdreht.

»Stell dich nicht so an, du Spaßbremse. Jetzt ist es sowieso zu spät, um umzukehren«, entgegnet sie.

Die Naivität in ihren Worten schockiert mich beinahe. Hat sie wirklich gar keine Bedenken? Nimmt sie die komische Ausstrahlung des Fremden überhaupt nicht wahr?

»Es steht euch natürlich jederzeit frei, zu gehen, vorausgesetzt, ihr findet den Ausgang«, erklärt der Mann mit einem Grinsen, das uns einen Blick auf seine spitzen Zähne gewährt.

Sofort weiß ich, woran er mich erinnert. An ein Raubtier auf der Jagd. Er lockt und lauert, bevor er uns mit einem gezielten Biss erlegen wird. Selten habe ich mich so unwohl gefühlt wie in diesem Moment. Wie Beute, die nur darauf wartet, angegriffen zu werden.

Der Fremde hat uns bereits zu Beginn unseres Abstiegs in diese Unterwelt erklärt, dass alle Gäste erst zum Ende der Party wieder nach draußen geführt werden. Vor einer Stunde klang das alles nach einer coolen Idee, aber jetzt ... Was haben wir uns dabei gedacht, einem Unbekannten in die Katakomben zu folgen? Und dazu noch für eine illegale Untergrundparty. Wir hatten wirklich schon bessere Einfälle.

Plötzlich höre ich aus der Ferne leise Klänge. Mit jedem Schritt wird die Musik lauter und der Bass stärker. Bald wummern die Vibrationen durch den Boden direkt in meine Knochen bis hinauf in mein Herz. Mein Puls beschleunigt sich im Takt der Melodie, sobald ich die Silhouetten anderer Menschen entdecke. Sie drängen sich in die Höhle, lehnen rauchend an den Tunnelwänden oder ziehen sich in die Ausbuchtungen der Gänge zurück. Allein der Anblick anderer Menschen erleichtert mich. In der Masse sind wir sicher. Zumindest glaube ich das.

»Eine letzte Warnung, bevor ich euch verlasse«, meint der Fremde mit einem Mal und wendet sich nun vollständig in unsere Richtung. Durch seine dunkle Kleidung wirkt er wie ein lebendiger Schatten in unserer Mitte.

»Bleibt möglichst in der Nähe der Haupthöhle. Wir wollen ja nicht, dass sich jemand verirrt oder Schlimmeres passiert, richtig? Schließlich sind wir alle hier, um ein bisschen Spaß zu haben.« In seinen Worten schwingt ein drohender Unterton mit, der mich rätseln lässt, was wohl schlimmer sein könnte, als sich in einem unterirdischen Labyrinth zu verlaufen und niemals wieder herauszufinden.

Trotzdem reagiere ich nicht auf die Warnung, im Gegensatz zu Franca, die eifrig nickt. Sie glüht förmlich vor Euphorie und tritt nervös von einem Fuß auf den anderen. Bestimmt stürzt sie sich gleich in die Menge und vergisst innerhalb von drei Sekunden, dass ich mich an ihrer Seite befinde. Das sähe ihr ähnlich.

»Dann wünsche ich euch beiden viel Vergnügen.« Mit diesen Worten kehrt uns der Fremde den Rücken zu.

Ich blinzle einmal, und schon ist er in der Menschenmasse vor uns verschwunden. Allerdings klebt seine bedrohliche Aura immer noch an mir und lässt sich auch nicht so schnell vertreiben. Aus Reflex will ich nach Francas Hand greifen, aber ich fasse ins Leere. Ruckartig sehe ich mich um und entdecke meine Freundin ein paar Meter weiter. Voller Elan bewegt sie sich auf eine Gruppe düsterer Gestalten zu, um mit ihnen gemeinsam zu tanzen. Ich schaffe es gerade einmal, einen Schritt in ihre Richtung zu setzen, bevor sich der Kreis für sie öffnet und sie inmitten des Gewirrs aus Armen, Beinen, Händen und Köpfen verschwindet. Genau, wie ich es vorhergesagt habe. Anscheinend konnte sie die Spaßbremse, *scusi* … ich meine natürlich, ihre beste Freundin nicht schnell genug loswerden.

»Verdammt«, murre ich. Die Musik schwillt an, und am liebsten würde ich hinter Franca herrennen und sie aus der Menge zerren. Die Menschen schwanken und hüpfen im Takt der Musik. Sie werfen ihre Arme in die Luft, johlen und brüllen. Eine Duftwolke aus Parfüm, Schweiß, Alkohol und Rauch schlägt mir entgegen, sobald ich mich näher auf die feiernden Nachtschwärmer zubewege. Ich ziehe die Nase kraus und wende mich kurzerhand von den Partygängern ab. Ich bin eindeutig noch zu nüchtern, um die Nacht sorglos durchfeiern zu können.

»Ich hätte mich niemals auf diese Aktion einlassen sollen«, zische ich mir selbst zu und recke den Hals auf der Suche nach einer Bar. Wenn ich mich nicht auf Franca verlassen kann, dann wenigstens auf die Tatsache, dass Alkohol diesen Abend ein wenig erträglicher machen wird.

Während mein Blick über die Menge wandert, die von Scheinwerfern mit weinrotem Licht übergossen wird, gerate ich ins Stocken. Nur wenige Meter von mir entfernt lehnt eine junge Frau an der Höhlenwand, und sie macht keinen Hehl daraus, dass sie mich beobachtet. Ich verharre. Warte. Mustere sie ebenfalls.

Diese Party ist soeben um einiges interessanter geworden.

Ein einladendes Lächeln bildet sich auf den dunkel geschminkten Lippen der Frau, und ihre Augen leuchten auf. Plötzlich spüre ich eine Art Sog von ihr ausgehen, den ich auf diese Weise noch nie wahrgenommen habe. Gleichzeitig scheint die Luft um sie herum förmlich zu sirren. Sie besitzt zwar eine ähnlich gefährliche Ausstrahlung wie unser Fremdenführer, doch aus irgendeinem unerfindlichen Grund fasziniert sie mich dadurch nur umso mehr. Mein Herz pocht derart laut, dass ich befürchte, es könnte jede Sekunde aus meinem Rippenkäfig ausbrechen. Dennoch versuche ich, mir nichts anmerken zu lassen, und gehe langsam auf sie zu. Je näher ich an sie herantrete, desto bewusster wird mir, dass diese Frau meinen Untergang bedeuten könnte.

1. KAPITEL | FLUCHT

»Das kann nicht dein Ernst sein, Cara!« Der Tonfall meiner Mutter klettert verräterisch in die Höhe, was mich reflexartig den Kopf einziehen lässt. Hilflos blicke ich zu meinem Vater hinüber, meine letzte Rettung. Doch dieser schüttelt nur enttäuscht den Kopf. Großartig, er lässt mich also auch im Stich.

»Was hätte ich denn deiner Meinung nach tun sollen?«, versuche ich, mich selbst zu verteidigen. Ich hasse es, dass meine Stimme bebt und so meine Unsicherheit offenbart.

»Du könntest zur Abwechslung mal die Zähne zusammenbeißen und dein Studium bis zum Ende durchziehen! Nimm dir ein Beispiel an deinem Bruder! Weißt du, wie viel Geld dein Vater und ich bisher in deine Ausbildung investiert haben, ohne dass du irgendeine Art von Gegenleistung erbringen musstest?«

Die alte Leier. Ich habe diese Art von Gespräch schon mehrfach mit meiner Mutter geführt. Jedes Mal, wenn ich den Studiengang gewechselt oder abgebrochen habe, hat sie mich mit meinem Bruder Dante verglichen. Aber nicht jeder von uns kann sich durch ein langjähriges Medizinstudium beißen. So, wie ich sie kenne, wirft sie mir als Nächstes Verantwortungslosigkeit und fehlende Reife vor.

»Du musst endlich lernen, Verantwortung zu übernehmen,

und erwachsen werden! Du wirst nicht ewig herumdümpeln und den Berufswunsch alle zwei Monate wechseln können!«

Bingo.

»Jura war einfach nichts für mich«, murmle ich und verschränke die Arme vor der Brust, um mich von ihr abzuschotten.

»Jura, Kommunikationsdesign, Literaturwissenschaft, Kunstgeschichte … für dich kommt einfach gar nichts infrage!«, braust meine Mutter auf. Ihre schwarzen Locken wirbeln wie eine dunkle Gewitterwolke um ihren Kopf herum, während ihre braunen Augen Blitze in meine Richtung schießen. Ich wusste natürlich, dass sie nicht gerade begeistert über den erneuten Studienabbruch sein würde, allerdings habe ich nicht mit so einem starken Ausraster gerechnet.

»Tut mir leid. Ich will mir eben ein paar Möglichkeiten offenhalten«, zische ich, woraufhin sie wütend die Hände in die Hüften stemmt. *Dio mio!* Sie bleibt stur. Eigentlich war das ja zu erwarten. Meine Eltern arbeiten beide in sicheren Bürojobs für dasselbe Touristikunternehmen. Gewissheit und Routine sind alles, was sie brauchen, um ein zufriedenstellendes Leben zu führen. Aber ich brauche mehr! Mehr Spannung, mehr Kontakte, mehr … von allem! Ich will einfach nicht hinter einem Schreibtisch hocken und stur irgendwelche Daten abarbeiten. Ich will mir nicht während eines jahrelangen Studiums den Hintern plattsitzen. Und erst recht will ich nicht für den Rest meines Lebens tagein, tagaus das Gleiche machen.

»Du verbaust dir deine Zukunft, Cara! Denk doch mal darüber nach …«, setzt meine Mutter erneut an. In ihren Augen bin ich vermutlich eine absolute Versagerin. Bloß weil ich mit Anfang zwanzig noch keinen konkreten Plan für den Rest meines Lebens ausgearbeitet habe. Das verdammte Studium habe ich sowieso nur angefangen, um Mamma und Babbo zufriedenzustellen und weil ich keine andere Option hatte.

»Ich habe darüber nachgedacht«, unterbreche ich sie, woraufhin sie die Stirn in Falten legt. Nach und nach kriecht eine verräterische Röte ihren Hals empor und breitet sich auf ihren Wangen aus. Mein Vater weicht unauffällig ein paar Schritte zurück, als würde er die nahende Explosion bereits vorausahnen und rechtzeitig fliehen wollen.

»Du bist so ein undankbares Kind! Du weißt nichts von dieser Welt und erwartest, dass dir einfach alles zufliegt! Das ist verdammt respektlos!«, speit meine Mutter mir entgegen. Zwischen ihren Augenbrauen pulsiert nun eine Ader, und plötzlich wird mir bewusst, wie viel schlimmer dieser Streit im Vergleich zu den vorherigen ist. Beim ersten Studiengangswechsel war sie noch verständnisvoll und hat mich getröstet, weil ich mich wie eine Versagerin gefühlt habe. Beim zweiten hat sie zwar mit den Zähnen geknirscht, aber mir dennoch Mut zugesprochen. Beim dritten wurde sie bereits passiv-aggressiv und hat mich dadurch deutlich spüren lassen, was sie von meiner Entscheidung hält. Und jetzt hindert sie gar nichts mehr. Der ganze Frust und die zurückgehaltene Wut quellen aus ihr heraus, als wäre ein Damm gebrochen.

»Das war's, Cara! Ich bin es leid, dabei zuzusehen, wie du dir deine Zukunft verbaust! Das war das letzte Mal, dass du deinen Vater und mich ausgenutzt hast. Basta!«, schmettert sie mir entgegen.

Obwohl ich versuche, mir nichts anmerken zu lassen, bohrt sich jedes einzelne Wort tief in meinen Verstand und lässt mich daran zweifeln, ob der erneute Studienabbruch wirklich gut durchdacht war.

»Von uns bekommst du keinen Euro mehr. Sieh zu, wie du allein zurechtkommst und endlich Geld verdienst.« Mit diesen Worten wendet sich meine Mutter von mir ab und stöckelt energisch auf ihren mörderisch hohen Stilettos davon.

Wie vom Donner gerührt bleibe ich stehen und starre ihr hinterher, selbst als sie längst durch die Wohnzimmertür gestürmt und das Echo ihrer Schritte verklungen ist. Ich weiß, ich sollte in diesem Moment so etwas wie Schuld oder Zorn verspüren, aber stattdessen erfüllt mich eine tiefe Erleichterung darüber, dass dieses Gespräch endlich überstanden ist, auch wenn es katastrophal lief. Bereits vor drei Wochen habe ich mich exmatrikulieren lassen und diese Unterhaltung seitdem vor mir hergeschoben. Als der Brief der Universität Neapel Federico II heute im Briefkasten lag, konnte ich nicht länger prokrastinieren und musste endlich reinen Tisch machen. Auf eine seltsame Art und Weise tut es gut, es endlich hinter mich gebracht zu haben.

»Sie wird sich bestimmt wieder beruhigen. Gib ihr ein wenig Zeit, um das alles zu verarbeiten«, sagt plötzlich mein Vater, der wieder auf mich zutritt und mir ein schwaches Lächeln schenkt. Im Vergleich zu meiner temperamentvollen Mutter gleicht seine Persönlichkeit einem lauen Sommertag.

»Da wäre ich mir nicht so sicher«, murmle ich und senke den Blick auf meine Stiefelspitzen. Dieses Mal habe ich es wirklich versaut.

»Du musst sie verstehen. Für deine Mutter ist all das sehr frustrierend. Sie will nur das Beste für dich«, flüstert er.

Mamma ist also frustriert? Was soll ich dann erst sagen? Ich mache das doch nicht absichtlich. Wenn ich gekonnt hätte, hätte ich bereits meinen ersten Studiengang durchgezogen. Warum gehen alle davon aus, dass mir nicht bewusst ist, welch eine schwerwiegende Entscheidung ich treffe? Denken sie, es fällt mir leicht, eine weitere Zukunftsperspektive in die Tonne zu treten?

»Du verstehst das nicht«, stöhne ich auf. »Ich bin nicht wie du oder Mamma. Ich bin einfach nicht für diese Berufswelt gemacht. Ich weiß ja nicht einmal, was ich morgen frühstücken will. Wie soll ich da entscheiden, was ich die nächsten fünfzig Jahre machen will?« Ich brauche Möglichkeiten, Variationen, Alternativen. Nicht jeden Tag die gleiche Eintönigkeit für den Rest meines Lebens.

Mein Vater runzelt die Stirn. Er versteht mich nicht. Hat es noch nie verstanden. Wie auch? Er führt ja genau das Leben, vor dem ich mich fürchte.

»Und wie willst du dann jemals finanzielle Sicherheit erhalten? Unabhängig sein? Dir ein eigenes Leben aufbauen? Dein kleiner Aushilfsjob wird dich nicht ewig über Wasser halten«, entgegnet er. »Gerade Frauen müssen finanziell unabhängig sein, *Carissima*, das weißt du doch!«

Ich beiße mir auf die Zunge, um ihm nicht recht zu geben. Genau diese Fragen halten mich jede Nacht wach und haben mich bisher davon abgehalten, das Jurastudium nicht schon vor zwei Semestern abzubrechen. Mein Blut kocht, Zorn brodelt in meinem Bauch. Ja, verdammt! Es macht mich wütend, dass er recht hat.

»Darüber will ich jetzt nicht reden«, murre ich und weiche erneut seinem Blick aus. Meine Eltern machen sich Sorgen, das ist mir bewusst. Aber ihre Sorge macht mich krank. Ich will selbst entscheiden, was das Beste für mich ist. Warum können sie das nicht akzeptieren? Ich verlange nur ein bisschen Verständnis, nichts weiter.

»Cara ...«

»Ich muss hier raus«, falle ich meinem Vater ins Wort. Wenn ich mir noch einen weiteren Vorwurf anhören muss, verliere ich womöglich den letzten Rest meiner Selbstbeherrschung. Ohne ihn anzusehen, eile ich an ihm vorbei und verlasse das Zimmer. Keine Minute später habe ich unsere Wohnung hinter mir gelassen und eile das ramponierte Altbautreppenhaus hinab. Die lauten Stimmen meiner Eltern, die mich bis nach unten verfolgen, ignoriere ich.

Ohne Rücksicht stoße ich die knarzende Holztür zu unserem Innenhof auf und stolpere auf die Straße hinaus. In meiner Hast renne ich beinahe einen alten Mann über den Haufen, der mich wüst beschimpft, bevor er seinen Weg Richtung *Piazza* fortsetzt. Ich schlage die entgegengesetzte Richtung ein und vergrabe die Fäuste in den Taschen meiner Jeansjacke, um ihr verräterisches Zittern zu verbergen. Die Empörung über den Ausraster meiner Mutter sitzt tief in meinen Knochen und bringt meinen gesamten Körper zum Vibrieren. Ihre Worte hallen ohne Unterlass durch meinen Kopf und hämmern von innen gegen meine Schläfen.

Ich brauche ganz dringend Ablenkung. Zum Glück weiß ich genau, wo ich diese finde. Entschlossen stopfe ich die Vorwürfe meiner Eltern gedanklich in einen Karton, den ich mental mit einem »NICHT ÖFFNEN«-Schild versehe, und konzentriere mich dann voll und ganz auf den Weg vor mir. Ich mustere die eng aneinandergedrückten Gebäude, von denen jedes eine andere Fassade besitzt, als sähe ich sie zum ersten Mal in meinem Leben. Manche wirken sauber und ordentlich verputzt, manche strotzen nur so vor Graffiti und schief aufgehängten Plakaten. Einheitlichkeit ist im *Quartieri Spagnoli* von Neapel ein Fremdwort; genau deswegen liebe ich diese Gegend so sehr. Hier fällt niemand aus dem Rahmen, weil es gar keinen gibt.

Aus den Geschäften, die sich im Erdgeschoss der Häuser befinden, strömen mir unterschiedlichste Gerüche und Geräusche entgegen. Ein Metzger bietet sein frisches Fleisch direkt neben einem bunt gemischten Klamottenladen feil, und gleich daneben preist ein asiatischer Schnellimbiss seine gebratenen Nudeln an. Die Vielfalt in der *Via Pasquale Scura* überfordert mich jedoch heute mit ihren vielen Reizen. Obendrein muss ich darauf achten, dem entgegenkommenden Strom aus Passanten und einer gelegentlichen Vespa aus dem Weg zu springen, wenn ich auf die Straße ausweichen muss.

Routiniert schlängle ich mich an den vielen Tischen und Stühlen vorbei, die von den Restaurants und Cafés direkt auf dem Bürgersteig platziert wurden. Menschen lachen und plaudern miteinander, während schwerer Zigarettenrauch in der Luft hängt. Normalerweise würde ich entspannt an den Fremden vorbeischlendern und ein paar Fragmente ihrer Unterhaltungen aufschnappen, doch heute fehlt mir dazu die Ruhe. Stattdessen hetze ich an ihnen vorbei Richtung *Stazione di Montesanto*.

Sobald das zweistöckige Gebäude in Sicht kommt, atme ich tief durch. Mit ihren riesigen Fensterfronten wirkt die Bahnstation zwar viel zu modern zwischen den bunten Häusern und kleinen Gassen, aber für mich ist sie ein vertrauter Anblick, der mich gleich etwas klarer denken lässt.

Ich gliedere mich in den Fluss aus Menschen ein, der die breiten Treppen zu den Bahngleisen hinabströmt, und fische zeitgleich mein Monatsticket aus der Jackentasche. Nebenbei lasse ich meinen Blick über die metallischen Säulen gleiten, die mit unzähligen Schnörkeln und Ornamenten verziert sind. Dieser Bahnhof ist inzwischen längst zu meinem zweiten Zuhause geworden. Ich nutze ihn seit über fünfzehn Jahren fast täglich. Er ist mein Tor zur Welt. Von hier aus gelange ich in Windeseile an jeden Punkt der Stadt, kann zur Uni fahren, Freunde besuchen oder ... fliehen. So wie ich es jetzt gerade tue. Schnell schüttle ich den Kopf, um diesen Gedanken wieder loszuwerden.

Nachdem ich die Ticketkontrolle hinter mich gebracht habe, steuere ich die *Metropolitana* in Richtung *Napoli San Giovanni Barra* an und haste die Stufen zum Bahnsteig hinab, um den einfahrenden Zug noch rechtzeitig zu erwischen. Schwer atmend komme ich im Eingangsbereich der Metro zum Stehen und klammere mich an einer Stange fest, bevor sich die automatischen Türen hinter mir zischend schließen. Eine Sekunde später nehme ich bereits den penetranten Schweißgeruch wahr, der immerzu in den Zügen mitfährt. Über meinem Kopf flackert die Deckenbeleuchtung, was den drückenden Schmerz hinter meinen Schläfen verstärkt. Mein Blick schweift über den Haltestellenplan direkt über der Tür, und ich seufze erleichtert auf. Bis ich mein Ziel erreiche, dauert es zum Glück nicht mehr lange. Jetzt gerade gibt es nur eine Person, der ich mich anvertrauen kann: Franca.

Sie wird wissen, wie sie mich aufmuntern kann. Sie ist die Einzige, die ich gerade sehen will. Wenn mich jemand versteht, dann sie.

2. KAPITEL | UNTERSCHLUPF

Keuchend erklimme ich die Treppenstufen der *Stazione di Napoli Mergellina* und schaue mich blinzelnd um. Immer wenn ich eine Weile in der Untergrundwelt von Neapel abgetaucht war, brauche ich einen Moment, um mich an der Oberfläche wieder zurechtzufinden. Das satte Grün der Bäume und die einheitlich beigefarbenen Fassaden der Gebäude irritieren mich für einen Augenblick, denn ich bin die durchgewürfelte Architektur meines Heimatviertels zu sehr gewohnt. Franca wohnt im Gegensatz zu mir in *Chiaia*. Dieser berühmte Stadtteil gehört zu den malerischsten Seiten von Neapel und strotzt nur so vor teuren Boutiquen und traditionellen neapolitanischen Geschäften. Und dazu noch der idyllische Hafen, der ein paar Straßen weiter liegt. Manchmal kann ich gar nicht glauben, dass sie wirklich hier wohnt. Selbst ihr kleines Apartment muss ein Vermögen kosten.

Obwohl ich meine Freundin mindestens einmal die Woche besuche, laufe ich jedes Mal aufs Neue staunend durch die Gassen, bewundere den klassischen Baustil der Gebäude und werfe einen sehnsüchtigen Blick in die vielen Schaufenster. Nichtsdestotrotz muss man auch dabei immer aufpassen, nicht von irgendwelchen anderen Verkehrsteilnehmern umgenietet zu werden. Als ich versuche, einen Zebrastreifen zu überqueren, fährt mir ein Fahrradfahrer beinahe über den Fuß. Ich presse die Lippen fest zusammen, um einen Fluch zu unterdrücken. Das ist eben Neapel. Ich liebe und hasse diese Stadt zugleich.

Glücklicherweise dauert es nicht lange, bis ich endlich vor der auf Hochglanz polierten Tür zum Stehen komme, die in Francas Wohnhaus führt. Entschlossen presse ich meinen Daumen auf ihr Klingelschild und warte ab. Erst jetzt kommt mir der Gedanke in den Sinn, dass meine Freundin womöglich gar nicht zu Hause ist. Immerhin ist es Freitagnachmittag. Sie könnte noch in der Uni sitzen, auf einem Date mit Enno sein oder ...

Ein lautes Summen durchbricht meine Gedankenspirale. Erleichtert drücke ich die Tür auf und trete in das dunkle Treppenhaus. Ich stapfe hinauf ins dritte Stockwerk, wo mich Francas offene Wohnungstür begrüßt. Völlig selbstverständlich gehe ich über die Schwelle, streife meine Doc Martens ab und stelle sie neben die ordentlich aufgereihten Schuhe meiner Freundin. Ich folge ihrem fröhlichen Singsang in die Küche, wo Franca gerade ein Blech mit frischem Focaccia-Teig in den Ofen schiebt. Blonde Korkenzieherlocken umrahmen ihr Gesicht, sobald sie breit grinsend zu mir aufschaut. Meine beste Freundin besitzt eine natürliche Schönheit, die mich schon immer ein wenig neidisch gemacht hat. Selbst ungeschminkt und in einer vollgesauten Schürze sieht sie aus wie ein Engel.

»Du solltest wirklich aufhören, deine Wohnungstür einfach offen stehen zu lassen. Ich hätte ein Serienmörder sein können.« Mit diesen Worten begrüße ich sie, bevor ich sie in eine Umarmung ziehe.

»Pff. Für wie naiv hältst du mich? Ich hab natürlich vorher die Kameras gecheckt«, entgegnet sie schnell und stellt die Temperatur am Ofen ein.

Ach ja, stimmt. Manchmal vergesse ich, dass ihre Familie so

wohlhabend ist, dass sie sogar in ihrer Zweizimmerwohnung ein topmodernes Sicherheitssystem eingebaut haben.

»Was machst du überhaupt hier? Ich dachte, wir wollten uns erst morgen treffen.« Das leichte Zucken ihrer Augenbraue entgeht mir nicht. Offenbar ist Franca gestresst. Irgendetwas beunruhigt sie. Und ich kann mir schon genau denken, was.

»Ich wollte nur ein bisschen reden. Heute war ein ziemlich beschissener Tag. Falls ich dich störe, kann das aber auch noch bis morgen warten.« Das Letzte, was ich jetzt möchte, ist, eine Last für meine Freundin zu sein. Sie ist zwar immer für mich da, wenn ich sie brauche, dennoch will ich sie mit meinen Problemen nicht runterziehen. Franca führt im Vergleich zu mir ein sorgenfreies Leben und kann nicht nachvollziehen, warum ich mir meines so schwer mache.

»Quatsch, du störst nie! Komm, ich schenke uns ein Glas Wein ein, und dann kannst du mir in Ruhe erzählen, was los ist. Später wollte vielleicht noch Enno vorbeischauen, aber er hat bestimmt nichts gegen einen Abend zu dritt einzuwenden.« Francas strahlendes Lächeln täuscht beinahe über die versteckte Bedeutung ihrer Worte hinweg. Allerdings nur beinahe.

»Enno kommt vorbei? Habt ihr etwa ein Date geplant?«, hake ich nach und grinse wissend.

Francas Blick weicht meinem sofort aus und irrt ziellos durch den Raum. Sie ist eine katastrophal schlechte Lügnerin.

»Nein, wir wollten bloß ein bisschen … z-zusammen lernen für die Klausur in … Medienästhetik«, bringt sie viel zu schnell hervor und verhaspelt sich auch noch. Selbst wenn ich Franca nicht bereits seit unserer gemeinsamen Schulzeit kennen würde, hätte ich ihre Lüge sofort durchschaut.

»Wenn du das sagst«, lenke ich ein. Es ist seit Wochen mehr als offensichtlich, dass Enno und sie endlich den nächsten Schritt wagen und einander daten. Wir drei waren während der gesamten Schulzeit ein festes Gespann und kaum voneinander zu trennen. Über die Jahre hinweg konnte ich sehr gut beobachten, wie Franca und Enno sich immer wieder heimliche Blicke zugeworfen oder scheinbar zufällige Berührungen ausgetauscht haben. Die beiden waren hoffnungslos ineinander verliebt und haben sich lange Zeit nicht getraut, sich die Gefühle für den jeweils anderen einzugestehen. In den letzten Wochen gab es jedoch einige Fortschritte. Die beiden unternehmen Sachen zu zweit, halten zwischendurch Händchen, wenn sie glauben, dass ich nicht hinsehe, und wirken inniger als je zuvor. Ich freue mich für sie. Wirklich. Allerdings versetzt es mir trotzdem einen kleinen Stich, dass sie mich bisher nicht eingeweiht haben. Bestimmt werden sie ihre Gründe haben, dennoch fühle ich mich dadurch ausgeschlossen. Vorher gab es uns drei: Enno, Franca und Cara. Jetzt gibt es nur noch Enno und Franca. Und Cara.

Ich schlucke den galleartigen Geschmack der Eifersucht hinunter und folge Franca ins Wohnzimmer, in das mit Müh und Not eine Couch und ein kleiner Tisch hineinpassen. Neapolitanische Wohnungen gleichen in der Regel einer möblierten Streichholzschachtel. Doch meine Freundin hat es sich hier durchaus gemütlich gemacht. Von der Decke hängen mindestens zehn Pflanzen, deren Ranken teils bis zum Boden reichen. Die Wände wurden mit bunten Stoffen behängt, und in jeder Zimmerecke liegen Bücher herum, weil kein Platz mehr für ein richtiges Regal übrig blieb. Ich steige über einen der Stapel hinweg, um zur Couch zu gelangen, und falle mit einem Seufzen in die weichen Polster.

»Also, was gibt's?« Franca lässt sich neben mir nieder und schaut abwartend zu mir. Sie will also keine Zeit verschwenden und direkt zur Sache kommen.

»Ich habe meinen Eltern von der Exmatrikulation erzählt.

Sie waren … nicht gerade begeistert«, erkläre ich vage. Ich will nicht zu sehr ins Detail gehen, um die Ereignisse nicht noch einmal zu durchleben. Trotzdem muss ich darüber reden, sonst platze ich.

»Lass mich raten, deine Mutter konnte es überhaupt nicht nachvollziehen und hat einen riesigen Aufriss um die ganze Sache gemacht«, schlussfolgert Franca richtig.

Ich nicke. »Das alles frustriert mich so sehr. Ich will ihnen nicht weiter auf der Tasche liegen oder von ihnen abhängig sein. Aber was wäre die Alternative? Mein Leben lang in einem Beruf arbeiten, den ich nicht leiden kann?« Ich kralle die Finger in eines der Sofakissen und lasse auf diese Weise meine unterdrückten Gefühle raus.

»Ich verstehe ihre Bedenken und kann nachvollziehen, dass sie nicht die finanziellen Mittel haben, mich ewig zu unterstützen; und das erwarte ich auch gar nicht von ihnen. Ich habe immerhin einen Nebenjob und lege mir notfalls einen zweiten oder dritten zu.« Wie so ziemlich alle Studierenden in Neapel kellnere ich neben der Uni in einem kleinen Restaurant und verdiene mir so einen Großteil meines Lebensunterhalts. Dennoch bestanden meine Eltern bisher darauf, mein Studium zusätzlich zu finanzieren.

»Die sollen sich nicht so anstellen!«, braust Franca auf. »Sie können froh sein, dass du dich überhaupt bemühst. Eltern sollten ihre Kinder bedingungslos unterstützen, egal welche Entscheidungen diese für ihre Zukunft treffen. So sehe ich das.«

Ich knirsche mit den Zähnen und hoffe, dass Franca es nicht bemerkt. Mir war schon klar, dass so eine Antwort kommen würde. Auch wenn meine Freundin es nicht wahrhaben will, sie urteilt aus einer sehr privilegierten Position heraus. Ihre Mutter ist eine angesehene Firmenchefin, und Geldsorgen waren bei ihr nie ein Thema. Als Tochter aus gutem Hause hatte Franca es immer leichter und in Sachen Studium völlig freie Wahl. Sie muss weder ihre Miete selbst bezahlen noch für ihre Lebensmittel oder andere Ausgaben aufkommen. Alles geht auf die Rechnung ihrer Mutter, und das hat sowohl positive als auch negative Folgen.

Franca lebt ein sehr entschleunigtes Leben. Sie hängt bereits jetzt mehrere Semester in ihrem Studium der Medienwissenschaft hinterher, weil sie lieber mit ihren Kommilitonen und Kommilitoninnen rumhängt und schwänzt, anstelle zu lernen. Sie kann tun und lassen, was sie will, während ihre beste Freundin manchmal nicht weiß, wie sie die Miete ihres mickrigen Studierendenwohnheimzimmers zahlen soll. Ich stöhne auf. Vielleicht war es doch ein Fehler, hierherzukommen. Ich hätte den Frust einfach in mich hineinfressen sollen, statt Franca mit meinen Sorgen zu belästigen.

»Du verstehst das nicht –«, setze ich gerade an, als mich ein lautes Klingeln unterbricht.

Franca springt auf, streicht ihre Cordhose glatt und richtet ihre Bluse, die vor Blumenmustern überquillt.

»Das ist bestimmt Enno. Warte hier, ich mach kurz auf!«, ruft sie mir zu, während sie sich bereits auf dem Weg zur Tür befindet.

Ich lehne den Kopf gegen die Wand hinter mir und unterdrücke einen weiteren entnervten Laut. Ein paar Sekunden später lugt ein brünetter Haarschopf durch die Tür, und Enno begrüßt mich mit einem überraschten »Cara! *Che bello!* Ich wusste gar nicht, dass du auch kommen würdest«.

Ich verkneife mir den Kommentar, dass das gar nicht mein Plan war für den heutigen Tag. Eigentlich wollte ich meinen Eltern einen kleinen Besuch abstatten und danach ganz in Ruhe nach einem neuen Studiengang suchen oder mich nach Ausbildungen erkundigen. Aber dazu fehlt mir nach dem eskalierten

Streit heute definitiv die Lust. Ich kann mich morgen noch um meine Zukunft kümmern, schließlich rennt sie mir nicht davon.

»Cara braucht ganz dringend Ablenkung. Darin sind wir doch Experten, oder nicht?«, meint Franca und stellt sich direkt neben Enno. Kurz streicht sie mit ihren Fingern über seine Hand.

Unauffällig verdrehe ich die Augen. Die beiden sind wirklich unsagbar schlecht darin, ihre Beziehung geheim zu halten.

Kurz darauf sitze ich zwischen den beiden eingequetscht auf der Couch, lausche ihrem Gespräch und fühle mich wie das fünfte Rad am Wagen. Enno erzählt von einer Klausur, für die er in den kommenden Wochen viel lernen muss. Seine Eltern sind beide Akademiker und sehr streng, was seine Leistungen angeht. Da er noch bei ihnen daheim wohnt, ist er täglich dazu gezwungen, ihren unmenschlich hohen Erwartungen gerecht zu werden. Wenn sie eine Tochter wie mich hätten, wären die beiden vermutlich längst an die Decke gegangen. Eigentlich kann ich mich glücklich schätzen, dass meine Eltern bisher recht verständnisvoll waren … na ja, mal abgesehen von dem emotionalen Ausbruch heute Nachmittag.

»… was denkst du, Cara?«, unterbricht Franca plötzlich meinen Gedankenfluss.

Ich blinzle sie an und gebe ein fragendes »Hm?« von mir. Worüber haben sie zuletzt gesprochen? Ennos Klausur?

»Es ist schlimmer, als wir bisher dachten«, murmelt Enno.

»Ein akuter Fall von *overthinking*. Da helfen nur besonders harte Maßnahmen«, stimmt Franca ihm zu und eilt in die Küche, bloß um kurz darauf mit einer dickbäuchigen Flasche Rotwein und drei Gläsern zurückzukehren. Der Anblick reißt mich aus meiner apathischen Haltung und sorgt dafür, dass ich mich aufrechter hinsetze.

»Ein bisschen Wein verleiht dir bestimmt eine ganz neue

Perspektive«, meint Franca lachend und entkorkt den *Lacryma Christi Rosso*. Sie füllt unsere Gläser bis zur Hälfte und reicht mir eines davon.

Ich nippe an dem Wein und muss zugeben, dass er überraschend gut schmeckt. Würzig und süß. Obwohl ich keine große Alkohol-Liebhaberin bin, weiß ich einen guten Wein trotzdem zu schätzen. Heute kann ich jeden Tropfen gebrauchen, wenn er mir dabei hilft, den Streit mit meinen Eltern zu vergessen. Der Tag war wirklich beschissen, um es milde auszudrücken. Ich stürze den restlichen Inhalt des Glases in einem Schluck hinunter. Angenehm kühl rinnt der Wein meine Kehle hinunter.

Franca grinst mich breit an, während sie mein Glas wieder auffüllt. Der bittere Nachgeschmack des Alkohols klebt hartnäckig an meinem Gaumen, aber langsam gewöhne ich mich daran.

Hoffentlich werde ich diese Entscheidung nicht bereuen.

3. KAPITEL | VAGABONDI

Inzwischen verstehe ich, warum meine Eltern uns drei immer abfällig die »Vagabondi« nennen. Denn nachdem wir fast zweieinhalb Weinflaschen geleert haben, zieht es uns nach draußen auf die Straße. Stundenlang wandern wir ziellos durch die Gassen Neapels, bis die Abenddämmerung einsetzt, dann steigen wir in die *Metropolitana* und fahren einfach drauflos, bis uns die Bahn wieder in der Nähe des Hafens ausspuckt. Inzwischen spüre ich die Wirkung des Alkohols deutlich. Meine Bewegungen sind schwerfälliger, sodass ich auf den Treppenstufen stolpere oder Franca anremple. Jedes Mal entweicht mir dabei ein Kichern.

Franca hat recht: Nach all dem Stress mit der Uni und meinen Eltern brauche ich einfach ein bisschen Entspannung.

Mein Blick schweift durch die engen Gassen, die sich im Laufe der Abendstunden mit Einheimischen füllen. Ihre Stimmen verschwimmen zu einem lauten Brummen, das mein Trommelfell zum Vibrieren bringt.

Die bunten Hausfassaden leuchten intensiver als zuvor. Die Farben fließen ineinander und lassen die Umgebung verschwimmen. Das faszinierende Lichtspiel fesselt meine ganze Aufmerksamkeit, weshalb ich zunächst gar nicht merke, wie ich stehen bleibe. Erst als mich Enno zur Seite reißt, weil ein Vespa-Fahrer mich beinahe umfährt, kann ich mich von der hypnotisierenden Wirkung der Farben und Lichter losreißen. Ein weiteres Kichern stolpert über meine Lippen. Ich weiß nicht einmal, wieso, denn es gibt keinen Grund dafür. Aber es fühlt sich gut an.

Enno jedoch scheint es im Gegensatz ganz und gar nicht gut zu gehen. Im Gegensatz zu Franca und mir, die kaum aus dem Lachen herauskommen, schaut er sich immer wieder hektisch um. Er reibt sich über das Brustbein und wirkt panisch. Der Alkohol schlägt ihm wohl auf den Magen. Auf seiner Stirn bilden sich dicke Schweißperlen, und er atmet so hektisch, als würde er jeden Moment umkippen.

»*Dio mio!* Du musst dich entspannen, Enno«, meint Franca, während ihr geheimer Freund weiter nach Luft ringt. Dennoch bleibt er nicht stehen.

Schritt für Schritt gehen wir weiter, vorbei an Restaurants und Cafés, die aus allen Nähten platzen. Der deftige Geruch von gebackenem Teig und geschmolzenem Käse dringt mir in die Nase, und gleich darauf knurrt mein Magen auffordernd. Was würde ich jetzt für eine Margherita geben! Es sollte keine allzu große Überraschung sein, dass Pizza mein Lieblingsgericht ist, immerhin bin ich in der Stadt geboren, in der sie erfunden wurde. Ich könnte mich tagelang von nichts anderem ernähren.

»Lasst uns zum Hafen gehen. Dort ist vielleicht weniger los«, schlägt Franca vor. Überraschenderweise wirkt sie am nüchternsten. Vermutlich, weil sie ihre Grenzen kennt und sich nicht gnadenlos betrunken hat, so wie Enno und ich.

Trotzdem sind wir nach wie vor in der Lage, Franca Richtung Hafen hinterherzustolpern, der glücklicherweise nicht allzu weit entfernt liegt. Wir quetschen uns an tratschenden Menschengrüppchen und parkenden Autos vorbei, bis wir aus den Häuserreihen ausbrechen und sich das Meer vor uns erstreckt.

Endlich kann ich tief durchatmen. Der salzige Duft des Golfs von Neapel wäscht meine panischen Gedanken hinfort. Mein Puls verlangsamt sich stetig und passt sich dem Rhythmus der Wellen an. Auch Enno entspannt sich deutlich neben mir. Er saugt die Luft nicht mehr hektisch ein, sondern nimmt wieder gleichmäßige Atemzüge.

Meine Aufmerksamkeit wandert kurz weg von meinen Freunden und hin zu dem gigantischen Vulkan, der auf der gegenüberliegenden Seite des Golfs thront und dessen Spitze von Nebelschwaden verschleiert wird. Der Vesuv ist Neapels stiller Wächter. Immer sichtbar, egal wo man sich befindet. Die Sicht auf den uralten Schicksalsberg strahlt eine unfassbare Ruhe und Beständigkeit aus, weshalb ich ab und an vergesse, dass der Vulkan weiterhin aktiv ist und jederzeit ausbrechen könnte. Für den Moment genieße ich jedoch seinen monumentalen Anblick im goldenen Licht der Abenddämmerung und blende die Gefahr einer Eruption aus. Zumindest bis ich mich widerwillig von der Aussicht lösen muss, um meinen Freunden zu folgen.

Franca führt uns zielsicher zur *Fontana dell'Immacolatella*, einer Brunnenskulptur an einem Eckpunkt des Hafens, die von einem kleinen grünenden Garten umgeben ist. Inmitten der hohen Bauten und überfüllten *Via Partenope* wirken die Büsche und Bäume wie eine rettende Oase. Der Anblick der drei großen Bögen, die mit aufwendigen Schnörkeln und Skulpturen versehen sind, entspannt mich auf der Stelle. Der kleine Brunnen unterhalb des mittleren Bogens plätschert leise vor sich hin.

Wir steuern zu einem Stück Rasen direkt neben der Hecke, wo wir es uns gemütlich machen. Das Gras unter meinen Händen fühlt sich verführerisch weich an, sodass ich dem Drang widerstehen muss, mich einfach hinzulegen.

Stattdessen schaue ich zu meiner Freundin hinüber, die verdächtig nah an Enno herangerutscht ist und ihn besorgt mustert. Sein Kreislauf scheint sich immerhin stabilisiert zu haben, und er ringt sich sogar ein kleines tapferes Lächeln für Franca ab, bevor sich seine Lider flatternd schließen und er den Kopf auf ihrer Schulter ablegt. Die beiden sind schon ein bisschen süß.

Gerade will ich mich gedanklich meinem eigenen katastrophalen Liebesleben widmen, als ein langer Schatten auf uns fällt. Ich rechne bereits mit einem Ordnungswächter, der uns von der Rasenfläche verscheuchen will, und lege den Kopf in den Nacken, um hochzuschauen. Statt in das Gesicht eines Polizisten blicke ich jedoch geradewegs in das eines ominösen Fremden. Er ist völlig in Schwarz gekleidet, und ein langer Ledermantel lässt ihn wie einen Goth aussehen. Dazu kommt eine Rundglasbrille, die ebenfalls dunkel getönt ist.

Skeptisch runzle ich die Stirn, weil der Fremde inmitten dieser bunten Stadt wie ein wandelnder Tintenfleck aussieht. Erst als sich seine Mundwinkel auseinanderbiegen und ein strahlend weißes Lächeln sowie zwei unnatürlich spitze Eckzähne entblößen, wirkt er wie ein richtiger Mensch.

»*Buonasera*. Entschuldigt bitte, mein Name ist Cas. Darf ich euch kurz stören?«, fragt er. Seine Stimme ist sanft und bringt jedes einzelne Haar an meinen Armen dazu, sich aufzustellen.

Franca und ich tauschen kurz einen Blick aus. Sie zuckt nichtssagend mit den Schultern und murmelt ein leises »Klar«.

Der Fremde streicht sich kurz über den Kopf und zieht den Zopf mit seinen Locs fester. »Ihr wirkt wie eine lockere Truppe, die offen für neue Erfahrungen ist«, setzt er an. Der Text wirkt einstudiert.

Was jetzt wohl kommt? Will er uns irgendetwas andrehen? Oder uns für eine Sekte rekrutieren? Alles ist möglich.

»Meine Freunde und ich stellen monatlich eine inoffizielle,

exklusive Party auf die Beine. Ihr seid unsere perfekte Ziel-gruppe. Jung, witzig, Spaß suchend …«

Okay, seine Ansprache wird von Sekunde zu Sekunde skurriler. Was will er von uns? Ist er eine Art Animateur, der uns für seine Feier anwerben will?

»Ich könnte euch eine Einladung beschaffen, wenn ihr wollt«, bietet er schließlich an, und jetzt bin ich vollends verwirrt.

»Warum?«, bricht es aus mir heraus, bevor ich mich zurück-halten kann. Der Alkohol macht mich mutiger, als ich es eigent-lich bin. »Warum solltest du das tun? Wir kennen uns gar nicht. Und was soll das überhaupt bedeuten: inoffizielle Party?«

Das Lächeln von Cas verrutscht ein wenig, als hätte er nicht mit so viel Gegenwind gerechnet. Was hat er erwartet? Dass wir sofort dankbar annehmen, sobald er uns dieses dubiose Ange-bot macht? Nein, danke.

»Nun ja, es bedeutet so viel wie: illegal. Die Feier findet nicht in den gängigen Clubs statt, sondern in den Katakomben. Sehr exklusiv und sehr geheim. Nur geladene Gäste kommen hi-nein.«

Seine Erklärung steigert meine Verwirrung noch weiter. Habe ich das gerade richtig verstanden? Er und seine Freunde wollen eine Party in den Katakomben unterhalb Neapels veranstalten? In den Gängen und Stollen, die für die Öffentlichkeit absolut verboten sind? Hat er völlig den Verstand verloren?

»Das ist doch lebensmüde!«, entfährt es mir. Selbst unter der Restwirkung des Alkohols weiß ich, wie unfassbar riskant es wäre, sich in das Labyrinth unterhalb der Stadt zu begeben. Mal abgesehen davon, wie unverantwortlich es ist, dort eine Party zu veranstalten. Immer wieder kommt es vor, dass Häuser oder Straßen aufgrund der Instabilität durch die hohlen Gänge unterhalb der Erdoberfläche absacken. Wir wären in Lebens-gefahr!

»Ich habe schon davon gehört«, schaltet sich Franca neben mir plötzlich in das Gespräch ein. Ich schaue sie überrascht an, ihre Augen glitzern verräterisch. Oh, oh, ich kenne diesen Blick. Er verheißt nichts Gutes. »An der Uni wird oft unter der Hand von den wilden Partys in den Katakomben berichtet. Es soll fast unmöglich sein, an eine Einladung zu kommen.«

»Nun, ich serviere euch eine auf dem Silbertablett. Wir wählen unsere Gäste selbst aus, das macht den ganzen Reiz aus«, erklärt Cas und richtet seine ganze Aufmerksamkeit auf Franca, als würde er ganz genau wissen, dass sie den Köder schlucken wird. Im Gegensatz zu mir besitzt meine Freundin nämlich keinerlei angeborene Skepsis. Sie geht mit einer kindlichen Naivität durch die Welt, die schon oft dazu geführt hat, dass ich sie vor Schlimmerem bewahren musste.

»Das ist eine einmalige Chance. Nehmt ihr die Einladung an?«, fragt er und übt auf diese Weise Druck aus.

»Nein!«, antworte ich vehement, während Franca zeitgleich ein entzücktes »Ja!« von sich gibt.

Schockiert starren wir uns an. Sie tut so, als könnte sie nicht fassen, dass ich so eine einmalige Gelegenheit ausschlagen würde. Ich hingegen blicke auffordernd zu Enno hinüber, der verdächtig still geblieben ist. Doch er scheint dem Gespräch nicht ganz folgen zu können und zieht unentschlossen die Schultern hoch. Von ihm kann ich also keine Unterstützung erwarten.

In diesem Moment meldet sich Cas erneut zu Wort. »Ich werte das jetzt einfach mal als Zusage. Bestimmt schaffst du es auch noch, deine Freunde zu überzeugen.«

Ich bin von seiner Dreistigkeit so schockiert, dass mir auf die Schnelle kein geeigneter Konter einfällt. Franca hat er nun definitiv am Haken. Sie nickt eifrig und grinst den Mann breit an.

Ich sitze einfach nur fassungslos daneben.

»Wir treffen uns bei Anbruch der nächsten Vollmondnacht

genau hier. Seid pünktlich«, fordert er, lächelt ein letztes Mal in die Runde und geht dann auf eine junge Frau zu, die nicht weit von uns entfernt auf ihn wartet.

Ihre Erscheinung reißt mich für einen flüchtigen Moment aus meiner Entrüstung. Sie ist hochgewachsen und verbirgt offensichtlich sehnige Muskeln unter einem eng anliegenden schwarzen Hemd. Die Fremde wendet ihren Kopf in unsere Richtung, wodurch mir ihr Sidecut auffällt, der ihre spitzen Gesichtszüge betont. Unsere Blicke verhaken sich für einen Wimpernschlag ineinander, und ich sehe deutlich, wie ihre Iriden in einem unheilvollen Rotton aufglühen. Aber ich komme nicht dazu, das weiter zu hinterfragen, denn mein Puls stolpert, und ich erstarre am ganzen Körper. Von der Frau geht ein Sog aus, der mich beinahe dazu verleitet, aufzustehen und auf sie zuzugehen. Ich zwinge mich jedoch dazu, an Ort und Stelle zu verweilen und ihr dabei zuzusehen, wie sie gemeinsam mit dem Fremden in einer angrenzenden Gasse verschwindet. Ich könnte schwören, dass sie einen letzten Blick zu uns zurückwirft. Zu mir.

Ich warte, bis die beiden außer Sicht- und Hörweite sind und sich mein Puls wieder normalisiert hat, bevor ich mich zu meiner Freundin beuge und zische: »Was soll der Scheiß, Franca? Der Typ ist total unheimlich! Du wirst die Einladung doch nicht ernsthaft annehmen, oder?«

»Du verstehst das nicht, Cara. Diese Partys sind legendär. Ich habe sie bisher für ein Gerücht gehalten, weil es eine absolute Seltenheit ist, eingeladen zu werden. Ich habe schon so viele Geschichten aus den Katakomben gehört und immer gehofft, dass ich irgendwann zu den Auserwählten gehören darf.«

»Hörst du dir eigentlich selbst zu? Weißt du nicht, wie gefährlich es ist, die Katakomben zu betreten? Es könnte so viel schiefgehen –«

»Oder es wird die beste Nacht unseres Lebens. Du machst

dir immer so viele Sorgen. Stattdessen könntest du diese Gelegenheit einfach als das sehen, was sie ist: eine einmalige Erfahrung!« Franca ergreift meine Hand und zieht einen Schmollmund. »Ich würde mir nie verzeihen, diese Chance ungenutzt gelassen zu haben.«

»Du vertraust diesem dahergelaufenen Fremden wirklich mehr als deiner besten Freundin? Hast du nicht gemerkt, wie seltsam er sich ausgedrückt und benommen hat? Er will dich nur locken, Franca. Ich weiß nicht, was sich hinter dieser Party verbirgt, aber es kann nichts Gutes bedeuten«, erkläre ich meine Bedenken.

»Fein. Du musst ja nicht mitkommen, wenn dir das alles zu suspekt ist. Dann gehe ich eben allein«, meint sie und will mir ihre Hand entziehen.

Instinktiv halte ich sie fest und atme einmal tief durch. Ich fasse es nicht, dass ich das hier wirklich tue. Mein eigener Puls dröhnt mir lautstark in den Ohren und macht es mir unmöglich, klar zu denken. »Ich lasse dich auf gar keinen Fall allein gehen«, stelle ich klar.

»Dann musst du wohl mitkommen. Und wer weiß, vielleicht siehst du ja auch die mysteriöse Fremde wieder«, schlussfolgert Franca mit einem wissenden Grinsen.

Blut schießt mir in die Wangen und bringt mein gesamtes Gesicht zum Glühen. War mein Interesse an der Frau so offensichtlich? Auf jeden Fall drängt Franca mich mit ihrer Aussage in eine Ecke und weiß es ganz genau. Meine Freundin ist manipulativer, als ich bisher dachte.

Ich presse die Lippen zu einem dünnen Strich zusammen und nicke knapp. Wenn das die einzige Möglichkeit ist, sie zu beschützen, dann habe ich wohl keine andere Wahl.

Dennoch scheint es so, als hätte ich mit diesem Nicken meine Zukunft besiegelt. Ich kann nicht aufhören, an die versteckten

Tunnel und Kammern unterhalb Neapels und die Warnungen zu denken, die uns eingehämmert wurden, seit wir laufen können: Die Katakomben dürft ihr unter keinen Umständen betreten.

———

4. KAPITEL | EINE EINZIGE ENTTÄUSCHUNG

Ich fasse es nicht, dass ich mich wirklich darauf einlasse. Begleitet von einem Seufzen ziehe ich einen spitz zulaufenden Lidstrich entlang meines Wimpernkranzes. Dank meiner jahrelangen Übung gelingt es mir in Rekordzeit. Franca turnt zeitgleich um mich herum. Sie eilt zwischen dem Wohn- und Badezimmer hin und her, während sie an ihrer Hochsteckfrisur herumzupft. Uns bleiben nur noch knappe drei Stunden bis zur Abenddämmerung und damit zu dem Treffen mit dem geheimnisvollen Fremden, der uns vor ein paar Wochen zu der Party in den Katakomben eingeladen hat.

Es liegt mir auf der Zunge, Franca erneut Vernunft einreden zu wollen oder sie zur Besinnung zu bringen. Wir müssen nicht zu dieser Party gehen. Wir könnten uns stattdessen einen schönen Abend hier in ihrer Wohnung machen. Eine Serie gucken, auf der Couch herumlümmeln und Pizza essen. Das klingt geradezu himmlisch im Vergleich zu den möglichen Gefahren, die uns in den Katakomben erwarten.

Aber nicht einmal Enno hat es geschafft, sie davon zu überzeugen, die Feier nicht zu besuchen. Ich musste ihm hoch und heilig versprechen, ein Auge auf Franca zu haben und sie im Notfall aus den Katakomben herauszuzerren. Er selbst verbringt den Abend mit seinen Eltern, die ihn auf eine wichtige Gala mitschleppen und keine Abwesenheit dulden. Insgeheim glaube ich, dass Franca erleichtert darüber ist. Auf diese Weise muss sie sich nicht gegen zwei Skeptiker behaupten, sondern nur gegen einen. Mich.

Statt den Mund zu öffnen und einen weiteren Umstimmungsversuch zu wagen, bleibe ich auf dem Boden sitzen und lege meinen Schmuck an. Vor mir habe ich all meine Silberringe fein säuberlich aufgereiht. Ohne Ringe gehe ich nicht aus dem Haus. Sie sind so etwas wie mein Markenzeichen. Ich suche mir einen breiten aus, in dessen Mitte ein schwarzer Edelstein prangt, und stecke ihn mir auf den Mittelfinger. Weitere Ringe wandern auf meinen Daumen und meinen Zeigefinger. Die Schmuckstücke geben mir ein seltsames Gefühl von Sicherheit, als wären sie ein Teil meiner Rüstung.

Jetzt fehlt nur noch die Frisur. Unschlüssig betrachte ich mein leicht gewelltes schulterlanges Haar im Spiegel.

Wie so oft wünsche ich mir die schwarzen Locken meiner Mutter herbei. Ich habe ihre Haare schon als kleines Kind bewundert und gehofft, dass meine sich im Laufe der Zeit mehr kringeln würden, aber bis auf ein paar Wellen und die dunkle Haarfarbe habe ich leider nichts von meiner Mutter geerbt.

Plötzlich beginnt das Smartphone neben mir auf dem Boden zu vibrieren, und reißt mich damit aus den Gedanken. Ich blinzle irritiert und hebe es an. Wenn man vom Teufel spricht. Vom Anruferbild strahlt mir das Antlitz meiner Mutter höhnisch entgegen. In den letzten anderthalb Wochen habe ich es kein einziges Mal gesehen. Die Funkstille zwischen uns hat mir mehr zugesetzt, als ich zugeben will. Allerdings habe ich mich auch nicht dazu in der Lage gefühlt, das Schweigen zu brechen. Was hätte ich auch sagen sollen? *Entschuldige, dass ich so eine Enttäuschung bin?*

Mein Vater hat mich im Gegensatz zu meiner Mutter mit Anrufen und Textnachrichten bombardiert. Er hat versucht, mich in belanglose Gespräche zu verwickeln, nur um schlussendlich darauf zu sprechen zu kommen, dass es noch nicht zu spät sei, das Jurastudium fortzusetzen und meine Mutter auf diese Weise zu besänftigen. Inzwischen drücke ich seine Anrufe meist weg, sobald sein Foto auf meinem Display aufleuchtet. Ich will mir nicht jeden Tag anhören müssen, was für einen schrecklichen Fehler ich begangen habe und was ich hätte besser machen können.

Und auch bei diesem Anruf sträubt sich alles in mir dagegen, ihn anzunehmen. Am liebsten würde ich das Handy gegen die Wand pfeffern. Stattdessen beobachte ich, wie sich das Display verdunkelt und das Bild meiner Mutter wieder verschwindet.

Mir bleibt keine Zeit, um meine Entscheidung zu bereuen, denn Franca betritt gleich darauf das Wohnzimmer, und es verschlägt mir kurzzeitig die Sprache. Sie trägt ein Kleid, das so kurz ist, dass es diese Benennung gar nicht verdient hat. Der verführerische Look wird durch ihre dunkel geschminkten Augen und den blutroten Lippenstift perfekt abgerundet. Und trotzdem blinzle ich meine Freundin überrascht an. Ich habe noch nie miterlebt, dass sich Franca so aufreizend kleidet.

Meine Freundin mustert mich ebenfalls von oben bis unten. »Du wirst doch wohl nicht so zur Party gehen, oder?«, will sie wissen. Fragend schaue ich an mir runter. Im Vergleich zu Franca wirke ich mehr als underdressed in meinem schlichten Shirt und der zerschlissenen Jeans.

Ohne einen weiteren Kommentar wirft Franca mir ein kurzärmeliges Hemd und eine schwarze Hose an den Kopf.

»Zieh das an. Vertrau mir, es wird dir garantiert gut stehen«, fordert sie, begleitet von einem schiefen Grinsen.

Skeptisch betrachte ich die Sachen, bevor ich die Kleidung

wechsle. Das Hemd ist zweifarbig und genau in der Mitte geteilt. Meine linke Hälfte wird in weißen Stoff gehüllt, die rechte in schwarzen. Durch die kurzen Ärmel kommt das Tattoo auf meinem rechten Unterarm gut zur Geltung: eine rote Motte. Sie bildet einen deutlichen Kontrast zu meiner farblosen Kleidung. Die schwarze Hose hat einen breiten, lockeren Schnitt und wird durch eine silberne Kette komplettiert, die an den Gürtelschnallen baumelt.

Ich betrachte mich von allen Seiten im Spiegel und bin beeindruckt darüber, wie gut die Kleidungsstücke miteinander harmonieren. Selbst meine geliebten Doc Martens passen zum Outfit.

»Die Teile habe ich noch in meinem Schrank gefunden. Anscheinend sind das die letzten Überreste meiner Goth-Phase aus der Schulzeit. Ich bin mir sicher, dass sie eine gewisse geheimnisvolle Fremde ansprechen werden, der wir vor Kurzem begegnet sind«, meint Franca grinsend.

Ich schnaube amüsiert auf. Es ist kein Geheimnis, dass meine Lieblingsfarbe Schwarz ist und ich mich nur äußerst selten in buntere Farben kleide. Unwillkürlich wandern meine Gedanken zu der jungen Frau mit den glühend roten Augen, die den Fremden begleitet hat. Ob sie auch auf der Party sein wird?

»Bist du bereit, ein bisschen Spaß zu haben?«, fragt Franca schließlich, als ich mich endlich vom Anblick meines Spiegelbildes löse.

Zögerlich nicke ich und ergreife Francas Hand. Ihr strahlendes Lächeln erhellt meine Welt und lässt mich für kurze Zeit all meine Sorgen vergessen. Egal was heute Abend geschieht, ich schwöre mir in diesem Moment, Franca mit allem zu beschützen, was ich habe.

Der Himmel über uns verfärbt sich Stück für Stück. Das zuvor helle Blau nimmt einen lilafarbenen Unterton an und geht schließlich in ein strahlendes Gold über. Alles in allem ein fast schon unwirklicher Farbzauber, den der Sonnenuntergang am Horizont entstehen lässt. *Zumindest für diesen Anblick hat es sich gelohnt, herzukommen,* denke ich mir, während ich mich gegen das metallische Geländer lehne. Mein Blick wandert zum Vesuv, dessen dunkle Umrisse sich gegen den bunten Horizont abheben und auf diese Weise einen scharfen Kontrast kreieren. Knapp oberhalb der Vulkanspitze wacht der volle Mond über das Land und ergießt sein silbriges Licht über Neapel.

»Wie lange dauert das denn noch?«, beschwert sich Franca hinter mir und reißt mich damit aus den Gedanken.

Ich wende mich ihr zu und sehe, dass sie sich auf einem der Sockel der *Fontana dell'Immacolatella* niedergelassen hat. Der Anblick der Brunnenskulptur weckt Erinnerungen an den unheimlichen Fremden, der uns in jener Nacht angesprochen hat. Wie war sein Name? Cas? Bisher ist er nicht aufgetaucht, auch wenn wir uns penibel an seine Anweisungen gehalten haben. Es ist Vollmond, und wir waren sogar zwei Stunden vor Anbruch der Nacht am vereinbarten Treffpunkt.

»Ich gebe ihm noch eine halbe Stunde. Wenn er dann nicht auftaucht, verschwinden wir. *Tutto chiaro?*«, biete ich an.

Franca nickt bloß und fokussiert die Umgebung, als würde sie vermuten, dass der Fremde sich jeden Moment aus den Schatten der benachbarten Gebäude schält.

Ich verkneife mir ein entnervtes Seufzen und versuche, nicht daran zu denken, dass wir den Abend entspannt auf der Couch hätten verbringen können.

Stattdessen stehe ich mir die Beine in den Bauch und beobachte, wie die letzten Strahlen der Sonne zwischen den Wellen versinken. Gleichzeitig erhellt sich Neapel mit jeder vergehenden Sekunde ein wenig mehr. Straßenlaternen leuchten auf, Fenster erhellen sich, und die unzähligen Motorrad- und Autofahrer schalten ihre Scheinwerfer ein. Die Stadt pulsiert vor Licht und Leben und macht so die Nacht zum Tag.

»Franca, wir warten schon eine halbe Ewigkeit auf diesen *Bastardo*. Lass uns endlich gehen«, meine ich. Inzwischen bemühe ich mich nicht einmal mehr, meinen entnervten Unterton zu verbergen.

»*Per favore*«, schiebe ich noch schnell hinterher. Der Typ wird nicht auftauchen. Er hat sich vermutlich nur einen Spaß mit uns erlaubt, als er uns zu dieser geheimen Untergrundparty eingeladen hat.

Franca blickt sich unsicher um, sucht ein letztes Mal die Straßen ab und lässt dann die Schultern sinken. Niedergeschlagen zieht sie die Mundwinkel nach unten. Sie gibt endlich auf.

»Entschuldigt die Verspätung«, ruft mit einem Mal jemand mit tiefer Stimme.

Irritiert wenden wir uns beide leicht nach rechts, wo sich gerade ein Mann neben uns stellt.

Ich erkenne ihn sofort wieder. Die schwarze Kleidung, die seltsame Brille und das verwegene Grinsen. Cas. Aber … wie ist das möglich? Noch vor einem Sekundenbruchteil stand niemand neben uns.

Unauffällig linse ich an Cas vorbei, doch ich entdecke keine weiteren Personen in seiner Nähe. Keine Spur von der geheimnisvollen Fremden, die ihn das letzte Mal begleitet hat. Ich bemühe mich, meine Enttäuschung zu verbergen.

Stattdessen werfe ich Franca einen unsicheren Seitenblick zu, allerdings ist diese komplett auf unseren mysteriösen Gastgeber fokussiert. Ihre Augen weiten sich, und ein schiefes Lächeln verzerrt ihren Mund.

»Wo habt ihr euren kleinen Freund gelassen? Will er sich

diese Erfahrung wirklich entgehen lassen?«, möchte Cas wissen. Er muss Enno meinen, immerhin war dieser während seiner Einladung in jener Nacht ebenfalls anwesend.

Ich bereite mich gerade darauf vor, eine schnippische Antwort zu geben, als Franca abwinkt und ganz nebenbei meint: »Er hatte keine Zeit. Aber wir beide bringen genug gute Laune für drei Leute mit.«

Was zur Hölle redet sie da? Ich starre meine Freundin entgeistert an, als sie mit ihren Wimpern klimpert und breit lächelt. Meine Abneigung gegenüber dieser ganzen Idee muss deutlich spürbar sein, denn der Mann wendet sich skeptisch in meine Richtung und lässt fragend eine Augenbraue in die Höhe wandern.

»Na, wenn das so ist«, meint er trotzdem nur und kehrt uns den Rücken zu. »Folgt mir bitte. Falls ihr euch traut …«

Franca stößt mir ihren Ellenbogen in die Rippen, weil ich mich zunächst nicht von der Stelle bewege. Selten in meinem Leben habe ich ein derart schlechtes Bauchgefühl verspürt. Meine Intuition brüllt mir förmlich entgegen, Cas nicht zu folgen. Ich sollte Francas Hand nehmen und mit ihr schleunigst abhauen, bevor es zu spät ist.

Stattdessen schließen wir uns schweigend dem nachtschwarz gekleideten Schattenmann an. Zielsicher führt er uns durch Nebenstraßen und schummrige Gassen, die mir eine unangenehme Gänsehaut bescheren. In der Ferne höre ich das Klirren von Gläsern und durcheinandersprechende Menschen. Dennoch versuche ich, die Augen offen zu halten und wachsam zu sein, während wir die *Via Chiatamone* entlangwandern. Mehr als einmal stolpert Franca in ihren hohen High Heels auf dem Kopfsteinpflaster, und mir gelingt es jedes Mal gerade so, ihren Sturz abzufangen. Trotzdem weigert sich unserer Anführer vehement, langsamer zu werden.

Mittlerweile glaube ich zu wissen, wo er uns hinführt. Alle Einheimischen Neapels kennen die unterschiedlichen Zugänge zu den Katakomben. Am bekanntesten sind vermutlich die des *San Gennaro*. Unterhalb des Hügels von *Capodimonte* befindet sich das größte und zugleich ansehnlichste Untergrundsystem von Neapel. Die Wände in den Höhlen und Tunneln wurden mit Fresken und Mosaiken ausgeschmückt, die man bis heute bewundern kann. Umgeben ist das Ganze von einer gigantischen Friedhofsanlage, die viele Reisende anzieht.

Allerdings gibt es innerhalb der Stadt verschiedenste Zugänge zu den Katakomben. Ein Eingang versteckt sich an der *Piazza San Gaetano* in einer malerischen Altstadtgasse. Ein weiterer verbirgt sich ganz in der Nähe der *Piazza Plebiscito*. Ich kenne diese Zugänge nur zu gut, denn fast jeden Tag stehen dort Schaulustige in Reih und Glied, um an den knapp zweistündigen Touren teilzunehmen. All dies sind offizielle Eingänge, die von der Stadtverwaltung geprüft und überwacht werden. Niemand gelangt außerhalb der Öffnungszeiten hinein.

Umso mehr verwundert es mich, dass wir geradewegs auf die *Via Domenico Morelli* zulaufen. Im Parkhaus *Morelli* versteckt sich einer der Eingänge zu den unterirdischen *Borbonico*-Tunneln. Wenn ich mich recht erinnere, dann haben die Bourbonen im neunzehnten Jahrhundert Zugänge bauen lassen, die den *Palazzo Reale* an der *Piazza del Plebiscito* mit dem Stadtteil *Chiaia* verbinden. Die Tunnel wurden als Fluchtweg für Könige genutzt oder als verkürzter Zugang zum Palast von Soldaten. Inzwischen dienen sie sogar als Parkhaus.

Etwas verwirrt folge ich Cas, der zielsicher rechts abbiegt und auf das ausgeschilderte Parkhaus zuläuft. Er glaubt doch nicht wirklich, dass uns die Nachtwächter einfach reinspazieren lassen werden, oder? Nach und nach verfliegt meine anfängliche Furcht, und nichts als Irritation bleibt übrig. Mehr noch:

Ein Hauch von Neugier regt sich in meinem Inneren. Ich frage mich, wie der Fremde uns Zugang zu den Katakomben verschaffen will.

Statt wie erwartet auf das Parkhaus zuzuhalten, biegt unser Gastgeber jedoch vorher scharf links ab und steuert die Tür direkt neben einem kleinen Antiquitätengeschäft an. Es ist so spät, dass die Geschäfte in dieser Straße bereits geschlossen haben. Er langt in seine Manteltasche und befördert einen silbernen Schlüssel hervor, den er schnell ins Schloss gleiten lässt und anschließend herumdreht. Ein leises Klicken ertönt, und gleich darauf schwingt die schwere Eingangstür auf. Ich runzle die Stirn. Das hier wirkt wie der Zugang zu einem Wohnhaus.

»Nach euch«, meint Cas und stellt erneut sein provokantes Grinsen zur Schau, das ich nicht erwidere.

Bevor Franca mich weiterziehen kann, stampfe ich jedoch meine Hacken in den Boden und stemme mich ihr entgegen. »Wo genau führst du uns hin? Hast du einen Zugang zu den Katakomben in deinem Keller versteckt, oder was?«, zische ich. Ein bisschen bin ich stolz darauf, dass meine Stimme nicht zittert, obwohl mir die Furcht die Luft abschneidet.

Franca rammt mir erneut ihren spitzen Ellenbogen in die Rippen, doch dieses Mal bin ich auf den dumpfen Schmerz vorbereitet.

»Ganz genau«, meint der mysteriöse Fremde. Sein Lächeln wird noch breiter, obwohl ich das nicht für möglich gehalten habe.

Wieder einmal fallen mir die unnatürlich spitzen Eckzähne auf. Ob er sich diese wohl schleifen lassen hat? Ist er einer dieser Typen, die total auf Body Modifications abfahren? Kopfschüttelnd besinne ich mich wieder. *Bleib bei der Sache, Cara!*

Anstelle einer Antwort presse ich die Lippen aufeinander und warte auf eine ausführlichere Erklärung von Cas. Selbst wenn Franca so naiv ist und sich von diesem Mann und seinen Versprechungen einlullen lässt, ich bin es nicht. Ich brauche mehr, um mich überzeugen zu lassen, und das scheint auch unser Gastgeber zu merken.

»Sagt euch die Legende des Hausgeistes *Munaciello* etwas?«, hakt er nach, woraufhin ich völlig verwirrt die Stirn runzle. Natürlich kennt jedes Kleinkind in der *Kampania*-Region die Geschichte des Geistes, der Gegenstände über Nacht verschwinden lässt. Meine Mamma glaubt bis heute daran, dass der Geist für das dauerhafte Verschwinden ihrer Klamotten verantwortlich ist.

»Was soll eine Geisterlegende mit dem Katakombenzugang in deinem Keller zu tun haben?«, frage ich, was Cas zum Lachen bringt.

»Eure Ahnungslosigkeit ist wirklich zu witzig. Wisst ihr denn nicht, wie die Legende entstanden ist? In den Höhlen unterhalb der Stadt lebten einst ganze Familien, und manchmal schafften es vom Hunger getriebene Kinder, über ebenjene Tunnel in fremde Häuser zu gelangen. Dort bedienten sie sich an Lebensmitteln, Kleidung und allerhand, was man gebrauchen könnte. Für die Raubopfer wirkte es so, als würden die Gegenstände wie von Geisterhand verschwinden«, erklärt er geduldig.

Noch während er erzählt, setzen sich die Puzzlestücke in meinem Kopf zu einem vollständigen Bild zusammen.

»Und nun behauptest du ernsthaft, du hättest einen solchen Zugang in deinem Keller gefunden?« Die Skepsis in meiner Stimme ist unüberhörbar. »Das sollen wir dir wirklich abkaufen?«

»Ihr müsst mir nicht glauben. Einen anderen Zugang gibt es allerdings nicht. Ihr habt die Wahl. Entweder folgt ihr mir oder tretet jetzt den Heimweg an.«

Franca scheint nach wie vor nichts von der Abstrusität dieser

Situation mitzubekommen und reißt sich, ohne mit der Wimper zu zucken, von mir los. Sie eilt hinter Cas her, der sich bereits von uns abwendet und auf ein schmales Treppenhaus zugeht. Ich beobachte angespannt, wie die beiden in Richtung Keller vordringen.

»*Fesseria!*«, fluche ich und eile hinter meiner völlig verblendeten Freundin her. Ich kann Franca nicht allein lassen, obwohl mich die Furcht beinahe lähmt. Ich würde ihr sogar in die Hölle folgen, wenn sie vorausgeht.

5. KAPITEL | TI TORCO IL COLLO
(ICH DREHE DIR DEN HALS UM)

Ich schließe zu Franca auf und folge ihr durch das düstere Treppenhaus hinab in den Keller des Gebäudes. Cas scheint die Dunkelheit kein bisschen zu stören, wohingegen Franca und ich uns bloß Stufe für Stufe vortasten und uns an der Wand abstützen müssen, um nicht zu stolpern. Wir folgen dem Echo seiner Schritte und atmen beide erleichtert auf, sobald Cas einen kleinen Schalter neben der Kellertreppe betätigt und eine Glühbirne schwach aufleuchtet. Das gedimmte Licht erhellt einen Gang, von dem mehrere Räume abzweigen. Vermutlich gehören sie den Mietern des Hauses. Unser Gastgeber führt uns jedoch schnurstracks an den Stauräumen vorbei, bis ans Ende des Gangs, wo ein schmales Regal steht. Seltsamerweise ist es völlig leer.

Ich will gerade den Mund öffnen und fragen, was genau er nun vorhat, da streckt Cas die Hand aus und umfasst die Ränder des Regals, um es zur Seite zu schieben. Er bewegt das Möbelstück so selbstverständlich, als wäre es eine Leichtigkeit für ihn.

Hinter der Rückwand des Regals kommt ein Tunnel zum Vorschein, der mir gerade einmal bis zur Hüfte reicht. Ich beuge mich hinab und werfe einen Blick in die finstere Höhle hinein.

Es ist nicht einmal der Hauch eines Lichtschimmers zu erkennen. Da sollen wir durch? Das soll ja wohl ein Witz sein.

»Das hier ist der einzige Zugang«, sagt er, als hätte er meine Gedanken gelesen. Vielleicht hört er auch nur mein lautstarkes Zähneknirschen.

»Da gehe ich nicht rein«, stelle ich klar und verschränke die Arme vor der Brust.

Franca verdreht die Augen und macht schon Anstalten, sich zu bücken, doch dieses Mal kann ich sie am Ellenbogen fassen und rechtzeitig zurückhalten. »Wer weiß, was dieser zwielichtige Typ plant«, murmle ich ihr ins Ohr. Mir ist inzwischen völlig egal, ob Cas mich hört oder nicht.

Franca geht jedoch gar nicht auf meine Bedenken ein und stöhnt nur entnervt.

»Ich gehe vor. Folgt mir, falls ihr euch traut«, betet Cas seinen Lieblingsspruch herunter. Er wirkt ebenfalls ermüdet von meinen ständigen Zweifeln. Ohne zurückzublicken, beugt er sich hinab und kriecht in den Tunnel. Seine Hände und Knie schaben über den Boden, doch ansonsten gibt er kein Geräusch von sich.

Als ich ihm entgeistert hinterherstarre, nutzt Franca den Schockmoment aus und reißt sich von mir los, um ihm zu folgen. Sie ist so schnell in dem finsteren Loch verschwunden, dass ich kaum Zeit zum Reagieren habe.

»Franca! Stopp!«, rufe ich zwar, aber natürlich hält sie das nicht auf. Stattdessen stehe ich hilflos und allein da, während sich das scharrende Geräusch weiter entfernt. *Pass bitte auf Franca auf.* Ennos flehende Stimme hallt durch meinen leergefegten Kopf. Ich darf sie nicht im Stich lassen.

Ich beiße die Zähne zusammen. *Bene.* Dann mal los.

Obwohl sich jeder Muskel in meinem Körper zunächst dagegen wehrt, trete ich näher an das Loch in der Wand heran, begebe mich auf alle viere und krabble voran. Mit den Fingern taste ich über die sandigen Wände und rutsche immer wieder ab. Verfluchtes Tuffgestein! Kleine Bröckchen drücken sich schmerzhaft in meine Handballen und Knie. Ab und an schramme ich mit meinen Ellenbogen an den engen Tunnelwänden entlang. Bilde ich mir das nur ein, oder wird dieser Gang schmaler? Andauernd kollidieren meine Schultern mit den Wänden. Meine Atmung beschleunigt sich. Die Luft um mich herum wird stickiger. Enge Räume haben mir schon immer zu schaffen gemacht, aber das hier ist ein völlig neuer Zustand.

Furcht steigt in mir auf, und pure Verzweiflung ballt sich in meinem Bauch zu einem schmerzhaften Knoten zusammen. Ich sollte umdrehen, solange ich noch dazu in der Lage bin. Wenn ich länger in diesem Tunnel bleibe, bekomme ich bald eine Panikattacke.

Plötzlich höre ich ganz in der Nähe das schwere Keuchen von Franca. Sie muss sich nur wenige Meter vor mir befinden.

»Franca?«, hauche ich in die Schwärze hinein und blinzle mehrfach, als könnte das die Dunkelheit vertreiben.

»Wir sind fast da, Cara! Ich kann das Ende bereits sehen!«, verkündet meine Freundin. Sie klingt viel zu fröhlich für diese beschissene Situation.

»*Ti torco il collo*«, grummle ich lediglich zur Antwort.

Doch selbst die Drohung, dass ich ihr den Hals umdrehen würde, scheint Franca nicht weiter zu stören. Sie kriecht weiter voran. Ich folge ihr, weil ich keine andere Wahl habe. Obwohl mein Herz so stark pocht, dass ich befürchte, es könnte mir jeden Moment aus der Brust springen. Obwohl meine Kehle sich mit jeder Sekunde mehr zuschnürt und ich kaum noch atmen kann. Obwohl jede einzelne Gehirnzelle, die ich besitze, mir signalisiert, dass ich fliehen sollte … bleibe ich.

Zum Glück erkenne ich tatsächlich nach einer kleinen Ewigkeit einen immer größer werdenden Lichtpunkt in der allumfassenden Dunkelheit. Die Aussicht auf das Ende des Tunnels spornt mich dazu an, ein letztes Mal all meine Kraftreserven zu mobilisieren. Ich krieche voran, auch wenn die spitzen Steine in meine Haut schneiden und mir der aufgewirbelte Staub in den Augen brennt.

Der kleine Lichtpunkt schwillt weiter an, bis das rote Strahlen mein gesamtes Sichtfeld ausfüllt und die Wände des Tunnels um mich herum dahinschwinden. Ich keuche auf, sobald sich die Welt wieder öffnet und nicht länger aus Gestein und Dunkelheit besteht. Euphorie pumpt durch meine Adern und sorgt dafür, dass ich einen erleichterten Fluch ausstoße.

»*Merda!*«, presse ich hervor, stemme mich langsam in die Höhe und klopfe den Staub des Tunnels von meiner Kleidung. Der Stoff meiner Hose ist an den Knien aufgescheuert, und sobald ich auf meine Hände hinabschaue, erkenne ich blutige Striemen. Ich balle sie zu Fäusten und versuche, den Anblick zu verdrängen, obwohl meine Wut auf Franca mit jeder vergehenden Sekunde wächst.

»Cara, sieh dir das mal an!«, höre ich meine Freundin in nicht allzu weiter Ferne rufen.

Der Drang, ihr den Hals umzudrehen, wächst weiter an. Zorn wuchert in meiner Brust wie ein Geschwür, dessen Zellen sich in meinem ganzen Körper verbreiten und die Kontrolle über mein Handeln übernehmen.

Ich schwanke auf meine Freundin zu, die neben einem Scheinwerfer steht, der wiederum die Wand hinter ihr in rotes Licht taucht. Erst jetzt fällt mir auf, dass wir uns in einer langen Höhle befinden, deren hohe Decken überraschend gerade wirken. Nicht weit von uns entfernt entdecke ich einen Torbogen, der diese Höhle und die dahinterliegende voneinander abtrennt. Dieser Ort wirkt wie von Menschenhand geschaffen.

»Willkommen in den Bourbonentunneln von Neapel!«, verkündet mit einem Mal unser Gastgeber, der sich aus den Schatten schält und neben uns tritt. Durch seine dunkle Kleidung verschmilzt er perfekt mit der Umgebung.

Ungläubig starre ich Cas an. Im Vergleich zu mir sieht er völlig unbeschadet und weiterhin perfekt gekleidet aus. Nicht einmal ein Hauch von Staub klebt an dem Stoff seiner Hose, obwohl er ebenfalls auf allen vieren durch den Tunnel gekrochen sein muss. Wie ist ihm das gelungen?

»Wir sollten keine Zeit verschwenden. Schaltet bitte eure Smartphones aus, und verliert nicht den Anschluss. Wir wollen schließlich nicht, dass sich jemand verirrt«, erklärt er grinsend.

Ich presse die Lippen zu einer dünnen Linie zusammen und rege mich nicht. Das Letzte, was ich jetzt tun werde, ist, mein letztes Kontaktmittel zur Außenwelt abzustellen. Ich bezweifle zwar, dass ich hier unten auch nur einen Balken Empfang besitze, dennoch weigere ich mich, der Anweisung von Cas Folge zu leisten. Franca kommt seinem Befehl hingegen bereitwillig nach.

Einen Wimpernschlag später wendet er uns bereits den Rücken zu und geht weiter voran. Er legt ein ordentliches Tempo vor und eilt so selbstsicher durch die breiten Gänge, als hätte er eine Karte des Tunnelsystems in seinem Gedächtnis abgespeichert.

Franca und ich bleiben beisammen und eilen ihm so schnell wie möglich hinterher. Meine Wut auf sie ist zwar noch lange nicht verpufft, aber jetzt ist definitiv nicht der richtige Zeitpunkt, um einen Streit zu provozieren. Ich kann sie auch anpampen, wenn wir endlich am Ziel angekommen sind.

In diesem Moment bin ich eher damit beschäftigt, dem langen Schatten von Cas zu folgen. Glücklicherweise gehören die Bourbonentunnel zu den besser erhaltenen Höhlensystemen in

Neapel. Die Katakomben werden in regelmäßigen Abständen mit Scheinwerfern beleuchtet und erhellen unseren Weg, sodass wir selten über Gesteinsbrocken stolpern. Wir eilen sogar an einem der berühmten Autowracks vorbei, die vor Jahrzehnten ihren Weg hierher gefunden haben. Die Oldtimer wurden nach dem Ende des Zweiten Weltkrieges von der Polizei in die Tunnel verfrachtet, weil diese als Lagerort genutzt wurden. Doch die rostigen Lauben bilden einen Fremdkörper in den antiken Gewölben und wirken völlig fehl am Platz, auch wenn der verschmutzte Lack dieselbe Farbe angenommen hat wie die braunen Wände.

Ich mache einen großen Bogen um die metallischen Überreste der einst wertvollen Fahrzeuge und bemühe mich gleichzeitig, Cas nicht aus den Augen zu verlieren.

Wir biegen mehrfach ab, passieren immer wieder enge und weite Passagen, klettern über Felsbrocken hinweg und bewegen uns sekündlich weiter von den Hauptgängen der Bourbonentunnel fort. Vermutlich wissen viele Menschen nicht einmal von den weitläufigen Katakomben, durch die wir uns gerade hindurchbewegen.

Mit einem Mal wird mir eine Sache mehr als bewusst: Wenn uns hier unten etwas geschieht, wird uns niemals jemand finden. Wir sind komplett abhängig von diesem mysteriösen Kerl. Niemand könnte unsere Schreie hören, geschweige denn uns helfen.

Wo haben wir uns da bloß reingeritten?

6. KAPITEL | MOJITO

Obwohl jeder meiner Schritte von Furcht und Panik durchdrungen ist, laufe ich weiter. Was für eine andere Wahl habe ich schon? Den *Point of no return* haben wir längst überschritten. Falls ich hier jemals lebendig rauskommen sollte, wird Franca das definitiv zu spüren bekommen. Wir sind zwar Freundinnen, aber durch ihren Ego-Trip hat sie mich nicht nur verletzt, sondern uns beide in Gefahr gebracht. Das werde ich ihr so schnell nicht verzeihen.

Es dauert eine halbe Ewigkeit, bis ich langsam das Gefühl bekomme, tatsächlich auf ein Ziel zuzusteuern. Eine Lichtquelle scheint sich nicht weit von uns entfernt zu befinden.

Blutrotes Licht fließt über das Vulkangestein. Fauliger Gestank verbeißt sich in meiner Nase, und die allgegenwärtige Kälte überzieht meine Arme mit einer Gänsehaut. Ich streiche mit den Fingerkuppen über die rauen Tunnelwände und kann immer noch nicht ganz begreifen, dass ich tatsächlich hier bin.

»Keine Sorge, wir sind gleich da«, eröffnet Cas uns plötzlich und richtet seinen Kopf wieder nach vorn.

Irgendetwas stimmt nicht mit diesem Kerl. Ich kann nicht genau zuordnen, was mich so an ihm stört, aber da ist etwas in seinem Wesen … etwas Lauerndes. Liegt es an seinen fließenden Bewegungen, die den knielangen Mantel, der seine Glieder wie nachtschwarze Tinte umspielt, kaum zum Rascheln bringen? Seinem herausfordernden Tonfall? Oder doch an etwas ganz anderem?

»Mir ist nicht wohl bei der Sache«, murmle ich Franca zu, die knapp hinter mir durch den Tunnel eilt und versucht, mit uns Schritt zu halten. Sie schnauft lautstark, und obwohl ich sie nicht direkt ansehe, erahne ich, wie sie übertrieben die Augen verdreht.

»Stell dich nicht so an, du Spaßbremse. Jetzt ist es sowieso zu spät, um umzukehren«, entgegnet sie.

»Es steht euch natürlich jederzeit frei, zu gehen, vorausgesetzt, ihr findet den Ausgang«, erklärt Cas.

Endlich weiß ich, woran er mich erinnert. An ein Raubtier auf der Jagd. Er lockt und lauert, bevor er uns mit einem gezielten Biss erlegen wird. Selten habe ich mich so unwohl gefühlt wie in diesem Moment. Wie Beute, die nur darauf wartet, angegriffen zu werden.

Was haben wir uns dabei gedacht, einem Unbekannten in die Katakomben zu folgen? Und dazu noch für eine illegale Untergrundparty. Wir hatten wirklich schon bessere Ideen.

Plötzlich höre ich aus der Ferne leise Klänge. Mit jedem Schritt wird die Musik lauter und der Bass stärker. Bald wummern die Vibrationen durch den Boden direkt in meine Knochen bis hinauf in mein Herz. Mein Puls beschleunigt sich im Takt der Melodie, sobald ich die Silhouetten anderer Menschen entdecke. Sie drängen sich in die Höhle, lehnen rauchend an den Tunnelwänden oder ziehen sich in die Ausbuchtungen der Gänge zurück.

»Eine letzte Warnung, bevor ich euch verlasse«, zischt Cas. »Bleibt möglichst in der Nähe der Haupthöhle. Wir wollen ja nicht, dass sich jemand verirrt oder Schlimmeres passiert, richtig? Schließlich sind wir alle hier, um ein bisschen Spaß zu haben.« In seinen Worten schwingt ein drohender Unterton mit, der mich rätseln lässt, was wohl schlimmer sein könnte, als sich in einem unterirdischen Labyrinth zu verlaufen und niemals wieder herauszufinden.

Trotzdem reagiere ich nicht auf die Warnung, im Gegensatz zu Franca, die eifrig nickt. Sie glüht förmlich vor Euphorie und tritt nervös von einem Fuß auf den anderen. Bestimmt stürzt sie sich gleich in die Menge und vergisst innerhalb von drei Sekunden, dass ich mich an ihrer Seite befinde. Das sähe ihr ähnlich.

»Dann wünsche ich euch beiden viel Vergnügen.« Mit diesen Worten kehrt Cas uns den Rücken zu.

Ich blinzle einmal, und schon ist er in der Menschenmasse vor uns verschwunden. Allerdings klebt seine bedrohliche Aura immer noch an mir und lässt sich auch nicht so schnell vertreiben. Aus Reflex will ich nach Francas Hand greifen, aber ich fasse ins Leere. Ruckartig sehe ich mich um und entdecke meine Freundin ein paar Meter weiter. Voller Elan bewegt sie sich auf eine Gruppe düsterer Gestalten zu, um mit ihnen gemeinsam zu tanzen. Ich schaffe es gerade einmal, einen Schritt in ihre Richtung zu setzen, bevor sich der Kreis für sie öffnet und sie inmitten des Gewirrs aus Armen, Beinen, Händen und Köpfen verschwindet. Genau, wie ich es vorhergesagt habe. Anscheinend konnte sie die Spaßbremse, *scusi* … ich meine natürlich, ihre beste Freundin nicht schnell genug loswerden.

»Verdammt«, murre ich. Die Musik schwillt an, und am liebsten würde ich hinter Franca herrennen und sie aus der Menge zerren. Die Menschen schwanken und hüpfen im Takt der Musik. Sie werfen ihre Arme in die Luft, johlen und brüllen. Eine Duftwolke aus Parfüm, Schweiß, Alkohol und Rauch schlägt mir entgegen, sobald ich mich näher auf die feiernden Nachtschwärmer zubewege. Ich ziehe die Nase kraus und wende mich kurzerhand von den Partygängern ab. Ich bin eindeutig noch zu nüchtern, um die Nacht sorglos durchfeiern zu können.

»Ich hätte mich niemals auf diese Aktion einlassen sollen«, zische ich mir selbst zu und recke den Hals auf der Suche nach einer Bar. Wenn ich mich nicht auf Franca verlassen kann, dann wenigstens auf die Tatsache, dass Alkohol diesen Abend ein wenig erträglicher machen wird.

Während mein Blick über die Menge wandert, die von Scheinwerfern mit weinrotem Licht übergossen wird, gerate ich ins Stocken. Nur wenige Meter von mir entfernt lehnt eine junge Frau an der Höhlenwand, und sie macht keinen Hehl daraus, dass sie mich beobachtet.

Ich verharre. Warte. Erkenne sie einen Wimpernschlag später wieder. Wie könnte ich auch nicht? Es ist dieselbe Frau, die Cas damals begleitet hat, als er uns die Einladung für die Untergrundparty überbracht hat. Dieselbe Frau, die mir seitdem nicht mehr aus dem Kopf gegangen ist.

Diese Party ist soeben um einiges interessanter geworden.

Ein einladendes Lächeln bildet sich auf den dunkel geschminkten Lippen der Frau, und ihre Augen leuchten auf. Plötzlich spüre ich eine Art Sog von ihr ausgehen, den ich auf diese Weise noch nie wahrgenommen habe. Gleichzeitig scheint die Luft um sie herum förmlich zu sirren. Sie besitzt zwar eine ähnlich gefährliche Ausstrahlung wie unser Fremdenführer, doch aus irgendeinem unerfindlichen Grund fasziniert sie mich dadurch nur umso mehr. Mein Herz pocht derart laut, dass ich befürchte, es könnte jede Sekunde aus meinem Rippenkäfig ausbrechen. Dennoch versuche ich, mir nichts anmerken zu lassen, und gehe langsam auf sie zu. Je näher ich an sie herantrete, desto bewusster wird mir, dass diese Frau meinen Untergang bedeuten könnte.

Ich betrachte ihr spitzes Gesicht, das durch einen Sidecut schärfer geschnitten wirkt. An ihrer linken Kopfseite trägt sie das Haar kurz rasiert, wohingegen sie es auf der anderen Seite auf Kinnlänge wachsen lässt. Ihre dunkel geschminkten Augen sehen durch den roten Schein der Beleuchtung noch faszinierender aus. Ich fühle mich geradezu magnetisch von ihr angezogen und komme erst knapp vor ihr zum Stehen.

»Hey«, grüße ich knapp und hebe die Hand leicht an. Sie sieht mich an und zupft ihr weit aufgeknöpftes Hemd zurecht. *Mio dio*, wie attraktiv kann eine Frau sein?

»Selber hey. Dich habe ich hier noch nie gesehen. Erstes Mal?«, fragt sie direkt.

Ob sie mich wohl wiedererkennt? Falls ja, dann lässt sie es sich nicht anmerken. Ihre Stimme klingt viel zu rau für ihr Alter. Ich schätze sie höchstens ein oder zwei Jahre älter als mich selbst ein.

»Gut erkannt. Ich war bisher nicht in diesem Teil der Katakomben. Normalerweise meide ich illegale Untergrundpartys«, gebe ich ehrlich zu und werfe einen flüchtigen Blick zu der tanzenden Menge und dem Vulkansteingewölbe. Meine Furcht verflüchtigt sich glücklicherweise mit jeder Sekunde ein wenig mehr. Die Enge und Dunkelheit der Tunnel kleben zwar weiterhin an meinem Bewusstsein, aber inzwischen kann ich mir zumindest sicher sein, dass unser Gastgeber kein falsches Spiel gespielt hat. Mein Misstrauen ihm gegenüber war also völlig unbegründet. Eigentlich konnte ich mich immer auf mein Bauchgefühl verlassen. Es hat mich nie im Stich gelassen. Warum lag ich bei Cas bloß so falsch?

»Bist du allein hier?«, fragt die Unbekannte und reißt mich damit aus meiner Gedankenspirale.

»Nein, ich bin mit einer Freundin unterwegs«, entgegne ich schnell.

Ihre Augenbrauen wandern fragend in die Höhe. »*Eine* Freundin oder *deine* Freundin?«, will sie wissen.

Okay, sie ist sehr direkt. Und sie versteckt ihr Interesse nicht. Das gefällt mir.

»Nur *eine* Freundin«, meine ich und lasse mir bewusst Zeit, bevor ich weiterspreche. Ein Lächeln huscht über die roten Lippen der Unbekannten, und gleich darauf macht sich ein verräterisches Kribbeln in meiner Brust breit. »Ich bin übrigens Cara.«

»Kisa«, sagt sie kurz angebunden. Der Bass aus den Lautsprechern wummert so laut in meinen Ohren, dass ich ihr den Namen von den Lippen ablesen muss. Was wiederum die perfekte Ausrede ist, um diese unauffällig anzustarren.

Ich habe mich selten innerhalb weniger Sekunden so sehr von einer anderen Person angezogen gefühlt. Kisa besitzt eine Ausstrahlung, die nicht nur attraktiv, sondern zugleich äußerst geheimnisvoll auf mich wirkt. Obwohl ich eigentlich mit Franca hier bin, verschwende ich kaum einen Gedanken mehr an meine beste Freundin. Die rot schimmernden Augen dieser Frau beherrschen meine Gedanken. Ihr Geruch nach Minze vernebelt mein Gehirn, und ihre Gesten sind alles, worauf ich mich konzentrieren kann. Was ist bloß los mit mir? Selbst als Teenagerin habe ich mich nicht Hals über Kopf in jemanden verguckt.

»Du siehst aus, als könntest du etwas zu trinken vertragen«, sagt Kisa und zwinkert mir zu. Allein diese winzige Geste reicht aus, um mich völlig aus dem Konzept zu bringen.

»Ich stehe kurz vorm Verdursten«, antworte ich wahrheitsgemäß. Meine Kehle ist völlig ausgetrocknet, und meine Zunge klebt mir am Gaumen. Allerdings liegt das ganz und gar nicht an der Tatsache, dass ich zu wenig Flüssigkeit zu mir genommen habe, sondern an der Frau vor mir.

Ich kann mich echt nicht daran erinnern, wann ich das letzte

Mal so eingenommen von einer Unbekannten war. Liegt es doch an ihrem Geschlecht? Aber nein, ich habe bereits zu meiner Schulzeit für andere Mädchen geschwärmt und auch in Clubs mit vielen Fremden geflirtet. Allerdings unterscheidet sich Kisa grundlegend von ihnen.

Ich kann meinen Blick kaum von ihr abwenden, selbst als sie vorangeht und mich zielsicher an der tanzwütigen Menge vorbeiführt in Richtung der Bar, die ich zuvor vergeblich gesucht habe.

Sie lehnt sich gegen den Tresen und verlangt von dem Typ dahinter zwei Old Fashioned Whiskey. Bevor ich Widerworte geben kann, stellt der Barkeeper bereits ein Glas vor mir ab. Ich betrachte die zwei Eiswürfel und die einsame Orangenscheibe, die in der bernsteinfarbenen Flüssigkeit schwimmen, umfasse das Gefäß und hebe es an. Kisa tut es mir gleich und prostet mir zu, woraufhin sie einen großen Schluck des Cocktails nimmt. Ich selbst nippe bloß ein wenig an meinem Getränk und stelle es schnell wieder auf dem Tresen ab.

»Nicht dein Geschmack?«, fragt sie gleich darauf und nickt in Richtung meines fast vollen Glases.

»Ich stehe eher auf frische Drinks. Mit Minze zum Beispiel«, sage ich, bevor ich mich selbst zurückhalten kann. War das zu forsch? *Merda, merda, merda del cazzo!* Ich hätte nicht so offensiv sein sollen. Warum verhalte ich mich bloß so, als hätte ich noch nie in meinem Leben geflirtet?

Kisas Augen weiten sich ungläubig. Sie hat die Anspielung auf den Duft ihres Parfüms also definitiv verstanden. Anstatt mich auszulachen, vergrößert sich ihr Lächeln jedoch lediglich.

»Also bist du eher für einen Mojito zu haben?«, möchte sie erfahren, doch ich höre deutlich die Rhetorik in ihrer Frage heraus.

Anstatt ihr also zu antworten, nehme ich schnell einen großen Schluck meines Cocktails. Der Whiskey besitzt eine angenehm rauchige Note und brennt leicht in meinem Rachen, sobald ich ihn herunterschlucke. *Datti una calmata, Cara! Behalt die Kontrolle, und hör auf, so verzweifelt zu wirken. Du blamierst dich sonst noch.*

Kisa beobachtet mich amüsiert. Ihre Augen blitzen gefährlich, während sie sich in meine Richtung lehnt. Mein Körper reagiert sofort auf ihre Nähe. Mein Puls stolpert unkontrolliert vor sich hin, und sogar meine Hand zittert leicht, sobald ich das leere Glas auf dem Tresen abstelle. Die Gegenwart dieser Frau macht etwas mit mir, das ich nicht beschreiben kann …

Im Hintergrund setzt ein neuer Song ein, und obwohl ich ihn nicht auf Anhieb erkenne, nutze ich die Chance, um wieder ein bisschen Abstand zwischen uns zu bringen.

»Lust zu tanzen?«, frage ich, um das Thema zu wechseln, und werfe Kisa ein flüchtiges Lächeln zu, bevor ich ihr den Rücken zukehre, ohne eine Antwort abzuwarten. Kaum wende ich mich von ihr ab, zwinge ich mich dazu, tief durchzuatmen. Ein und aus. Ganz langsam. Ein und aus. Es gibt keinen Grund zur Panik.

»Aber natürlich«, raunt Kisa plötzlich direkt neben mir und tritt an meine Seite. Ihre Hand liegt sanft an meinem Rücken, während sie mich in Richtung der tanzenden Menge schiebt. Ihre harmlose Berührung erzeugt ein warmes Kribbeln auf meiner Haut, das über mein gesamtes Rückgrat wandert.

Wir positionieren uns am Rand der Menge, Kisa stellt sich mir gegenüber und beginnt, sich im Rhythmus der Musik zu wiegen. Ihre flüssigen Bewegungen hypnotisieren mich förmlich. Das kleine Lächeln nimmt mich gefangen, und ihre rot schimmernden Augen verfolgen jede Regung meinerseits.

Meine ganze Welt schrumpft in diesem Moment zusammen. Bis auf Kisa und mich existiert nichts anderes mehr. Keine

Franca, keine Probleme mit meinen Eltern, keine Zukunftssorgen, keine Ängste.

Wir sind nur zu zweit in unserem kleinen Universum, und ich könnte nicht glücklicher sein, auch wenn mir schmerzlich bewusst ist, dass dieser Zustand nicht ewig anhalten wird.

7. KAPITEL | FILL ME WITH YOUR POISON

Ich verliere jegliches Zeitgefühl. Der Bass wummert in meinen Ohren und vermischt sich mit dem Pochen meines eigenen Herzens. Rotes Scheinwerferlicht zuckt über uns hinweg, taucht Kisas Gesicht in gleißende Helligkeit, nur um es gleich darauf in Schatten zu hüllen. Wir verfallen in einen gemeinsamen Rhythmus, spiegeln die Bewegungen der jeweils anderen wider und berühren einander immer wieder, als würden unsere Körper sich gegenseitig anziehen.

Ihre Finger streichen flüchtig über mein Handgelenk und wandern über meinen Unterarm nach oben bis hin zu meinem Ellenbogen. Sie zeichnet die Umrisse des Motten-Tattoos nach. Ihre Berührung hinterlässt eine brennende Spur auf meiner Haut.

Die Musik schallt aus den Lautsprechern.

You're so hypnotizing
Could you be the devil?
Could you be an angel?
Your touch, magnetizing
Feels like I am floating
Leaves my body glowing …

Ich gebe der Sängerin recht. Ich weiß genau, wovon sie in diesem Moment singt. Eine winzige Berührung von Kisa reicht aus, um mich völlig aus dem Konzept zu bringen. Alles fühlt sich surreal an. Befinde ich mich wirklich in den Katakomben unterhalb Neapels und tanze mit der faszinierendsten Frau, der ich jemals begegnet bin? Und interessiert sie sich tatsächlich ebenfalls für mich? Ich muss träumen. Das kann unmöglich der Realität entsprechen.

Ich betrachte Kisas hohe Wangenknochen, das spitze Kinn und die leicht schiefe Nase. Vermutlich wurde sie ihr schon einmal gebrochen. Gleich darauf mustere ich ihr perfekt gestyltes Haar, dessen Farbe ich aufgrund der Höhlenbeleuchtung nicht genau bestimmen kann. Zum Schluss senkt sich mein Blick wie von selbst zu ihren Lippen hinab. Unwillkürlich frage ich mich, wie es wohl wäre, sie zu küssen. Wie Kisa wohl schmeckt? Nach Minze? Oder nach dem Old Fashioned, den sie erst vor Kurzem getrunken hat?

Kiss me, ki-ki-kiss me
Infect me with your lovin'
Fill me with your poison
Take me, ta-ta-take me
Wanna be your victim
Ready for abduction …

Die Sängerin untermalt meine eigenen Gedanken. Kisas düstere Ausstrahlung und ihre perfekten Lippen sind alles, woran ich denke. Ich merke kaum, wie ich einen kleinen Schritt näher an sie herantrete. Inzwischen tanzen wir so eng miteinander, dass sich unsere Oberkörper beinahe streifen. Ihre Hüfte stößt spielerisch gegen meine, und ich hebe langsam meine Hände, um sie auf ihre Taille zu legen. Da wir beide in etwa gleich groß sind, bemerke ich sofort, wie sich ihre Augen bei meiner Berührung überrascht weiten. War das zu viel Körperkontakt für sie? Bin ich zu weit gegangen?

Ich will mich gerade wieder zurückziehen und entschuldigen, als ich ihren festen Griff an meinen Handgelenken spüre. Nun bin ich diejenige, die sie erstaunt anschaut. Ein schiefes Grinsen breitet sich auf ihrem Gesicht aus und lässt mein Herz stolpern. Ich hätte nicht gedacht, dass sie noch attraktiver werden könnte, doch dieses Lächeln beweist mir das Gegenteil.

Kisa streift mit ihren Fingerspitzen meine Arme entlang zu meinen Schultern und hinauf bis zu meinem Nacken. Dort verstärkt sie ihren Griff, was beinahe dazu führt, dass mir ein leises Stöhnen entfährt. In letzter Sekunde beiße ich mir jedoch auf die Unterlippe und unterdrücke den Laut.

Inzwischen schwebt ihr Gesicht dicht vor meinem. Ihr Blick zuckt über meine Miene hinweg, als würde sie darin nach etwas Bestimmtem suchen. Zeitgleich spielen ihre Finger mit meinen Haarspitzen und bringen mich um den Verstand. Der Drang, ihr noch näher zu kommen, zerreißt mich innerlich. Jede Zelle meines Körpers verzehrt sich danach, die Distanz zwischen uns zu schließen. Nichts anderes spielt mehr eine Rolle.

»Ich muss dich vorwarnen«, raunt Kisa plötzlich. Obwohl ihre Stimme einem Lufthauch gleicht, verstehe ich sie sogar über die ohrenbetäubende Musik hinweg.

»Das hier«, sie nickt mit dem Kinn in meine Richtung, »ist nichts Ernstes. Wir wollen beide bloß ein bisschen Spaß haben, richtig? Nach dieser Nacht sehen wir uns nie wieder.«

Ich blinzle sie irritiert an und nicke automatisch, auch wenn mir die Tragweite ihrer Worte erst einige Sekunden später bewusst wird. Sie ist also auf nichts Ernstes aus? *Bene, nessun problema.* Wir sind beide jung und haben keine Verpflichtungen. Ich werde sie garantiert zu nichts zwingen, was sie nicht will.

»Sehr gut. Ich will nicht, dass du dir falsche Hoffnungen machst.« Das schiefe Grinsen kehrt auf ihre Lippen zurück, und im selben Moment verabschiedet sich mein Verstand komplett. Nichts außer der Frau vor mir spielt eine Rolle. Ich nehme niemand anderen mehr wahr. Nur noch ihren Duft, ihr süchtig machendes Lächeln, ihre funkelnden Augen.

»Sollen wir nicht lieber an einen Ort gehen, an dem wir unter uns sind?«, raunt sie mir ins Ohr und sorgt auf diese Weise dafür, dass sich auf meinen Armen eine unübersehbare Gänsehaut bildet. Ich bemühe mich nicht einmal zu sprechen, sondern nicke bloß heftig.

Kisa nimmt selbstsicher meine Hand und führt mich weg von der tanzenden Menge, weg von der ohrenbetäubend lauten Musik, weg von den roten Scheinwerfern und weg von Franca. Sie kommt schon allein klar, meine beste Freundin ist immerhin die menschliche Manifestation eines *Social Butterflys*. Abgesehen davon hat sie mich zuerst stehen gelassen.

Ich werfe nicht einmal einen Blick über die Schulter zurück, als Kisa mich in einen der Seitengänge zieht, weg von der Haupthöhle. Sie scheint sich in den unterirdischen Katakomben bestens auszukennen, denn sie leitet uns zielsicher durch die unbeleuchteten Tunnel tiefer in das dunkle Labyrinth aus Vulkangestein hinein. Obwohl wir uns weit von den Feiernden entfernt haben, wandert das Vibrieren des Basses immer noch durch die Wände und ist über den Boden zu spüren.

Plötzlich wirbelt Kisa zu mir herum und umfasst meine Oberarme, sodass ich mich nicht von der Stelle rühren kann. In der schummrigen Dunkelheit erkenne ich bloß ihre Umrisse und einen eigenartigen roten Schimmer, der sich in ihren Augen verbirgt, obwohl hier keine roten Scheinwerfer mehr stehen. Seltsam. Es wirkt beinahe so, als würden ihre Iriden von innen heraus leuchten.

»Es gibt nur eine Regel«, flüstert sie. Ihr heißer Atem streift über meine Haut hinweg.

»Und die wäre?«, frage ich. Heiserkeit schleicht sich in meine Stimme.

»Wir werden uns nicht auf den Mund küssen«, fordert Kisa.

Ich blinzle sie überrascht an, auch wenn sie das in der Finsternis vermutlich nicht sehen kann. Eine äußerst eigenartige Regel, aber da ich sie zu nichts drängen werde, akzeptiere ich ihre Forderung mit einem weiteren Nicken.

Als hätte sie nur auf mein Signal gewartet, lässt sie die Hände nach unten wandern, an meinen Armen entlang und schließlich über meine Hüften. Ihre Finger erkunden meinen Körper, fahren jede Kurve nach und graben sich in meine Kleidung. Es fühlt sich unsagbar gut an …

Ich verliere das letzte bisschen Selbstbeherrschung, das sich noch in meinen Adern befindet, und erwidere ihre hungrigen Berührungen. Im Gegensatz zu ihr nutze ich nur eine Hand, um mit meinen Fingerspitzen an ihrer Wirbelsäule emporzufahren. Quälend langsam nähere ich mich ihren Schulterblättern. Ich fahre jeden Wirbel, jeden spürbaren Knochen nach und umfasse schließlich ihren Nacken, um dann meine andere Hand in ihrem Haar zu vergraben. Es fühlt sich weich und stoppelig an aufgrund ihres Sidecuts.

Im selben Augenblick arbeitet sich Kisa unter meinem Oberteil ebenfalls immer höher vor, bis ihre Daumen über meine Rippenbögen gleiten. Sobald ihre Fingerkuppen sich unter meinen BH stehlen und die Ansätze meiner Brüste ertasten, kann ich ein leises Stöhnen nicht länger unterdrücken. Ganz sanft fährt sie über das weiche Fleisch, und trotzdem hinterlässt Kisas Berührung eine Spur aus purem Feuer auf meiner Haut. Mein Herz pocht in diesem Moment so heftig, dass sie dessen Pulsieren garantiert mit ihren Händen spüren kann.

Ein Knurren entflieht gleich darauf aus ihrem Mund, und ich sehe selbst in der Schwärze der Katakomben den Hunger in ihren Iriden aufblitzen. Nur einen Wimpernschlag später drängt sie mich gegen die Wand des Tunnels. Das raue Gestein drückt gegen meinen Rücken, aber das ist mir völlig egal. Stattdessen beobachte ich mit geweiteten Augen, wie Kisas Silhouette mir näher kommt. Sie presst sich eng an mich, und ihre Präsenz raubt mir den Atem. Ich spüre sie überall. An meinen Beinen, meinen Armen, an meiner Körpermitte, meiner Brust …

Sie schlingt einen Arm um meine Taille und umfasst mit der freien Hand meinen Hals. Ich lege völlig selbstverständlich die Arme um ihren Nacken. Obwohl unsere Körper schon fast miteinander verschmelzen, will ich ihr noch näher sein. Ist das verrückt? Meine Welt besteht aus ihrem Minzduft, ihren feurigen Berührungen und ihren roten Iriden. Trotzdem kann ich einfach nicht genug bekommen.

Einen Herzschlag lang verharren wir, starren einander bloß schwer atmend an. Doch dann senkt Kisa den Kopf und haucht mir einen flüchtigen Kuss auf die nackte Schulter. Ich erschaudere.

»Mehr?«, fragt sie leise. Ich kann ihr Grinsen förmlich hören. Vermutlich weiß sie genau, was für einen verheerenden Effekt sie auf mich hat.

»Mehr«, erwidere ich bloß atemlos.

Es dauert höchstens den Bruchteil einer Sekunde, bis ihre Lippen erneut auf meine Haut treffen. Sie küsst sich an meinem Schlüsselbein entlang zu meinem Hals. Jeder Kuss gleicht einer weiteren Welle, die Wärme und Lust durch meinen Körper spült. Mein Unterleib zieht sich erwartungsvoll zusammen, und meine Hände krallen sich in Kisas Oberteil.

Plötzlich glaube ich zu verstehen, was die Menschen mit dem Ausdruck »süße Qual« meinen. Ich würde gerade nichts lieber tun, als ihren Mund mit dem meinen zu verschließen und sie so daran zu hindern, mich weiter zu quälen.

Mein Puls wummert derart lautstark in meinen Ohren, dass ich nicht einmal mehr das Vibrieren des Basses von der Party wahrnehme. Stattdessen fällt mir auf, wie Kisa auf der Höhe meines Halses plötzlich innehält. Ihre Lippen schweben genau über meiner Halsschlagader, ihr Atem streichelt über meinen Kehlkopf.

Einen Atemzug später drückt sie auf einmal meinen Kopf stärker gegen die hinter mir liegende Wand und umfasst meine Taille so fest wie ein Schraubstock. *Diavolo!* Was hat sie vor?

»Hey, du tust mir –« Bevor ich den Satz beenden kann, presst Kisa ihre Lippen so fest gegen meinen Hals, dass mir für einen Moment tatsächlich der Atem wegbleibt.

Ich ringe nach Luft, aber weil sich ihre Finger in meine Kehle graben, entkommt mir bloß ein heiseres Röcheln. Kisa lässt nicht locker, pinnt mich fest gegen die Wand und saugt sich förmlich an meiner Haut fest. Vor wenigen Sekunden habe ich ihre Berührungen noch genossen. Doch irgendetwas ist jetzt anders. Ihr Verhalten nimmt eine animalische Spur an. Sie dominiert mich auf eine Weise, die mein Herz vor Panik und nicht vor Lust höherschlagen lässt. Ich versuche, sie von mir zu stoßen, Abstand zu gewinnen oder zumindest etwas Luft zu bekommen. Allerdings ist Kisa deutlich stärker als gedacht. Sie rührt sich nicht von der Stelle und scheint meine Bemühungen nicht einmal zu bemerken.

»Lass mich los!«, presse ich hervor.

Einen Wimpernschlag später spüre ich deutlich, wie Kisa sich versteift. Ihre Glieder versteinern mitten in der Bewegung, und für einen Moment fühlt es sich so an, als würde ich eine Statue festhalten. Ihre Lippen lösen sich kurzzeitig von meiner Haut, bloß um zu hauchen: »Es tut mir leid.«

Bevor ich verstehe, was sie mit diesen Worten meint, nehme ich einen Stich an meinem Hals wahr. Blitzartig durchzucken daraufhin Schmerzen meinen gesamten Körper, und ein unkontrollierter Schrei entfährt mir.

Hat Kisa mich etwa gebissen? Ich versuche, mich von ihr zu lösen, sie von mir zu stoßen und ihre Lippen von meinem Hals zu entfernen, allerdings ohne Erfolg. Ich kratze über ihre Arme, trommele gegen ihren Rücken, zerre an ihrem Haar, aber ohne Wirkung. Kisa lässt sich nicht abschütteln, während ich vor Schmerzen kaum noch klar denken kann.

Erst jetzt fällt mir die warme Nässe auf, die über mein Brustbein rinnt. Ich gleite mit einer Hand durch die Flüssigkeit und halte sie gleich darauf in das schummrige Licht. Blut.

Plötzlich wird mir bewusst, dass Kisa wirklich mein Blut trinkt. Ich kann förmlich spüren, wie es meinen Körper verlässt und in ihren hineinfließt. Kälte breitet sich in meinen Finger- und Fußspitzen aus, wandert durch meine Gliedmaßen bis zu meinem Rumpf. Lichtblitze tanzen durch mein Blickfeld.

Warum tut sie mir das an?

Mit einem Mal wird mir bewusst, dass ich mich selbst verteidigen muss, wenn ich unbeschadet aus dieser Situation entkommen will. Keiner der Partybesucher wird meine Schreie hören, niemand wird mir zu Hilfe eilen. Ich muss mir selbst helfen, um nicht in den Katakomben zu verenden.

Adrenalin rauscht durch meine Adern und verdrängt für ein paar kostbare Momente den Schmerz von Kisas Biss. Mein gesamter Körper kribbelt und bebt. Ich muss *jetzt* handeln, sonst ist es vielleicht zu spät und ich verliere das Bewusstsein. Mit der Daumenkuppe fahre ich über die Ringe, die ich an jedem Finger trage. Da ich keine Waffen bei mir führe, müssen diese Schmuckstücke zur Selbstverteidigung ausreichen.

Bevor ich meine Entscheidung hinterfragen kann, balle ich

auch schon die rechte Hand zur Faust und hole so weit wie möglich aus. Ich lasse meine Knöchel und die metallischen Ringe mit voller Wucht gegen Kisas Schläfe krachen. Einmal, zweimal, dreimal ... bis sie endlich von mir ablässt.

Ein zorniges Grollen entfährt ihrem blutverschmierten Mund, und erneut erkenne ich das unnatürlich rote Glühen ihrer Iriden.

»Was zur Hölle bist du?«, zische ich, aber meine Stimme geht in einem Gurgeln unter. Schockiert presse ich meine Hand auf die Wunde an meinem Hals. Ich spüre, wie das Blut aus meiner Schlagader spritzt und meine eigenen Finger benetzt. Selbst als ich Druck auf die Bissverletzung ausübe, kann ich die Blutung nicht stoppen. So viel Blut ...

Kisa fasst sich nun ebenfalls an die verletzte Schläfe. Ihr Blut klebt an meinen Ringen. Anstatt Reue zu zeigen, knurrt sie mich an. Zwei spitze Eckzähne blitzen im schummrigen Licht auf. Sie nimmt eine Art Angriffsposition ein, streckt ihre Arme aus und will mich erneut festhalten. Vermutlich will sie auch noch den letzten Tropfen aus meinem Körper trinken.

Doch sie rechnet eindeutig nicht mit meiner Gegenwehr. Ich habe in meiner Teenie-Zeit garantiert nicht umsonst die unzähligen Selbstverteidigungskurse besucht. Mein Muskelgedächtnis übernimmt ganz von selbst die Kontrolle. Ich nehme einen festen Stand ein, blocke ihren ausgestreckten Arm mit meiner Elle ab und ramme im selben Moment meine geballte Faust in ihren Magen. Kisa krümmt sich nach vorne und bietet so genug Angriffsfläche für einen zweiten Schlag. Und so schlage ich ihr mit voller Wucht gegen den Kehlkopf, nur um einen Atemzug später beide Daumen in ihre Augen zu drücken. Ich will ihr nicht wehtun. Wirklich nicht. Aber sie lässt mir keine andere Wahl.

Meine Gegnerin schreit schrill auf und wendet sich von mir ab. Mir ist bewusst, dass ich sie nicht besiegen kann. Ich brauche Zeit, um zu fliehen. Während Kisa nach Luft ringt und sich die Augen reibt, drücke ich mich von der Wand ab und beginne zu rennen.

Ich weiß nicht, welche Richtung ich einschlage und ob ich mich auf die Haupthöhle zubewege oder von ihr weglaufe. Doch das alles spielt gerade keine Rolle. Ich will so viel Abstand wie möglich zwischen Kisa und mich bringen.

»Bleib stehen!«, brüllt meine Verfolgerin. Ich höre deutlich ihre schweren Schritte und kann ihren bohrenden Blick in meinem Rücken förmlich spüren.

Kurz erfühle ich eine Berührung an meinem Unterarm, also beschleunige ich mein Tempo. Obwohl sich jeder Muskel in meinem Körper anspannt, renne ich weiter, um den Abstand zwischen uns weiter auszubauen. Das Echo von Kisas Rufen ertönt unablässig in meinem Kopf.

Ich biege in Seitengänge ab, stolpere durch Felsspalten hindurch und taste mich fast blind voran. Das Restadrenalin, das durch meine Venen pumpt, ist vermutlich das Einzige, was mich noch aufrecht stehen lässt. Erst als ich für eine Sekunde ausharre und lausche, wird mir bewusst, dass Kisa mir nicht länger folgt. Ich höre keine Schritte, kein Atmen, gar nichts. Da ist nichts. Nur absolute, alles einnehmende Stille. Ich bin allein. Irgendwie muss es mir gelungen sein, sie abzuhängen.

Diese Erkenntnis raubt mir jegliches bisschen Energie. Langsam setzt mein Verstand wieder ein und macht mir bewusst, in was für einer misslichen Lage ich stecke. Ich bin völlig planlos in die Katakomben gerannt, und obendrein bin ich schwer verletzt.

Meine Beine zittern. Meine Knie schlottern so stark, dass ich mich nicht länger halten kann. Kraftlos stütze ich mich an der Tunnelwand neben mir ab und lasse mich langsam zu Boden sinken.

Ich presse meine Hand weiterhin auf die pulsierende Wunde an meinem Hals, trotzdem stoppt die Blutung einfach nicht. Wie viele Liter ich wohl schon verloren habe? Eine Verletzung an der Halsschlagader kann tödlich enden, das weiß ich sogar als Laiin. Das gesamte Hemd ist inzwischen blutdurchtränkt, und ein hartnäckiger Schwindel setzt ein. Mein Kopf sackt immer wieder nach vorne, und es fällt mir zunehmend schwerer, bei Bewusstsein zu bleiben.

Ich kämpfe dagegen an, doch irgendwann kann ich die Dunkelheit in den Katakomben nicht mehr von der Finsternis hinter meinen Lidern unterscheiden …

8. KAPITEL | METAMORPHOSE

Ich erwache, weil mein ganzer Körper schmerzt. Meine gesamte Hautoberfläche steht in Flammen. Pure Hitze fließt durch meine Venen und verbrennt mein Herz. Es fühlt sich an, als würde mein Blut kochen. Ich schreie auf, aber nichts weiter als ein atemloses Keuchen verlässt meine Lippen. Was geschieht mit mir?

Ich presse meine zitternde Hand gegen die Stirn und keuche erschrocken auf. Meine Haut glüht. Mit einem schnellen Kontrollblick stelle ich fest, dass ich immer noch in den Katakomben bin. Genau an der Stelle, wo ich bewusstlos geworden bin.

Schwankend versuche ich, mich an der Wand abzudrücken und mich in die Höhe zu kämpfen, doch selbst das will mir nicht gelingen. Hartnäckiger Schwindel lässt meine Welt hin und her schwanken, weswegen ich bloß ein paar Schritte nach vorne taumeln kann, bevor ich zurück auf die Knie falle.

Mein gesamter Oberkörper krümmt sich qualvoll zusammen, sodass ich beinahe mit dem Gesicht voran auf dem staubigen Boden lande. Immer wieder verknoten sich meine Organe, nur um sich dann voneinander zu lösen und anschließend erneut zusammenzuballen. Magensäure schießt in meiner Speiseröhre hoch und kratzt in meinem Hals. Ich kann es nicht unterdrücken, also gebe ich dem Bedürfnis nach und erbreche mich. Galle verätzt meine Zunge, meinen Mund und benetzt meine Lippen. Ich wische sie eilig mit dem Handrücken weg, als ich auch schon den seltsamen Beigeschmack bemerke. Kupfer.

Zum ersten Mal in meinem Leben frage ich mich, wie sich Sterben wohl anfühlt. Bisher habe ich mich nur selten mit dieser Frage auseinandergesetzt. Ich habe geglaubt, ich hätte noch Zeit. Immerhin bin ich gerade einmal dreiundzwanzig Jahre alt.

Meine Nonna ist friedlich eingeschlafen mit weit über achtzig Jahren. Ich bezweifle, dass sie ähnliche Qualen wie ich in diesem Moment durchlitten hat. Ein Schwall Blut dringt aus meinem Mund und benetzt den Boden vor mir. Ich blinzle gegen den Schwindel an, aber es fällt mir sekündlich schwerer, die Augen offen zu halten.

Ich klammere mich mit aller Macht an die Schmerzen. Versuche, das Blut auf meiner Zunge zu schmecken, die Krämpfe in meinem Magen zu ertragen und gegen die Hitze unter meiner Haut anzukämpfen. Denn die Schmerzen bedeuten, dass ich lebe. Dass es noch nicht vorbei ist. Dass noch eine Chance für mich besteht.

Vor meinem inneren Auge erscheinen meine Eltern und mein Bruder. Ich kann sie genau vor mir sehen. Meine Mutter mit ihren Gewitterlocken, meinen Vater mit seiner ständig sorgenvoll verzogenen Miene und meinen hochgewachsenen Bruder mit dem selbstsicheren Lächeln. Ich will meine Familie in die Arme schließen und ihnen tausendfach sagen, wie leid es mir tut. Dass ich mich nicht auf Francas grauenhafte Idee hätte einlassen sollen. Dass ich sie stolz machen will. Dass ich endlich einen Zukunftsweg finden will, der mich wirklich erfüllt. Aber vor allem, dass ich sie liebe.

Tränen quellen über meinen Wimpernkranz und rinnen über meine Wangen, benetzen meine Lippen und tropfen zu Boden.

Ihr salziger Geschmack verdrängt sogar für einen Moment den des Blutes auf meiner Zunge.

»*Warum tust du uns das an, mia figlia?*«, schallt die Stimme meiner Mama durch die Katakomben. Ihr Echo wird tausendfach von den Tunnelwänden zurückgeworfen. Sie klingt so real, dass ich mich für einen Moment suchend umdrehe, aber natürlich bin ich völlig allein.

»*Warum hast du uns so früh verlassen, Carissima?*«, schluchzt mein Vater. Seine Trauer gräbt sich direkt in mein Herz und lässt meine Tränen noch stärker fließen.

Ich weiß, dass ihre Stimmen nur eine Illusion sind. Dass sie unmöglich hier in den unterirdischen Gängen sind und zu mir sprechen. Was sagt es über meinen mentalen Zustand aus, dass ich über meine Liebsten halluziniere?

»*Ich werde dich vermissen, Topolina*«, flüstert mir mein Bruder ins Ohr.

Das gibt mir endgültig den Rest. *Topolina* ... Mäuschen. Diesen uralten Spitznamen hat mir Dante in unserer gemeinsamen Kindheit verpasst, weil wir am liebsten das Fangspiel Katz und Maus gespielt haben. Ich muss wohl nicht erwähnen, welche Rolle ich meist übernommen habe.

Die Trauer rollt hemmungslos über mich hinweg, denn so langsam begreife ich, warum mich mein eigener Verstand mit diesen Illusionen quält. Das hier ist mein ganz persönlicher, einsamer Abschied. Ich werde es nicht aus diesen Katakomben rausschaffen. Meine Verletzungen sind zu schwer. Das war's.

Hinter meinen geschlossenen Lidern tanzen Lichtblitze, während ich jegliches Gefühl in meinen Armen und Beinen verliere. Ich bleibe regungslos im Dreck liegen, atme Staub ein und schmecke nichts als Blut. Nach und nach ebbt die Hitze in meinen Adern ab und wird abgelöst von einer eisigen Kälte, die mir bis in die Knochen dringt.

Als jedoch die ganze Welt von endgültiger Finsternis verschlungen wird, greife ich verzweifelt nach einem allerletzten klaren Gedanken. Es ist der Name der Person, die für meinen Tod verantwortlich ist. Mein Herz schlägt voller Hass und Rachegelüsten, bevor es für immer verstummt.

Kisa …

9. KAPITEL | VON DEN TOTEN AUFERSTANDEN

Mein Schädel brummt, als hätte ich den schlimmsten Kater meines Lebens. Ich fahre mit der Zunge über meine spröden Lippen, und ein plötzlicher Durst lässt mich aufkeuchen.

Während ich mich langsam aufrichte, rattern meine Gedanken wild drauflos. Das Gesicht meiner besten Freundin kommt mir in den Sinn. Franca, wie sie mit mir gemeinsam bis zum Einbruch der Dunkelheit ausharrt. Franca, die unbedingt diese verfluchte Untergrundparty besuchen wollte, vor der ich sie so oft gewarnt habe. Franca, die einem Fremden mehr vertraut hat als ihrer besten Freundin.

Es braucht bloß diesen Anfang, diesen kleinen Stupser, und schon blitzen Bilder in Sekundenschnelle in meinem Kopf auf und zeigen mir überdeutlich, was geschehen ist. Die Wanderung durch Neapel, der Kellerzugang zu den Bourbonentunneln, das ziellose Herumirren in den Katakomben, die Enge, die Panik ... und schließlich die ohrenbetäubend laute Musik. Das rote Scheinwerferlicht. Und Kisa, die mich mit einem Versprechen in das Tunnellabyrinth lockt, nur um mich zu beißen und lebensgefährlich zu verletzen.

Allein ihren Namen zu *denken,* spült eine Welle aus Hass durch mein Innerstes. Sie ist der Grund, weshalb ich in dieser beschissenen Lage stecke. Vorsichtig ertaste ich die Wunde an meinem Hals und finde tatsächlich zwei besonders große Löcher genau dort, wo sich meine Halsschlagader befinden muss. Die Erinnerung an Kisas unnatürlich spitze Eckzähne blitzt vor meinem inneren Auge auf und lässt mich zusammenzucken. Unter meinen Fingerkuppen klebt getrocknetes Blut. Wie viel habe ich wohl verloren?

Zu viel. Definitiv zu viel. Sonst wäre ich nicht bewusstlos geworden. Es kommt einem Wunder gleich, dass ich überhaupt wieder zu mir gekommen bin.

In meinem Kopf schwirren Dutzende Fragen, aber meine oberste Priorität muss jetzt erst mal sein, hier rauszukommen.

Langsam stemme ich mich in die Höhe, zuerst mit den Armen, anschließend mit beiden Beinen. Obwohl ich mich im ersten Moment an der Wand neben mir abstützen muss, weil sich alles dreht, erhole ich mich überraschend schnell. Nach etwa einer Minute, in der ich regelmäßig atme, um meinen Kreislauf zu stabilisieren, lässt der Schwindel langsam nach. Am Rande registriere ich, dass die zuvor hämmernden Kopfschmerzen ebenfalls nachlassen. Mit jeder verstreichenden Sekunde geht es mir ein bisschen besser. Schon nach kurzer Zeit wage ich es, ein paar Schritte zu gehen, und es gelingt mir tatsächlich, ein wenig voranzukommen, ohne zu stolpern.

Ein triumphierendes Grinsen schleicht sich auf meine Lippen. Ich stelle meine Wunderheilung nicht infrage, sondern bin einfach dankbar dafür, dass ich jetzt hier rauskann.

Meine Augen scheinen sich ebenfalls langsam an die allgegenwärtige Dunkelheit zu gewöhnen. Wo ich zuvor nur Schwärze wahrgenommen habe, verbergen sich nun kleine Lichtpartikel und tiefe Schatten in den Katakomben. Ich entdecke Spalten in den Höhlenwänden und erkunde Gänge, die so wirken, als wären sie von Menschenhand geschaffen worden. Mir fällt es sogar leicht, große Gesteinsbrocken am Boden auszumachen und über diese hinwegzusteigen. Ein ungläubiges Lachen stolpert über meine Lippen, weil ich tatsächlich in der Lage bin, Konturen in völliger Finsternis auszumachen, obwohl weit und breit keine Lichtquelle zu entdecken ist.

Ab und an bleibe ich zweifelnd stehen, wenn sich die Gänge vor mir gabeln und ich mich für eine Route entscheiden muss. Währenddessen erfüllt mich eine tiefe Ruhe, die sich wie eine Decke über meine aufgewühlten Emotionen legt. Bei meiner ersten Wanderung durch die Katakomben wurde ich von Panik beherrscht. Jetzt versuche ich, einen kühlen Kopf zu bewahren. Angst wird mir nicht hier raushelfen. Also lasse ich sie gar nicht erst zu Wort kommen. Nur als ich in den Tunneln fast über seltsame bleiche Gegenstände stolpere, die mich vage an Knochen erinnern, durchfährt mich ein Schauder. *Nicht hinsehen. Konzentrier dich auf deine Aufgabe, stolto.*

Schließlich erreiche ich eine weitere Abzweigung und wäge ab, welchen Weg ich einschlagen soll, als ich ein weit entferntes Rattern höre. Ich runzle die Stirn und versuche herauszufinden, woher das Geräusch stammt. Immer wieder wende ich mich in eine andere Richtung und lausche. Das Rattern entfernt sich schnell, doch inzwischen glaube ich, seinen Ursprung ausgemacht zu haben. Und zwar direkt über mir.

»Die *Metropolitana*«, murmle ich. Die Gleise verlaufen oberhalb der Katakomben, und die Geräusche der durchfahrenden Züge können mir vielleicht den Weg nach draußen zeigen. Ich muss ihnen nur folgen.

Bevor ich meine Entscheidung anzweifeln kann, biege ich in den Gang ab, in dem die Fahrtgeräusche des Zuges nachhallen. Ich beschleunige meine Schritte, ziehe das Tempo immer weiter an, bis ich sogar durch die Katakomben renne. Trotz der Anstrengung ist meine Atmung ganz ruhig. Ich fliege geradezu durch die unterirdischen Tunnel und bin überrascht darüber, dass es mich kaum Mühe kostet. Nicht ein Schweißtropfen bildet sich auf meiner Stirn. *Pazzo!*

Ich renne, renne und renne … und ich glaube, ich habe mich noch nie so frei gefühlt. Das Laufen füllt meine Gedanken aus und verdrängt alle Sorgen. Zumindest so lange, bis ich bemerke, dass das Rattern und Zischen der Metro immer lauter wird. Ich biege um eine letzte Ecke, und endlich ist da ein Ausgang oder zumindest ein U-Bahn-Schacht zu sehen. Schlitternd komme ich zum Stehen. Gerade rechtzeitig, denn plötzlich rauscht die Metro ungebremst an mir vorbei. Wie ein gelber Blitz zischt sie durch mein Sichtfeld. Das grelle Licht der Innenräume blendet mich kurz, sodass ich meine Augen zusammenkneifen muss. Es dauert höchstens wenige Sekunden, dann ist sie auch schon wieder fort.

Ungläubig starre ich der Bahn hinterher, betrachte die Gleise vor mir und den gigantischen U-Bahn-Schacht, der so viel mehr Platz bietet als die engen Gänge der Katakomben.

Ich fackle nicht lange, sondern trete hinaus auf die Gleise und schlage dieselbe Richtung ein wie die Metro. Wenn ich ihr folge, werde ich früher oder später zu einer Station gelangen und von dort aus zurück an die Erdoberfläche.

Ich habe es fast geschafft! Ich habe einen Weg aus den unterirdischen Tunneln Neapels gefunden! *Incredibile …*

Ich folge der Metro, lasse ihre Lichter nicht aus den Augen, konzentriere mich auf meine Atmung und erhöhe meine Geschwindigkeit stetig. Es wundert mich, wie leicht mir das Laufen fällt. Ich war noch nie sonderlich sportlich, und im Ausdauerlauf während der Schulzeit habe ich meist nicht einmal ansatzweise so gute Zeiten erzielt wie die anderen Lernenden.

Plötzlich nehme ich in einiger Entfernung einen grellen Lichtpunkt wahr, der sich mit jedem meiner Schritte vergrößert.

Ich blinzle gegen die Helligkeit an und erkenne schnell, dass es sich um eine der Metro-Stationen handeln muss. Endlich!

In diesem Moment höre ich hinter mir ein verräterisches Klackern und Rattern wahr. Ich kenne dieses Geräusch nur zu gut, immerhin bin ich ihm die letzten Minuten hinterhergerannt. Der nächste Zug nähert sich. Ich hätte damit rechnen müssen, schließlich fahren die Metros in Neapel im Minutentakt.

»*Merda!*«, zische ich und beschleunige meine Schritte. Der Bahnsteig ist in fast greifbarer Nähe, und ansonsten habe ich keine andere Möglichkeit, dem Zug auszuweichen. Der U-Bahn-Schacht ist zu eng, um sich an die Wand zu drücken, und ich sehe im Vorbeirennen keine Einbuchtungen, Gleise oder abgrenzende Tunnel. Also gibt es nur eine Fluchtmöglichkeit: nach vorne.

Ich mobilisiere meine letzten Energiereserven, stoße einen animalischen Schrei aus und stecke immer mehr Wucht in meine Schritte, um mich schneller und weiter vom Boden abzudrücken. Es fühlt sich beinahe wie fliegen an. Das Gefühl ist völlig surreal, und ich schiebe es auf meinen Überlebensinstinkt, dass ich dazu überhaupt in der Lage bin.

Hinter meinem Rücken ertönt das aggressive Hupen der Bahn. Offensichtlich hat der Zugfahrer mich bereits entdeckt, aber er wird unmöglich rechtzeitig bremsen können. Immer wieder betätigt er den Warnton, der jeden Knochen in meinem Körper zum Vibrieren bringt.

Endlich erreiche ich die Plattform. Sie liegt höher als gedacht, dennoch gelingt es mir, den oberen Rand mit den Händen zu umschließen. Jetzt muss ich mich nur noch hochziehen …

»*Aiuto!* Hier braucht jemand Hilfe!«, ruft einer der Fahrgäste, der mich im Gleisbett entdeckt haben muss. Der junge Mann und zwei seiner Begleiter eilen zu mir und betrachten mich für eine Schrecksekunde lang völlig ratlos. Gleich darauf ertönt ein erneutes Hupen. Die Metro nähert sich in einem beängstigenden Tempo. Das grelle Licht der Scheinwerfer blendet mich.

»Macht schon!«, keife ich die drei Männer an, die offensichtlich helfen wollen, aber nicht wissen, wie. Kurzerhand lehnen sie sich über den Rand der Plattform und packen meine Unterarme. Ich springe vom Boden ab und katapultiere mich auf diese Weise nach oben, während mich die Männer hoch- und auf die rettende Plattform ziehen. Gerade noch rechtzeitig, denn einen Wimpernschlag später rauscht die Bahn an mir vorbei. Der Fahrtwind wirbelt meine Haare auf. Ich stolpere leicht und versuche, das Gleichgewicht zu bewahren, bevor ich mich meinen Rettern zuwende.

»*Grazie mille!*«, keuche ich. Überraschenderweise bin ich kaum außer Atem, obwohl ich gerade einen halben Marathon gelaufen und dem Tod wortwörtlich von der Schippe gesprungen bin. Irgendetwas stimmt nicht mit mir …

»I-ist alles in Ordnung? Geht es Ihnen gut?«, fragt einer der Männer. Er muss schon mindestens in seinen Fünfzigern sein, hat einen grauen Haaransatz und ein faltiges Gesicht. Er zittert merklich und scheint von der ganzen Situation sehr mitgenommen zu sein. Außerdem mustert er mich immer wieder von oben bis unten.

»Sollen wir einen Krankenwagen rufen?«, will einer meiner jüngeren Retter, der dem älteren Mann wie aus dem Gesicht geschnitten ist, wissen. Wahrscheinlich ist er sein Sohn. Er starrt mich auf jeden Fall mit ähnlich großer Sorge an.

Ich blicke einmal prüfend an mir hinab und registriere, warum sie mich so entgeistert anschauen. Es liegt nicht nur daran, dass ich gerade aus dem Gleisbett geklettert bin. Braunrote Schlieren vertrockneten Blutes ziehen sich über meinen gesamten Oberkörper und mein Hemd bis zum Bund meiner Hose. Ich sehe aus, als wäre ich gerade durch die Hölle gegangen.

Trotzdem setze ich ein falsches Lächeln auf. »Machen Sie sich keine Sorgen. Es ist alles in bester Ordnung.«

Dabei ist rein gar nichts in Ordnung. Ich wurde in die Halsschlagader gebissen. Ich habe eine Menge Blut verloren und habe geglaubt, ich würde in den Katakomben sterben. Aber das bin ich nicht. Im Gegenteil, mir geht es körperlich so gut wie nie zuvor. Selten habe ich mich in meinem Leben so stark gefühlt wie während der Flucht vor der Metro. Das ist doch nicht normal. Vielleicht sollte ich mich wirklich im Krankenhaus untersuchen lassen. Vorher muss ich allerdings etwas viel Wichtigeres erledigen.

Meine Retter starren mich noch immer völlig entgeistert an. Vermutlich glauben sie, dass sie es mit einer Kriminellen zu tun haben. Ich lasse sie einfach in dem Glauben, denn ich kann ihnen sowieso nicht das Gegenteil beweisen. Stattdessen hebe ich wie zum Gruß die Hand, wende mich von den Männern ab und mische mich in die Menge, um ihren ungläubigen Blicken zu entkommen. Gerade rechtzeitig, wie es scheint, denn aus dem Augenwinkel beobachte ich, wie die Gruppe von einem Bahnmitarbeiter angesprochen wird und sie daraufhin in meine Richtung deuten. Verdammt! Ich hätte damit rechnen müssen, dass sie nach mir suchen würden. Immerhin kommt es nicht alle Tage vor, dass jemand auf den Bahngleisen um sein Leben rennt. Wenn mich die Mitarbeitenden erwischen, dann bedeutet das sicherlich Ärger. Komplikationen, die ich nicht gebrauchen kann.

Also tue ich das einzig Vernünftige, senke meinen Kopf und schiebe mich zwischen den Menschentrauben zur Treppe hindurch. Die Leute um mich herum bewegen sich geradezu quälend langsam, und der penetrante Geruch von Schweiß liegt in der Luft. Ich ziehe die Nase kraus und halte sie mir anschließend sogar zu. Hat es in der Metro schon immer so bestialisch gestunken?

Ich versuche, mich auf meine Schritte zu konzentrieren, erklimme eine Stufe nach der anderen und will mich gerade am Informationsschalter vorbeischleichen, als mein Blick auf die digitale Anzeige des Datums und der aktuellen Uhrzeit fällt. Ruckartig bleibe ich stehen. Ein paar Besucher rempeln mich von hinten an oder rennen in mich hinein, aber das nehme ich kaum wahr. Der Schock lähmt mich für einige Sekunden. Das kann nicht sein … oder? Wenn diese Anzeige stimmt, dann bedeutet das …

Nein. Nein. Ich weigere mich, das zu glauben.

Ich befreie mich aus der Schockstarre und steuere den Infoschalter an, um gleich darauf gegen die fettverschmierte Glasscheibe zu klopfen.

Ein völlig übermüdeter Mitarbeiter hockt dahinter und murmelt in sein Mikrofon: »Wie kann ich Ihnen helfen?« Er schaut nicht einmal auf.

»Ich würde gerne wissen, ob die digitale Anzeige korrekt ist. Zeigt sie das richtige Datum an?«, wundere ich mich. Das Zittern in meiner Stimme kann ich unmöglich unterdrücken.

»Natürlich, die Anzeige ist an die Atomuhr angepasst …« Weiter kommt der Mitarbeiter nicht, denn nun schaut er auf und registriert mein völlig katastrophales Aussehen.

Ich gebe ihm jedoch gar nicht erst die Chance zu fragen, ob es mir gut geht. Stattdessen mache ich auf dem Absatz kehrt und eile davon. Bloß weg. An die frische Luft. Realisieren, dass ich mir das alles nicht einbilde.

Wenn der Mitarbeiter mich nicht angelogen hat, dann bedeuten seine Worte, dass ich mehr als drei Tage in den Katakomben von Neapel verschollen war. Drei Tage in völliger Finsternis. Schwer verletzt. Halb tot. Und trotzdem stehe ich hier, wider Erwarten völlig lebendig.

Wie ist das möglich?

10. KAPITEL | WIEDERVEREINT

Mir fällt nur ein Ort ein, an dem ich jetzt sein möchte. Wo ich mich fallenlassen kann und umsorgt werde. Bei meinen Eltern.

Ich erklimme die letzten Stufen der Metro-Station und schaue mich hektisch um, bis ich die riesigen blauen Buchstaben über dem Eingang entdecke, die mir zeigen, dass ich mich an der *Piazza Amedeo* befinde. *Bene*, damit kann ich arbeiten.

Von hier aus brauche ich etwa eine halbe Stunde zu Fuß bis zur Wohnung meiner Eltern. Mit der U-Bahn wären es eigentlich nur zehn Minuten, aber niemand kriegt mich zurück in die unterirdische Station. Ich habe definitiv zu viel Zeit in Tunneln verbracht. Allein der Gedanke, dass ich über drei Tage verschwunden war, ist immer noch völlig absurd. Meine Eltern müssen krank sein vor Sorge!

Ich fische mein Handy aus der Hosentasche und betrachte den Riss, der sich quer über das Display zieht. Vermutlich bin ich während meiner Fluchtaktion in den Katakomben direkt darauf gefallen. *Che sfiga!*

Zu meinem Unglück bleibt das Display natürlich schwarz, als ich versuche, das Gerät einzuschalten. Entweder ist es kaputt oder der Akku leer.

Schwer seufzend verstaue ich das Handy wieder in meiner Tasche und trete unsicher ein paar Schritte auf die *Piazza Amedeo* hinaus. Die Abendsonne fällt über das Kopfsteinpflaster und die Kronen der Bäume, die in regelmäßigen Abständen am Straßenrand und auf einer runden Verkehrsinsel stehen. Der Anblick der beigefarbenen Fassaden und ihrer vertrauten Architektur mit den spitzen Giebeln raubt mir für einen Moment den Atem. Vor einer Weile habe ich noch geglaubt, meine Heimat, mein Neapel, nie wiederzusehen. Und nun stehe ich hier und sauge die Atmosphäre der Stadt mit jeder Faser meines Körpers auf. Das geschäftige Treiben, das Rattern von Motoren, die Rufe der Menschen.

Einige Minuten nehme ich das alles noch in mich auf, dann betrete ich das Kopfsteinpflaster, um mich wie immer quer über die *Piazza* zu bewegen.

Die warmen Strahlen des Sonnenlichts dringen in meine Haut und vertreiben die Kälte der Katakomben. Sie erfüllen mich mit neuem Leben. Zumindest für einen Moment. Es dauert bloß wenige Sekunden, bis aus der warmen Umarmung ein hartnäckiges Brennen wird, das sich durch meine Zellen ätzt wie Säure. Meine Glieder beginnen zu zittern, und ich höre sogar ein leises Zischen. Ich stoße einen erstickten Schrei aus und springe schnell zurück in den Schatten, um meine Arme ungläubig zu betrachten. Rote Striemen zeichnen sich dort ab, wo mich die Sonnenstrahlen getroffen haben, und kleine Blasen bilden sich auf meiner Haut. Das ist kein normaler Sonnenbrand. Das sind Verbrennungen!

Obwohl sich mein Verstand querstellt, strecke ich die linke Hand aus und halte sie erneut ins Sonnenlicht. Mit dem gleichen Ergebnis. Brennen, Zischen, Blasen und gerötete Haut innerhalb weniger Herzschläge. Ich beiße mir auf die Zunge, um ein schmerzerfülltes Keuchen zu unterdrücken, und ziehe die Hand hastig wieder zurück.

Was zur Hölle? Meine Gedanken rasen, doch ich bemühe mich, die aufkeimende Panik beiseitezuschieben.

Seit ich in den Katakomben erwacht bin, fühle ich mich nicht mehr wie ich selbst. Mein Körper verändert sich auf eine Weise, die ich nicht verstehe. Woher kommen die plötzlichen Kräfte? Die Schnelligkeit und Ausdauer? Die Unverträglichkeit von Sonnenlicht? Irgendetwas stimmt ganz und gar nicht.

Grübelnd bewege ich mich voran, peinlich darauf bedacht, mich nur im Schatten von Gebäuden aufzuhalten. Da der Weg zum Zuhause meiner Eltern durch enge Gassen und Straßen führt, gelingt es mir zum Glück ohne große Probleme, der tief stehenden Sonne auszuweichen.

Die Menschen um mich herum kann ich allerdings nicht komplett umgehen. Immer wieder streifen mich neugierige oder erschrockene Blicke. Meine blutige Kleidung zieht mehr Aufmerksamkeit auf sich, als mir lieb ist. Mütter reißen ihre Kinder schnell weg von mir, und mehr als einmal werde ich gefragt, ob alles in Ordnung ist oder ob ich Hilfe brauche. Manche bieten mir sogar etwas zu essen an. Ich lehne ab, obwohl mein Magen verräterisch laut vor sich hin grummelt.

»*Tutto a posto*«, antworte ich jedes Mal und eile schnell weiter, bevor noch jemand auf die Idee kommt, die Polizei zu rufen. Ich muss ganz schnell runter von der Straße. Selbst das indirekte Sonnenlicht heizt meinen Körper immens auf, sodass mir bereits nach kurzer Zeit schwindelig wird und ich immer wieder in Hauseingängen ausharren muss, bis sich das Gefühl verzieht.

Doch das, was nicht mehr verschwindet, ist die mir sonst so vertraute Geräuschkulisse Neapels, die nun beinahe mein Trommelfell zum Platzen bringt. Die Stimmen anderer Menschen, das Geschrei von Kindern, das Rattern der Vespas … es ist alles zu laut. Am liebsten würde ich mir die Hände auf die Ohren pressen, um mein Gehör zu schützen.

Gleichzeitig dringen so viele verschiedene Gerüche auf einmal in meine Nase, dass mir schlecht wird. Der Duft von Essen vermischt sich mit dem des Meeres und den Abgasen der Autos. Sobald sich jemand in meiner Nähe eine Zigarette anzündet, würde ich sie am liebsten eigenhändig ausdrücken. Jeder Sinn ist bis aufs Äußerste strapaziert, und ich nehme meine Umwelt intensiver als jemals zuvor wahr.

Seit Kisas Angriff fühle ich mich wie eine Fremde in meinem eigenen Körper. Zähneknirschend rufe ich mir ihr Gesicht ins Gedächtnis. Den kleinen Schlitz in ihrer rechten Augenbraue, die dunkel geschminkten Augen, das schiefe Grinsen. Ihre Lippen an meinem Hals …

Eine Welle aus brennendem Hass bricht über mich herein und spült für einen Moment jeden logischen Gedanken fort. Ich kann es nicht erklären, aber ich bin überzeugt davon, dass Kisa für meinen katastrophalen Zustand verantwortlich ist. In diesem Augenblick schwöre ich mir, dass ich sie suchen und finden werde. Sie wird büßen für das, was sie mir angetan hat. Dieser Schwur lässt die Wut, die ich allein beim Gedanken an Kisa verspüre, zumindest für eine Weile abebben. Jetzt muss ich mich erst um mein eigenes Überleben kümmern, danach kann ich Rachepläne schmieden.

Glücklicherweise dauert es nicht lange, bis ich auf die dicht besiedelte *Via Pasquale Scura* gelange und mein Elternhaus in Sicht kommt. Der Anblick der bröckeligen Fassade und der altmodischen Holztür erleichtert mich so sehr, dass meine Schultern ein Stück herabsacken. Ich überbrücke die letzte Distanz und presse meinen Daumen mehrmals auf die Klingel. Gerade mal einen Atemzug später ertönt der Türsummer.

Ohne zu zögern, trete ich in das Treppenhaus und bemerke, wie die kühle Dunkelheit meine brennende Haut heilt. Die Hitze wird aus meinen Venen vertrieben. *Grazie a dio!*

»Wer ist da?«, ertönt plötzlich eine tiefe Stimme einige Etagen weiter oben.

Ich runzle die Stirn. Diese Tonlage kommt mir mehr als bekannt vor. Aber das kann nicht sein. Er ist nicht wirklich hier, oder?

Um mich selbst vom Gegenteil zu überzeugen, eile ich die Treppe hinauf. Ich nehme immer drei Stufen auf einmal und katapultiere mich förmlich in die Höhe, um so schnell wie möglich zur Wohnungstür meiner Eltern zu gelangen, die weit offen steht. Die Person, die dort im Rahmen wartet, ist jedoch weder mein Vater noch meine Mutter. Und sie starrt mich ebenso schockiert an wie ich sie.

»Dante?«, frage ich überrascht im selben Moment, in dem er fassungslos »Cara?« ausstößt.

Ich habe meinen großen Bruder schon seit Monaten nicht mehr gesehen. Zuletzt während der Weihnachtsfeiertage. Ich vergesse jedes Mal, dass er einen Kopf größer ist als ich und sein Haar viel heller als meines leuchtet. Allerdings wird seine sonst perfekt gepflegte Haut heute von tiefen Sorgenfalten und dunklen Tränensäcken verunstaltet.

Seit wann ist er zu Hause? Wollte er Mamma und Babbo besuchen? Oder ist er etwa … wegen mir hier?

»Du bist es wirklich«, murmelt Dante fassungslos, schließt den Abstand zwischen uns und zieht mich in eine Umarmung. Mit aller Macht presst er mich gegen seinen Oberkörper, als wollte er sichergehen, dass ich tatsächlich vor ihm stehe und mich nicht in Luft auflöse.

»*Sì*«, keuche ich und kralle meine eigenen Fingerspitzen in sein Hemd. Instinktiv vergrabe ich meine Nase an seiner Halskuhle, so wie ich es immer schon getan habe. Es fühlt sich ein wenig wie nach Hause kommen an, wenn ich Dante umarme. Obwohl ich es ihm gegenüber natürlich niemals zugeben würde, um sein Ego nicht zu pushen, aber ich vermisse meinen großen Bruder. Sehr.

Neben seinem gewohnten Aftershave nehme ich allerdings noch etwas anderes wahr. Einen geradezu verführerischen Duft, der von seiner Haut ausgeht und mich an eine intensive Mischung aus all meinen Lieblingsgerichten erinnert. Ich kann nicht verhindern, dass sich mein Griff um seinen Oberkörper verstärkt und mein Magen sich schmerzhaft zusammenzieht. Obendrein glaube ich, seinen Puls deutlich zu hören. Er echot durch meinen Kopf, hypnotisiert mich geradezu und verstärkt das intensive Hungergefühl um ein Vielfaches. Babumm, Babumm, Babumm ...

Es wäre ein Leichtes, meinen Mund zu öffnen und meine Zähne in seiner Haut zu vergraben. Nur ein kleiner Biss. Er wird es kaum merken. Ich habe solchen Hunger.

»Wir dachten schon, du wärst ...«, meint Dante und löst sich ruckartig von mir. Er umfasst meine Schultern und hält mich so auf Abstand.

Ich blinzle ihn an. Was zur Hölle ist da gerade passiert? Wollte ich meinen eigenen Bruder wirklich beißen?

Dante mustert mich von oben bis unten. Seine Augen weiten sich beim Anblick des Blutes auf meinen Klamotten. Obwohl er nichts weiter sagt, sehe ich ihm die abertausend Fragezeichen, die in seinem Kopf herumschwirren müssen, deutlich an.

»Wer war an der Tür? Hat sich die Polizei endlich gemeldet?«, ertönt eine Stimme hinter ihm.

Mamma! Ich löse mich von meinem Bruder und gehe seitlich an ihm vorbei, um sie im Türrahmen zu erblicken. Obwohl ich nur einige Tage fort war, hat sich das Erscheinungsbild meiner Mutter komplett gewandelt. Ihr Haar wirkt matt, und tiefe Falten graben sich in ihr eigentlich jung gebliebenes Gesicht. Ihre dunkelbraunen Augen sind von einem rötlichen

Schimmer umgeben. Die Adern rund um ihre Iriden sind geplatzt. Sie muss viel geweint haben. Ich kann mich nicht daran erinnern, meine Mutter jemals so derangiert gesehen zu haben. Sie wirkt gar nicht mehr wie sie selbst.

»*Cara mia!*« Ihre Stimme nimmt einen schrillen Unterton an, und plötzlich finde ich mich in der innigsten Umarmung wieder, die ich jemals mit meiner Mutter geteilt habe. Es wirkt so, als wollte sie mich nie mehr loslassen. Ein Schluchzen erschüttert ihren schmalen Körper und geht auf mich über. Vorsichtig streiche ich ihr über den Hinterkopf, versuche, sie auf diese Weise zu beruhigen.

»Schhh, alles ist gut. Ich bin ja da«, flüstere ich und merke im selben Moment, wie absurd es ist, dass ich diese Worte an meine Mamma richte. Eigentlich bin ich diejenige, die die Hölle durchgemacht und nur knapp überlebt hat.

Sofort fressen mich Schuldgefühle auf. Meine Mamma hat in den letzten Tagen wahrscheinlich ihren ganz persönlichen Albtraum durchgemacht. Sie hat in dem Glauben gelebt, ihre Tochter verloren zu haben.

Wie um meine Gedanken zu bestärken, legt meine Mutter mir ihre Hände an die Wangen und presst ihre Stirn gegen meine. Da wir in etwa gleich groß sind, berühren sich unsere Nasenspitzen. Sie schaut mich einige Sekunden lang einfach nur an. Als müsste sie realisieren, dass ich *wirklich* hier vor ihr stehe. In ihren Augen schwimmen Tränen.

»*Mi dispiace!* Es tut mir so, so leid, *Carissima!*«, schluchzt sie, obwohl sie sich für nichts zu entschuldigen braucht.

Ja, wir haben uns vor meinem Verschwinden gestritten, aber spielt das überhaupt noch eine Rolle? Als ich geglaubt habe, in den Katakomben sterben zu müssen, hat mich der Gedanke an das Wiedersehen mit meiner Familie am Leben gehalten. Ich werde garantiert nicht an meinem Frust festhalten, während meine eigene Mutter in Tränen aufgelöst und zitternd vor mir steht.

»*Va tutto bene*«, flüstere ich ihr zu. Es ist alles in Ordnung. Eine dreiste Lüge. Schließlich kann ich genau in diesem Moment ihren Puls deutlicher hören als meine eigenen Worte. Mal abgesehen von dem intensiven Duft, der von ihrer Haut ausgeht. Wie auch bei Dante zuvor muss ich mich zurückhalten, um der Versuchung nicht nachzugeben und noch ein bisschen näher an sie heranzutreten.

»Kommt erst mal rein. Wir können drinnen ganz in Ruhe reden«, schlägt mein Bruder vor und schiebt meine Mutter und mich sanft in den Wohnungsflur. Wir treten beide bereitwillig ein, aber bevor meine Mutter mich ins Wohnzimmer schleifen und ausfragen kann, entschuldige ich mich ins Badezimmer.

Das erste bisschen Privatsphäre seit Tagen.

Sobald ich den Schlüssel im Schloss herumgedreht habe, atme ich tief durch. Ich trete zum Waschbecken und stemme mich mit beiden Händen auf dem Rand ab. Eigentlich müsste ich nur aufschauen, um meinem eigenen Spiegelbild entgegenzublicken, aber ich traue mich nicht. Ich bin noch nicht bereit, den Tatsachen ins Auge zu sehen.

Trotzdem hebe ich das Kinn und mustere die Person im Spiegel vor mir. Ich blinzle mehrfach und starre sie eine halbe Ewigkeit lang an, weil ich mich selbst kaum wiedererkenne.

Ungläubig fasse ich mir ins Gesicht, fahre über meine Nase, an meinen Wangenknochen und meinem Kinn entlang. Ja, das bin definitiv ich. Und irgendwie auch nicht.

Meine sonst immer sonnengebräunte Haut scheint während meiner Abwesenheit jegliche Farbe verloren zu haben. Eine leichenartige Blässe überzieht mein Gesicht und meine Arme. Die schwarzen Haare und Augenbrauen stechen nun umso mehr hervor, ebenso wie das getrocknete Blut, das in meinem Gesicht klebt. Kurzerhand stelle ich den Wasserhahn an und wasche meine Wangen und meinen Hals. Das kalte Wasser tut so gut, dass ich es in meine Hände schöpfe und daraus trinke. Es rinnt durch meinen Rachen, befeuchtet meine Zunge und gibt mir einen Hauch Lebendigkeit zurück. Ein letztes Mal fahre ich über meinen Hals, bis meine Fingerkuppen die zwei kleinen Einstiche ertasten. Ich drehe den Kopf, um sie besser inspizieren zu können, und tatsächlich: Genau auf der Höhe meiner Halsschlagader befinden sich zwei Löcher.

Erinnerungsfetzen von Kisa flackern durch mein Gedächtnis. Ihre Hände auf meinen Hüften und an meinem Rücken. Ihre Lippen auf meiner Schulter, meinem Schlüsselbein, meinem Hals … ihr Biss. Mein ganzer Körper verkrampft sich, als würde er erneut den Schmerz spüren. Den Sog ihrer Lippen. Und dann der hungrige Blick aus ihren Augen, die so unnatürlich rot schimmern.

Keuchend hebe ich den Kopf an und starre mich erneut selbst im Spiegel an. Dieses Mal weiche ich nicht zurück. Ich trete so nah heran, bis mein Atem die Scheibe beschlägt, und schaue genau hin. Mein gesamter Fokus liegt auf meinen Augen. Die Iriden, die sonst so dunkel sind, dass man nicht einmal die Pupille erkennen kann, wirken heller als sonst, aber vielleicht liegt das auch nur am Lichteinfall. Zumindest glaube ich das, bis ich mich leicht in Richtung der Deckenlampe drehe und ein Lichtstrahl meine Iris trifft. Meine Finger klammern sich verzweifelt am Rand des Waschbeckens fest. Nein, nein … das kann nicht sein. Das muss ich mir einbilden.

Ein Hauch von Rot mischt sich in das Braun meiner Iris. Ich kann es nicht leugnen. Meine Augenfarbe verändert sich!

Ich verstärke den Griff um das Waschbecken. Meine Knöchel knacken. Meine Finger zittern. Kisas Blick sucht mich gedanklich heim.

Ein verräterisches Knacken ertönt, gefolgt von einem Klirren. Irritiert schaue ich herab und entdecke kleine Porzellanscherben, die sich auf den Fliesen des Badezimmerbodens verteilen. Die Ursache ist schnell gefunden: Das Waschbecken ist genau an der Stelle zersprungen, an der ich es mit aller Macht umklammert habe. Habe ich das etwa durch meinen Griff verursacht? Keine Chance, so stark bin ich nicht. *Pazzo*, das ist absolut verrückt …

»Cara? Ist alles in Ordnung da drin?« Die gedämpfte Stimme meiner Mutter dringt zu mir durch, während ich weiterhin völlig fassungslos die Scherben am Boden betrachte.

»Ja. Alles gut.« Die Lüge brennt auf meiner Zunge wie Säure.

In diesem Moment bezweifle ich ernsthaft, dass jemals wieder so etwas wie Ordnung in mein Leben zurückkehren wird.

11. KAPITEL | EIN LETZTES ERSTES WIEDERSEHEN

Bevor meine Mutter Verdacht schöpfen kann, schiebe ich die Scherben notdürftig zusammen und entsorge sie im Mülleimer. Über das Loch im Waschbecken lege ich ein Handtuch, damit es auf den ersten Blick nicht auffällt. Ich habe gerade wichtigere Sorgen als beschädigtes Mobiliar.

Sobald ich die Badezimmertür öffne, empfängt mich Mamma auch schon. Sie starrt mich mit geweiteten Augen an, als könnte sie gar nicht fassen, dass ich wahrhaftig vor ihr stehe. Vorsichtig ergreift sie meine Hand und führt mich ins Wohnzimmer, wo Dante bereits auf uns wartet. Er fragt mich, ob ich etwas essen oder trinken möchte.

Ich schüttle bloß den Kopf. Obwohl der Hunger wie ein wildes Tier in meiner Magengegend wütet, traue ich mich nicht zu essen. Denn sofort muss ich daran denken, wie verführerisch meine Mutter und mein Bruder gerochen haben.

Ich versuche, das verräterische Magengrummeln so gut es geht zu unterdrücken, und lasse mich neben meinem Bruder auf die Polster der Couch sinken. Obwohl die anderen verwirrt wirken, spricht keiner ein Wort. Wahrscheinlich haben sie damit gerechnet, dass ich mich gleich aufs Essen stürzen würde.

Die Lust darauf vergeht mir sogar noch etwas mehr, als ich

den Geruch von Zigarettenrauch wahrnehme. Unwillkürlich rümpfe ich die Nase. Auf dem Tisch vor uns steht tatsächlich ein Aschenbecher, aus dem es qualmt. Eigentlich hat Mamma diesen bereits vor Jahren in einen Schrank verbannt.

»Du hast wieder angefangen zu rauchen?«, frage ich fassungslos, sobald ich ihren zerknirschten Gesichtsausdruck bemerke.

»Die letzten Tage waren die Hölle, *Carissima*. Seit deinem Verschwinden hatte ich keine ruhige Minute mehr. Ich konnte nicht schlafen, nicht essen. Ich war verzweifelt …«, gibt sie zu.

Ich erstarre. Mamma hat wieder angefangen zu rauchen. Wegen mir. Ich balle die Hände so fest zu Fäusten, dass meine Fingernägel kleine Halbmonde in meinem Handballen hinterlassen.

»Ich habe versucht, dich zu erreichen, aber dein Handy war ausgeschaltet. Also habe ich probiert, Franca zu erreichen … auch nichts. Ihre Eltern wussten ebenfalls nicht, wo ihr seid, und selbst Enno war keine große Hilfe. Er meinte bloß, ihr wolltet eine Party besuchen, allerdings konnte er nicht einmal sagen, wo diese stattfinden sollte. Ich hatte sofort ein schlechtes Bauchgefühl«, erklärt Mamma. Sie blinzelt heftig und kontrolliert ihre bebende Stimme so gut wie möglich. Schließlich setzt sie sich neben mich, sodass ich ihre Hand ergreifen und fest drücken kann.

»Als ihr euch nach einigen Stunden immer noch nicht gemeldet habt und selbst das Studierendenwohnheim bestätigt hat, dass du nicht vor Ort bist, mussten wir handeln. Wir haben die Polizei eingeschaltet, aber weil ihr beide über achtzehn Jahre alt seid, wurde zunächst keine Vermisstenanzeige ausgeschrieben. Die Beamten meinten, wir sollen uns keine Sorgen machen, weil sich die meisten Vermisstenfälle nach einigen Tagen von selbst auflösen. Ihr würdet bestimmt irgendwo euren Rausch ausschlafen und euch in den nächsten Stunden melden.

Ich konnte nicht fassen, dass sie uns nicht helfen wollten. Dein Vater ist schließlich auf eigene Faust losgezogen, um die Straßen nach euch abzusuchen und Vermisstenflyer zu verteilen.«

Babbo ist jetzt gerade unterwegs und sucht nach mir? Ich kämpfe gegen die Tränen an, die meine Sicht verschwimmen lassen. Ich habe meinen Eltern unwissentlich eine Tortur zugemutet. Mamma wirkt, als wäre sie in den letzten Tagen um ein Jahrzehnt gealtert. Ich wünschte, ich könnte die Vergangenheit ungeschehen machen und verhindern, dass Franca und ich die Katakomben jemals betreten. Stattdessen muss ich mitansehen, was unser leichtsinniger Ausflug angerichtet hat.

»Kommt Babbo nach Hause?«, frage ich leise und beiße mir gleich darauf auf die Unterlippe.

Mamma nickt. »Ich habe ihn bereits angerufen, während du im Bad warst, und von deiner Ankunft erzählt. Er sollte bald hier sein.« Sie lächelt schwach. »Als ich deinem Bruder von deinem Verschwinden berichtet habe, hat er alles stehen und liegen gelassen und sich direkt in den nächsten Zug nach Neapel gesetzt. Er war gestern den ganzen Tag mit deinem Vater unterwegs und hat das gesamte *Chiaia*-Viertel abgesucht.«

Überrascht wende ich mich Dante zu, der mich schüchtern anlächelt. »Das hast du getan?«, frage ich leise.

Er nickt und zuckt mit den Schultern, als wäre es keine große Sache. Dabei ist es das auf jeden Fall. In den letzten Jahren hatten wir nicht sonderlich viel Kontakt, und ehrlich gesagt habe ich geglaubt, ich wäre meinem Bruder nicht besonders wichtig. Sein Studium frisst viel Zeit, und er hat immer zu tun. Wir schaffen es ja nicht mal, regelmäßig zu telefonieren. Dass er all seine Pflichten hintangestellt hat, um mit meinen Eltern gemeinsam nach mir zu suchen, bedeutet mir mehr, als er sich jemals vorstellen kann.

»*Grazie*«, hauche ich.

Er legt mir einen Arm um die Schultern, um mich an sich zu ziehen. Genau wie früher, als wir noch Kinder waren und er mich trösten musste, wann immer ich mir wehgetan hatte.

»Für dich würde ich alles tun, *Topolina*«, murmelt er, was tatsächlich auch ein Lächeln auf meine Lippen zaubert. Den alten Spitznamen aus seinem Mund zu hören, beruhigt den Sturm, der zurzeit all meine Emotionen durcheinanderwirbelt.

»Cara«, sagt plötzlich meine Mutter. Die Art und Weise, wie sie meinen Namen ausspricht, zieht meine Aufmerksamkeit auf sie. Der Schmerz in ihrer Stimme. Diese leise Verzweiflung. »Was ist passiert? Wieso bist du verschwunden? Müssen wir mit der Polizei sprechen?«

Ich blinzle sie an. Dann das Handy in ihrer Hand. Es würde mich nicht wundern, wenn sie den Notruf bereits vorgewählt hat. Sie muss den Beamten Bescheid geben, dass ihre Tochter wieder aufgetaucht ist, das ist mir bewusst. Dennoch spüre ich nach dem, was sie mir erzählt hat, eine tiefe Abneigung gegen die Polizei. Sie wollten meiner Familie nicht bei der Suche helfen. Vermutlich zucken sie bei der Nachricht über meine Rückkehr nicht einmal mit der Wimper und behaupten selbstgefällig: »*Wir haben es Ihnen doch gesagt. Sie war nur eine weitere Ausreißerin.*«

Ich schüttle deswegen den Kopf und beobachte aufmerksam, wie Mamma das Smartphone zögerlich weglegt. Dann atme ich tief durch. Wo soll ich bloß beginnen?

»Franca hat mich dazu überredet, eine geheime Untergrundparty zu besuchen.« Soll ich die Katakomben erwähnen? Oder sie lieber verschweigen? Ich will meiner Mutter nicht noch mehr Sorgen bereiten. Wenn sie wüsste, wo ich mich die letzten drei Tage aufgehalten habe, wird sie völlig ausrasten.

»Ich bin mir nicht ganz sicher, was passiert ist. Wir haben uns aus den Augen verloren, und ich wurde von einer anderen

Partybesucherin angegriffen. Als ich wieder zu mir kam, habe ich mich direkt auf den Heimweg gemacht. Mir war nicht klar, wie lange ich weg war«, formuliere ich möglichst vage.

Mammas Miene verdüstert sich schlagartig.

»Wurdet ihr betäubt? Hat euch jemand etwas ins Getränk gemischt? Oder euch Drogen gegeben?«, hakt Dante nach.

Ich erinnere mich zurück an den Cocktail, den ich mit Kisa getrunken habe. Bisher habe ich gar nicht darüber nachgedacht, dass sie oder der Barkeeper mir eventuell irgendwelche Substanzen untergemischt haben könnten. Ich halte es ehrlich gesagt für unwahrscheinlich. Nachdem ich den Drink zu mir genommen habe, haben wir noch eine ganze Weile weitergetanzt.

»Ich glaube nicht«, murmle ich.

»Aber es wäre möglich«, entgegnet Dante hartnäckig. Ich kann es ihm nicht verübeln. Wer weiß, vielleicht hat er sogar recht, und ich will es einfach nicht wahrhaben.

»Die Verletzung an deinem Hals sieht verdächtig nach Einstichlöchern aus«, zischt er.

Schnell lege ich meine Handfläche über die Stelle. Mir kam bis jetzt gar nicht der Gedanke, dass die zwei kleinen Wunden tatsächlich Ähnlichkeit mit Nadelstichen besitzen. Glaubt Dante etwa, dass mir jemand Spritzen in den Hals gerammt und mich so betäubt hat? Soll ich ihn in diesem Glauben lassen? Vermutlich würde er denken, ich hätte den Verstand verloren, wenn ich behaupte, dass es sich dabei um eine Bissverletzung handelt.

Kisas vielsagendes Grinsen flimmert durch mein Gedächtnis und sorgt dafür, dass sich mein Magen überschlägt. Mir wird übel. Was hat sie bloß mit mir angestellt? All die seltsamen Dinge, die mit mir geschehen, hängen mit ihr zusammen, da bin ich mir sicher.

»Also warst du zum Schluss gar nicht mehr mit Franca zusammen unterwegs?«, will meine Mutter wissen und lenkt so vom Thema ab.

Ich runzle die Stirn und will fragen, was das für eine Rolle spielt, als mir ihre Worte von vorhin in den Sinn kommen. Sie sprach davon, dass auch Francas Eltern ihre Tochter vermissen und nach ihr suchen. Meine beste Freundin ist also ebenfalls nicht nach Hause zurückgekehrt. Plötzlich schrumpft meine Welt drastisch zusammen. Bloß meine Mamma, ihr fragender Gesichtsausdruck und die pochende Angst in meiner Brust existieren. Ich traue mich nicht, den Mund zu öffnen und das auszusprechen, was ich sowieso schon erahne. Trotzdem spalten sich meine Lippen, und ich forme Worte, die ich sofort bereue: »Sie ist nicht nach Hause gekommen, oder?«

Mammas Miene verrät mir alles. Ihre gefurchten Augenbrauen. Die zusammengepressten Lippen.

»Nein. Franca wird immer noch vermisst.« Mamma erklärt gerade, dass sie vorhin Francas Eltern per Textnachricht kontaktiert hätte, aber diese bisher kein Lebenszeichen von ihrer Tochter erhalten hätten. Allerdings schöpfen sie nun Hoffnung, da ich heimgekehrt bin. Ihre Worte ziehen an mir vorbei und vermischen sich zu einem Rauschen. Franca wird vermisst. Wir haben uns in den Katakomben getrennt. Wurde sie ebenfalls verletzt? Liegt sie bewusstlos in den unterirdischen Tunneln oder sucht allein in der Dunkelheit nach einem Ausweg? Die Vorstellung, wie meine beste Freundin voller Todesangst durch die Katakomben irrt, lähmt mich.

»Es ist meine Schuld«, murmle ich. »Ich hätte sie von dieser Party fernhalten sollen. Wir hätten uns nie trennen dürfen!«

Mit einem Mal entladen sich alle Emotionen, die ich in den letzten Stunden erfolgreich zurückgedrängt habe. Der Frust. Die Verzweiflung, weil ich mich in meinem eigenen Körper fremd fühle. Der Hass gegenüber Kisa, weil sie das alles zu verantworten hat. Die Sorge um meine beste Freundin, die nichts weiter als ein bisschen Spaß haben wollte. Ich halte das nicht mehr aus!

Ruckartig stehe ich auf und trete vor lauter Frust gegen das Bein unseres Couchtisches. Mein Tritt ist nicht fest, immerhin will ich lediglich ein bisschen Dampf ablassen. Dennoch zersplittert das Holz, als würde es sich um einen Zahnstocher handeln. Die Tischplatte sackt zur Seite weg, und der gläserne Aschenbecher segelt durch die Luft, nur um eine Sekunde später auf dem Boden in tausend Scherben zu zerschellen. Asche wirbelt auf, und der Gestank des Rauchs vernebelt meinen Verstand. Mamma schreit schrill auf, und Dante weicht erschrocken zurück.

Was zur Hölle ist gerade passiert?

»*Mi dispiace!* E-es tut mir leid, das wollte ich nicht«, stottere ich und beuge mich gleich darauf hinab, um die Scherben aufzusammeln, auch wenn ich mich aufgrund des Gestanks der Zigarettenstummel fast übergeben muss. Magensäure brennt in meinem Rachen, doch ich schlucke sie entschlossen herunter. *Reiß dich zusammen, Cara!*

»Ist schon gut, *Carissima*. Wir sind alle etwas angespannt wegen der ganzen Situation«, meint Mamma und kniet sich neben mich, um mir dabei zu helfen, die Scherben aufzusammeln. Ihr Schrei hallt immer noch durch meinen leergefegten Kopf.

»*Ahi!* Verdammt!«, zischt sie plötzlich und zieht ihre Hand ruckartig vom Scherbenhaufen zurück.

Ich erstarre auf der Stelle und beobachte, wie meine Mutter gleich darauf ihren Finger inspiziert. Ein Schnitt zieht sich quer über die Kuppe ihres Zeigefingers. Sobald ich sehe, wie das Blut hervorquillt und sich seinen Weg über ihre Hand bahnt, muss ich schwer schlucken. Ich kann meinen Blick nicht von der roten Flüssigkeit lösen. Plötzlich ist die Luft erfüllt von einem herrlichen Duft. Obwohl ich zuvor meinen Hunger kontrollieren konnte, grollt mein Magen nun lautstark los.

»Lass mich mal sehen«, presse ich hervor und nehme Mammas verletzte Hand in meine. Sie protestiert nicht, sondern betrachtet mich bloß skeptisch. Hoffentlich bemerkt sie nicht das Zittern, das meinen gesamten Arm durchläuft und bis in meine Körpermitte wandert. Ich atme tief ein und erschaudere. Der herrliche Duft geht tatsächlich von ihrem Blut aus. Ich fokussiere all meine Aufmerksamkeit auf den prallen roten Tropfen, der gerade über ihre Hand läuft und auf den Boden zu tropfen droht.

Ein, zwei Sekunden vergehen, dann kann ich mich nicht mehr zurückhalten und presse meine Lippen auf ihre Haut, um das vergossene Blut aufzulecken. Sobald es meine Zungenspitze berührt, explodiert auf meinen Geschmacksknospen eine wilde Mischung aus süß und salzig. Der Geschmack erinnert mich an meine Leibgerichte, und selbst der Geruch gleicht dem deftigen Duft, der immer aus Mammas Küche dringt, wenn sie unsere Familie bekocht. Ich stöhne leise auf und sauge weiter. Mein Magen grollt. Ich kann nicht stoppen. Ich brauche mehr. Mehr!

Alles andere um mich herum verstummt. Ich nehme nichts anderes mehr wahr. Keine Stimmen, keine Berührungen. Meine Wahrnehmung beschränkt sich auf das Blut meiner Mutter. Ich brauche mehr. Ich bin noch nicht satt …

»Stopp! Cara, es reicht!«, brüllt mir jemand ins Ohr. Aus dem Nichts rammt mich plötzlich jemand mit voller Wucht, sodass ich zur Seite kippe. Mein Mund löst sich von der Haut meiner Mutter. Aber ihr Blut klebt an meinen Lippen. Ich fahre mir hastig mit der Zunge über die Mundwinkel und versuche, keinen Tropfen zu verschwenden.

»Was ist bloß los mit dir?«, fährt mich jemand an, und erst als ich mehrfach blinzle, erkenne ich Dantes Silhouette über mir. Seine Miene verzieht sich vor Ekel.

Es dauert einige Sekunden, bis mein Verstand langsam wieder einsetzt. Der verheißungsvolle Geruch des Blutes hängt noch in der Luft. Ich müsste mich nur vorbeugen und den Arm meiner Mutter … Nein! Was denke ich da?

»Bist du auf Drogen oder so? Rede mit uns, Cara!«, fordert Dante wutentbrannt. Selten habe ich ihn so aufgelöst erlebt.

Erst jetzt wandert meine Aufmerksamkeit zu meiner Mutter, die mich angsterfüllt anstarrt. Eine kränkliche Blässe geht von ihr aus, und sie bebt am ganzen Körper. Ängstlich umklammert sie ihre verletzte Hand und robbt langsam von mir weg. Ihre Furcht treibt einen Holzpfahl geradewegs in mein Herz hinein. Mit Dantes Zorn kann ich umgehen, aber ihre Angst ist zu viel. Mamma fürchtet sich vor ihrer eigenen Tochter. Was habe ich getan?

Wie viel Blut habe ich ihr gestohlen? Hat Mamma sich gewehrt? Ich kann mich nicht erinnern. Was wäre passiert, wenn Dante mich nicht gewaltsam von ihr entfernt hätte?

Das alles kommt mir so beschissen vertraut vor. Bloß, dass nun die Rollen vertauscht sind. Vor wenigen Tagen war ich noch diejenige, die voller Furcht erstarrt ist und sich von einer gewissen Fremden beißen ließ. Kisa. Alles hängt mit ihr zusammen.

»Rede mit uns, Cara!«, brüllt Dante erneut. Seine sonst so sorgfältig gekämmten Haare stehen wirr von seinem Kopf ab, und er atmet schwer. Er glaubt, ich würde unter dem Einfluss von Drogen stehen. Vielleicht ist es besser, wenn ich ihn in diesem Glauben lasse. Die Wahrheit würde mir sowieso niemand abkaufen.

Die Erkenntnis, dass ich völlig auf mich allein gestellt bin, trifft mich wie eine Faust in den Magen. Meine Familie kann mir nicht mehr helfen. Vielmehr noch: Ich bringe sie in Gefahr. Ich weiß nicht, was diese körperlichen Veränderungen mit mir anstellen und ob ich in wenigen Minuten einem neuen Blutrausch verfalle. Und dieses Mal wird mein Bruder mich vielleicht nicht davon abhalten können, mich auf Mammas Halsschlagader zu stürzen.

»Ich muss hier weg«, murmle ich. Das ist der einzige Weg, um sie zu beschützen. Panisch springe ich auf und werfe meinem Bruder und meiner Mutter einen letzten Blick zu. Ich weiß nicht, wann und ob ich sie wiedersehen werde. Vor ein paar Stunden wollte ich nichts anderes, als in ihren Armen zu liegen. Und nun muss ich diese Traumvorstellung hinter mir lassen, weil ich nicht riskieren kann, ihnen wehzutun.

»Es tut mir so unendlich leid«, sage ich und schiebe meinen Bruder aus dem Weg, um zur Tür zu gelangen. Doch ich unterschätze erneut meine Kraft, und so landet Dante auf dem Boden. Erschrocken keucht er auf und braucht einen Moment, um zu begreifen, was geschehen ist.

Mamma schreit auf und robbt zu meinem Bruder. Ihre verzweifelten, ratlosen Blicke geben mir den Rest. Sie verstehen nicht, was hier passiert. Doch Dantes Fall verdeutlicht mir etwas, was ich sowieso schon geahnt habe: Ich stelle eine Gefahr für meine Familie dar. Solange ich nicht weiß, was mit mir geschieht und wie ich meine Kraftschübe kontrollieren kann, muss ich mich von ihnen fernhalten. Es ist nur zu ihrem Besten.

Ohne zurückzuschauen, lasse ich meine Mutter und meinen Bruder zurück und beginne zu rennen. Ich eile aus der Wohnungstür, sprinte das Treppenhaus hinab und stehe in Windeseile wieder draußen auf der *Via Pasquale Scura*. Vor ihren erschrockenen Mienen kann ich dennoch nicht fliehen. Sie haben sich längst in mein Gedächtnis gebrannt.

»*Carissima?*«, erklingt eine Stimme links von mir. Ich kenne sie nur zu gut. Sie war immerhin einer der Gründe, weswegen ich mich in den Katakomben voller Verzweiflung an das Leben geklammert habe. Inzwischen hege ich die Vermutung, dass ein schneller Tod vielleicht doch gnädiger gewesen wäre.

»Cara!« Babbo. Er ist es. Es besteht kein Zweifel. Tränen brennen in meinen Augen und bahnen sich einen Weg über meine Wangen. Ich würde gerade nichts lieber tun, als in die Richtung meines Vaters zu schauen. Ihn in eine Umarmung zu schließen. Seine bedingungslose Liebe zu spüren. Ein letztes Mal. Nur ein letztes Mal.

Aber es ist mir klar, dass ich es nicht mehr schaffen würde, ihn loszulassen. Ihn und den Rest meiner Familie. Und wenn ich bleibe, bringe ich sie alle in Gefahr. Mammas angsterfüllter Blick drängt sich in meine Gedanken. Nein, ich würde es nicht ertragen, dass Babbo mich ebenfalls so ansieht.

Also tue ich das einzig Richtige, obwohl es sich unendlich falsch anfühlt: Ich kehre ihm den Rücken zu und laufe weg.

12. KAPITEL | VERSUCHUNG

Ich eile durch die Straßen Neapels. Immer wieder ändere ich meine Laufrichtung, um Personengruppen auszuweichen oder direkten Kontakt mit der Sonne zu vermeiden. Glücklicherweise ist die Abenddämmerung bereits weit fortgeschritten, sodass ich mich hoffentlich bald freier bewegen kann. Denn ich habe ein Ziel vor Augen: die Bourbonentunnel.

Es steht völlig außer Frage, dass ich zu den Katakomben zurückkehren muss. Zwar bin ich vor ein paar Stunden gerade so entkommen, aber wenn sich Franca noch dort im Untergrund aufhält und meine Hilfe braucht, kann ich sie nicht im Stich lassen. Abgesehen davon habe ich auch einen weiteren triftigen Grund, die Katakomben aufzusuchen: Kisa.

Allein der Gedanke an sie braust mein Innerstes auf, während mein verräterisches Herz vor Aufregung schneller pocht. Ich habe wirklich geglaubt, eine Verbindung zu Kisa zu spüren. Die Erinnerung daran, wie sie sich gegen die Höhlenwand lehnt und mich lauernd beobachtet, reicht aus, um mir eine Gänsehaut zu bescheren. Ich weiß nicht, ob es eine von der guten oder schlechten Sorte ist.

Es ist auch völlig egal, denn ich will Kisa garantiert nicht wiedersehen, um unseren Flirt fortzusetzen, sondern um Antworten zu bekommen. Die plötzliche Stärke und Schnelligkeit, die Sonnenunverträglichkeit, der Blutdurst – hat sie mich mit irgendeiner Krankheit angesteckt? Einem Virus, der mich nach und nach in ein menschenfressendes Monster verwandelt? Wie wird sich mein Körper noch wandeln? Und was ... wenn ich diese Entwicklung nicht überleben sollte?

Nein, darüber darf ich nicht nachdenken! Ich muss mein Ziel im Auge behalten und bis zum Einbruch der Dunkelheit bei den Katakomben sein. Falls ich Glück habe, passe ich vielleicht diesen Cas ab, der Franca und mich geradewegs ins Verderben geführt hat. Vorher muss ich allerdings das Herz Neapels hinter mir lassen und mich weiter in Richtung Hafen durchkämpfen. Normalerweise wäre ich in weniger als einer Stunde dort, doch dank meiner neu entwickelten Sonnen- und Menschenallergie dauert die Strecke viel länger.

Ich strecke den Kopf, um zu erkennen, wie viel Weg noch vor mir liegt. Leider führen mich ein paar Abzweigungen geradewegs zur *Spaccanapoli*, der Lebensader von Neapel. Die Stadttrasse teilt die Altstadt Neapels mit einer geradezu geometrischen Genauigkeit in zwei Teile. Glockentürme und die Kuppeln antiker Kirchen säumen die Straße und bedeuten vor allen Dingen eines: Menschen.

Die Straße sprüht vor Leben und neapolitanischem Flair, und obwohl ich mich nur in der Nähe befinde, erschlägt mich die Vielzahl an Düften und Stimmen schon aus der Distanz. Parfüms, Deodorants, Schweiß, Duftwolken aus den umliegenden Restaurants. Pizza, Pasta, Meeresfrüchte. Das Klackern von Absätzen auf dem Kopfsteinpflaster, das Trippeln von Kinderfüßen, Geschrei, der Schall von Glockenschlägen, Rufe aus der Ferne, Streitereien, Liebesgeständnisse ... alles spielt sich gleichzeitig ab und überfordert mich komplett.

Je länger ich hier draußen verweile, desto deutlicher wird zudem das nagende Hungergefühl. Das Blut meiner Mutter hat meinen Appetit nicht gestillt, sondern bloß verstärkt. Mein Magen grummelt, und mein Hals zieht sich vor Dürre zusammen.

Ich stolpere fort von der *Spaccanapoli* und haste kreuz und quer durch die Gassen der Stadt. Zwischenzeitlich verliere ich sogar die Orientierung, obwohl ich auf diesen Straßen groß geworden bin. Der Hunger mehrt sich mit jedem Schritt, sodass ich mich immer mehr krümme. Lange halte ich das nicht mehr aus …

Als sich neben mir eine Tür öffnet, tritt ein älterer Mann auf die Straße und nickt mir kurz zu, bevor er vor mir den Bürgersteig entlangläuft. Er kommt mir näher als die Menschen, die ich auf meinem Weg bisher so sorgfältig gemieden habe. Obwohl ich mich schnell zurückfallen lasse, höre ich das Blut in seinen Adern rauschen. Wie es wohl schmeckt? Genauso wie das meiner Mamma?

Ein Schluchzen stolpert über meine Lippen. Wo soll das alles nur enden? Ich habe bereits das Blut meiner eigenen Mutter getrunken und meine gesamte Familie verstört. Alles, was ich wollte, war, in mein altes Leben zurückzukehren. Stattdessen bin ich in einem gewaltigen Chaos gelandet.

Nach und nach verlangsame ich meine Schritte, weil der Puls des Mannes endlich leiser wird und mir nicht länger von innen gegen den Schädel pocht. Keuchend bleibe ich stehen und schaue mich um, um mich neu zu orientieren. Ich darf mich nicht von meinem Ziel abbringen lassen. Weit kann es nicht mehr sein bis zu den Bourbonentunneln.

Die hohen Wände der Wohnhäuser schützen die schmale Gasse vor den letzten Sonnenstrahlen und verbergen mich vor den Blicken neugieriger Menschen. Ich bin allein. Zumindest so allein, wie man in einer Stadt mit knapp einer Million Einwohnern sein kann.

Ich spähe vorsichtig um die Hausecke und stöhne leise auf. Direkt neben meinem Versteck erstreckt sich eine große *Piazza*, die offensichtlich zu der Kirche *Gesù Nuovo* gehört. Das Gebäude ist eines der ältesten und bedeutendsten der Stadt. Ich muss meinen Kopf in den Nacken legen, um seine ganze Pracht zu erkennen. Die Fassade der *Gesù Nuovo* ist mit Diamantquadern versehen, die sich vom Dach bis zum Boden ziehen. Die reich verzierten Giebel und Tore geben bereits einen Vorgeschmack darauf, was einen im Inneren der Kirche erwartet: Gold, Pracht und uralte Malereien.

Selbst zu dieser späten Uhrzeit posieren Reisende vor der außergewöhnlichen Fassade, um ein Foto als Andenken zu schießen. *Che sfiga!* Ich wage es nicht, aus meinem vorläufigen Versteck herauszukommen. Was, wenn ich ihnen zu nah komme und ihr Puls mich in Versuchung führt? Ich will auf gar keinen Fall jemanden auf offener Straße angreifen.

Mein Blick wandert weiter umher und fällt schließlich auf einen Schwarm Tauben, der sich in der Nähe einer Menschengruppe sammelt. Anscheinend warten sie darauf, dass jemand etwas Essbares fallen lässt. Ich fokussiere einen Vogel am Rande des Schwarms, und schon setzt das Magengrummeln erneut ein. Sofort presse ich mir eine Hand auf den Bauch und versuche, es zu ignorieren. Meine Aufmerksamkeit liegt weiterhin auf dem grau-weißen Gefieder der Taube. Ich glaube sogar, das schwache Schlagen des kleinen Herzens zu hören.

Und mit einem Mal verspüre ich so etwas wie eine Anziehungskraft zu dem Tier, die ich nicht erklären kann. Der Vogel ruckt seinen Kopf nach oben und wendet sich in meine Richtung, als würde er es ebenfalls fühlen.

»Bleib ruhig«, flüstere ich mehr zu mir selbst als zu der Taube. Tatsächlich bleibt sie stehen, starrt mich an und gurrt leise. Ich höre deutlich, wie sich ihr Puls verlangsamt und sie sich entspannt. Habe ich diese Wirkung auf den Vogel? Das ist unmöglich. Oder?

Ihr Herzschlag gleicht sich meinem an. Ich spüre jeden Tropfen Blut durch ihren winzigen Körper fließen. Es fühlt sich an, als könnte ich den Strom beeinflussen. Ich muss nur meine Hand ausstrecken und seinen Kurs ändern. In meine Richtung lenken.

Die Taube stakst auf mich zu. Langsam zunächst und dann immer schneller. Sie entfernt sich weiter von ihrem Schwarm. Ihr Kopf ruckt nach vorne, und sie stößt ein fragendes Gurren aus, als wüsste sie, dass etwas nicht stimmt. Und auch ich ahne es bereits. Ich locke das Tier zu mir. Ich lenke sein Blut und damit seine Bewegungen.

»Das ist nicht wahr«, hauche ich und spüre dennoch überdeutlich das dünne Band, das die Taube und mich verbindet. Ich habe es irgendwie geschafft, eine Verbindung zwischen uns zu knüpfen, und nun ziehe ich sie Stück für Stück näher zu mir heran. Das übertrifft alles, was ich zuvor erlebt habe. Weder bei meiner Mutter noch bei dem Mann von vorhin habe ich solch eine intensive Verbindung gefühlt. Da war nur das Blut. Der Wunsch zu trinken. Doch das hier ist so viel mehr. Ich manipuliere das Tier. Ich lenke es. Es geschieht völlig intuitiv.

Schließlich kommt die Taube vor mir zum Stehen. Sie starrt mich abwartend an und zuckt immer wieder mit dem Kopf vor und zurück. Ein unschuldiges Gurren entkommt ihrem Schnabel, als ich sie vom Boden hebe und vor mein Gesicht halte. Sie wehrt sich kein bisschen, versucht nicht einmal, wegzufliegen. Ihr Herz schlägt ruhig und entspannt weiter, so wie meines.

Noch während ich die Taube in meinen Händen anstarre, regt sich der Hunger erneut in mir. Jede Zelle meines Körpers verzehrt sich danach, endlich etwas Essbares aufzunehmen. Und ich weiß genau, was er einfordert: Blut. Normales Essen wird meinen Hunger nicht stillen können, so viel ist klar.

Allein die Erinnerung daran, wie das Blut meiner Mutter geschmeckt hat, sorgt dafür, dass ich mir über die Lippen lecke. Wie wohl dieser Vogel schmecken wird? Der Hunger verblendet meine Gedanken völlig. Ich nehme nichts mehr wahr außer dem Opfer in meinen Händen und seinen Puls. Das Rauschen seines Blutes.

Ich reiße bereits den Mund auf und bin kurz davor, meine Zähne in das Fleisch der Taube zu graben, als mich plötzlich mit voller Wucht etwas von hinten gegen den Kopf trifft. Vor Schreck lockert sich mein Griff, und ich verliere die Konzentration. Das dünne Band, welches das Tier und mich miteinander verbunden hat, zerreißt, und innerhalb eines Sekundenbruchteils bekommt der Vogel Panik. Er flattert los und schafft es, sich aus meinem Griff zu befreien.

Ich realisiere kaum, was geschehen ist, da trifft mich ein weiterer Schlag auf den Hinterkopf, gefolgt von einem kleinen Stich in den Nacken. Eine Schmerzwelle fließt durch meinen ganzen Körper und sorgt dafür, dass ich nur noch Blitze vor meinen Augen sehe. Ich keuche auf und stolpere nach vorne, aber ich habe kein Gefühl mehr in den Beinen. Sie knicken unter mir ein, und ich sacke zu Boden. Den Aufprall spüre ich kaum, weil meine gesamte Hautoberfläche vor Taubheit kribbelt.

»Keine Sorge, wir werden uns um dich kümmern«, ertönt eine dumpfe Stimme über mir.

Zuletzt nehme ich einen schwarzen Umriss wahr, der sich zu mir hinabbeugt und mir anschließend etwas über den Kopf stülpt, sodass ich nichts mehr sehen kann. Ich kann mich nicht rühren oder gar wehren, während dieser Unbekannte mich an den Fußgelenken packt und meinen Körper mit sich schleift. Immer weiter fort von den Geräuschen der belebten *Piazza* und damit auch von der geringen Hoffnung, entdeckt und befreit zu werden. Niemand kann mir helfen. Nicht einmal ich selbst.

13. KAPITEL | SANGUA

Mein Körper streikt. Anders kann ich es nicht beschreiben. Es gelingt mir nicht mal, die Lippen zu öffnen und einen Fluch auszustoßen. Ich bin völlig handlungsunfähig. Das bedeutet jedoch nicht, dass ich nichts mitbekomme. Ich nehme wahr, wie ich über das Kopfsteinpflaster geschleift werde und mich mehrere Personen unter Ächzen und Stöhnen in ein Fahrzeug verfrachten. Die Motorengeräusche und die Länge der Fahrt lassen mich vermuten, dass ich weit fort vom Zentrum Neapels gebracht werde. Werde ich entführt? Haben ein paar Menschenhändler in mir ein leichtes Opfer gesehen und ihre Chance genutzt?

Tausend Gedanken rasen durch meinen Kopf. Wie kann ich mich bloß aus meiner Starre befreien und meine Entführer angreifen? Für einen flüchtigen Moment stelle ich mir sogar vor, wie ich jeden Tropfen Blut aus ihren Körpern saugen werde, nur um ihre leeren Hüllen zurückzulassen. Doch mein Körper betrügt mich und bleibt weiterhin bewegungsunfähig, auch wenn mein Geist hellwach ist.

Es dauert mindestens eine Stunde, bis das Fahrzeug zum Stehen kommt und in meiner Nähe eine Tür geöffnet wird. Weil mein Körper immer noch völlig schlaff ist, werde ich in die Höhe gehievt und weggetragen. Ich spitze die Ohren und nehme deutlich wahr, wie die Schuhe meiner Entführer über Kies scharren. Wenig später klackert es, und ihre Sohlen quietschen auf einem harten Untergrund. Vielleicht Fliesen? Wir müssen uns nun innerhalb eines Gebäudes befinden. Wo bringen mich diese Bastarde hin?

»Schließt sie hier ein! *Pronto,* bevor die Betäubung nachlässt. Und vergesst nicht, vorher ein paar Gewebeproben zu entnehmen!«, fordert eine Frau mit besorgter Stimme. Allerdings bezweifle ich, dass ihre Sorge mir gilt. Sie hat von einer Betäubung gesprochen … ist es das, was ich in der Gasse gespürt habe? Den Stich? Haben sie mir irgendein Betäubungsmittel verabreicht, um mich handlungsunfähig zu machen?

Aber die Frage rückt schnell in den Hintergrund, denn in diesem Moment spüre ich, wie jemand unter meine Kopfbedeckung greift, um ein paar meiner Haare auszureißen. Anschließend folgt ein Stich in meinen Unterarm. Gewebeproben … Wozu?

Der Hall der Schritte wandelt sich. Aus dem lauten Echo, das anscheinend von einem langen Flur zurückgeworfen wurde, wird ein gedämpfter Klang. Obwohl ich durch die Kopfbedeckung nichts erkennen kann, ist mir bewusst, dass wir uns nun in einem kleineren Raum befinden müssen. Ich will mit den Zähnen knirschen, vor Frust schreien, die Fäuste ballen und um mich schlagen. Nichts davon gelingt mir. Stattdessen werde ich abgelegt und nehme ein metallisches Klackern und Rasseln wahr. Sind das etwa Ketten?

Ohne dass ich etwas dagegen tun könnte, schnappen vier Verschlüsse um meine Hand- und Fußgelenke ein. Sie fesseln mich! Für einen Augenblick bin ich völlig verwirrt und überfordert. Ich habe bereits damit gerechnet, dass sie mich einsperren werden, aber das Anketten? Das kommt unerwartet.

Der Schock wird jedoch schnell von einer Flut aus heißer Wut und Zorn verdrängt. Was glauben diese *Stronzos* eigentlich, wer sie sind? Glauben sie wirklich, sie könnten junge Frauen einfach auf offener Straße betäuben und einsacken? In diesem Moment schwöre ich mir, dass sie diese Tat bereuen werden.

Mein Blutdurst erwacht zum Leben. Ich nehme überdeutlich den rasenden Puls der Menschen um mich herum wahr. Mindestens vier Stück befinden sich mit mir in diesem Raum. Einer steht so nah bei mir, dass ich nur die Hand ausstrecken müsste, um sein Bein zu packen und meine Zähne in seiner Haut zu vergraben. Allein die Vorstellung des warmen Bluts lässt mich schwerer atmen. Dieses Mal würde ich nicht bloß kosten … ich würde ihn völlig aussaugen, bis er völlig blutleer ist. Vielleicht wird er dann die Dinge bereuen, die er mir angetan hat.

Mein Restverstand bläut mir ein, dass diese Vorstellung absolut wahnsinnig ist, aber das ist mir egal. Ich habe Durst, und ich will Rache. Nichts anderes zählt!

Probeweise versuche ich, mich erneut zu regen, und tatsächlich: Mir gelingt es, meinen kleinen Finger anzuheben. Ich konzentriere all meine Kraft auf dieses kleine Glied und zwinge mich dazu, einen Finger nach dem anderen aus der Starre zu befreien. Bereits nach einigen Sekunden kann ich eine Faust bilden. *Grazie dio!*

»Sie kommt wieder zu sich. Alle raus!«, befiehlt die Frau plötzlich. Sie muss die Regung meiner Hand bemerkt haben. Innerlich verfluche ich mich deswegen.

Um mich herum werden die Stimmen ihrer Begleiter laut, und jeder Herzschlag entfernt sich mehrere Schritte von mir. Ich will mich nach ihnen ausstrecken und sie packen, aber dafür bin ich noch zu schwach. Stattdessen entkommt meiner Kehle ein frustriertes Grollen, das dem einer wilden Bestie gleicht.

»Ich muss mit ihr reden«, meint plötzlich ein Mann, den ich

zuvor nicht bemerkt habe. Diese Stimme klingt anders. Beherrschter und kühler. In seiner Tonlage schwingt ein deutlicher Befehlston mit. Ohne ihn zu sehen, weiß ich, dass er hier das Sagen hat. Wo auch immer *hier* ist.

»Sie wird nach dem Abklingen der Betäubung verwirrt und höchstwahrscheinlich aggressiv sein. *Signore,* Sie werden sehr bald die Chance bekommen, mit ihr zu sprechen. Aber jetzt bei ihr zu bleiben, wäre eine Gefahr für Leib und Leben, von der ich Ihnen abraten muss«, hält die Frau tapfer dagegen.

Stumm muss ich ihr recht geben. Mir ist völlig egal, wer dieser Mann ist. Wenn er sich mir in den Weg stellt, sobald ich wieder im Vollbesitz meiner Kräfte bin, wird er das bitter bereuen. Er wird die erste Person sein, deren Blut ich ohne Reue trinken werde.

»*Bene*«, murrt der Fremde widerwillig und verlässt kurz darauf ebenfalls den Raum, gemeinsam mit der Frau und ihren klackernden Stöckelschuhen. Eine Tür fällt hinter den beiden ins Schloss, und ich höre laut und deutlich, wie ein schwerer Riegel vorgeschoben wird. Kein Herzschlag ist länger in meiner Nähe wahrzunehmen. Ich bin völlig allein.

Sobald das Betäubungsmittel vollständig nachgelassen hat, werde ich mich von den Fesseln und der dämlichen Kopfbedeckung befreien und einen Weg ins Freie suchen. Ich habe zwar keine Ahnung, wo genau diese Bastarde mich hinverfrachtet haben, aber das werde ich bald herausfinden. Eins nach dem anderen.

Eine gefühlte Ewigkeit kann ich nichts anderes machen, als gegen das Kribbeln anzukämpfen. Quälend langsam verzieht sich die Taubheit aus meinen Gliedern. Als ich endlich das Gefühl habe, dass mein Körper wieder mir gehört, richte ich mich unter Stöhnen auf und taste nach der Kopfbedeckung. Mit einem Ruck reiße ich mir den schwarzen Sack vom Kopf und muss mehrfach blinzeln, weil die plötzliche Helligkeit mich blendet. Für einen Moment befürchte ich, dass mich das Licht genauso verbrennen könnte wie die Strahlen der Sonne, allerdings scheint das nicht der Fall zu sein, sonst wären meine entblößten Arme schon längst von Brandblasen übersät gewesen.

Ich atme tief durch. Ein. Und aus. Ein. Und aus.

In der Luft liegt der scharfe Duft von Desinfektionsmittel und beherrscht meinen Geruchssinn. Skeptisch schaue ich mich um, doch viel ist in diesem Raum nicht zu entdecken. Betonboden, weiß gestrichene Wände, eine metallische Tür und rostige Ketten, deren Enden im Boden einbetoniert wurden. Dicke Scharniere schließen sich um meine Hand- und Fußgelenke. *Merda!* Diese Schweine haben mich tatsächlich angekettet, um zu verhindern, dass ich einfach entkomme.

Der Schock lähmt mich für einige Sekunden, in denen ich nichts anderes tun kann, als auf meine angeketteten Gliedmaßen zu starren. Doch nur wenige Sekunden später regt sich bereits etwas in meinem Inneren. Etwas Animalisches. Eine Bestie, die es ganz und gar nicht leiden kann, gefangen gehalten zu werden. Ein Urinstinkt übernimmt die Kontrolle über meine Handlungen. Ich kämpfe mich auf meine wackeligen Beine und scanne den Raum. Es ist zwar niemand hier, und ich kann auch keine Kameras entdecken, aber ich bin fest davon überzeugt, dass ich beobachtet werde. Mein Nacken prickelt verräterisch, und ich spüre förmlich, wie fremde Blicke forschend über meinen Körper gleiten. Sie sind da. Sie hören mich, dessen bin ich mir sicher.

»Lasst mich raus«, rufe ich. Meine Stimme zittert leicht. Ich schlucke meine Unsicherheit runter und setze erneut an, dieses Mal energischer: »Lasst mich gehen! Jetzt sofort!«

Ich weiß nicht, was ich erwartet habe, doch die Stille, die auf meine Worte folgt, zermürbt den letzten Rest meiner Geduld.

»Wir können verhandeln. Ihr lasst mich gehen, und ich werde

im Gegenzug den Mund halten und euch nicht verraten. Die Polizei sucht bereits nach mir. Sie wird früher oder später auf euer Versteck stoßen«, schreie ich in den leeren Raum. Hoffentlich zieht die Nummer mit der Polizei. Genau genommen suchen sie schon seit Tagen nach mir. Hoffentlich hat meine Mutter die Suchaktion nicht beenden lassen nach meiner kurzzeitigen Rückkehr. Aber so wie ich sie und den Rest meiner Familie kenne, werden sie nicht ruhen, bis ich wieder heil nach Hause zurückkehre. Zumindest hoffe ich das.

Diese Überlegungen sind jedoch gerade sowieso egal, denn trotz meines mehr als großzügigen Angebots regt sich nichts. Ich höre keine Stimmen, und auch die Tür bleibt verschlossen. Offensichtlich sind meine Entführer nicht in der Stimmung zu verhandeln. Wer sind diese Leute überhaupt? Menschenhändler?

Unschlüssig packe ich die Ketten an meinen Händen fester und starre auf ihre Verankerung im Boden. Die Scharniere sitzen so fest um meine Gelenke, dass ich mich unmöglich hinauswinden kann. Ich stecke fest.

Verzweiflung ballt sich in meiner Magengrube zusammen und schwillt immer weiter an. Jegliche Luft wird aus meinem Brustkorb gepresst. Mein gesamter Körper bebt, als würde er von einem Erdbeben erschüttert werden. Ich stecke fest. Ich stecke fest. Ich stecke fest. Ich kann an nichts anderes mehr denken. Ich stecke fest.

Meine Instinkte übernehmen nun vollends die Kontrolle, weil ich mit normalem Menschenverstand offensichtlich nicht weiterkomme. Statt weiter zu verhandeln, stoße ich einen frustrierten Schrei aus, der tausendfach von den Wänden um mich herum zurückgeworfen wird.

Ich nehme einen sicheren Stand ein, schlinge meine Finger enger um die Kettenglieder und ziehe daran. Es ist zwecklos. Die Ketten sind in den Boden einbetoniert. Ich kann sie unmöglich herausreißen. Trotzdem versuche ich es weiter. Ich ziehe und zerre, weil es das Einzige ist, was ich im Moment tun kann. Kisas Gesicht spukt dabei immer noch durch mein Gedächtnis und feuert meine Wut weiter an. Ein roter Schleier legt sich über mein Sichtfeld. Ohne sie wäre ich nicht hier. Ohne sie hätte ich mich niemals so grundlegend innerhalb weniger Tage verändert. Ohne sie wäre alles beim Alten. Es ist alles ihre Schuld! Ihre verdammte Schuld!

Ein weiterer Schrei bricht aus meinem Mund hervor. Ich rucke gleichzeitig mit beiden Armen und mit voller Kraft nach hinten und nehme plötzlich ein leises Knacken wahr. Ein feiner Riss zieht sich über den Boden. Genau dort, wo die Ketten einbetoniert wurden. Er ist zu klein, um Hoffnung zu schöpfen, doch er ist ein Anfang. Wenn ich weitermache …

»Cara Alvez.« Die Stimme reißt mich aus meiner Konzentration und lässt mich innehalten. Ich habe sie schon zuvor einmal gehört. Diese tiefe Tonlage, der kühle und beherrschte Unterton.

Ich hebe den Kopf an und starre in das kantige Gesicht eines Fremden, der gerade durch die Tür tritt. Seine Wangen sind glatt rasiert und die blonden Haare nach hinten gegelt. Die breite Statur wird von einer schwarzen Uniform mit roten Emblemen umschlossen. Passend dazu stecken seine Füße in breiten Springerstiefeln. Meine Aufmerksamkeit wandert zurück zu seinem Blick und den stechend blauen Eisaugen. Sie werden umrahmt von kleinen Falten, die den Mann älter wirken lassen, als er sein kann.

»Woher kennen Sie meinen Namen?«, knurre ich und fahre mir nervös mit der Zungenspitze über die Zähne. Meine beiden oberen Eckzähne sind deutlich spitzer als zuvor. Waren sie schon immer so lang?

»Du bist hier sicher, Cara. Du kannst dich entspannen. Es

kann dir nichts geschehen«, meint der Mann in dem gleichen monotonen Tonfall wie zuvor.

Entspannen? Ist das sein Ernst?

»Wo ist *hier*? Und woher kennen Sie mich? Beantworten Sie endlich meine Fragen!«, keife ich und bemerke sofort, wie sein Puls sich beschleunigt. Ich kann es deutlich hören. Das dumpfe Wummern unterhalb seiner Hautoberfläche. Das Rauschen seines Blutes. So nah und doch so fern. Jegliche Skrupel fallen von mir ab. Wenn ich könnte, würde ich mich auf der Stelle auf ihn stürzen und meine Zähne in seinem Fleisch vergraben.

»Geweitete Pupillen, körperliche Starre, Fokus auf der Halsschlagader. Du verfällst bereits in einen Blutrausch, Cara. Das ist eine ungewöhnlich schnelle Entwicklung. Ich frage mich, ob deine Fangzähne schon voll ausgebildet sind«, kommentiert der Mann.

Ich blinzle ihn an. Er klingt so, als würde er wissen, wovon er spricht. Als würde er *mich* kennen.

»Wovon reden Sie da?«, zische ich, darauf bedacht, meine Zähne nicht zu entblößen. Stattdessen rucke ich ein weiteres Mal an meinen Ketten.

»Dein Vermisstenfall ist uns sofort ins Auge gestochen, nachdem ein Freund gegenüber den Polizeibeamten meinte, ihr würdet eine geheime Untergrundfeier besuchen. In den Katakomben, nehme ich an?« Der Unbekannte schenkt mir ein Grinsen und bleckt seine Zähne. Er wirkt wie ein Raubtier, das sich an seine Beute heranpirscht. Woher weiß er von den Katakomben?

»Nachdem deine Eltern von deiner Rückkehr berichtet haben, lagen wir auf der Lauer. Es war zugegebenermaßen nicht sonderlich einfach, dich in der Stadt zu verfolgen, aber jetzt bist du endlich hier. Genau dort, wo du sein sollst.« Der Unbekannte richtet seinen Gürtel und festigt seine Standposition, als rechnete er jeden Moment mit einem Angriff.

»Was hat das zu bedeuten? Für wen arbeitet ihr? Wo bin ich?« Pure Verzweiflung mischt sich in meine Stimme, ohne dass ich es verhindern kann. Ich bin vor nicht einmal vierundzwanzig Stunden aus den Katakomben entkommen und direkt danach im nächsten Höllenloch gelandet. Möglichst unauffällig beobachte ich den Raum um uns herum. Ich rechne jeden Moment damit, erneut aus dem Rückhalt angegriffen zu werden.

»An einem Ort, wo dir geholfen werden kann. Und an dem du niemandem mehr schaden kannst.« Die Antwort des uniformierten Mannes ist so vage, dass er sie sich hätte sparen können. Er spricht mit mir, als wäre ich eine wandelnde Gefahr für alle Menschen um mich herum.

»Oder willst du ernsthaft behaupten, dass du deine körperliche Wandlung noch nicht bemerkt hast? Die Sonnenempfindlichkeit, die Stärke und Schnelligkeit, den Blutdurst?«

Mein Blick ruckt zurück zu ihm. Zu seinen blauen Augen, die mich mit einer Kältewelle umspülen. Was weiß dieser Mann über mich? Wieso kennt er meinen Körper besser als ich selbst?

»D-das ist nur vorübergehend«, stottere ich. Kisas Biss kann unmöglich eine dauerhafte Veränderung hervorgerufen haben, oder?

Der Fremde schüttelt den Kopf und seufzt leise auf. Die erste menschliche Reaktion von ihm, seit wir dieses einseitige Gespräch begonnen haben. Sein Puls beschleunigt sich erneut.

»Leider nicht. Mein Team und ich vermuten, dass diese Veränderung von Dauer ist. Was ich dir gleich sagen werde, wird dich vermutlich zunächst verstören.« Er pausiert kurz, bevor er die Augen schließt und verkündet: »Du durchläufst die Wandlung zur Sangua, Cara Alvez.«

Stille legt sich wie ein Tuch aus Blei über uns und erstickt jegliche Widerworte im Keim.

Sangua? Was soll das überhaupt bedeuten? Und warum

spricht dieser Fremde so, als würde es sich dabei um eine Todesdiagnose handeln?

Er scheint meine Verwirrung und Überforderung deutlich zu spüren, denn er setzt direkt zur Erklärung an.

»Mit dem Begriff *Sangua* kannst du vermutlich nicht viel anfangen. Aber vielleicht sagen dir Vampire etwas?«

Das kann nicht sein Ernst sein. Er glaubt wirklich, ich würde mich in einen Vampir verwandeln? Oder in eine Sangua?

»Was zur Hölle? Ist das ein schlechter Scherz? Ein verstörendes Spiel? *Stai scherzando?*« Meine Stimme klettert eine Oktave höher und wird immer schriller. Dieses Arschloch macht auf meine Kosten Witze und nutzt meine Lage aus.

»Cara, du wirst alles verstehen, wenn du mich erklären lässt …«, setzt der Unbekannte an, aber ich werde ihn ganz bestimmt nicht mehr zu Wort kommen lassen, denn es ist mehr als offensichtlich, dass ich an einen Psychopathen geraten bin. Wer sonst entführt junge Frauen von der Straße und erzählt ihnen von Vampiren?

Alles, was zählt, ist zu entkommen. Ich zerre erneut an den Ketten und beobachte, wie sich weitere Risse über den Boden ziehen. Sie gleichen einem Spinnennetz, dessen Fäden langsam einreißen.

»Cara, bitte …«, ruft der Fremde in meine Richtung, doch er dringt nicht mehr bis zu meinem Verstand durch. Stattdessen packe ich die Ketten fester und stoße mich vom Boden ab, um in seine Richtung zu rennen. Vielleicht sind die Ketten lang genug, damit ich ihn erreichen und umwerfen kann. Ich könnte ihn festhalten und meine Freiheit gegen die seine eintauschen.

Innerhalb eines Atemzugs bin ich bei ihm angekommen. Sein Gesicht ist dem meinen so nah, dass ich sogar seinen Zahnpasta-Atem riechen kann. Seine Augen weiten sich vor Schock, und für einen Moment entdecke ich tatsächlich so etwas wie

Panik in seiner Miene. Ich reiße den Mund auf, offenbare meine spitzen Eckzähne und bin bereit, sie in seiner Halsbeuge zu vergraben, bevor ich zurückgerissen werde. Meine Arme verdrehen sich nach hinten, und der Schwung meines Angriffs verläuft im Nichts. Die Ketten sind nicht lang genug, sie halten mich zurück. Ich bäume mich mit meinem gesamten Oberkörper nach vorne, versuche, ihrem metallischen Griff zu entkommen, aber es ist zwecklos. Sosehr ich mich auch gegen die Kettenglieder wehre, sie halten mich trotzdem eisern fest. Blind vor Verzweiflung trete ich um mich. Ich will den Unbekannten treffen. Ihm schaden. Irgendwie.

»Ihr werdet dafür bezahlen!«, speie ich ihm entgegen. In diesem Augenblick schwöre ich mir, höchstpersönlich dafür zu sorgen, dass dieser Unbekannte die gleiche Hölle durchmacht wie ich. Ich werde weder ihn noch jemandem aus seinem Team davonkommen lassen. Wenn ich ihnen dafür selbst die Kehlen durchbeißen muss, dann sei es so.

»Wir werden sehen«, murrt er und lässt mich erneut völlig allein zurück.

14. KAPITEL | LIBERTÀ

Die Zeit vergeht langsamer in diesen vier Wänden. Sekunden fühlen sich an wie Stunden und Minuten wie Wochen. Seit dem Gespräch mit dem uniformierten Fremden finde ich keine Ruhe. Seine Worte wabern unablässig durch meinen Kopf und sorgen dafür, dass ich alles hinterfrage. Unruhig stehe ich auf und laufe im Kreis, von Müdigkeit keine Spur. Ab und an ruckle ich weiter an den Ketten, schlage auf den Betonboden ein und vergrößere die Risse rund um die Ketten herum. Währenddessen flüstert mir eine Stimme immer wieder ein, dass es völlig sinnlos ist, was ich hier tue. Ich werde nicht ohne Weiteres entkommen können. Nicht ohne einen konkreten Plan.

Laut dem Unbekannten stecke ich gerade mitten in der Verwandlung zum Vampir. Zur Sangua. Lächerlich. Es gibt keine blutsaugenden Monster. Erst recht nicht in Neapel. Das ist völlig unmöglich.

Gedankenblitze zucken durch meinen Kopf. Ich sehe das Blut auf der Fingerkuppe meiner Mutter. Spüre den berauschenden Geschmack auf meiner Zungenspitze. Merke, dass ich mich nicht von ihr lösen kann. Ich will mehr … mehr … mehr …

Blinzelnd komme ich wieder zu mir. Doch die Erinnerungen lassen mich nicht in Ruhe. Ich höre immer noch das Echo des

Pulses von dem Mann auf der Straße. Das Rauschen in den Venen meiner Entführer. Das ist nicht normal, oder? Ich sollte gar nicht dazu in der Lage sein, all diese Dinge zu hören. Oder gar Durst auf Blut verspüren. Automatisch fahre ich mir mit den Fingerspitzen über die Bissverletzung, die Kisa mir zugefügt hat. *Riprenditi!* Sangua existieren nicht. Sie sind nicht real. Das ist völlig unmöglich. Wahrscheinlich bilde ich mir das alles bloß ein, weil die Restwirkung des Betäubungsmittels durch meine Adern pumpt und ich ein paar schwere Schläge auf den Kopf abbekommen habe.

Plötzlich ertönt ein Klopfen an der Tür. Gleich darauf betreten zwei uniformierte Personen den Raum. Sie tragen schwarze Schutzwesten und Schoner an Armen und Beinen. Die Köpfe sind in dicke Helme gehüllt, und einer der beiden hält ein riesiges Maschinengewehr in den Händen. In meinem ganzen Leben habe ich bisher noch nie so eine große Waffe im Einsatz gesehen, höchstens in Filmen. Der Anblick entsetzt mich so sehr, dass ich es nicht wage, mich zu rühren.

»Essenszeit«, verkündet der Soldat ohne Gewehr und legt ein Plastiktablett auf dem Boden ab, um es in meine Richtung zu treten. Schlitternd kommt es knapp vor mir zum Stehen, doch ich schenke der Mahlzeit keine Beachtung. Vielmehr fokussiere ich die offen stehende Tür hinter den beiden Bewaffneten. Niemand sonst ist dort zu sehen. Keine zusätzliche Wache.

Die Soldaten wenden sich eine Sekunde später von mir ab und treten den Rückzug an. Sie sind außerhalb meiner Reichweite, das ist mir bewusst. Aber sie werden wiederkommen, so viel ist klar. Und dann werde ich bereit sein. Ein schmales Lächeln bildet sich auf meinen Lippen. Die beiden werden nicht wissen, wie ihnen geschieht.

Sobald sich die Tür hinter ihnen schließt, beginne ich mit meinen Vorbereitungen. Ich wage nur einen kurzen Blick auf das Tablett und muss ein Würgen unterdrücken. Sie servieren mir tatsächlich eine dampfende Portion *Arancini di riso*. Ich werde ganz bestimmt nichts anrühren, was man mir zu essen gibt. Wahrscheinlich ist die Hälfte dieser frittierten Reisbällchen sowieso vergiftet.

»*Nimm niemals Essen von Fremden an, Carissima!*« Die warnende Stimme meiner Mamma echot durch meinen Kopf.

Wie gerne würde ich jetzt in ihren Armen liegen und all meine Sorgen vergessen. Ich würde sogar freiwillig ihre schnulzige Soap-Opera *Centovetrine* schauen, wenn es bedeuten würde, hier rauszukommen.

Um mich abzulenken, konzentriere ich mich voll und ganz darauf, die Ketten aus dem Boden zu lösen, indem ich wieder und wieder mit all meiner Kraft an den Gliedern zerre. Es bilden sich tatsächlich mehr und mehr Risse. Ich scharre mit meinen bloßen Fingernägeln über den Beton, vertiefe Risse und entferne Bröckchen für Bröckchen, bis ich einen Großteil der Kettenverankerung freilege. Währenddessen beuge ich mich über die Stelle im Boden, um mein Vorhaben möglichst zu verbergen. Von außen wirkt es hoffentlich so, als würde ich mich auf dem Boden zusammenkauern, obwohl ich in Wahrheit an meinem Fluchtplan arbeite.

In den nächsten Stunden tue ich nichts anderes, als die Ketten zu lockern und auf meine Chance zu warten. Und diese kommt, als ich erneut das verräterische Klackern des Schlosses in meinem Rücken höre. Vorsichtig richte ich mich auf und achte penibel darauf, dass es weiterhin so aussieht, als wären die Ketten im Boden verankert.

Langsam wende ich mich der Tür zu, die nun weit aufschwingt und erneut zwei Soldaten präsentiert, die in den Raum marschieren. Wie vorhin trägt einer ein befülltes Tablett in der Hand, während der zweite eine Waffe locker an seiner Seite hält. Sie wirken deutlich entspannter als bei ihrem ersten Besuch. Vermutlich rechnen sie nicht damit, dass ich Gegenwehr leiste.

»Du hast deine letzte Mahlzeit gar nicht angerührt«, meint einer der beiden und stellt das neue Tablett auf dem Boden ab, um es in meine Richtung zu treten. Wie sein Kollege ist er sehr darauf bedacht, sich nicht zu weit von der Tür zu entfernen. Offenbar meiden sie meine Nähe aus Angst.

Ich lächle über diesen absurden Gedanken. Diese Menschen behandeln mich, als wäre ich ein Monster. Vielleicht sollte ich ihnen endlich einen Grund geben, sich zu fürchten.

»*Scusi*, ich hatte keinen Hunger«, spreche ich laut und deutlich, auch wenn es eine eindeutige Lüge ist. Schritt für Schritt trete ich näher an die Soldaten heran. Beide regen sich nicht, starren mich bloß an. »Aber inzwischen könnte ich einen Snack vertragen.«

Jetzt! Ich darf keine Zeit mehr verstreichen lassen!

Bevor ich meine Entscheidung überdenken kann, laufe ich in vollem Tempo los. Geradewegs auf die bewaffneten Männer zu, die nicht mehr rechtzeitig reagieren können. In der nächsten Sekunde stehe ich bereits vor ihnen und reiße die Ketten mit einem gewaltigen Ruck aus dem Boden. Ein lautes Krachen ertönt, Steinbrocken fliegen durch die Luft und knallen gegen die Wände. Die Kettenglieder rasseln an meinen Seiten, weil sie immer noch an den Scharnieren um meine Handgelenke hängen.

Ich schnaufe kurz durch, genieße den Schock in den weit aufgerissenen Augen meiner Gegner und packe die metallischen Ketten fester, um sie wie Peitschen einsetzen zu können. Ironisch, dass die Fesseln nun meine Waffen sind.

Begleitet von einem lauten Brüllen hole ich aus und schlage mit den Kettengliedern in Richtung der bewaffneten Männer. Den einen treffe ich am Helm, woraufhin ein hässliches Knacken ertönt. Der Mann stößt einen klagenden Laut aus und geht zu Boden. Ich schlage erneut zu. Sein Kamerad hebt unterdessen die Schusswaffe und richtet sie auf mich, aber er wagt es nicht, zu schießen. Noch nicht.

»Stopp! Keinen Schritt weiter!«, schreit er aus vollem Halse.

Ich denke allerdings gar nicht daran, innezuhalten und mich wieder einsperren zu lassen. Lieber sterbe ich beim Fluchtversuch, als ewig gefangen gehalten zu werden.

Entschlossen hole ich mit meinem linken Arm aus und schleudere die Kette gezielt in Richtung seiner Beine. Die Metallschlange windet sich um seine Knie und zieht sich innerhalb eines Sekundenbruchteils fest. Es genügt ein kräftiger Ruck, um dem Mann die Füße unter dem Körper wegzuziehen und ihn auf den Boden zu werfen. Sein Kopf prallt auf die Fliesen. Die Waffe rutscht ihm aus der Hand und schlittert in meine Richtung. Rasch überlege ich, sie an mich zu nehmen, aber ich habe in meinem ganzen Leben noch keine einzige Schusswaffe bedient. Wahrscheinlich würde ich eher mich selbst verletzen, als irgendeinen Schaden bei meinen *netten* Gastgebern anzurichten. Außerdem wird es mit den Ketten an meinen Handgelenken schwierig, zu schießen. Deswegen kicke ich das Gewehr kurzerhand in eine andere Raumecke.

»*Arrivederci*«, murre ich, während ich über die beiden hinwegsteige und die offen stehende Tür ansteuere. Meine Ketten schleifen hinter mir her, bereit für den nächsten Einsatz. Ich bete zu Gott, dass es dazu nicht kommen wird.

Ein letztes Mal mobilisiere ich all meine Kräfte und renne los. Bestimmt wurde inzwischen ein stummer Alarm betätigt, der alle über meinen Ausbruch informiert. Ich muss mich beeilen.

Außerhalb meiner Zelle sieht es genauso aus, wie ich es mir vorgestellt habe. Lange, weiß gestrichene Flure. Fliesen überall. Keine Fenster. Flackerndes Deckenlicht. Befinde ich mich etwa unter der Erde?

»*Abgefahren!*«, hätte Franca dazu bestimmt gesagt. Sie liebt Horrorfilme genauso sehr wie ich, allerdings habe ich mir nie ausgemalt, selbst in einem zu landen.

Auf gut Glück schlage ich einen Haken und renne nach rechts, nur um bei einem angrenzenden Gang nach links zu laufen. Rechts, links, rechts, links ... immer im Wechsel. Mein Babbo hat mir vor Ewigkeiten verraten, dass man auf diese Weise immer aus einem Labyrinth herausfindet. Ich hoffe, er behält recht.

Als ich um eine weitere Ecke biege, kommt mir jemand im Gang entgegen. Eine junge Frau, wenige Jahre älter als ich. Sie trägt ihre Haare in einem strengen Zopf nach hinten gebunden und wirkt völlig ahnungslos. Im Gegensatz zu den Soldaten ist sie nicht in dicke Schutzkleidung gehüllt. Lediglich ein Shirt und eine Hose im Camouflage-Muster bedecken ihre sportliche Statur.

Im ersten Moment beachtet sie mich kaum, doch dann sieht sie die Ketten, die ich hinter mir herschleife, und ihre Miene wandelt sich von unbeteiligt zu schockiert. Mir ist klar, dass ich sie ausschalten müsste. Allerdings ist diese Frau unbewaffnet, und sie macht keine Anstalten, mich anzugreifen. Es wäre nicht nur unmoralisch, sondern auch verschwendete Zeit. Ich bin schneller als sie, und alles, was für mich zählt, ist, zu entkommen. Also renne ich weiter. Unsere Begegnung dauert höchstens einige Sekunden lang an, dann biege ich bereits um die nächste Ecke.

Abgesehen von dieser flüchtigen Begegnung sind die Flure völlig ausgestorben, was mich irritiert. Ich habe damit gerechnet, mich nach draußen durchkämpfen zu müssen. Stattdessen erwartet mich Leere. Weiße Böden, weiße Wände, grelles Licht.

Eine weitere Kreuzung. Links abbiegen. Ein neuer Gang. Endet dieses Wirrwarr aus Fluren und Abzweigungen jemals? Kaum kommt mir dieser Gedanke, entdecke ich in der Ferne eine doppelflügelige Tür, über deren Rahmen ein kleines grünes Schild leuchtet. Ein Notausgang.

Ich verharre. Starre das Schild an. Wäge das Risiko ab. Hinter dieser Tür könnte alles lauern. Weitere Soldaten und Soldatinnen. Ihr Befehlshaber mit den blauen Augen. Aber auch die Freiheit.

Ich laufe los.

Meine Füße fliegen so schnell über den Boden, dass der Hall der Schritte verzögert hinter meinem Rücken erklingt. Beidhändig stoße ich die Tür auf. Statt der ersehnten Freiheit erwartet mich jedoch … nichts. Bloß tintenschwarze Finsternis. Das hier ist kein Ausgang. Nur ein weiterer Raum in einem fensterlosen Untergrundlabyrinth!

Stolpernd komme ich zum Stehen. Die Tür fällt mit einem lauten Knall hinter mir ins Schloss. Blinzelnd schaue ich mich um, in der Hoffnung, dass sich meine Augen schnell an die Schwärze gewöhnen werden. Und tatsächlich erkenne ich bereits nach wenigen Sekunden Umrisse und … Silhouetten. Ich mache Arme und Beine aus, klobige Gegenstände und schließlich sogar eine Bewegung aus dem Augenwinkel. Aber keine Lücke, durch die ich entkommen könnte.

»Eine Falle«, flüstere ich. Der Notausgang war eine Falle, und ich bin direkt reingetappt. Inzwischen sehe ich klarer. Mindestens ein Dutzend uniformierte Menschen positionieren sich vor mir, allesamt mit Waffen ausgestattet, die in meine Richtung ausgerichtet sind. Ihre Finger sind um die Abzüge gespannt, bloß darauf wartend, abdrücken zu dürfen.

»Niemand hier will dir etwas Böses, Cara. Wir möchten dir helfen. Du musst es nur zulassen. Vertrau uns«, ertönt eine bekannte Stimme.

Ich fahre zu der einzigen aufrecht stehenden Person im Raum herum. Es ist der Mann, der auch schon zuvor das Gespräch mit mir gesucht hat. Sein blondes Haar sticht wie ein Sonnenstrahl in der Dunkelheit hervor. Der Anblick genügt, um den letzten Kontrollschalter in meinem Kopf umzulegen. Ich konzentriere mich voll und ganz auf seine Halsschlagader, die unerträglich laut pocht. Sein Puls ist schneller als gewöhnlich. Ist er etwa nervös?

In diesem Moment bestätigt sich meine Vermutung, dass er hier das Sagen hat. Niemand greift mich an, weil er bisher noch nicht den Befehl dazu erteilt hat. Er ist der Einzige, dessen Hand entspannt auf dem Holster seiner Waffe ruht und sie nicht gegen mich richtet. Alle warten auf sein Kommando. Er ist der Kopf dieser Organisation.

Ein freudloses Lächeln breitet sich auf meinen Lippen aus. »Euch vertrauen?« Ich lache hohl auf. »Niemals.«

Bevor die letzte Silbe verklingt, greife ich auch schon an. Ich überlasse meinem Hunger die Kontrolle. Mit unmenschlichem Tempo rase ich auf den Befehlshaber zu. Sein Herzschlag wummert in meinen Ohren, und das Rauschen seines Blutes steigert meinen Appetit. Mein Magen knurrt lautstark, und meine ausgetrocknete Kehle zieht sich vor Durst zusammen.

Finalmente!, scheint jede Zelle meines Körpers erleichtert zu schreien. Endlich gebe ich dem Drang nach. Endlich lasse ich den Blutdurst gewinnen. Endlich kämpfe ich nicht mehr gegen meine eigenen Instinkte an.

Innerhalb eines Herzschlags bin ich bei dem Mann, der für meine Entführung verantwortlich ist. Einen Atemzug lang kralle ich mich mit aller Macht in seine Schultern und drücke ihn durch die Wucht meines Aufpralls zu Boden. Ich werfe mich auf ihn und öffne den Mund, um meine Zähne in seinem Hals zu vergraben. Sein Blut pumpt so laut, dass ich kaum höre, wie er unter mir schreit. Alles, was zählt, ist die pulsierende Ader an seinem Hals. Uns trennen nur noch Zentimeter voneinander.

Dein Blut wird mein sein. Und nichts kann mich aufhal–

Genau in dem Moment, in dem meine Eckzähne über seine Haut kratzen, trifft mich ein gleißender Lichtstrahl. Das Einzige, was stärker ist als mein Durst, ist der Schmerz, der von dem Licht ausgeht. Es brennt sich in meine Haut wie Feuer. Die Strahlen sengen meine oberste Hautschicht weg. Rötungen breiten sich auf meinen Armen aus, Pusteln und Blasen wuchern in Sekundenschnelle überall.

Ich schreie schrill auf und versuche, mein Gesicht vor dem Licht zu schützen, aber nichts hilft. Die Haut meiner Hände schält sich teils ab und offenbart nichts als rohes Fleisch. Heiße Tränen strömen über mein Gesicht, doch sie können das Feuer nicht löschen. Ich verbrenne bei lebendigem Leibe.

»Das reicht!« Der Befehl übertönt sogar meine Schmerzensschreie, und bereits einen Sekundenbruchteil später spült wohltuende Dunkelheit wie eine kühle Welle über mich hinweg. Zitternd atme ich durch.

Ich blinzele, bis sich meine Sicht wieder schärft und ich endlich verstehe, was geschehen ist. Während ich völlig regungslos vor Schmerz am Boden liege, baut sich mein Entführer vor mir auf. Er klopft seine Hose ab und fährt sich einmal über den Hals, als wollte er sichergehen, dass mein Angriff nicht erfolgreich war.

Der Blutdurst regt sich erneut in mir, aber dieses Mal kann ich ihn unterdrücken. Die Verbrennungen sind zu stark. Ich kann mich nicht mal bewegen, geschweige denn angreifen. Außerdem weiß ich nicht, ob ich eine weitere Attacke mit diesen Strahlern überleben würde.

»Du hast es nicht anders gewollt«, sagt der Befehlshaber und schaut währenddessen auf mich herab. Er seufzt schwer, und tatsächlich glaube ich, in seinem Blick so etwas wie Mitleid schimmern zu sehen. Oder bilde ich mir das bloß ein?

»Wir sind hier bestens gerüstet, um Gefahrenquellen wie dich aus dem Weg zu räumen, Cara. Diese UV-Strahler können für deinesgleichen tödlich enden. Nächstes Mal werde ich meine Leute nicht aufhalten, wenn du dich dazu entscheidest, uns erneut anzugreifen.«

UV-Strahler? Sie setzen also Licht als Waffe gegen mich ein? Ich fasse es nicht.

»Du solltest wirklich mit uns kooperieren, Cara. Es wäre nur zu deinem Besten.«

Das bezweifle ich.

15. KAPITEL | BUON APPETITO!

Schwärze flutet meine Gedanken. Finsternis umarmt mich wie ein alter Freund. Die Wunden an meinen Armen und meinem Gesicht quälen mich nicht länger. Ich bin endlich frei. Zumindest für eine Weile.

Mir ist schmerzlich bewusst, dass das hier ein Traum sein muss. Eine kurzzeitige Flucht aus der Realität. Mich umgibt nichts. Keine Möbel, keine Wände, keine anderen Menschen. Da sind nur die Dunkelheit und ich. Ich atme tief durch und verspüre tatsächlich einen Hauch von Frieden. Ruhe.

»Cara?« Die Stimme ertönt völlig überraschend. Ich habe geglaubt, ich wäre allein. Aufmerksam schaue ich mich um.

»Cara, bist du das?«, erklingt die körperlose Stimme erneut. Dieses Mal kann ich jedoch ein Stück vor mir eine Silhouette ausmachen. Sie schält sich aus der Finsternis und manifestiert sich stärker, je länger ich sie betrachte.

Nein. Nein, das kann nicht sein. Sie muss meiner Fantasie entspringen.

Nach und nach legen die Schatten spitze Gesichtszüge und kurzes Haar frei. Einen Sidecut, blasse Haut und ein helles Hemd. Zwei rot glühende Augen und zusammengepresste Lippen, von denen ich ganz genau weiß, dass sie zwei spitze Eckzähne verbergen.

»Kisa«, zische ich, woraufhin ihr Blick auf mir landet. Sie wirkt so anders im Vergleich zu unserer ersten Begegnung. Nicht so offensiv, sondern eher abwartend. Was tut sie hier in meinen Träumen? Hat mein Unterbewusstsein sie heraufbeschworen?

Unwillkürlich erinnere ich mich daran zurück, wie wir beide uns angenähert haben. Wie ungezwungen wir von Anfang an miteinander reden konnten. Wie unfassbar gut sich ihre Berührungen auf meiner Haut angefühlt haben, bevor …

Ihre Zähne. Mein Fleisch. Blut. Der Sog. Blut. Unser Kampf. Blut. Blut. Blut. So viel Blut.

»Das ist alles deine Schuld!«, stoße ich hervor. Es ist mir völlig egal, ob Kisa echt ist oder nur meinem Traum entspringt. Seit Tagen stelle ich mir vor, wie ich ihr gegenübertrete und sie endlich für alles büßen lasse, was sie mir angetan hat. Sie hat mir alles genommen. Meine Freunde, meine Familie, mein Leben.

»Cara, nicht! Ich habe dir etwas zu sagen …«

Meine Wut flammt auf und färbt die Schwärze um uns herum dunkelrot. Die Farbe pulsiert wie mein eigener Herzschlag. Das hier ist mein Traum. Ich kontrolliere, was geschieht. Ich ganz allein.

»Va'all'inferno«, zische ich, balle meine Hand zur Faust und lasse sie genau auf Kisa zusausen. Ich bin fest entschlossen, ihre Nase zu brechen, doch sobald ich sie mit den Knöcheln berühre, zerfällt die Dunkelheit um uns herum. Lichtstrahlen beleuchten Kisas entsetzte Miene.

Es wird immer greller, bis ich schließlich dazu gezwungen bin, die Augen zuzukneifen, um nicht geblendet zu werden. Ein Schrei ertönt in meinen Ohren und wird von Sekunde zu Sekunde lauter, bis ich schließlich realisiere, dass er von mir selbst stammt.

Schwer atmend richte ich mich auf und schaue mich hektisch um. Weiße Wände, weiß gefliester Boden. Ich befinde mich nach wie vor in meinem Gefängnis. Also habe ich tatsächlich geträumt ... und dann ausgerechnet von Kisa! Sie wirkte so real. Als könnte ich jederzeit meine Hand ausstrecken und sie berühren. Selbst ihre Stimme klang verblüffend echt. Mein Herzschlag beschleunigt sich. Ich sollte Kisa hassen. Wirklich. Sie ist immerhin für all das hier verantwortlich.

»Das Monster ist erwacht! Es ist Fressenszeit!«, erklingt es gedämpft hinter der Tür, die gleich darauf geöffnet wird. Allerdings nur einen Spaltbreit, um einen transparenten Beutel, gefüllt mit roter Flüssigkeit, in den Raum zu werfen. Er prallt gegen die beiden anderen Beutel, die sich seit meinem Ausbruch vor ein paar Tagen in der Mitte des Raumes sammeln. Gleich darauf wird die Tür erneut verschlossen und verriegelt.

Meine Entführer haben aus ihren Fehlern gelernt und betreten nicht mehr denselben Raum wie ich. Die Ketten haben sie mir ebenfalls abgenommen, nachdem sie mich nach meinem Ausbruchsversuch wieder eingefangen und hierher verfrachtet haben. Nun besitze ich keine Waffen mehr, bis auf meine eigenen Zähne. Aber um diese einsetzen zu können, müsste ein Gegner nah an mich herantreten.

Inzwischen geben sie mir sogar Spitznamen. Monster, Bestie, Jägerin ... alles schon gehört. Meinen echten Namen verwendet nur eine einzige Person. Ihr Anführer, der jeden Tag mindestens einmal vorbeischaut und fragt, ob ich bereit bin, ein klärendes Gespräch mit ihm zu führen. Aber ich gebe ihm jedes Mal die gleiche Antwort: Ich will nicht reden, ich will einfach hier raus. Und jedes Mal folgt darauf die gleiche Reaktion: Er kehrt um und verlässt den Raum.

Warum versteht keiner von ihnen, dass ich mich in die Ecke gedrängt fühle? Dass ich bloß meine Freiheit will?

So wie ich es verstanden habe, brauchen sie meine Kooperation für irgendetwas, sonst würden sie mich niemals über so
einen langen Zeitraum hinweg festhalten. Wären sie Menschenhändler, wäre ich schon längst weitergebracht worden. Nein,
diese Leute wollen etwas anderes von mir. Und ich bin nicht
bereit, es ihnen zu geben.

Also harre ich in meiner Zimmerecke aus, schlinge die schmer-
zenden Arme um die Beine und lege den Kopf auf den Knien ab.
Seit dem Angriff durch die Soldaten und Soldatinnen versuche
ich, mich von den Verbrennungen zu erholen. Meine Haut hat
sich dunkel verfärbt, und dort, wo Brandblasen geplatzt sind
und Haut aufgerissen ist, bilden sich schon erste Narben. Die
Wunden heilen schneller, als sie sollten, das ist mir bewusst.
Die Verbrennungen müssen mindestens dritten Grades gewesen sein und vernarben bereits, obwohl nur ein paar Tage ver-
gangen sind. Dennoch schmerzt der Prozess, und ich bezweifle,
dass keine Spuren auf meinem Körper zurückbleiben. Ich betrachte meine Verletzungen und kann nichts anderes darin sehen als eine schmerzhafte Erinnerung an meine Niederlage. Die
Narben werden mich immer an meinen gescheiterten Fluchtversuch erinnern.

Es war sogar nötig, dass ich meine Ringe ablege, weil das
Metall sich schmerzhaft in meine malträtierte Haut gegraben
hat. Es fühlte sich an, als müsste ich einen Teil meiner Seele
weggeben. Übrig bleibt nur ein blasser Streifen Haut auf meinen Fingern.

Passenderweise klopft es in diesem Moment an der Tür. Das
Geräusch reißt mich aus meinen deprimierenden Gedanken.
Ich ahne schon, wer gleich eintreten wird.

Schritte ertönen. Einer, zwei, drei. Dann Stille.

»Du hast deine Konserven gar nicht angerührt«, kommentiert er wie jedes Mal. Ich schaue nicht auf, gebe ihm nicht die

Genugtuung zu sehen, wie viel Selbstbeherrschung es mich kostet, sitzen zu bleiben. Sobald er die Tür geöffnet hat, konnte ich das Schlagen seines Herzens und das Rauschen seines Blutes hören.

Ich schlucke schwer und grabe meine Fingernägel tief in das Fleisch meiner Oberarme. Inzwischen würde ich eher verhungern, als einen weiteren Tropfen Blut zu mir zu nehmen.

»Du musst etwas essen, Cara. Dein neuer Körper ist zwar stärker und widerstandsfähiger, aber auch du kannst nicht ewig ohne Nahrung überleben.«

»Gut so«, zische ich. Lieber wäre ich tot, als dem Blutdurst nachzugeben. Es klingt zwar makaber, trotzdem wünsche ich mir, Kisa hätte ihr Vorhaben in den Katakomben zu Ende gebracht. Ich hätte nie wieder an die Oberfläche zurückkehren sollen.

»Ich werde nicht zulassen, dass du hier zugrunde gehst«, verkündet der Anführer.

Seine Sorge rührt mich jedoch nicht im Geringsten. Vermutlich will er nicht, dass mein Blut an seinen Händen klebt. Ironisch, wenn man den Berg aus Blutkonserven bedenkt, auf den er sich nun zubewegt. Ich beobachte ihn aus dem Augenwinkel und frage mich, was der Mann wohl plant. Eines muss ich ihm lassen: Er besitzt Durchhaltevermögen. Jeden Tag versucht er aufs Neue, meine Abwehrhaltung zu durchbrechen, aus welchen Gründen auch immer.

Selbstsicher packt er eine der Konserven und zückt mit der anderen Hand ein Klappmesser, das er in seiner Hosentasche aufbewahrt hat. Meine Augenbrauen wandern fragend in die Höhe. Was hat er …

Der Unbekannte sticht in den Beutel. Die Messerspitze gleitet ohne Widerstand in die Konserve. Mit einem Ruck zieht er die Klinge nach unten weg und erzeugt so einen langen Schnitt im Plastik. Ein Schwall des frischen Blutes ergießt sich auf den weißen Fliesenboden wie ein dunkelroter Wasserfall. Innerhalb eines Wimpernschlags ist die Luft um uns herum erfüllt von dem Geruch nach Kupfer. Der Duft belegt meine Zunge, während ich wie hypnotisiert die dicken Tropfen beobachte, die durch die Luft wirbeln und anschließend auf dem Boden zerplatzen. Mit einem Mal wird mir bewusst, wie ausgetrocknet sich meine Kehle anfühlt.

Meine Triebe zurückzuhalten und niemanden anzugreifen, ist eine Sache, aber der Geruch und der Anblick des vergossenen Blutes ist eine ganz andere. Ich bebe am ganzen Körper, weil ich versuche, meine Instinkte zu kontrollieren. Ich darf nicht … nachgeben.

Der Anführer tritt langsam zurück und macht Anstalten, den Raum zu verlassen. Er will sich aus der Schusslinie bringen.

Meine Zunge fährt automatisch über die spitzen Enden meiner Fangzähne. Dieser Duft … dieser verfluchte Duft!

»Trink. Komm wieder zu Kräften. Danach reden wir. *Buon appetito!*«, verkündet mein Entführer und verschließt die Tür hinter sich.

Ich bin allein. Mit etwa zehn prall gefüllten Blutkonserven und einer gigantischen Blutlache auf dem Boden.

Ich … kann nicht mehr … widerstehen.

Noch bevor ich meinen Gedankengang zu Ende führe, übernehmen die Überlebensinstinkte auch schon die Kontrolle über meinen Körper. Ich krieche vor lauter Kraftlosigkeit auf die tiefrote Pfütze am Boden zu. Zittrig stütze ich mich vor der Lache ab und starre auf die Flüssigkeit. Mein eigenes Spiegelbild ist nichts weiter als ein dunkler Schatten. Ich presse die Lippen fest zusammen. Nur ein Tropfen. Ich probiere nur einen Tropfen. Um mir selbst zu beweisen, dass ich mich unter Kontrolle habe. Dass ich mich stoppen kann. Dass ich das Blut nicht brauche.

Vorsichtig hebe ich meine rechte Hand an und tippe mit dem Zeigefinger in die Pfütze, sodass das Blut meine Fingerkuppe benetzt. Ein dünner Film, nicht einmal ein vollständiger Tropfen. Das genügt.

Der intensive Duft benebelt meine Wahrnehmung, dennoch führe ich langsam den Finger zu meinen Lippen, bevor ich mit der Zunge über die Kuppe fahre und das Blut ablecke. Sofort explodiert der kupferartige Geschmack in meinem Mund. Meine ausgedörrte Kehle verzehrt sich nach diesem winzigen Tropfen. Aber er reicht nicht. Noch lange nicht. Der Durst ist kaum auszuhalten. Ich brauche mehr.

Ich versuche, mich zu stoppen, und würde mich am liebsten mit Gewalt aufhalten, doch mein Verstand sieht tatenlos dabei zu, wie ich meine Hände nach der nächstgelegenen Konserve ausstrecke und diese zu meinem Mund führe. Es ist, als würden sich zwei Caras in diesem Körper befinden. Eine, die verzweifelt an ihren menschlichen Standards festhält, und eine, die um jeden Preis überleben will. Nur eine der beiden kann die Oberhand gewinnen.

Bevor ich es verhindern kann, vergrabe ich auch schon meine Zähne in dem prall gefüllten Beutel, sodass dieser aufplatzt und Blut in alle Richtungen spritzt. Blutige Schlieren fließen über meine Arme, tropfen auf mein Gesicht und meinen Oberkörper, aber das könnte mir nicht gleichgültiger sein.

Mit jedem Tropfen, jedem Schluck spüre ich, wie meine Kraft zurückkehrt. Das schwächliche Zittern weicht aus meinen Gliedern. Der düstere Gedankennebel der letzten Tage verzieht sich langsam, bis nichts anderes übrig bleibt als der Drang, noch mehr Blut zu trinken. Also tue ich genau das. Sobald eine Konserve geleert ist, greife ich zur nächsten. Grabe meine Zähne hinein, trinke so viel, wie möglich ist. Nur um gleich darauf die nächste zu packen und den Prozess zu wiederholen. Ich gerate in einen Rausch, der erst gestoppt wird, als jeder Beutel leer vor mir auf dem Boden liegt.

Endlich schaltet sich mein Menschenverstand wieder ein. Der Anblick der Blutlache auf dem Boden rüttelt mich endlich wach.

»Was habe ich getan?«

16. KAPITEL | ANTWORTEN

In dieser Nacht träume ich nicht. Ich wage es kaum, die Augen zu schließen. Stattdessen sitze ich stundenlang neben dem Chaos, das ich angerichtet habe. Immer wieder fällt mein Blick auf das vergossene Blut. Ich kann nicht fassen, dass ich tatsächlich die Kontrolle verloren habe. Wie konnte es so weit kommen?

Der Durst ist inzwischen in den Hintergrund gerückt, aber ich spüre deutlich, wie er am Rande meiner Wahrnehmung lauert und darauf wartet, erneut zu wachsen. Im schlimmsten Fall stürze ich mich das nächste Mal nicht auf harmlose Konserven, sondern auf einen Menschen. Das darf ich nicht zulassen. Mir ist klar, dass ich mich selbst nur bändigen kann, indem ich meinen neuen Körper verstehe. Wie sagt man so schön: Wissen ist Macht? Wie passend, dass es tatsächlich jemanden gibt, der mehr über mich und meine Fähigkeiten zu wissen scheint.

Als das Klicken des Türschlosses ertönt, richte ich mich auf und starre meinem Entführer offen entgegen. Er schenkt mir tatsächlich ein zufriedenes Lächeln, sobald er die ausgetrunkenen Konserven sieht, und bewegt sich langsam auf mich zu. Normalerweise müsste ich seinen Puls ohrenbetäubend laut wahrnehmen, aber heute kann ich ihn kaum hören. Es dauert nicht lange, bis ich verstehe, weshalb das der Fall ist. Ich bin satt. Also nehme ich den Mann vor mir nicht mehr als Mahlzeit wahr.

»Du hast getrunken. Sehr gut«, kommentiert er die leeren Plastikbeutel, die zu seinen Füßen liegen.

Es wäre mir ein Leichtes, nach vorne zu preschen, ihn zu Boden zu werfen und …

»Denk nicht mal dran«, ermahnt der Fremde mich, als hätte er meine Gedanken gelesen. »Vor der Tür warten drei Soldaten mit den UV-Strahlern, mit denen du auch schon Bekanntschaft gemacht hast.«

Allein die Erwähnung der Strahler lässt mich zusammenzucken. Unauffällig senke ich den Kopf und betrachte die Verfärbung an meinen Armen. Meine Handflächen und Unterarme besitzen immer noch einen dunklen Rotton. Es sind die letzten Spuren der Verbrennungen. Ich bezweifle, dass die Narben jemals wieder komplett verheilen, aber immerhin schmerzen die Verbrennungen kaum. Wenn ich es nicht besser wüsste, würde ich denken, dass die Verbrennungen seit dem Trinken des Blutes schneller verheilen.

»Wie du vielleicht schon bemerkt hast, ist UV-Strahlung dein neuer Feind. Direktes Sonnenlicht kann großen Schaden anrichten. Wie gut, dass LEDs keine UV-Strahlung abgeben, sonst müsstest du von nun an in kompletter Dunkelheit leben«, meint der Mann mit einem polternden Lachen. Versucht er gerade etwa, einen Witz zu reißen?

»Ich will mehr erfahren. Ich bin bereit zu reden«, offenbare ich endlich. Meine Stimme klingt heiser, weil ich die letzten Tage kaum ein Wort gesprochen habe.

Kurz zögert der Fremde und kneift die Augen zusammen, als wollte er einschätzen, ob ich tatsächlich die Wahrheit sage.

Plötzlich wird mir bewusst, wie viel älter er ist als ich. Durch die Uniform und die nach hinten gegelten Haare wirkt er jünger, doch in seinen Falten, der wettergegerbten Haut und den blauen Augen verstecken sich viele Lebensjahre. Er könnte in etwa so alt sein wie mein Vater.

Eine Sekunde später lässt er sich mir gegenüber auf dem Boden nieder, damit er sich mit mir auf Augenhöhe befindet. Eine nette Geste, aber mehr auch nicht. Er hat weiterhin das Sagen.

»Was genau willst du wissen?«, eröffnet er das Gespräch.

So einfach. Das habe ich nicht erwartet. Dank meiner jahrelangen True-Crime-Obsession bin ich mir darüber bewusst, dass Entführungen oftmals eine ganz andere Wendung nehmen. Meist sterben die Opfer innerhalb der ersten vierundzwanzig Stunden. Und äußerst selten versuchen die Täter, eine Bindung zu ihren Opfern aufzubauen, geschweige denn ihre Fragen zu beantworten.

»Wer bist du? Wo sind wir?«, platzt es aus mir heraus. Das brennt mir auf der Zunge, seit ich hierher verfrachtet wurde.

»Mein Name ist Vicente Cattivo, aber du darfst mich gerne beim Vornamen nennen. Ich bin der Befehlshaber einer militärischen Sondereinheit, die sich die *Pugna* nennt. Den genauen Standort unserer Einheit kann ich dir aus Sicherheitsgründen nicht offenbaren«, antwortet er wie aus der Pistole geschossen. Viel zu schnell, um sich die Lüge gerade erst ausgedacht zu haben.

»Militärische Sondereinheit? Also arbeitet ihr für die Regierung?«, hake ich ungläubig nach. Das Militär steckt hinter dem Ganzen? Aber was wollen sie ausgerechnet von mir?

»Exakt.«

»Und deswegen entführt ihr hauptberuflich junge Frauen? Oder was soll das Ganze?« Die Worte stolpern über meine Lippen, ohne dass ich es verhindern kann. Sie klingen schnippischer als beabsichtigt, weshalb ich mir sofort auf die Zunge beiße.

Vicente wirkt im ersten Moment überrascht. Kleine Lachfalten kringeln sich um seine Augen herum. »Du bist eine Ausnahme. Und ganz bestimmt nicht nur eine junge Frau. Du bist eine Sangua. Deswegen bist du in den Fokus unserer Ermittlungen geraten.«

Schon wieder dieser seltsame Begriff. *Sangua.*

»Was soll das bedeuten?«, spreche ich meine Frage laut aus. Ich kann mir unter dem Begriff gar nichts vorstellen. Und ich weigere mich immer noch vehement zu glauben, dass ich mich in eine Art Vampir verwandeln soll.

Vicente seufzt auf. »So bezeichnen wir Menschen, die eine Art unumkehrbare Mutation durchlaufen haben, so wie du. Nach einer Infektion durchleben alle Opfer in etwa die gleichen Symptome, wie die UV-Unverträglichkeit, erhöhte körperliche Stärke, eine Veränderung des Gebisses und der Sehorgane sowie ein plötzlicher Durst nach Blut. Aus diesem Grund nutzen wir häufig den Vergleich mit den allgemein bekannten Vampiren. Normale Nahrung wird abgestoßen und nicht mehr verdaut, stattdessen ernährt sich das Opfer lediglich über das Blut anderer Menschen oder Tiere. Das sind nur einige der Eigenschaften, die wir bisher beobachten konnten«, erklärt er mir völlig ruhig, und mit jedem weiteren Wort fühle ich mich mehr verstanden. Vicente beschreibt genau das, was ich durchlebe.

»Infektion? Das klingt, als würde es sich um einen Virus handeln«, murmle ich nachdenklich, während ich seine Aussagen gedanklich hin und her drehe.

»Bisher gehen wir davon aus, dass eine Infektion nur über Körperflüssigkeiten erfolgt. Vorrangig Blut. Wenn sich das Blut einer infizierten Person mit jenem eines gesunden Menschen vermischt oder in eine offene Wunde gelangt, wird der Virus übertragen. Dieser löst wiederum eine Veränderung im Erbmaterial aus, was in einer körperlichen Mutation resultiert.« Vicente hält kurz inne und mustert mich, als wollte er prüfen, ob ich für weitere Informationen bereit bin. »Kannst du dir vorstellen, wie du dich angesteckt haben könntest?«

Automatisch wandern meine Gedanken zurück zu der Partynacht in den Katakomben. Zu Kisa, die mich mit ihrem glühenden Blick und dem mysteriösen Lächeln in den Bann gezogen hat. Ich spüre immer noch ein Ziehen in der Magengegend, wenn ich sie mir so vorstelle. Ihr Körper, der sich hingebungsvoll an meinen presst. Ihre Hände, die über meine Kurven fahren ... ihre Lippen an meinem Hals. Der Biss ...

Ich erinnere mich daran zurück, wie ich sie geschlagen und ebenfalls verletzt habe. Ihr Blut klebte an meinen Ringen und Fingern. Und genau mit diesen habe ich mich bemüht, die Blutung zu stoppen. Ist es möglich, dass sich unsere Körperflüssigkeiten in diesem Moment miteinander vermengt haben? War das der Augenblick der Infektion?

»Ja, ich glaube schon«, murmle ich gedankenverloren. »Bei der Untergrundparty in den Katakomben.« Ich gebe mir keine Mühe zu lügen. Es bringt sowieso nichts. Vor dem Militär kann ich ohnehin nichts verbergen.

Vicente nickt, und ein Anflug von Stolz blitzt in seinen Augen auf. »Das ergibt durchaus Sinn. Die örtlichen Sangua sind dafür bekannt, sich in dem unterirdischen Höhlensystem aufzuhalten. Dort sind sie vor der Sonne geschützt, und sie können sich ohne Einschränkungen beinahe überall hinbewegen. Es kommt nicht selten vor, dass sie unschuldige Zivilisten anlocken, um sie in die Katakomben zu führen und sie dort als Nahrungsquelle zu missbrauchen.«

Er spricht diese Tatsachen nüchtern aus, fast könnte man meinen, er würde nicht von realen Ereignissen berichten. War ich für Kisa auch nur eine Nahrungsquelle? Wenn sie mir gegenüber nichts außer gierigem Hunger empfunden hätte, warum hat sie sich dann vor ihrem Biss bei mir entschuldigt? Ich wünschte, ich könnte sie all diese Dinge persönlich fragen.

Stattdessen drängt sich jedoch eine weitere Erinnerung in den Vordergrund. Francas Lachen und die naive Freude, als wir von Cas durch die Katakomben geführt wurden. Ob sie ebenfalls infiziert wurde? Oder hat man sie …

»I-ich war mit einer Freundin dort. Franca Riccio. I-ist sie hier? Haltet ihr sie ebenfalls fest?«, stottere ich. Einerseits hoffe ich, dass sie am Leben und in meiner Nähe ist. Andererseits will ich ihr nicht das Gleiche zumuten, was ich erleben musste.

Als Vicente mit dem Kopf schüttelt, weiß ich nicht, ob ich erleichtert oder besorgt sein soll.

»Du bist die Einzige, Cara. Abgesehen von dir wurde keine anormale Aktivität oberhalb Neapels registriert. Falls deine Freundin weiterhin vermisst wird, ist davon auszugehen, dass sie sich immer noch in den Katakomben befindet. Wenn es dir hilft, werde ich gleich ein paar Informanten losschicken, um nachzuforschen. Wäre das in Ordnung?«, fragt Vicente.

Er ist so unfassbar nett. Zwar wahrt er eine vorsichtige Distanz, aber seine Worte zeugen von echtem Mitgefühl. Das Einzige, was mir eine Gänsehaut beschert, ist sein Lächeln. Es erreicht seine sonst so ausdrucksstarken Augen nicht.

Das ist jedoch mein geringstes Problem. Mein Schädel brummt aufgrund der vielen neuen Informationen. Ich schaffe es gerade so, zu nicken. Zu mehr bin ich nicht in der Lage. Ich weiß gar nicht, woran ich zuerst denken soll. An die Tatsache, dass ich von einer seltenen Mutation betroffen bin, die mir übermenschliche Fähigkeiten verleiht? Dass ich nun ein Vampir, *scusi* … eine *Sangua* bin? Sollte ich mir Sorgen um Franca machen? Wird sie gerade als Nahrungsquelle missbraucht? Lebt sie überhaupt noch? Und inwiefern steckt Kisa in alldem drin? Hat sie in mir nichts weiter gesehen als eine Mahlzeit?

»Warum?«, hauche ich kraftlos. »Warum habt ihr mich entführt? Wenn ich so eine große Gefahr für meine Umwelt darstelle, warum habt ihr mich dann nicht einfach eliminiert? Ihr seid das Militär. Ihr habt bestimmt Mittel und Wege, jemanden spurlos verschwinden zu lassen.« Unwillkürlich denke ich an Mamma zurück. An ihren entsetzten Gesichtsausdruck, als ich das Blut aus ihrem Finger gesogen habe. Wenn Dante mich nicht zur Seite gestoßen hätte, hätte ich womöglich nicht stoppen können. Erst jetzt kommt mir der Gedanke, dass ich sie ebenfalls hätte infizieren können, falls unser Blut sich miteinander vermischt hätte.

»Entgegen deiner Meinung sind wir keine Monster, Cara«, meint Vicente lediglich begleitet von einem hohlen Lachen.

Er hat recht. Das einzige Monster in diesem Raum bin ich.

17. KAPITEL | DEAL

»Fürchtest du dich?« Ihre Stimme durchbricht die Dunkelheit.

Hektisch schaue ich mich um, doch ich kann Kisa nirgends entdecken. Ihren Tonfall erkenne ich jedoch sofort wieder. Wir sind wieder in diesem seltsamen leeren Raum, der nicht im Hier und Jetzt verankert ist.

»Warum fragst du?«, will ich wissen. Meine Worte verhallen im Nichts.

»Deine Seele ist aufgewühlt. Ich kann es spüren«, antwortet sie.

Wo versteckt sich Kisa? Warum sehe ich nichts als Finsternis?

»Was kümmert es dich?«, kontere ich. Mir ist schleierhaft, warum ich in letzter Zeit immer wieder diese wirren Träume habe, in denen ich Kisa begegne. Es ist ein abstruser Zustand zwischen Wachsein und Schlaf.

»Hast du es noch nicht verstanden? Wir sind miteinander verbunden, Cara.« Ihre Worte bohren sich in meinen Kopf, und für einen Moment glaube ich tatsächlich, ein rot glühendes Augenpaar in der Dunkelheit auszumachen, bevor sie sich vor mir materialisiert.

Ich spüre ihre Fingerspitzen. Sie fahren über meine Arme, hinauf zu meinen Schulterblättern und über mein Schlüsselbein. Ihre Berührung hinterlässt eine feurige Spur auf meiner Haut. Das hier ist nur ein Traum. Nur ein Traum.

Dennoch halte ich die Luft an, als sich ihre Finger unter mein Kinn legen und dieses leicht anheben. Ich schaue auf, direkt in ihr makelloses Gesicht. Ein raubtierhaftes Lächeln liegt auf ihren blutroten Lippen. Mein Herz rast, unsere Umgebung wandelt sich nach und nach. Aus der Finsternis schälen sich Steinwände und tiefe Gänge, Scheinwerferlicht tanzt über uns hinweg. Wir sind zurück in den Katakomben. Ich spüre erneut die raue Tunnelwand in meinem Rücken. Es ist genau wie damals ...

Zum ersten Mal seit der Untergrundparty gestehe ich mir ein, dass ich mich nach jener Nacht zurücksehne. Nach ihren Berührungen und ihren Küssen. Denn trotz allem, was Kisa mir angetan hat, fasziniert sie mich nach wie vor. In meinen Träumen kann ich ehrlich zu mir selbst sein. Das hier ist nicht real, sondern nur eine Wunschvorstellung.

Die Sangua scheint genau zu wissen, was in mir vorgeht.

»Sollen wir dort weitermachen, wo wir aufgehört haben?«, raunt sie leise, woraufhin ich wortlos nicke. Nach den letzten Tagen voller Einsamkeit sehne ich mich nach Nähe. Nach ihr.

Kurzerhand vergräbt Kisa ihre Finger in meinem Haar und zieht es nach hinten, sodass ein leichtes Ziehen über meine Kopfhaut wandert. Süßer, süßer Schmerz. Ich lege den Kopf weiter in den Nacken und stoße ein leises Stöhnen aus. Kisas Lippen streifen über meinen Hals und kühlen meine erhitzte Haut. Ihre Hand gleitet an meinem Körper hinab. Sie streift über mein Schlüsselbein und meine Brüste. Tiefer, immer tiefer. Über meinen Bauch und meine Taille. Tiefer. Ihre Fingerspitzen schleichen sich unter den Bund meiner Hose. Mein Unterleib zieht sich erwartungsvoll zusammen, und ich bemerke ein deutliches Pochen in meiner Mitte.

Doch so leicht mache ich es ihr nicht.

Blitzschnell hebe ich einen Arm, umschließe ihren Nacken und presse meine Lippen auf ihren Hals. Kisa erstarrt und keucht in mein Ohr. Ihr Körper erzittert, und sie löst den Griff aus meinem Haar.

Entschlossen ergreife ich ihr Handgelenk und drehe sie um die eigene Achse, sodass nun Kisa diejenige ist, die gegen die Steinwand gedrückt wird. Mit meinem Griff pinne ich sie genau dort fest. Ihr erstaunter Gesichtsausdruck raubt mir kurz den Atem. Unwillkürlich zuckt mein Blick zu ihrem Mund hinab. Sie beißt sich leicht auf die Unterlippe und bringt mich damit endgültig um den Verstand. Am liebsten würde ich sie hier und jetzt küssen, aber ich halte mich an ihre Regel. Keine Küsse auf den Mund.

Stattdessen senke ich meine Lippen auf ihren Hals und liebkose ihre Haut, während meine Finger auf Wanderschaft gehen. Ehrfürchtig fahre ich über ihre breiten Schultern und die muskulösen Oberarme. Kisa ist eindeutig stärker als ich. Doch sie scheint es zu genießen, dass ich in diesem Szenario die Oberhand habe.

Ein Lächeln umspielt meine Lippen. In diesem Moment nehme ich überdeutlich das Rauschen ihres Blutes wahr. Das schnelle Pumpen ihres Herzens. Nein, nein, nein …

Mein Blutdurst regt sich. Ich spüre, wie sich alles in mir danach verzehrt, von Kisa zu kosten. Nur dieses eine Mal. Ich fahre mir mit der Zungenspitze über die Eckzähne, die gefährlich nah an ihrer Halsschlagader lauern.

Plötzlich wird mir bewusst, dass Kisa und ich in diesem Traum die Rollen getauscht haben. Nun bin ich diejenige, die vom Blutdurst geplagt wird, während mein Opfer völlig ahnungslos ist. Aus einer verführerischen Vorstellung entwickelt sich plötzlich ein wahrer Albtraum. Denn im Gegensatz zu Kisa kann ich nicht zulassen, dass meine Instinkte die Kontrolle übernehmen.

Ruckartig löse ich mich von ihr und weiche zurück. Schwer atmend starre ich sie an und wiederhole flüsternd: »Es tut mir leid.«

Kisa streckt ihre Hand nach mir aus, doch bevor sie mich berühren kann, fliehe ich schon aus diesem Traum.

Kerzengerade sitze ich inmitten meiner Zelle und schaue mich keuchend um, doch der Raum ist in dämmrige Helligkeit gehüllt. Kein Anzeichen mehr von den Katakomben. Bloß das Pochen in meinem Unterleib zeugt von dem Traum, dem ich soeben entflohen bin. Nun bin ich wieder allein. Völlig allein.

Mit gespreizten Fingern fahre ich mir durch die Haare. Sind diese realistischen Träume ebenfalls ein Teil der Verwandlung zur Sangua?

Seit dem gestrigen Tag fühlt sich mein Kopf an, als würde er jeden Moment platzen. Wahrscheinlich hat mein Verstand große Probleme damit, zu verarbeiten, was mir alles offenbart wurde. Ich bin eine Sangua. Eine Art Vampir. Das ist völlig abgedreht!

Ein Klopfen ertönt an der Tür zu meiner Zelle, und gleich darauf erklingt das Klacken des Schlosses. Vicente tritt ein, in der Hand eine hellbraune Akte.

Fragend runzle ich die Stirn, während ich ihn dabei beobachte, wie er näher an mich herantritt. Heute spüre ich das Pochen seines Herzens viel deutlicher als gestern. Mein Blick gleitet automatisch zu seiner Halsschlagader.

»Hast du schon wieder Appetit? Ich lasse gleich nach unserem Gespräch ein paar neue Konserven zu dir senden.«

Ich schlucke schwer. Bin ich wirklich so leicht zu durchschauen? Es ist nicht einmal zwei Tage her, seitdem ich meinen Blutdurst zum ersten Mal gestillt habe. Wie lange dauert es wohl, bis der Hunger erneut unerträglich wird?

»Vorher möchte ich mit dir allerdings ein paar Dinge klären. Wie versprochen habe ich mich nach deiner Freundin erkundigt. Franca Riccio, richtig?«

Vicentes Worte rütteln mich sofort wach und vertreiben den letzten Rest Müdigkeit aus meinen Gliedern.

»Ja«, erwidere ich. Ich stemme mich vom Boden hoch und

komme Vicente einen Schritt entgegen. Dabei entgeht mir nicht der vorsichtige Blick, den er mir zuwirft. Glaubt er wirklich, ich würde ihn ein weiteres Mal angreifen? So engstirnig bin ich nicht.

»Leider habe ich keine erfreulichen Nachrichten. Franca gilt immer noch offiziell als vermisst. Es läuft eine öffentliche Suchaktion, aber bisher gibt es keine Spuren, die verfolgt werden konnten. Wir vermuten stark, dass sie in den Katakomben als Nahrungsquelle für die Sangua gedient hat und anschließend in den Tunneln umgekommen ist. Sicher können wir uns natürlich nicht sein, allerdings spricht leider vieles für diese Theorie.«

Auch wenn Vicente seine Worte sehr sorgfältig gewählt hat, zerschmettern sie mein Herz. Bevor ich es verhindern kann, brennen Tränen in meinen Augenwinkeln und verwischen meine Sicht.

»Franca …«, hauche ich, während eine Träne über meinen Wimpernkranz quillt und über meine Wange rinnt. Meine beste Freundin seit Kindheitstagen soll tot sein? Ich kann und will das nicht verstehen.

Ich denke daran zurück, wie entnervt sie von mir war, weil ich solche Zweifel wegen der Untergrundparty hatte. Wenn ich doch nur ein bisschen hartnäckiger gewesen wäre, wäre Franca noch am Leben. Vielleicht würden wir in diesem Moment gemeinsam auf ihrer Couch sitzen und eine schnulzige Folge *Centovetrine* schauen und uns über das Liebesdreieck in der Serie lustig machen. Dann wäre ich nicht in einer militärischen Untergrundbasis, wo mich niemals jemand finden wird. Ich wäre Kisa nie begegnet und zur Sangua geworden.

Mit einem Mal ekle ich mich vor mir selbst. Die gleichen Wesen, die für meine Wandlung verantwortlich sind, haben meine beste Freundin getötet. Wenn ich könnte, würde ich mich hier und jetzt aus meiner eigenen Haut schälen, bloß um diesen verhängnisvollen Blutdurst nicht mit ihnen teilen zu müssen.

»Ich kann das nicht mehr …«, schluchze ich auf. »Ich habe nie darum gebeten, eine verdammte Sangua zu sein. Ich möchte kein Blut trinken. Ich will bloß mein normales Leben zurück! Ich …«

Plötzlich spüre ich einen schweren Druck auf meiner linken Schulter. Sobald ich durch meinen Tränenschleier blinzle, erkenne ich Vicente, der mir seine Hand tröstend auf die Schulter legt. In seinen Iriden glänzt echte Anteilnahme.

»Wir können dir helfen, Cara. Wir arbeiten mit Hochdruck an einem Heilmittel, das die Genmutation rückgängig machen und einen erneuten Ausbruch des Virus verhindern soll«, erklärt er ruhig.

»Heißt das …«

»Das heißt, wir können dir eventuell dein altes Leben zurückgeben. In einer Weile könntest du zu deiner Familie und deinen Freunden zurückkehren.«

Es gibt ein Heilmittel? Seine Worte klingen zu gut, um wahr zu sein.

»Zurzeit sind wir in der Testphase, aber wir konnten bereits große Erfolge erzielen. Wir benötigen allerdings noch weitere Daten, um den Prozess voranzubringen. Hier kommst du ins Spiel. Mithilfe deiner Kooperation könnten wir mehr über die in Neapel lebenden Sangua und deren genetische Eigenschaften erfahren. Was sagst du? Hilfst du uns bei der Forschung?« Vicentes Druck auf meine Schulter verstärkt sich. Er weiß ganz genau, dass ich keine andere Wahl habe. Was wäre die Alternative? Ablehnen und mein ganzes Leben in dieser Zelle verbringen? Nein, wenn ich eine Chance auf Normalität erhalte, dann ergreife ich diese auch.

»Unter einer Bedingung«, stelle ich klar. In meinem Hals bildet sich ein gigantischer Kloß, den ich mit Mühe runterschlucke. Vicentes abwartender Blick ruht auf mir.

»Ich werde die Erste sein, die das Heilmittel erhält.« Ich weigere mich, auch nur eine Sekunde länger als nötig in einem Körper gefangen zu sein, der mich mit unmenschlichem Hunger foltert und mir Fähigkeiten aufzwingt, die ich niemals besitzen wollte.

Auf den Lippen meines Gegenübers zeichnet sich ein wissendes Lächeln ab. Vicente scheint meine Gedanken genau zu kennen und nickt verstehend. Erleichtert atme ich aus.

»Aber natürlich. Das sollte kein Problem sein«, erwidert er selbstbewusst. »Also haben wir einen Deal?«, fragt er und hält mir seine Hand hin.

Ich zögere keine Sekunde.

»Natürlich.« Ich schlage ein und ignoriere das flaue Gefühl in meiner Magengrube. Das hier ist meine Chance. Mein einziger Ausweg.

18. KAPITEL | PUGNA

Noch am selben Tag klopft es ein zweites Mal an meiner Zellentür. Ich habe gerade eine Blutkonserve geleert und mir verboten, mich deswegen schlecht zu fühlen. Wenn ich Vicente dabei helfen kann, die Forschung der Pugna voranzutreiben, dann werde ich irgendwann hoffentlich nicht mehr abhängig von diesen Blutspenden sein.

Mein Blick zuckt nach oben, sobald sich die Zellentür öffnet. Für einen Moment bin ich in Versuchung, loszurennen und einen weiteren Fluchtversuch zu wagen. Allerdings nur kurz. Es hätte keinen Sinn. Ich muss endlich einsehen, dass diese Menschen nicht meine Feinde sind. Ja, sie haben mich auf offener Straße entführt, aber sie hatten ihre Gründe. Sie wollen mir auf eine abstruse Art und Weise sogar helfen. Warum sollte ich fliehen? Und wohin sollte ich gehen? Zurück zu meiner Familie kann ich nicht, und die Katakomben sind ebenfalls keine Option. Ob ich es will oder nicht: Die Pugna sind meine beste Wahl.

Vicente steht im Türrahmen und winkt mich mit einer Handbewegung in seine Richtung. Unschlüssig rapple ich mich hoch und gehe zu ihm. Er macht keine Anstalten, die Tür zu schließen oder sich weiter in den Raum hineinzubewegen. Stattdessen beobachtet er mich aufmerksam.

Schließlich komme ich vor ihm zum Stehen. Fragend schaue ich auf.

»Komm, ich will dir etwas zeigen«, verkündet er nach einem kurzen Moment der Stille. Dann wendet er sich von mir ab und läuft den Flur hinab.

Verwirrt blinzle ich ihm hinterher und betrachte dann die beiden Wachen, die neben meiner Tür positioniert sind. Sie starren mich mindestens ebenso schockiert an wie ich Vicente. Erst als dieser sich umdreht und mich über die Schulter hinweg mit hochgezogenen Augenbrauen anschaut, setze ich mich in Bewegung.

Die beiden Wachleute folgen mir dichtauf, bis ich ihren Befehlshaber eingeholt habe. In ihren Händen ruhen lange Stäbe, die in einer handgroßen Linse enden. Mir ist sofort klar, was für eine Waffe sie bei sich tragen. Schaudernd mustere ich meine Hände und trauere meiner vorherigen perfekten Haut ein wenig hinterher. Die roten Schlieren, die sich an meinen Unterarmen emporschlängeln, schmerzen zwar kaum, aber ihr Anblick ist immer noch ungewohnt. Hoffentlich verblassen sie irgendwann.

»Diese beiden netten Herrschaften sind Ambra und Luciento. Sie werden dich auch in Zukunft begleiten und dir bei deiner Einweisung in unsere Strukturen helfen. Dazu gehören unter anderem das gemeinsame Training und natürlich die Forschungseinheiten. Für alle anderen Bereiche bin ich persönlich zuständig«, erklärt Vicente.

Überrascht wende ich mich zu den beiden Wachen um, deren Gesichtszüge bei den Worten ihres Vorgesetzten völlig entgleisen. Offensichtlich wussten die beiden noch nichts von ihrem Glück.

Ambra wirkt im Gegensatz zu Luciento etwas gefasster. Ihr dunkles Haar hat sie streng nach hinten in einen festen Dutt gebunden, und ihre langen schwarzen Wimpern bilden einen

Fächer um ihre braunen Augen. Sie presst die Lippen zu einem dünnen Strich zusammen und knirscht mit den Zähnen. Obwohl die Uniform vieles verbirgt, kann ich erkennen, dass sie sehr muskulös sein muss. Breite Schultern, dicke Oberarme und starke Venen, die auf ihrem Handrücken hervortreten, während sie ihre Waffe umklammert.

Luciento steht ihr in Sachen Muskelmasse in nichts nach. Er trägt sein Haar allerdings kurz geschoren, selbst sein Bartschatten ist kaum zu erkennen. Seine dicken Augenbrauen wandern vor Überraschung immer weiter in die Höhe, als er abwechselnd zwischen mir und Vicente hin und her schaut. Dabei entgeht mir das intensive Giftgrün seiner Iriden nicht. Er besitzt einen stechenden Blick, dem ich schnell ausweiche.

»Verzeihung, *Signore Cattivo*. Ist das Ihr Ernst? Wir sollen wirklich eine Sangua beaufsichtigen, trainieren und in unser Territorium eindringen lassen?«, hakt Ambra entrüstet nach.

Vicente hält inne und fährt zu ihr herum. Ich wäre beinahe gegen seinen Rücken geprallt, wenn ich nicht stolpernd zum Stehen gekommen wäre.

»Habe ich gestottert? Ich gebe einen Befehl, und diesen habt ihr zu befolgen. Cara ist Teil unserer Mission. Sie hat sich dazu bereit erklärt, uns zu helfen. Deswegen steht sie unter meinem persönlichen Schutz. Sie ist nun eine von uns«, knurrt Vicente mit einem bedrohlichen Unterton.

»Sie ist und bleibt eine Sangua! Wenn sie erst einmal in einen Blutrausch verfällt, stellt sie eine Gefahr für uns alle dar. Sie wird niemals eine von uns sein«, mischt sich Luciento ein.

»Na, dann solltet ihr dafür sorgen, dass sie nicht hungert. Sonst werdet ihr beiden als ihre nächste Mahlzeit enden. Muss ich mich noch deutlicher ausdrücken?«

Vicentes Worte sind zwar nicht gegen mich gerichtet, dennoch bescheren sie mir eine unangenehme Gänsehaut. Sie alle unterhalten sich miteinander, als würde ich nicht mitten zwischen ihnen stehen. Denken die beiden Wachen wirklich, dass ich völlig unkontrollierbar bin und einfach über sie herfallen werde?

Mir kommt in den Sinn, dass sie bisher vermutlich nur gesehen haben, wie ich Vicente während meines Ausbruchversuchs angegriffen und eine Blutkonserve nach der anderen in meiner Zelle vernichtet habe. Ich kann ihnen ihre Zweifel nicht verübeln. Vermutlich würde ich mich an ihrer Stelle genauso verhalten. Umso erleichterter bin ich jedoch darüber, dass Vicente so vehement zu mir hält.

»Nein, *Signore*«, grollt Ambra.

Mit einem Nicken wendet sich Vicente von uns ab und setzt seinen Rundgang fort. Als er davon zu erzählen beginnt, welche Räumlichkeiten sich wo befinden, kann ich ihm kaum zuhören, weil sich die Blicke von Ambra und Luciento in meinen Rücken bohren. Außerdem sieht jeder Gang und jede Abzweigung völlig identisch aus. Selbst die Türen gleichen sich bis auf die kleinste Schraube. Nie im Leben werde ich mir einprägen können, wo sich irgendetwas befindet. Das Einzige, was ich sehe, sind weiße Wände, eine weiße Decke und weißer Boden. Mein Orientierungssinn mag innerhalb Neapels zwar gut ausgeprägt sein, aber hier drinnen funktioniert er definitiv nicht.

»Natürlich sind auch stellenweise Notausgänge ausgeschildert, aber diese sind streng bewacht, und nur befugten Personen ist es erlaubt, die Einrichtung zu verlassen. Ansonsten halten sich alle hier unten auf«, erläutert Vicente, was mich kurz stocken lässt.

Habe ich das richtig verstanden? Niemand bis auf ein paar ausgewählte Leute verlassen diesen Bunker? Nicht einmal Soldaten und Soldatinnen wie Ambra oder Luciento? Diese ganze Sonderkommission muss wirklich wichtig sein, wenn sie selbst die Freigänge kontrollieren. Habe ich diese ganze Sache unterschätzt?

Nachdem mir die Sanitäranlagen gezeigt wurden, steuert Vicente eine breite Doppeltür an. Ich staune nicht schlecht, als dahinter eine gigantische Sporthalle zum Vorschein kommt. Natürlich gibt es hier ebenfalls keine Fenster, weswegen der intensive Geruch von Schweiß und Deodorant die Luft verpestet. Auf dem Linoleumboden liegen Trainingsmatten verteilt, und an den Wänden entdecke ich sogar Halterungen für diverse Waffen. Bei den meisten handelt es sich um hölzerne Attrappen von Messern und schwertartigen Klingen. Allerdings erspähe ich auch Schlagstöcke aus Rattan und Gegenstände, die äußerlich einem Hammer gleichen.

»Das ist unsere Trainingshalle. Ich möchte, dass du ab morgen gemeinsam mit Ambra und Luciento hier an deinen Fähigkeiten arbeitest. Wenn du mit uns kooperieren willst, müssen wir so viel wie möglich über deine Fertigkeiten herausfinden. Außerdem können wir dich auf diese Weise auf einen möglichen Einsatz vorbereiten. Aber darüber sprechen wir zu einem anderen Zeitpunkt.« Vicente schenkt mir ein schmales Lächeln, das jedoch wieder nicht seine Augen erreicht. Stattdessen mustert er mich prüfend, als würde er versuchen zu erkennen, was in mir steckt.

Unwillkürlich frage ich mich, was für Fähigkeiten die Sangua wohl noch haben, abgesehen von der übermenschlichen Schnelligkeit und Stärke. Aber es ergibt Sinn, dass er genau diesen Aspekt erforschen will, immerhin könnte es bei der Heilung meiner Mutation helfen. Ich nicke ihm knapp zu, bevor ich mich den beiden Wachen zuwende.

Ambra und Luciento sehen beide nicht sonderlich begeistert aus. Ihre Mundwinkel sind nach unten verzogen, und sie weichen meinem Blick aus.

»Fordert sie. Treibt sie an ihre Grenzen«, richtet Vicente nun das Wort direkt an die beiden.

»*Certo, con piacere*«, knurrt Ambra.

Die Art, wie sie davon spricht, mich mit dem größten Vergnügen zu foltern, beschert mir eine Gänsehaut. Ihr ganzes Verhalten strömt Ablehnung und Hass aus. Als könnte sie es gar nicht erwarten, mich mit den Attrappen an der Wand anzugreifen.

Ich schlucke schwer, aber ich halte meinen Kopf weiter aufrecht. Das ist mein einziger Ausweg. Und wenn das bedeutet, dass ich mit dieser Frau irgendwie klarkommen muss, dann sei es eben so.

»*Bene.* Damit sollte so weit alles geklärt sein«, beendet Vicente die Unterhaltung und klatscht in die Hände.

Während wir einer nach dem anderen den Raum verlassen, wagt sich Ambra in meine Nähe. Sie beugt sich zu meinem Ohr hinab und flüstert: »Glaub ja nicht, dass wir dich schonen werden.«

Da ich mit einer derartigen Drohung bereits gerechnet habe, wende ich mich ihr mit einem kalten Lächeln zu. »Halt dich nicht zurück.«

19. KAPITEL | REINGEWASCHEN

»Ich werde dich finden!«, schreie ich in die Leere. Die Finsternis nagt an mir. Sie frisst sich in mein Herz, ist längst ein Teil von mir geworden. Zu Beginn hat mir die Leere Angst eingejagt, doch inzwischen ist sie mir vertraut. Der hohle Platz in meinen Träumen, der nur Kisa und mir gehört. Ich spüre ihre Gegenwart so deutlich, als würde sie direkt vor mir stehen. Jedoch erfassen meine Sinne sie nicht. Ich kann sie weder hören noch sehen.

»Meine Verwandlung! Francas Tod! Das alles ist dein Werk«, stoße ich hervor. Kisa ist ebenfalls eine Sangua. Ein blutdürstiges Wesen, das nur darauf aus ist, zu töten. Im Gegensatz zu mir versucht sie allerdings nicht einmal, gegen den Drang anzukämpfen. Sie ist ein Monster. Eine Bestie. »Wenn ich mich nicht von dir losgerissen hätte, wäre ich vermutlich auch längst tot.«

Ich drehe mich um die eigene Achse. Immer noch nichts. Nicht einmal das Aufglühen eines roten Augenpaares. Wo versteckt sie sich?

Dieser Traum eignet sich hervorragend, um ein wenig Dampf abzulassen.

»Ich hätte dich niemals umgebracht. Das ist nicht meine Art.«

Ein Lufthauch streift an meinem Ohr vorbei. So seicht, dass ich glaube, ihn mir eingebildet zu haben. Aber Kisas vor Sarkasmus triefende Stimme ist unverkennbar. Ich lache heiser auf.

»Und das soll ich dir glauben?«, frage ich.

»Nein. Du sollst mir endlich zuhören«, antwortet sie in ihrer körperlosen Form.

Es frustriert mich, dass sie mir ausweicht. Ich will sie vor mir sehen, sie packen und endlich für alles zur Rechenschaft ziehen. Das hier ist mein Traum! Warum kann ich ihn nicht nach Belieben steuern? Es wirkt beinahe so, als würde Kisa ein Eigenleben in meinem Kopf entwickeln.

»Es gibt nichts, was du mir sagen könntest«, erkläre ich. »Keine Worte der Welt könnten das ungeschehen machen, was du mir angetan hast.«

»Du irrst dich. Wir sind miteinander verbunden, Cara.«

Das hat sie auch beim letzten Mal behauptet. Ich schnaufe entnervt. Sie verschwendet bloß meine Zeit.

»Seit deiner Wandlung durch meinen Biss kann ich dich spüren. Besonders intensiv im Traum. Es ist, als würde ich dir auf den Grund deiner Seele starren und ein Echo deiner Emotionen nachempfinden können. Ich glaube, dass uns eine Blutbindung vereint.«

Blutbindung? So nennt sie das also? Ist das der Grund dafür, wieso sie mir im Traum erscheint? Ich knirsche mit den Zähnen. Obwohl ich sie am liebsten als Lügnerin bezeichnen würde, so spüre ich doch auch die Verbindung, von der sie redet, sobald ich mich auf ihre Gegenwart konzentriere. Das Echo ihrer Gefühle. Unterdrückte Wut, brüllende Verzweiflung. Sie gleichen meinen eigenen so sehr, dass ich sie kaum auseinanderhalten kann.

Trotzdem weigere ich mich, diese Wahrheit zu akzeptieren. Diese Frau ist für Francas Tod mitverantwortlich. Ich will keine Verbindung zu ihr besitzen. Denn das würde bedeuten, dass unsere letzte gemeinsame Traumbegegnung deutlich mehr war als bloß eine wilde Vorstellung meinerseits.

»Dann spürst du sicherlich auch das hier«, raune ich und schüre im selben Moment den gleißenden Hass in meinem Inneren. Wie eine

163

Stichflamme verbrennt er mich von innen heraus. Er leckt an meinen Gedanken und verkohlt mein Herz. In diesem Augenblick schwöre ich mir, niemals etwas anderes als Hass für Kisa zu empfinden. Die letzte Nacht war ein Ausrutscher. Nichts weiter.

Ich höre sie laut aufkeuchen, als hätte sie sich an meinem Seelenschmerz verbrannt. Und für einen flüchtigen Wimpernschlag sehe ich sie tatsächlich vor mir. Ihr spitzes Gesicht, die Augen weit aufgerissen vor Schock.

»Cara …«, röchelt sie, doch ich lasse sie nicht zu Wort kommen. Stattdessen schließe ich die Lider und zwinge mich dazu, mich von dem Traum loszureißen und zurück in die Realität zu gleiten. Als ich wieder in meiner gewohnten Zelle erwache, bilde ich mir ein, eine sanfte Berührung an meinem Unterarm zu spüren. Als würde jemand mit seinen Fingerspitzen tröstend über meine Haut fahren. Ich schüttle mich, um die seltsame Empfindung loszuwerden.

»Aufstehen!« Eine hochgewachsene Gestalt türmt sich vor mir auf.

Ich blinzle und entdecke Luciento, der nur wenige Meter von mir entfernt steht. Anstelle seiner Uniform trägt er ein schlichtes Shirt in Kombination mit einer dünnen Weste und einer Cargohose, die allesamt mit einem Camouflage-Muster überzogen sind. Im Gegensatz zum gestrigen Tag hält er mir heute keine Waffe unter die Nase. Allerdings kann ich mir nicht vorstellen, dass er sich völlig wehrlos in meine Zelle gewagt hat. Bestimmt versteckt er irgendwo in den tausend Taschen seiner Hose eine Taschenlampe, die mir mehr Schaden zufügen könnte als ein Messerstich.

Ich lasse ihn nicht aus den Augen und mustere das breite Kinn, die kantigen Gesichtszüge und die grünen Iriden.

»Bevor wir mit deiner Ausbildung beginnen, musst du neu eingekleidet werden«, meint Luciento und schaut mich abfällig an.

Ich sehe ebenfalls an mir herab und kann gar nicht anders, als ihm zuzustimmen. Meine schwarze Hose strotzt nur so vor Dreck und Staub. Vermutlich stammt er immer noch aus den Katakomben. Selbst mein schwarz-weißes Hemd wurde nicht verschont. Blutspritzer beschmutzen jede Faser meiner Kleidung.

»Und du solltest dringend vorher duschen, damit du wieder halbwegs menschlich wirkst«, schiebt er schnell hinterher und rümpft die Nase.

»Da muss ich dich leider enttäuschen. Menschlich wirke ich so oder so nicht mehr«, antworte ich und entblöße bei einem breiten Grinsen meine spitzen Eckzähne, um darüber hinwegzutäuschen, dass ich völlig geruchsblind meinem eigenen Gestank gegenüber geworden bin. Schweiß, Blut und Schmutz vermengen sich zu einem strengen Gemisch, das offensichtlich Lucientos Nase foltert. Ich weiß, ich sollte mich für meinen Zustand schämen, aber das tue ich garantiert nicht. Immerhin ist es nicht meine Schuld, dass ich in den letzten Tagen nicht einmal Zugang zu einer Toilette besessen habe. Nicht, dass ich sie gebraucht hätte. Alles, was ich zu mir genommen habe, war Blut. Und das hat mein Körper aufgesogen wie ein Schwamm. Mir ist bewusst, wie widernatürlich das klingt, doch seit meiner Wandlung zur Sangua hinterfrage ich gar nichts mehr. Erst recht nicht die Funktionen meines eigenen Körpers.

»Wie auch immer«, meint Luciento lediglich und verdreht die Augen. Er wirkt nicht sonderlich beeindruckt von meinen Zähnen, und selbst als ich auf seinen Herzschlag lausche, höre ich keinen erhöhten Puls. Der Soldat fürchtet sich kein bisschen vor mir. Ich weiß nicht, was ich davon halten soll.

»Folge mir, wenn du heute noch mit dem Training beginnen willst. Oder versauere weiter in deiner Zelle. Die Entscheidung liegt ganz allein bei dir«, verkündet er und kehrt mir den Rücken zu, um den Ausgang anzusteuern.

Obwohl mich seine schroffe Art irritiert, eile ich ihm schnell hinterher.

Nachdem wir meine Zelle verlassen haben, schlagen wir dieselbe Richtung ein, die wir auch gestern bereits als Gruppe gegangen sind. Luciento führt mich schweigend durch die Gänge, und ich folge ihm stumm. Im Gegensatz zu gestern begegnen wir heute immer wieder anderen Menschen auf den Fluren. Sie alle tragen die gleiche schwarze Uniform mit roten Emblemen, und nicht gerade selten kassiere ich einen erschrockenen Blick von ihnen, sobald sie mich an Lucientos Seite entdecken. Zweifellos weiß jeder von ihnen, was ich bin. Eine Sangua. Der Feind.

Als mir einer der anderen Soldaten im Vorbeigehen zu nah auf die Pelle rückt, legt mir Luciento plötzlich eine Hand auf die Schulter und schiebt mich beschützend auf die andere Seite, sodass sein eigener Körper als Schutzwall dient.

Überrascht schaue ich zu ihm auf. So viel Empathie habe ich gar nicht von ihm erwartet. Besonders weil er sich mir gegenüber so abweisend verhält. Er reagiert jedoch gar nicht auf meinen Blick, sondern lotst mich zielgerichtet weiter zu den Sanitäranlagen. Er deutet auf die Metalltür, hinter der die Duschen und Toiletten liegen, die mir bereits gestern bei unserem kleinen Rundgang gezeigt wurden.

»Drinnen liegt ein Stapel neuer Kleidung für dich auf der Bank direkt neben der Tür bereit. Ich werde hier auf dich warten, also denk gar nicht daran, irgendwelchen Unsinn zu machen. Du hast zehn Minuten«, stellt er klar. Sein Blick meidet den meinen vehement.

Also seufze ich lediglich, anstatt mich zu bedanken, und stoße die schwere Tür auf. Sobald diese hinter mir ins Schloss fällt, atme ich kurz auf. Lucientos Gegenwart lastet schwer auf meinen Schultern. Obwohl er mich nicht dauerhaft beobachtet, ist mir seine wachsame Haltung nicht entgangen. Garantiert wartet er nur darauf, mich angreifen und wieder zurück in die Zelle schleifen zu können, wenn ich auch nur einen falschen Schritt wage. Unwillkürlich frage ich mich, ob ich mir sein beschützendes Verhalten von vorhin bloß eingebildet habe.

Kopfschüttelnd suche ich die Bänke nach dem Klamottenstapel ab, den er erwähnt hat, und tatsächlich entdecke ich in der Nähe der Tür ein frisches Paar Hosen, ein sauberes Shirt, Unterwäsche und ein Handtuch. Die Klamotten sind alle in einem schlichten Schwarz gehalten.

Ich schnappe mir den Stapel und bewege mich zu den Duschkabinen rüber. Glücklicherweise ist keine einzige belegt. In Windeseile schäle ich mich aus meiner Kleidung und werfe sie achtlos zu Boden. Mit unsicheren Schritten begebe ich mich in die Kabine und schalte die Brause an. Eiskaltes Wasser prasselt auf mich herab, und ich muss einen spitzen Aufschrei unterdrücken. Nach einer Weile gewöhne ich mich jedoch an die Kälte und kann mit Genugtuung beobachten, wie der Dreck der letzten Tage im Abfluss zu meinen Füßen verschwindet. Ich streiche mir mit den Fingerspitzen durch die Haare, entwirre einen Knoten nach dem anderen und bleibe so lange unter dem Duschkopf stehen, bis sich das Wasser nach einigen Minuten von selbst abschaltet.

Am liebsten hätte ich noch länger geduscht, aber leider traue ich Luciento durchaus zu, dass er nach Ablauf der zehn Minuten ins Bad stürmt und mich hier rauszerrt, egal ob ich fertig bin oder nicht. Also greife ich nach dem Handtuch und streife mir kurz darauf meine neuen Kleidungsstücke über. Das Shirt liegt eng an, und die Hose besteht aus einem sehr elastischen Stoff, sodass ich mich frei darin bewegen kann.

Anschließend trotte ich zu einem der großen Spiegel, die sich über den Waschbecken befinden. Eigentlich bestand mein Plan lediglich darin, meine Haare ein wenig zu richten, aber der Anblick meines Ebenbilds schockt mich so sehr, dass ich einen Schritt zurückweiche. *Che diavolo!* Ich erkenne mich selbst kaum wieder …

Vorsichtig lehne ich mich nach vorne. Ich hebe meine Hand und fahre über die dunkelrote Haut, die eine Hälfte meines Gesichts ziert. Die Verbrennungen durch den UV-Strahler haben sichtbare Schlieren und Vernarbungen auf meiner blassen Haut hinterlassen, die knapp unterhalb meines Auges enden.

Der Anblick löst eine morbide Faszination aus. Wie ist es überhaupt möglich, dass ich hier noch stehe und mich so fit fühle nach allem, was ich in der letzten Zeit durchgemacht habe? Ich betrachte meine eigenen Iriden im Spiegel und blinzle perplex, denn es sind nicht meine Augen, die ich dort erkenne. Zumindest nicht mehr. In das dunkle Braun meiner Iriden hat sich nun ein intensives Rot geschlichen.

Kopfschüttelnd reiße ich mich von meinem neuen Ich los. Ich ertrage es nicht, diese Version von mir anzusehen. Diese Cara im Spiegel ist ein Monster. Eine Mutation. *Sie* ist nicht *ich.*

Mit knirschenden Zähnen sammle ich meine dreckige Kleidung ein und steuere den Ausgang an. Jetzt bin ich nur umso motivierter, die Verwandlung zur Sangua rückgängig zu machen. Wenn ich irgendwie mein normales Leben zurückbekommen kann, dann werde ich alles dafür tun. Und wer weiß, vielleicht helfe ich damit nicht nur mir selbst, sondern auch anderen Opfern. Unwillkürlich manifestiert sich Kisas Gesicht in meinem Kopf. Ich könnte ihr ebenfalls helfen. Sie von diesem Fluch befreien, damit sie nicht länger in den Katakomben Neapels umherstreifen muss.

Gleich darauf würde ich mich für diesen Gedanken gerne selbst ohrfeigen. Habe ich etwa Mitleid mit Kisa? Mit der Frau, die für meine Verwandlung und vielleicht Francas Tod verantwortlich ist? Was ist bloß in mich gefahren?

»Da bist du ja endlich«, reißt mich Lucientos Stimme aus meiner Gedankenspirale. Er mustert mich von Kopf bis Fuß, bevor er mir meine verschmutzten Sachen abnimmt.

»Frisch gewaschen siehst du sogar ganz ansehnlich aus«, kommentiert er, woraufhin ich die Augen verdrehe.

»Ich wünschte, ich könnte dieses Kompliment erwidern, aber das wäre glatt gelogen«, erwidere ich sarkastisch.

Ein verschmitztes Glitzern tritt in Lucientos Blick, doch gleich darauf scheint er zu realisieren, was er da gerade tut. Er sympathisiert mit einer Sangua. Schlagartig verändert sich seine Haltung. Er streckt den Rücken durch, nimmt die Schultern nach hinten und räuspert sich.

»Bist du bereit für deine erste Trainingseinheit?«, fragt er in einem möglichst neutralen Ton, während er mich durch die Flure bis zur Turnhalle lotst.

Bereit? Kein bisschen. Trotzdem werde ich keinen Rückzieher machen. Entschlossen nicke ich.

20. KAPITEL | VERSPRECHEN

Ich weiß nicht, womit ich gerechnet habe, aber bestimmt nicht mit einem stinknormalen Ausdauertraining. Es gibt nicht einmal Aufwärmübungen, stattdessen drehe ich bereits meine dritte Runde in der Halle in einem lockeren Lauftempo, während Luciento mich strengstens beobachtet, meine Zeiten abnimmt und sich Notizen macht. Er hat mir einfach nur befohlen zu rennen, ohne jegliche Begründung. Nach zwei weiteren Runden, die keine Reaktion aus dem Soldaten herauskitzeln, verlangsame ich mein Tempo und komme schließlich neben ihm zum Stehen.

»Ich glaube, jetzt bin ich warmgelaufen. Wir können meinetwegen mit dem richtigen Training starten«, sage ich und stemme meine Hände in die Hüften.

Luciento mustert mich von oben bis unten, dann schüttelt er den Kopf. »Das ist das *richtige* Training. Renn weiter«, befiehlt er lediglich.

»Wieso? Was ist der Zweck des Ganzen?«, hake ich provokant nach.

Lucientos Augen verengen sich zu Schlitzen, bis sich in seinem Blick etwas wandelt. Er geht auf meine Provokation ein.

»Vicente hat uns zwar angewiesen, dich langsam an das Training heranzuführen, aber so, wie ich das verstehe, willst du richtig gefordert werden?«

Ich zucke mit den Schultern. »Deswegen bin ich hier, oder nicht?«, kontere ich, was ihm ein diabolisches Grinsen entlockt.

»Na gut. Dann testen wir mal deine Grenzen aus. Eigentlich sollte ich heute deine Ausdauer messen. Stattdessen können wir natürlich auch direkt in den Sprint übergehen. Renn die Bahnen erneut. Dieses Mal so schnell, wie du kannst«, fordert er.

Ich ziehe die Augenbrauen hoch. »Und wozu soll das jetzt gut sein?«, will ich wissen. »Du kannst mir ruhig sagen, worauf du abzielst. Wir stehen schließlich auf derselben Seite, das ist dir klar, oder?«

Irgendetwas an meinen Worten scheint ihn zu triggern, denn plötzlich weicht der feixende Ausdruck aus Lucientos Gesicht. Seine Miene wird blank. »Wir werden niemals auf derselben Seite stehen«, stellt er mit unterkühlter Stimme klar. Er zieht eine deutliche Grenze zwischen uns, die ich unabsichtlich überschritten habe.

»Und jetzt renn endlich!«, bellt er mich gleich darauf an.

Ich hinterfrage seinen Befehl nicht mehr, sondern beginne erneut zu rennen. Dieses Mal laufe ich so schnell, dass meine Umwelt verblasst. Die grauen Wände der Trainingshalle verschwimmen zu einer einheitlichen Oberfläche. Matten und Seile nehme ich gar nicht mehr wahr, selbst Lucientos Silhouette wandelt sich zu einem schwarzen Schatten ohne jegliche Konturen.

Ich verliere jegliches Gefühl für Zeit und Raum. Stattdessen konzentriere ich mich voll und ganz auf meinen Körper. Ich fokussiere mich auf das Gefühl meiner sich an- und entspannenden Muskeln. Auf den gleichmäßigen Takt meiner Schritte, die auf den Hallenboden knallen. Auf meine kontrollierte Atmung und die Bewegung meiner Arme. Ich renne. Nichts anderes spielt mehr eine Rolle.

An irgendeinem Punkt höre ich auf, die Runden zu zählen, die ich bereits gelaufen bin. Meine Sorgen rücken in den Hintergrund. Lucientos abweisendes Verhalten mir gegenüber, Franca, Vicentes Pläne für mich und ... Kisa. Ich lasse sie alle gehen. Zumindest für den Moment.

Ich bemerke erst, dass ich meine körperlichen Grenzen erreiche, als sich ein schmerzhaftes Ziehen in meinen Waden breitmacht. Trotzdem stoppe ich nicht. Ich laufe weiter, selbst als der Schmerz in meine Oberschenkel wandert. Meine Seiten beginnen zu stechen, und ich spüre mit jeder neuen Runde, wie sich immer mehr Druck in meinem Brustkorb aufbaut. Jeder weitere Schritt fühlt sich wie ein Erdbeben an, das meinen Leib erschüttert.

Es dauert dennoch eine Weile, bis ich mich selbst zum Anhalten überreden kann. Keuchend komme ich schließlich vor Luciento zum Stehen. Ich sauge scharf die Luft ein und beobachte, wie er etwas vom Boden aufhebt und sich auf mich zubewegt. Seine Miene ist weiterhin unlesbar.

»Falls ich vorhin etwas Beleidigendes gesagt habe −«, setze ich an, doch ich werde jäh von ihm unterbrochen.

»Hör auf. Ich will deine Entschuldigung nicht hören, denn du bist mir keine schuldig. Wir sind keine Freunde, Cara Alvez.« Er wirft mir einen scharfen Seitenblick zu, während er mir ein Blutdruckmessgerät anlegt und meine Herzfunktion misst.

Meine Aufmerksamkeit liegt jedoch voll und ganz auf dem jungen Mann, der sich mit aller Macht vor mir abzuschirmen versucht. Ich habe bereits einen Schimmer des Menschen erhaschen können, der sich unter seiner abweisenden Fassade verbirgt. Vorhin haben wir gemeinsam gescherzt, wenn auch nur kurz. Luciento ist kein schlechter Mensch, das ahne ich intuitiv. Irgendetwas hat ihn sehr vorsichtig werden lassen, besonders im Umgang mit den Sangua.

Er nimmt mir das Gerät schnell wieder ab und macht sich einige Notizen. Ich versuche, ihm über die Schulter zu linsen, doch Luciento wendet mir extra den Rücken zu, sodass ich nichts erkennen kann.

»Und wie schnell war ich?«, frage ich provokant, um zumindest diese Info aus ihm herauszukitzeln.

»Du rennst hundert Meter in fünf Komma vier Sekunden«, sagt er und bemüht sich um einen möglichst neutralen Ton, dennoch höre ich deutlich die leise Bewunderung heraus.

»Das ist gut, oder?«, hake ich nach.

»Usain Bolt rennt hundert Meter in neun Komma fünf acht Sekunden«, kommentiert Luciento stumpf.

»Moment ... was?«, keuche ich. Hat er gerade behauptet, dass ich fast doppelt so schnell gelaufen bin wie der schnellste Mensch der Welt?

Der Schock muss mir ins Gesicht geschrieben stehen, denn Luciento schnauft amüsiert auf.

»Du bist zu weitaus mehr fähig«, meint er trocken. »Und genau das werden wir in den kommenden Wochen aus dir herausholen.« Seine Worte wirken sowohl wie eine Drohung als auch wie ein Versprechen.

21. KAPITEL | EIN GEBROCHENER MANN

»Du bist in Gefahr.« Kisas Stimme echot durch den leeren Raum.

Inzwischen bin ich dazu übergegangen, mich nicht zu regen und sie einfach zu ignorieren. Sobald ich meine Augen schließe, wartet sie hier bereits auf mich. Im Zwischenraum. In der Welt zwischen Wachsein und Schlaf. In den letzten Nächten ist sie immer wieder aufgetaucht und hat mir keine Ruhe gelassen. Egal was ich getan habe, sie hat sich nicht vertreiben lassen. Ich habe sie angeschrien, beschuldigt und verurteilt. Doch sie ist jedes Mal zurückgekehrt, jede Nacht aufs Neue. Deswegen wende ich nun eine andere Taktik an. Ich sitze diesen Traum aus. Schweige sie an, während der Hass in meiner Brust wütet und tobt.

»Ich weiß, dass du hier bist, Cara!«, ruft sie plötzlich. In ihrer Stimme verbirgt sich ein Hauch von Verzweiflung.

»Hör mir einfach zu, in Ordnung?«, meint sie.

Ihre Stimme bewegt sich völlig körperlos an mir vorbei, nicht einmal ihre roten Augen erspähe ich. Vermutlich geht es ihr genauso wie mir. Sie spürt meine Präsenz, sie weiß ganz genau, dass ich hier bin. Doch trotz ihrer Bemühungen bin ich völlig unsichtbar für sie. Seltsamerweise verschafft mir dieser Gedanke einen Hauch von Genugtuung. Zum ersten Mal befinde ich mich in der Machtposition.

»Es ist gefährlich, sich allein dort draußen herumzutreiben, wenn *man eine von uns ist. Es gibt Menschen, die uns schaden wollen. Du erhöhst für uns alle das Risiko, entdeckt zu werden! Also hör endlich auf, dieses Versteckspiel zu spielen, und komm raus!«, offenbart Kisa mir.*

Unweigerlich wandern meine Gedanken zu den Pugna, und ich gerate einen Moment lang ins Stocken. Vicente und seine Sondereinheit haben mich entführt und tagelang festgehalten. Aber sie hatten keine andere Wahl. Wie sonst hätten sie mich bändigen und mir zeigen sollen, wer, oder besser gesagt was ich wirklich bin? Es gab keinen anderen Weg. Nur so konnten sie mir in einem sicheren Rahmen klarmachen, dass sie an einem Heilmittel arbeiten und ich mein normales Leben zurückgewinnen kann. Vorausgesetzt, ich kooperiere mit ihnen.

Ich habe nichts zu befürchten. Ich stehe unter dem Schutz der Pugna. Kisas Drohungen prallen wirkungslos an mir ab. Sie versucht, mich einzuschüchtern, damit ich zu ihr zurückgekrochen komme und geradewegs in eine Falle laufe.

»Glaubst du wirklich, ich wäre so naiv und würde dir ein weiteres Mal vertrauen?«, wispere ich in den luftleeren Raum hinein und zwinge mich dazu, meine Lider aufzureißen und dem Traum zu entkommen.

Nur wenige Minuten später klopft Luciento bereits gegen meine Zellentür. Ich kämpfe mich rasch in die Höhe, lasse mich von ihm zu den Waschräumen führen und mache mich in Rekordzeit fertig. Kurz darauf stehen wir bereits wieder in der Halle, in der wir seit Tagen unermüdlich meine Geschwindigkeit verbessern.

Eigentlich läuft unser Training immer nach dem gleichen Schema ab: Ich renne, Luciento misst meine Zeiten. Ab und an unterbricht er mich und spornt mich dazu an, schneller zu rennen, um meine Bestzeit zu toppen. Innerhalb der wenigen Tage unserer gemeinsamen Sporteinheit habe ich meine Laufgeschwindigkeit beinahe verdoppelt. Inzwischen brauche ich für einen Hundert-Meter-Sprint kaum noch drei Sekunden. Luciento zwingt mich dazu, dieses Tempo beständig zu halten, um zusätzlich meine Ausdauer zu fördern. Meist renne ich über drei Stunden am Stück durch.

Früher wäre ich bloß bei dem Gedanken an eine stundenlange Sporteinheit in hysterisches Lachen ausgebrochen, doch seit der Verwandlung hat sich auch meine Einstellung zum Sport verändert. Ich genieße die Schnelligkeit und das Gefühl, wenn meine Fußspitzen kaum noch den Boden berühren. Es fühlt sich wie fliegen an. Meine Muskeln und Knochen verfallen in einen gleichmäßigen Rhythmus, der mich in einen tranceartigen Zustand versetzt und dafür sorgt, dass ich all meine Probleme zumindest für kurze Zeit ausblende. Nur Kisa drängt sich zwischendurch immer wieder an die Oberfläche. Es fühlt sich an, als würde sie in meinem Kopf wohnen, mich beobachten und gleichzeitig tief in meine Seele blicken. Sie ist *in* mir, egal was ich tue. Verdammte Blutbindung.

»Das reicht für heute!«, brüllt Luciento lautstark, nachdem ich mein Soll abgeleistet habe.

Inzwischen bin ich so ausgelaugt, dass ich fast so langsam renne wie ein durchschnittlicher Langstreckenläufer. Selbst für eine Sangua ist es anscheinend unmöglich, über lange Zeit hinweg das Sprinttempo aufrechtzuerhalten. Nach und nach drossle ich meine Geschwindigkeit und komme neben ihm zum Stehen. Nun merke ich auch deutlich die körperliche Erschöpfung. Meine Muskeln brennen, und meine Beine zittern verräterisch. Meist regeneriert sich mein Körper jedoch schnell wieder nach einer kleinen Zwischenmahlzeit. Flüchtig wandert meine Aufmerksamkeit zu Luciento, dessen Puls kräftig und ruhig vor sich hin pocht. Ich fokussiere seine Halsschlagader und befeuchte die Lippen. *Mio dio, reiß dich zusammen, Cara!*

Luciento scheint meinen kurzzeitigen Kontrollverlust gar nicht zu bemerken. Er schaut von seinen Notizen auf. Normalerweise nennt er mir die Zeiten und begleitet mich zurück zu meiner Zelle. Doch heute liegt etwas anderes in seinem Blick verborgen: Neugier. Ich erkenne sofort, dass unser heutiges Training anders enden wird.

»Bist du sehr erschöpft, oder hast du etwas Kraft für eine letzte Herausforderung übrig?«, fragt er.

Überrascht lasse ich meine Augenbrauen in die Höhe wandern. »Soll ich etwa *noch* schneller rennen? Ich weiß nicht, ob ich dazu in der Lage bin«, halte ich dagegen.

Luciento schnauft bloß amüsiert. »Nein, ich rede von einem kleinen Wettkampf. Du gegen mich. Wer erreicht schneller die Ziellinie?« Seine grünen Augen blitzen.

Glaubt er wirklich, es mit mir aufnehmen zu können? Zwar bin ich nach dem stundenlangen Training deutlich langsamer als sonst, trotzdem bin ich immer noch schneller als ein durchschnittlicher Mensch.

»Warum nicht?«, erwidere ich. Mir ist jedes bisschen Abwechslung recht, weswegen ich mich mehr als bereitwillig neben Luciento in Position begebe.

»Ich bin sogar gnädig und gebe dir einen kleinen Vorsprung«, scherze ich, woraufhin er laut schnaubt. Ich atme einmal tief durch. Sammle meine Kräfte. Konzentriere mich auf die rote Ziellinie auf dem Boden am anderen Ende der Halle.

»Drei … zwei … eins!«, zählt Luciento herunter und rennt gleich darauf los.

Ich beende meinen Atemzug und starte mit zwei Sekunden Verzögerung, immerhin habe ich ihm einen Vorsprung versprochen. Dann stoße ich mich mit voller Wucht vom Boden ab und beginne zu rennen. Mit aller Macht fokussiere ich Lucientos durchtrainierten Rücken, der sich in einem gleichmäßigen Rhythmus bewegt. Ich betrachte die Sehnen und Muskeln, die sich im Einklang mit seinem Körper dehnen und zusammenziehen. Mein Magen grummelt fordernd, woraufhin ich mich dazu zwinge, den Blick von Luciento ab- und der Ziellinie zuzuwenden. Ich stoße meinen angehaltenen Atem aus und vergrößere meine Schritte. Tatsächlich bin ich dank meiner Erschöpfung nicht viel schneller als Luciento. Dennoch ziehe ich wenige Meter vor der Ziellinie an ihm vorbei und lehne mich gleich darauf gegen die Hallenwand, um zu beobachten, wie er nach mir ankommt.

»Du bist schnell«, keuche ich und blinzle gegen die dunklen Flecken an, die in meinem Sichtfeld tanzen. Er schaut mich nicht einmal an, sondern gibt lediglich ein Grollen von sich.

»Ich bin der beste Läufer unserer Einheit, und trotzdem habe ich keine Chance gegen eine Sangua«, knurrt er frustriert. Hat er tatsächlich geglaubt, es mit mir aufnehmen zu können? »Du solltest tot sein, und dennoch schlägst du uns alle um Längen. Das ist nicht fair. Niemand sollte über solche Kräfte verfügen.«

Ich erstarre. Was meint er bitte mit *tot*? Spricht er davon, dass ich nach diesem intensiven Training vor Erschöpfung eigentlich tot umfallen müsste?

»Du hast recht«, stimme ich ihm zu. Es ist nicht fair, dass eine seltsame Genmutation mich zu einer besseren Sportlerin macht, wenn andere dafür ihr ganzes Leben lang trainieren.

»Du verstehst nicht, wovon ich spreche«, meint er schroff. »Andere Menschen könnten um ihr Leben rennen, und trotzdem würdest du sie mit Leichtigkeit fangen.« Seine Worte triefen vor Missachtung. Hinter diesem scheinbar harmlosen Wettlauf verbirgt sich offensichtlich mehr, als er zugeben möchte.

»Sprichst du aus Erfahrung?«, frage ich und hoffe insgeheim, dass er sich mir öffnet. Wir trainieren bereits seit Tagen zusammen. Inzwischen müsste er doch gemerkt haben, dass von mir keine Gefahr ausgeht.

»Kann man so sagen«, wispert Luciento. Gleich darauf wandert ein Schauder durch seinen Körper, und sein erschrockener Blick findet meinen. Offenbar hat er mehr mit mir geteilt, als er geplant hat. Ich schenke ihm ein kleines Lächeln, das unerwidert bleibt.

»Komm jetzt. Du musst dich regenerieren. Morgen beginnt dein Kampftraining mit Ambra, dafür solltest du fit sein«, erklärt er in dem gleichen neutralen Ton, den er sonst immer anschlägt, um mir meine Laufzeiten mitzuteilen. Ich kann förmlich dabei zusehen, wie er wieder die Maske des Soldaten überstreift und seinen Schmerz dahinter versteckt.

»Wirst du auch während des Kampftrainings anwesend sein?«, frage ich ihn. Ambra hat sich bisher von meinem Lauftraining ferngehalten. Vielleicht überlässt Luciento ihr deswegen die Kampfausbildung.

»Auf jeden Fall. Ich kann mir doch nicht entgehen lassen, wie sie dir den Arsch aufreißt«, erwidert er.

Ich blinzle ihn schockiert an, bevor ein holpriges Lachen meine Lippen verlässt. Selbst wenn der schlechte Witz nur dazu dient, von seinen Problemen abzulenken, bin ich dankbar für die kleine Auflockerung.

»*Stronzo*«, grunze ich, was ihm wiederum ein Grinsen entlockt. Irgendetwas hat sich zwischen uns geändert. Wir sind nicht länger völlig Fremde, sondern nähern uns langsam an. Wer weiß, vielleicht verrät mir Luciento irgendwann sogar, weshalb er so eine starke Abneigung gegen die Sangua entwickelt hat.

Allerdings bin ich mir jetzt schon sicher, dass mir der Grund definitiv nicht gefallen wird.

22. KAPITEL | TESORO

»Völlig falsch. Du musst leicht in die Knie gehen und deine Füße anders positionieren. Ja, genau so. Heb die Hände leicht an. Nein, nicht direkt vor dein Gesicht. Keine Fäuste bilden! Offene Haltung ...«

Ambra spricht deutlich mehr als Luciento während unseres gemeinsamen Trainings. Sie bellt mir einen Befehl nach dem anderen zu und sorgt dafür, dass ich mich sogar unfähig fühle, obwohl ich nur still dastehe. Mein alter Trainer amüsiert sich zeitgleich köstlich, denn er sitzt grinsend auf einer der Bänke am Rand und schaut uns gespannt zu.

Ich betrachte Ambra aufmerksam. Sie sieht genauso streng aus wie bei unserem letzten Treffen. Obwohl sie kaum älter als ich sein kann, wirkt sie durch ihren angespannten Gesichtsausdruck einige Jahre älter. Ihr muskulöser Körper steckt in einem engen schwarzen Pullover und einer Cargohose, ihre Füße in dicken Kampfstiefeln.

»Bleib wachsam! Sonst siehst du den Angriff nicht kommen«, herrscht sie mich an. Ihr Blick aus den dunklen Augen fixiert mich, bevor sie plötzlich mit dem Arm ausholt und ihre Faust in meine Richtung sausen lässt.

Überrascht weiche ich zur Seite aus, sodass ihr Schlag ins

Leere geht. Dennoch spüre ich deutlich den Luftzug an meinem Ohr.

Luciento lacht hinter mir auf, sobald er den verwunderten Ausdruck in Ambras Miene erkennt. »Ich habe dir doch gesagt, dass sie schnell ist. Du hättest sie nicht vorwarnen sollen«, meint er. Höre ich da wirklich so etwas wie Stolz aus seiner Stimme heraus, oder bilde ich mir das bloß ein?

Ambra fixiert mich erneut, in ihren Iriden flammt ein finsteres Feuer auf.

»Nur Feiglinge weichen einem Schlag aus«, knurrt sie mir zu, sodass Luciento uns nicht hören kann. »Wir haben lediglich begrenzte Zeit, um dich zu unterrichten. Du musst lernen, zu blocken und anzugreifen, sonst verschwendest du unsere Zeit. Geh wieder in Position.«

Was meint sie mit begrenzter Zeit? Wozu genau dient dieses Training eigentlich? Ich habe geglaubt, dass Vicente nur meine Daten aufnehmen will, um besser forschen zu können. Immerhin will er ein Heilmittel erschaffen, oder nicht? Irgendwie beschleicht mich das Gefühl, dass sich weitaus mehr hinter seinen Absichten verbirgt.

Gedankenverloren merke ich erst in letzter Sekunde, dass Ambra erneut ihre Fäuste auf mich zuschnellen lässt. Dieses Mal weiche ich nicht aus, auch wenn es mir ein Leichtes gewesen wäre, einen Schritt nach hinten zu tun. Ich stecke den Schlag ein. Der dumpfe Schmerz in meiner Magengrube erinnert mich daran, dass ich konzentriert bleiben muss.

Trotzdem keuche ich auf, schlucke schwer und gehe dann zurück in meine Position. Leicht in die Knie, Arme schützend vor dem Oberkörper erhoben. Den nächsten Schlag blocke ich mit meiner Elle ab und leite auf diese Weise Ambras Arm zur Seite weg. Doch ich rechne nicht damit, dass sie gleichzeitig mit ihrer linken Hand ausholt und mein Gesicht anvisiert. Ihre Knöchel treffen auf meinen Kiefer, ein hässliches Knirschen ertönt, und mein Kopf wird zur Seite gerissen. Ich stolpere nach hinten und fasse mir an die pochende Verletzung, während glühend heißer Schmerz durch meine Nervenenden jagt. Mein Kiefer knackt verräterisch, als ich meinen Mund öffne und schließe. Trotzdem ist der Schmerz auszuhalten.

»Wir haben noch einiges zu tun«, seufzt Ambra. Sie wirkt nicht sonderlich euphorisch, meine Kampfkünste scheinen sie nicht zu beeindrucken. Ich kann es ihr nicht verübeln.

»Gib ihr ein wenig Zeit, *Tesoro*. Sie wird dich bestimmt beeindrucken«, unterstützt Luciento mich von der Seitenlinie.

Ich starre ihn ungläubig an. Warum zum Teufel nimmt er mich in Schutz?

Ambra verdreht aufgrund des Spitznamens die Augen.

Tesoro … Schatz. Stehen die beiden sich etwa näher, als ich bisher dachte? Ich habe geglaubt, dass Ambra und Luciento bloß Kollegen wären. Vielleicht Freunde.

Mir bleibt keine Gelegenheit nachzufragen, da Ambra auf mich zukommt und mir neue Befehle zukeift, während sie mich erneut mit ihren Fäusten attackiert.

»Hand hoch!« Ihre Faust prallt gegen meinen Unterarm.

»Zur Seite!« Ich leite ihren Schlag um, weg von meinem Körper.

»Links!« Ein weiterer Schlag. Dieses Mal hebe ich instinktiv den Arm und führe ihre Faust von mir weg. Gleich darauf startet sie einen frontalen Angriff und tut so, als würde sie meine Kehle umfassen wollen.

»Heb die Arme mittig an und …« Bevor sie den Satz beendet, reiße ich auch schon meine Arme hoch, genau zwischen ihren, und presse sie ruckartig nach außen, sodass Ambras Hände zur Seite hin weggedrückt werden. Meine Reaktion überrascht sie so sehr, dass sie aus dem Tritt gerät. Ihr Blick durchbohrt mich.

»Du bist stark«, murmelt sie. Es klingt nicht wie ein Kompliment.

»Wir sollten bei unseren nächsten Einheiten lieber mit einem Sandsack und Gewichten arbeiten. Das birgt weniger Verletzungsgefahr.« Mit diesen Worten wendet sie sich von mir ab, und ich frage mich, ob unser Training an dieser Stelle schon beendet ist.

Doch nur einen Wimpernschlag später fährt Ambra zu mir herum. Innerhalb von zwei Schritten ist sie bei mir, dreht sich um die eigene Achse und reißt ihr Bein zu einem Kick in die Höhe. Sie ist verdammt schnell, gut trainiert und weiß genau, was sie tut. Ich hingegen reagiere rein instinktiv und blocke ihren Tritt bloß mit meinem erhobenen Arm ab, so wie sie es mir gezeigt hat. Mein Stand ist fest, meine Muskeln angespannt.

Ihr Kampfstiefel trifft mit voller Wucht auf meine Elle, doch ich gebe nicht nach. Eine Schmerzwelle wallt durch meinen Körper und lässt meinen Oberkörper erzittern. Aber ich bleibe trotzdem standhaft. Rühre mich nicht von der Stelle. Ich weiche nicht aus. Das hat sie mir beigebracht.

Ambra stößt ein frustriertes Stöhnen aus und sackt zu Boden, weil ich jeglichen Schwung aus ihrem Angriff genommen habe. Im letzten Moment schafft sie es, sich mit beiden Händen vom Boden abzudrücken und so einen harten Aufprall zu verhindern. Schnell richtet sie sich wieder auf. Mein Arm ist immer noch erhoben. Ich rühre mich nicht von der Stelle. Man könnte meinen, ich wäre zu einer Statue mutiert.

»Du bist nicht ausgewichen«, knurrt sie. »Wieso?« Ihre Augen glühen wie zwei Kohlestücke.

Erst jetzt wird mir klar, dass dieser Angriff nicht zum Training gehörte. Sie wollte meine Grenzen austesten. Vielleicht wollte sie mir sogar schaden. Zutrauen würde ich es ihr auf jeden Fall.

»Weil du es mir verboten hast, erinnerst du dich?«, antworte ich und provoziere sie damit bewusst. Ambra knurrt wütend, während sie mir endgültig den Rücken zukehrt. Es wäre leicht, sie jetzt anzufallen und ihr so zu zeigen, dass ich keineswegs zu unterschätzen bin. Meine Zähne könnten sich ohne Probleme einen Weg durch ihre Kleidung bahnen. Wie wohl ihr Blut schmeckt?

»Ich glaube, es reicht für heute«, meint Luciento plötzlich und reißt mich damit aus meiner gefährlichen Gedankenspirale.

Als ich meinen Kopf hebe und ihn anschaue, bemerke ich den bohrenden Blick, mit dem er mich betrachtet. Unwillkürlich frage ich mich, ob er meine Gedanken erahnt hat und die Situation rechtzeitig entschärfen wollte.

Er muss seinen *Tesoro* immerhin schützen.

23. KAPITEL | VERBÜNDETE

»Willst du mich ewig ignorieren?« Kisas Stimme dringt mir durch Mark und Bein.

Nicht mal im Schlaf finde ich meine Ruhe. Tagsüber werde ich von Luciento und Ambra gefoltert, bloß damit mich nachts die Sangua heimsucht, die für mein Unheil verantwortlich ist.

»Nur so lange, bis du endgültig aus meinen Träumen verschwindest«, antworte ich. Ich bin es leid. Es ist unmöglich, Kisa zu ignorieren, solange sie sich in meinem eigenen Geist aufhält. Dennoch muss es Wege geben, sie aus meinen Gedanken auszuschließen.

»Das wird nicht geschehen. Wir sind miteinander verbunden, Cara. Wir müssen einander nicht hassen. Wenn du dich zeigen würdest, könnte ich dir alles erklären …«, setzt sie an, doch ich lache bloß trocken auf.

»Hörst du dir eigentlich selbst zu? Sei matta!*« Warum sollte ich mich mit einer Mörderin abgeben? Ursprünglich wollte ich sie aufsuchen, um Antworten von ihr zu bekommen. Nun habe ich diese woanders gefunden. Bei den Pugna. Ich werde Kisa so lange aus dem Weg gehen, wie es mir möglich ist. Meinetwegen bis in alle Ewigkeit.*

Plötzlich manifestiert sich die Vampirin direkt vor meiner Nase. Ihr blasses Gesicht bildet einen starken Kontrast zu ihren blutro-

185

ten Augen und dem dunklen Haar. Sie ist mir mit einem Mal so nah, dass ich ihren Atem auf meiner Haut spüren kann. Jedes Haar an meinem Körper richtet sich auf. Gleichzeitig verfluche ich mich, weil Kisa offensichtlich immer noch einen starken Effekt auf mich hat. Sie ist attraktiv, das ist nicht zu leugnen. Ihre herzförmigen Lippen schweben verführerisch nah vor meinem Mund.

Sie legt den Kopf schräg, verschränkt die muskulösen Arme, die von einem eng sitzenden Hemd verdeckt werden, und betrachtet mich nachdenklich. Heute habe ich mich nicht bemüht, den Schleier aus Unsichtbarkeit um mich herum zu weben. Ich bin zu müde. Zu ausgelaugt vom Training.

»Warum wehrst du dich so sehr gegen dein Schicksal?«, fragt Kisa leise und streckt die Hand aus, um mich zu berühren.

Reflexartig schlage ich ihren Arm weg und starre sie in Grund und Boden. »Du bist nicht mein Schicksal«, knurre ich.

Ihr Blick wandelt sich, wird matter. Sie verschließt sich vor mir, hält ihre wahren Emotionen zurück.

»Du wirst es früher oder später einsehen«, zischt sie. »Erwarte nicht, dass ich dir ewig meine Hilfe anbieten werde.«

»Ich brauche deine Hilfe nicht!«, speie ich ihr entgegen.

Kisas Miene wirkt wie in Stein gemeißelt. Perfekt. Kalt. Emotionslos. Schließlich beugt sie sich ein wenig weiter nach vorne. Ich spüre ihren zittrigen Atem auf meinen Lippen. Ihr Mund streicht federleicht über meinen hinweg. Ich rühre mich nicht. Zeige keine Reaktion. Der Kuss ist anders als alle vorherigen, falls man ihn überhaupt so nennen kann. Flüchtig, fast nicht vorhanden. Sie will mich provozieren.

Obwohl meine Lippen verräterisch prickeln und ich für einen Sekundenbruchteil den Duft von Minze wahrnehme, bleibe ich standhaft. Es wäre so leicht, sich nach vorne zu beugen und ihren Kuss zu erwidern. Die Geste zu vertiefen. Sich in dem Rausch ihrer Berührungen zu verlieren.

»Ich werde nicht nachgeben«, knurre ich, woraufhin sie sich endgültig von mir zurückzieht.

*»Wir werden sehen«, flüstert sie. Die Schwärze verflüchtigt sich
aus meinem Traum, und gedimmte Lichtstrahlen dringen in meine
Wahrnehmung. Heute ist sie diejenige, die mich aus unseren gemeinsamen Träumen verbannt.*

✧

Der Traum geht mir selbst dann nicht aus dem Kopf, als ich
mich schon längst mit Ambra und Luciento in der Trainingshalle befinde. Ambra geht erneut die Grundschritte der Selbstverteidigung mit mir durch. Sie greift mich an, ich blocke.

»Lass uns einen Schritt weitergehen«, meint sie nach etwa
einer Stunde. »In einer echten Gefahrensituation kommt es
häufig vor, dass du dich selbst befreien musst, sei es durch defensive Mittel oder indem du dich aus einem Griff löst. Wür-
gegriffe sind zum Beispiel nicht gerade selten.« Ein freudiges
Funkeln tritt in Ambras Augen. Man könnte meinen, sie hat
ihren Spaß daran, mich zu quälen.

Trotzdem nicke ich bloß. Was für eine Wahl habe ich schon?
Falls ich diesen Bunker jemals wieder als Mensch verlassen will,
muss ich mich dem Willen von Vicente und seiner Einheit beugen. Auch wenn mir immer noch schleierhaft ist, weshalb sie
mich in Schnelligkeit und Kraft trainieren. Hilft das wirklich
bei der Erforschung der Mutation?

Bevor ich Ambra nach dem Ablauf der nächsten Übung
fragen kann, legt sie mir auch schon ihre Hände um den Hals
und drückt fest zu. Reflexartig schnappe ich nach Luft, doch
nicht einmal der kleinste Hauch von Sauerstoff dringt in
meine Lungen vor. Stattdessen nehme ich nichts anderes als
den immensen Druck auf meinen Kehlkopf wahr. Ein ekel-

haftes Knacken ertönt, das sich nicht genau zuordnen lässt. Es könnte sowohl von Ambras Knöcheln als auch von meinen Halswirbeln stammen. Ich kralle mich an ihre Hände, kratze und zerre daran, um sie von mir zu reißen, aber Ambras Griff ist fest. Zu fest. Sie lässt nicht von mir ab, ihr entschlossener Blick trifft den meinen. Ich erkenne nichts als stählerne Härte darin. Keine Gnade.

»Nutze deine Arme. Streck einen nach oben, und ziele mit deinem Ellenbogen auf meinen Unterarm«, weist sie mich an, allerdings erreichen mich ihre Worte kaum. Sie übt zu viel Druck aus. Ich kann ihren Anweisungen nicht folgen.

Meine Fingernägel graben sich in ihre Haut, bis ich den Duft von Blut wahrnehme. Sie zischt schmerzerfüllt auf und verstärkt ihren frontalen Würgegriff nochmals. Der Geruch ihres Blutes vernebelt meine Sinne. Gleich darauf verschärft sich jedoch mein Fokus, meine Instinkte übernehmen die Kontrolle, und jeder meiner Sinne richtet sich auf Ambra. Auf ihr Blut.

Ich höre es deutlich durch ihre Adern und Venen fließen.

Die Vorstellung davon, wie das Blut durch ihre Gefäße rinnt, nimmt all meine Gedanken ein. Und dann … beginne ich, es umzulenken. Es ist wie damals in der Gasse, als ich die Taube in meine Richtung gelockt habe. Ich schließe die Lider und stelle mir Ambras Herz vor meinem inneren Auge vor. Danach lege ich meine Hand um das Organ, bis es langsamer und langsamer schlägt. Der Blutfluss wird träger und zäher. Ich *verlangsame* ihn. Was auch immer ich tue, es zeigt Wirkung, denn ich höre eindeutig, wie Ambras Puls schwächer wird, und nur wenige Sekunden später spüre ich, wie sich ihr Griff um meinen Hals lockert.

Ein überraschtes Keuchen dringt aus ihrem Mund. Sie fasst sich erschrocken an die Brust und geht in die Knie. Ihre Hand gleitet von meinem Hals und gibt mich frei. Ich stolpere ein paar Schritte zurück und kappe die Verbindung zwischen uns. Ambra ringt nach Luft und betrachtet mich schockiert.

Was habe ich da gerade getan? Es hat sich angefühlt, als hätte ich Macht über ihren Blutfluss gehabt. Sind die Sangua zu so etwas in der Lage? Können sie den Puls und das Blut anderer Menschen steuern?

»Was hast du mir angetan?«, knurrt Ambra. Sie richtet sich wieder zu ihrer vollen Größe auf.

Ich hebe beschwichtigend die Hände und trete einen Schritt zurück. Die Soldatin bebt am ganzen Körper. Das Entsetzen strömt aus jeder ihrer Poren.

»Wie hast du das gemacht? Wie konntest du dich aus meinem Griff lösen?«, fragt sie. Ihre Stimme gleicht dem Donnergrollen eines herannahenden Gewitters.

»I-ich weiß es nicht …«, antworte ich und kann nicht verhindern, dass meine Stimme verräterisch zittert. Allerdings fürchte ich mich nicht vor Ambra, sondern vor mir selbst. Was auch immer ich da gerade für Kräfte angewandt habe, sie können nichts Gutes bedeuten.

»Ambra, beruhige dich«, schaltet sich nun auch Luciento ein. Er legt seinen Notizblock ab und schaut abwechselnd zwischen uns beiden hin und her.

»Sie ist anders, Luc. Sie ist eine Gefahr für uns alle. Wir müssen sie außer Gefecht setzen, bevor sie uns alle mit in den Abgrund reißt«, murmelt seine Kollegin, ohne mich aus den Augen zu lassen. Ihre Pupillen zucken hektisch hin und her, als würde sie befürchten, dass ich sie jeden Moment angreifen könnte. Nichts entspricht weniger der Realität.

»Was redest du denn da? Das ist völliger … Hey! Was machst du de–« Luciento kann den Satz nicht einmal beenden, da packt Ambra auch schon hinten an ihren Gürtel und zieht einen länglichen Gegenstand hervor.

Ich erkenne erst eine Sekunde später, dass es sich um einen UV-Strahler handelt. Sie richtet eines der Enden auf mich und schiebt einen Schalter nach oben. Bevor ich weglaufen kann, trifft mich der Lichtstrahl. Ich hebe noch schützend die Arme, jedoch hat das nur zur Folge, dass meine gebrandmarkten Hände von dem Strahler getroffen werden. Wie Säure ätzen sich die Lichtpartikel durch meine Haut und verbrennen mein Fleisch. Ich schreie schrill auf und kauere mich auf dem Boden zusammen, um ihrem Angriff zu entkommen, trotzdem lässt Ambra nicht locker. Sie richtet den Strahler erbarmungslos auf mich. Ich versuche, auf ihren Puls zu lauschen, ihren Blutfluss zu stoppen, doch dazu fehlt mir die Konzentration. Der Schmerz tilgt jegliche meiner Fähigkeiten.

»Das reicht!«, ertönt es mit einem Mal links von mir, und ein Schatten legt sich über mich. Blinzelnd schaue ich auf und erkenne, dass sich Luciento vor mir positioniert hat, um die UV-Strahlen abzuschirmen.

»Lass mich meinen Job machen, Luc. Diese Sangua stellt eine Gefahr dar. Sie hat es irgendwie geschafft, meinen Puls zu verlangsamen und mich zu schwächen …«

»Wenn das wirklich der Fall ist, wieso hat sie dich nicht längst zum Stoppen gebracht?«, hält Luciento dagegen.

Ich wische mir den Tränenschleier aus den Augen, während ich ungläubig zu ihm aufschaue.

»Du verschonst nicht ernsthaft eine Sangua!«, empört sich Ambra. Ihre Stimme kraxelt eine Oktave in die Höhe.

»Sie ist nicht bloß eine Sangua. Sie steht unter Vicentes Schutz. Wir sollten sie unter keinen Umständen anrühren, hast du den Befehl schon vergessen?«, braust Luciento auf und bringt Ambra damit zum Stocken.

»Du würdest mich doch nicht verpfeifen, oder?« Sein darauffolgendes Schweigen sagt alles. »Du ziehst dieses Monster deiner Kameradin vor? Deiner Freundin?«, brüllt sie. Ambra stößt einen markerschütternden Schrei aus. Ihre Schritte entfernen sich von uns, dann ertönt plötzlich ein lautes Knallen.

»Wir sind jetzt allein«, verkündet Luciento überflüssigerweise. Meine Schultern sacken ein Stück nach unten. Vorsichtig erhebe ich mich aus meiner hockenden Haltung, um meine Verletzungen zu betrachten. Dieses Mal sind die Wunden nicht ansatzweise so drastisch wie beim ersten Mal. Ich stoße ein Zischen aus, als ich versuche, meine Finger zu verbiegen.

»Warte, ich hole dir Wasser und etwas zum Kühlen«, meint Luciento und verlässt gleich darauf die Halle, bloß um wenige Minuten später mit zwei nassen Lappen sowie Verbands- und Desinfektionszeug zurückzukehren. Zunächst befeuchtet er die Wunden, bevor er sie großzügig desinfiziert. Luciento entschuldigt sich mehrfach, während er den Verband um meine Hände wickelt.

»Ich weiß nicht, was in Ambra gefahren ist. Normalerweise ist sie diejenige, die einen kühlen Kopf bewahrt«, murmelt er.

»Sie sieht in mir eine Gefahr. Und wahrscheinlich hat sie damit nicht einmal unrecht«, entgegne ich. Gedanklich wandere ich zurück zu dem Moment, in dem ich ihren Blutfluss steuern konnte. Bloß für wenige Sekunden, aber dennoch … das muss ihr eine Heidenangst eingejagt haben. Kein Wunder, dass sie mich angegriffen hat. Allerdings bin ich mir nicht sicher, inwieweit ich dieses Wissen mit Luciento teilen sollte. Er wirkt vernünftiger als Ambra, trotzdem ist das keine Garantie dafür, dass er nicht auf mich losgehen wird, sobald er die Wahrheit erfährt. Wenn er mich ebenfalls als Bedrohung einschätzt, wird er mich ebenso eliminieren wollen wie Ambra.

»Das sehe ich nicht so. Sie hat überreagiert. Der Würgegriff war völlig überzogen. Damit hätte sie noch ein paar Trainingseinheiten warten sollen«, meint Luciento.

Vorsichtig fahre ich mir mit den Fingerspitzen über die Kehle. Ich spüre weiterhin den unangenehmen Druck und einen dumpfen Schmerz im Nacken, wo Ambra meinen Hals gequetscht hat. Schlucken und Reden schmerzt, weswegen ich nichts weiter sage.

»Das klingt vielleicht völlig unangebracht, aber bitte nimm es ihr nicht übel. Wir alle haben sehr wenig Erfahrung im Umgang mit Sangua. Und leider sind es nur schlechte«, fährt Luciento fort. Unruhig dreht er die Desinfektionsflasche in seinen Händen hin und her.

»Wie meinst du das?«, frage ich leise.

Luciento starrt mich abwartend an. Legt den Kopf schief und scheint zu überlegen, ob ich bereit bin, die Information zu hören, die er mir bisher vorenthalten hat. Schließlich seufzt er ergeben.

»Fast jeder in dieser Sondereinheit hat persönliche Verknüpfungen zu den Sangua. Oftmals handelt es sich um Familienangehörige, die in den Katakomben als verschollen gelten. Wir wissen beide, was das bedeutet.« Er wirft mir einen vielsagenden Blick zu.

Sofort muss ich an Franca denken, die die unterirdischen Gänge nie verlassen hat.

»Es steht mir nicht zu, Ambras Geschichte zu erzählen, aber die Sangua haben einen harten Verlust zu verantworten, der sie dazu getrieben hat, sich den Pugna anzuschließen. Sie ist bereits von Anfang an bei der Sondereinheit und hat Vicente sogar bei der Entwicklung der UV-Strahler geholfen.«

Ich runzle verblüfft die Stirn. Ambra hat also die stärkste Waffe gegen die Sangua mitentwickelt? Warum überrascht mich das nicht? Es ergibt alles Sinn. Ihr Hass mir gegenüber. Ihre Missgunst. Sie will mir nicht helfen oder gar ein Heilmittel entwickeln, so wie Vicente. Sie will mir und anderen Sangua schaden. Sie ist hier, um Rache zu üben. Ich frage mich, was geschehen sein muss, dass sie solch einen radikalen Weg eingeschlagen hat.

»Es tut mir leid, was Ambra widerfahren ist. Allerdings bin ich nicht dafür verantwortlich. Ich stehe auf eurer Seite. Ich will euch helfen«, halte ich dagegen, was Luciento leise aufstöhnen lässt.

»Ich weiß, aber das ist schwer zu akzeptieren, weil du dennoch eine von *ihnen* bist«, murmelt er und atmet einmal tief durch. »Vielleicht verstehst du es besser, wenn du *meine* Geschichte hörst.« Luciento fährt sich mit der Hand über das kurz geschorene Haar.

»Ich hatte eine jüngere Schwester. Ihr Name war Calliope. Sie war ungefähr in deinem Alter. Ihr seht euch sogar ähnlich. Kurzes schwarzes Haar, die gleiche schmale Statur, und ihr habt beide diesen sturen, unverbesserlichen Ausdruck drauf.« Ein kurzes Lächeln huscht bei der Erinnerung über Lucientos Gesicht, und ich spiegele es automatisch.

»Sie war so voller Lebensfreude und Tatendrang, während ich lieber in meinem Zimmer geblieben bin und Videospiele gezockt habe. Eines Abends hat sie mich auf eine ominöse Untergrundparty eingeladen, aber ich habe ihr abgesagt. Cal ging trotzdem. Allein.«

O nein ... ich ahne, worauf seine Erzählung hinausläuft. Ich kann die Reue förmlich aus seinen Worten heraushören. Dennoch hänge ich an seinen Lippen.

»Sie ist nicht nach Hause zurückgekehrt. Wir haben sie als vermisst gemeldet, haben die Straßen Neapels nach ihr abgesucht und überall Vermisstenposter aufgehängt. Doch niemand hat sie gesehen. Nicht einmal der Polizei ist es gelungen, sie aufzuspüren. Ihre Spur hat sich in der Nähe der Bourbonentunnel verlaufen. Dort wurde sie zuletzt von einem Passanten gesichtet.«

Die Tunnel … dort befindet sich der Eingang, den auch Franca und ich genutzt haben, um in die Katakomben zu gelangen.

»Nach etwa einer Woche haben wir plötzlich einen Anruf aus dem Hospital *San Gennaro* erhalten. Cal wurde auf offener Straße in der Nähe der Tunnel gefunden. Bewusstlos, aber im Besitz all ihrer Wertsachen und ihres Personalausweises. Bis heute weiß niemand, wie sie dorthin gelangt ist.« Luciento atmet tief durch, sein gesamter Körper zittert, und ich sehe deutlich, wie viel es ihm abverlangt, mir diese Geschichte zu erzählen. Ich empfinde seinen Schmerz und zugleich den seiner Schwester nach. Sie muss eine ähnliche Verzweiflung gespürt haben wie ich. Allein die Erinnerung an die allumfassende Todesangst beschert mir eine Gänsehaut.

»Wir sind sofort ins Krankenhaus gefahren, doch als wir dort ankamen, war es bereits zu spät. Cal starb wenige Minuten, bevor wir zu ihr gelangen konnten. Der Notarzt erklärte uns später, was für ein Wunder es war, dass sie noch so lange Vitalwerte messen konnten, denn ihr Körper war quasi blutleer. Sie konnten nicht mal einen Venenzugang legen, weil nicht genug Blut durch ihre Gefäße floss.« Ein Schatten legt sich über Lucientos Gesicht. Sein gesamter Körper versteift sich, als würde er die damalige Schockstarre erneut durchleben.

»Ich werde den Anblick meiner toten Schwester nie vergessen. Ihre bleiche Haut. Die dunklen Ringe unter ihren Augen und natürlich die aufgerissene Wunde an ihrem Hals, die viel zu klein gewirkt hat für so einen starken Blutverlust, auch wenn sie direkt an der Hauptschlagader lag. Die Ärzte hatten keine Erklärung für ihren Tod. Keinen Trost für uns. Ich habe mich selten so verloren und verzweifelt gefühlt. Und so … schuldig. Wenn ich sie an jenem Abend zu dieser verdammten Party begleitet hätte, wäre all das vielleicht niemals passiert.«

Am liebsten würde ich Luciento widersprechen. Immerhin habe ich Franca begleitet, und es hat ihren Tod dennoch nicht verhindert. Ich kann seine Schuldgefühle gut nachempfinden. Jeden Tag werfe ich mir aufs Neue vor, Franca nicht zurückgehalten zu haben und ihr stattdessen in die Katakomben gefolgt zu sein.

Luciento wischt sich mit der Hand über seine verdächtig feuchten Augen und redet weiter.

»Während wir alle die Beerdigung geplant haben, klingelte es plötzlich an der Tür. Ich hab aufgeschlossen, und mir gegenüber stand Vicente. Er hat mir etwas angeboten, auf das ich seit dem Verschwinden von Cal gewartet habe: Antworten. Er hat mir von den Sangua und seiner Sondereinheit erzählt, die diesen Mördern Einhalt gebieten will. Zunächst wollte ich von seinen wirren Theorien nichts hören. Ich wollte bloß meine Schwester wiederhaben.« Lucientos Stimme zittert verdächtig. Sein Schmerz schwappt wie eine Welle auf mich über. Er muss so verzweifelt gewesen sein. *Poverino!*

»Es dauerte einige Monate, bis ich Kontakt zu ihm aufgenommen habe und bereit war, ihm wirklich zuzuhören und seine Erklärungen nicht einfach als Verschwörungstheorien abzutun. Er hat mir die Möglichkeit gegeben, dem Tod meiner Schwester einen Sinn zu verleihen, indem wir die Sangua-Mutation ausrotten. Ich habe mich ihm angeschlossen, habe ein ähnliches Training wie du unter dem Vorwand einer Militärausbildung absolviert, und der Rest ist Geschichte. Ich bin nun ein Pugna.« Luciento schenkt mir ein schwaches Lächeln.

Endlich verstehe ich seine anfängliche Abneigung mir gegenüber. Den Abstand, den er bisher eingehalten hat. Die gelegentliche Furcht in seinem Blick. Er hat seine Schwester an die Sangua verloren.

Mit einem Mal greift sich Luciento an den Ärmel seines

Shirts und schiebt diesen nach oben. Auf seinem Bizeps erkenne ich ein Tattoo. Es kommt mir seltsam bekannt vor. Die schwarzen Linien bilden eine Schlange, die sich mehrfach um ein senkrecht stehendes Schwert windet.

»Dieses Tattoo kennzeichnet jeden und jede Pugna. Es ist eine abgewandelte Version des Äskulapstabs. Ursprünglich war er ein Attribut des Gottes Äskulap. Dem griechischen Gott der Heilkunde«, erklärt Luciento.

Deswegen kommt mir das Motiv so bekannt vor! Man sieht es schließlich in jeder Arztpraxis.

»Doch anstelle eines Stabs windet sich unsere Schlange um ein Schwert. Denn wir kämpfen jeden Tag für ein Heilmittel. Wir tun mehr, als zu verarzten. Wir führen einen Krieg gegen einen unsichtbaren Feind. Gegen eine Mutation.« Luciento wirkt stolz. Dieses Tattoo auf der Haut zu tragen, ist offensichtlich eine große Ehre für ihn.

»Danke, dass du deine Geschichte mit mir geteilt hast, Luciento. Ich weiß, es ist vermutlich nur ein schwacher Trost, aber ich werde alles in meiner Macht Stehende tun, um dem Ganzen ein Ende zu bereiten. Ich helfe euch nicht, um mich selbst zu retten, sondern auch für Menschen wie Calliope und Franca. So etwas darf nie wieder geschehen«, antworte ich. Ein gigantischer Kloß verschließt meinen Hals und sorgt dafür, dass ich jedes Wort gewaltsam hervorpressen muss.

»Nenn mich ruhig Luc. Und falls es dich interessiert: Ich halte dich nicht für ein Monster. Nicht mehr.«

Wir tauschen ein flüchtiges Lächeln aus, das vor Traurigkeit und tiefer Verbundenheit nur so strotzt. Obwohl Luc und ich grundverschieden sind, habe ich in ihm endlich einen Verbündeten gefunden, dessen bin ich mir sicher.

24. KAPITEL | MISSION

Nach einer schlaflosen Nacht erhellt sich der Raum um mich herum endlich, und ich richte mich auf der Pritsche auf, um auf die nahenden Schritte außerhalb meiner Zelle zu lauschen. Meist holt mich Luc schon kurz nach dem Aufstehen ab, damit wir möglichst früh mit dem Training starten können.

Doch heute höre ich nicht den gewohnt dumpfen Ton seiner schweren Kampfstiefel, sondern ein auffälliges Quietschen, sobald sich eine Person meiner Zimmertür nähert. Ich runzle die Stirn. Das ist definitiv nicht Luc.

Ein Klopfen hallt durch den Raum. Ich erkenne den Rhythmus und strecke automatisch den Rücken gerade durch. Hastig kämme ich mir mit den Fingern durch das Haar und versuche, einigermaßen geordnet zu wirken, sobald mein Gast den Raum betritt. Vicente.

Obwohl ich ihn einige Wochen nicht zu Gesicht bekommen habe, wirkt er glatt um mehrere Jahre gealtert. Unter seinen eisblauen Augen zeichnen sich dunkle Ringe ab.

»Cara, folge mir bitte. Wir haben einige Dinge zu besprechen«, sagt Vicente. Obwohl er einen eindeutigen Befehl ausspricht, bleibt seine Stimme sanft.

Ich wage es nicht, ihm zu widersprechen, also nicke ich bloß und schwinge die Füße über die Kante der Pritsche, um ihm zu folgen. Vicente legt ein straffes Tempo vor, allerdings habe ich keine Probleme damit, ihm zu folgen. Zielsicher führt er mich durch die Flure seiner Anlage bis zu einer braunen Holztür. Sie sticht sofort ins Auge, weil alle anderen Türen in diesem Bunker weiß glänzen. Ich glaube, in diesem Teil des Gebäudes war ich noch gar nicht. Inzwischen kenne ich den Weg zu den Sanitäranlagen und der Trainingshalle in- und auswendig. Aber dieser Bereich ist mir neu.

Vicente kramt einen Schlüsselbund aus einer der unzähligen Taschen seiner Cargohose hervor und schließt die Tür auf. Er winkt mich hinter sich herein und deutet an, dass ich hinter mir abschließen soll. Ich komme dem wortlosen Befehl ohne Widerworte nach.

Zögernd betrete ich den Raum, weil ich nicht weiß, was mich erwartet. Ich rechne mit allem. Mit einer Waffenkammer, einem Verhörraum oder gar einer Folterkammer. Stattdessen blicke ich jedoch gigantischen Papierstapeln und Aktenordnern entgegen. Archivschränke säumen die Wände, und direkt vor mir thront ein riesiger Schreibtisch, dessen Oberfläche vor lauter Papierchaos kaum zu sehen ist. Das ist ein Büro. Ein ziemlich unordentliches noch dazu.

Mit einem Stöhnen lässt sich Vicente auf den Drehstuhl hinter dem Schreibtisch sinken. Ich bleibe zunächst unschlüssig stehen, bis er auf einen leeren Stuhl in Türnähe deutet, den ich gleich darauf zu mir heranziehe.

»Du fragst dich sicherlich, weswegen du hier bist«, setzt er an, woraufhin ich nicke.

»Nun ja. Luciento hat mir berichtet, was gestern während eurer gemeinsamen Kampfeinheit mit Ambra geschehen ist. Ich möchte mich an dieser Stelle für ihr unangebrachtes Verhalten entschuldigen. Ich habe sie vorübergehend von ihrem Dienst suspendiert. Sie wird nicht mehr in deine Nähe gelangen, das verspreche ich dir, Cara.«

Überrascht blinzle ich ihn an. Luc hat Ambra also tatsächlich verpfiffen?

»Ambra hat sich bloß gefürchtet. Meine Verletzungen sind fast verheilt. Sie sollte nicht bestraft wer–«

»Das obliegt immer noch meiner Entscheidung. Eine Pugna muss selbst in extremen Stresssituationen Ruhe bewahren und darf nicht übereilt handeln. Gestern hat sie sich unprofessionell verhalten, und deswegen wird sie ihrer Aufgabe entbunden. Von nun an wird Luciento auch dein Krafttraining übernehmen«, unterbricht mich Vicente mit fester Stimme. Er lässt keine Widerworte zu, obwohl ich sogar dazu bereit bin, Ambra in Schutz zu nehmen. Immerhin kann ich bis zu einem bestimmten Punkt sogar nachempfinden, weshalb sie sofort zur Waffe gegriffen hat. Schließlich ist es mir irgendwie gelungen, ihren Puls und ihren Blutfluss zu beeinflussen. Sollte ich Vicente davon erzählen? Oder diese Information vorerst lieber für mich behalten?

Ich öffne den Mund, entscheide mich im letzten Moment jedoch für eine völlig andere Frage: »Wofür trainiere ich überhaupt? Wenn es bloß darum geht, meine Werte und Daten zu sammeln oder meine Fähigkeiten einzuschätzen und daraus ein effektives Heilmittel zu entwickeln, müsste ich doch nicht jeden Tag einen Marathon laufen oder mich in Selbstverteidigung üben. Wozu also das Ganze?«

Vicente betrachtet mich einige Sekunden, ohne sich zu regen. Er faltet die Hände und starrt mich an. Schließlich seufzt er.

»Du hast recht. Wir nehmen nicht nur deine Werte, um dich und die Mutation besser einschätzen zu können, sondern wir trainieren dich auch für einen bestimmten Zweck. Eine Mission, wenn du es so nennen magst«, erklärt er.

Ich furche die Stirn. »Eine Mission?«

Er nickt. »Erinnerst du dich noch daran, wie ich davon gesprochen habe, dass wir mithilfe deiner Kooperation mehr über die in Neapel lebenden Sangua und deren genetische Eigenschaften erfahren könnten?«

Ich gebe ein zustimmendes Murmeln von mir. Vicente hat das Ganze damals erwähnt, kurz bevor ich mich den Pugna angeschlossen habe. Es kommt mir vor, als läge diese Unterhaltung bereits weit in der Vergangenheit, dabei ist sie gerade einmal ein paar Wochen her.

Vicente kehrt mir kurz den Rücken zu, um in einem der Archivschränke zu wühlen. Nach und nach zieht er insgesamt fünf Akten hervor und legt sie auf dem Schreibtisch vor sich ab. Ich erhebe mich aus meinem Stuhl und nähere mich dem Tisch.

Vicentes Hand ruht auf dem Aktenstapel. »Zwar konnten wir durch die Beobachtung deiner Fähigkeiten und deiner körperlichen Funktionen viel in Erfahrung bringen, doch das reicht leider nicht aus. Wir benötigen mehr Daten, mehr DNA, um langfristige Erfolge erzielen zu können. Bisher sind unsere Lösungsansätze zu instabil. Unsere Forschung kann nur Erfolg haben, wenn wir zuverlässige Ergebnisse erzielen können. Die Werte einer einzigen Sangua sind nicht genug, um ein generalisiertes Mittel für alle Mutierten zu entwickeln, wir benötigen Proben …«

»… von den Sangua, die in den Katakomben leben«, vollende ich seinen Satz.

Vicente nickt.

Merda. Seine Erklärung ergibt Sinn. Mehr Daten versprechen höhere Erfolgschancen und einen schnelleren Weg zur Heilung. Dennoch spüre ich einen unbestimmbaren Druck auf meiner Brust.

»Warum hast du mir nicht von Anfang an von der Mission

erzählt?«, frage ich. Er hätte mich in sein Vorhaben einweihen sollen.

Vicente atmet tief durch, als würde er sich für den nächsten Part wappnen wollen.

»Wir mussten erst sichergehen, dass du dich aktiv in unsere Mission einbringen willst. Das hast du in den letzten Wochen mehr als einmal bewiesen. Wir müssen jeden Schritt mit äußerster Vorsicht bedenken, weißt du? Als Menschen ist es uns immerhin nahezu unmöglich, die Katakomben zu betreten und mit den Sangua in Kontakt zu treten, ohne dabei unser Leben zu riskieren. Aber du bist eine von ihnen. Vielleicht würden sie dich akzeptieren, dir vertrauen und dich in ihre Nähe lassen. Du könntest als verdeckte Ermittlerin Datensätze, DNA-Spuren und Informationen sammeln und uns mit Informationen versorgen, ohne dass unsere Einsatzkräfte in Gefahr gebracht werden. Wir wollten dich einweihen, sobald wir sicher sein konnten, dass du wirklich auf der Seite der Pugna kämpfst.« Vicente presst die Lippen zusammen und starrt mich an, als würde er mein Urteil abwarten.

Seine Worte wirbeln wie ein Tornado durch meinen Kopf und erzeugen ein heilloses Chaos. Er will mich in die Katakomben zurückschicken? Als verdeckte Ermittlerin?

»Natürlich wärst du nicht auf dich allein gestellt. Wir würden dich mit einer Knopfkamera, einem Mikro und einem Peilsender ausstatten, um dich orten und dir helfen zu können, falls irgendetwas schiefgeht. Du bist nun eine von uns, Cara. Eine Pugna. Wir passen aufeinander auf.« Vicente überbrückt die Distanz zwischen uns und legt seine Hand auf meine Schulter. Der sanfte Druck katapultiert mich zurück in die Realität. Der Sturm in meinem Kopf legt sich und gibt frei, was ich sowieso schon längst wusste: die Erkenntnis, dass ich alles tun würde, um mein altes Leben zurückzuerlangen.

»Ich soll also in die Katakomben zurückkehren und mich denjenigen anschließen, die mir *das hier* angetan haben?«, entgegne ich, während ich auf meinen eigenen Körper deute. Ich kann das Beben in meiner Stimme nicht unterdrücken. Allein die Vorstellung, Kisa gegenüberzutreten, ihr ins Gesicht zu schauen und mit ihr reden zu müssen, ist zu viel. Selbst in meinen Träumen muss ich mich zurückhalten, um ihr nicht an die Gurgel zu springen. Wie soll ich das in der Realität überstehen?

»Denk an deine Freundin, Cara. Du tust das nicht nur für dich selbst, sondern auch für all die Menschen, die den Sangua zum Opfer gefallen sind und noch werden. Mit dieser Mission kannst du Leben retten.« Vicentes Stimme klingt euphorisch, doch sobald er Franca erwähnt, erstarre ich am ganzen Leib.

Die Sangua sind für ihren Tod verantwortlich. Sie haben mir meine beste Freundin genommen. Ihr glockenhelles Lachen wird nie wieder erklingen. Sie wird nie mehr meine Hand packen und mich durch das *Chiaia*-Viertel von einer Boutique zur nächsten zerren. Enno und sie werden niemals eine gemeinsame Zukunft besitzen. Es wird keine gemeinsamen Pizza-Abende mehr geben. Keine Nachtspaziergänge. Keine Gespräche unter dem Einfluss von zu viel Wein. Keine Franca.

Daran sind ganz allein die Sangua schuld. Wenn ich ihrem Treiben ein Ende setzen kann, dann werde ich das tun. Niemand darf so einsam und allein in den Katakomben sterben, wie Franca es tat. Dafür werde ich sorgen.

»Ich mache es«, krächze ich. Meine Kehle schnürt sich zu, während Tränen in mir hochsteigen. »Für Franca.«

Vicentes triumphierendes Lächeln spricht Bände. Er hat auf diese Antwort gehofft, vielleicht sogar mit ihr gerechnet. Es ist mir auch völlig egal, denn ich habe ein eindeutiges Ziel im Blick: die Auslöschung dieser verdammten Mutation.

»Ich verspreche dir, wenn unsere Mission erfolgreich ist, wird keine Menschenseele mehr zu Schaden kommen.« Vicente sendet ein letztes Lächeln in meine Richtung, bevor er sich wieder den Akten zuwendet. Er hebt die oberste an und schlägt die braune Pappe auf. »Das hier sind alle Informationen, die wir bisher über den in Neapel lebenden Clan besitzen. Er umfasst zurzeit etwa fünf Mitglieder. Es handelt sich also um eine vergleichsweise kleine Gruppe, die jedoch eine Menge Schaden anrichtet«, erklärt Vicente.

Ich trete neben ihn, um ihm über die Schulter schauen zu können. In der Akte befindet sich nur ein einziges Blatt Papier. Das Passfoto eines Mannes fällt mir besonders auf. Ein vom Wetter gegerbtes Gesicht, grau meliertes Haar und granitfarbene Augen, die mir entgegenstarren. Er trägt eine schwarze Uniform mit roten Emblemen, die denen der Pugna verblüffend ähnlich sieht. Unter dem Foto befindet sich ein knapper Steckbrief, der jedoch kaum etwas über die Person auf dem Bild preisgibt.

»Silvano Montoya. Er gilt als der Anführer des Clans, und es wird vermutet, dass er der erste Sangua in Neapel war. Er ist für die Verbreitung der Mutation verantwortlich, denn er hat willentlich Menschen verwandelt, um seinen Clan zu erweitern. Er war vorher lange Zeit im Militär tätig und besitzt viel Erfahrung, sowohl in kämpferischer als auch in taktischer Hinsicht. Vermutlich wird er am schwersten von deiner Aufrichtigkeit zu überzeugen sein. In seiner Nähe muss man vorsichtig sein. Du darfst deine Mission auf gar keinen Fall ihm gegenüber erwähnen, sonst bringst du dich selbst und das ganze Unterfangen in Gefahr. Erfahrungsgemäß ist er eine sehr rachsüchtige Person.« Vicente klappt die Akte schnell wieder zu und greift zur nächsten, während mein Gehirn noch versucht, all diese neuen Informationen zu verarbeiten.

Auch in der nächsten Akte befinden sich lediglich ein Foto

und ein kurzer Steckbrief. Dieses Mal entgleisen mir jedoch jegliche Gesichtszüge, sobald ich das Bild betrachte. Es handelt sich um kein Passfoto, sondern um eine Aufnahme, die auf offener Straße entstanden sein muss. Ein Mann schaut in meine Richtung, sein Blick wird allerdings von einer großen Sonnenbrille verdeckt. Zudem wird ein Großteil seines Körpers von einem langen schwarzen Mantel umhüllt. Seine Locs sind zu einem hohen Zopf gebunden. Cas.

Mein Innerstes zieht sich schmerzhaft zusammen. Ich hatte schon bei unserer ersten Begegnung ein seltsames Bauchgefühl, und jetzt stellt sich heraus, dass er zum Sangua-Clan gehört? Es sollte mich nicht überraschen, immerhin hat er uns genau in die Höhle des Löwen geführt.

»Caspare Brambilla. Er arbeitet schon lange mit Silvano zusammen, vermutlich gehört er zu den ersten Sangua, die von ihm rekrutiert wurden. Er wird des Öfteren in der Innenstadt oder auch am Hafen gesichtet und scheint als eine Art Späher zu fungieren. Wahrscheinlich ist er derjenige, der unschuldige Menschen in die Katakomben lockt. Über seine Vergangenheit vor der Mutation ist allerdings nicht viel bekannt, bis auf die Tatsache, dass er vor über zehn Jahren seinen Schulabschluss gemacht hat«, erklärt Vicente.

Ich schaudere bei der Erinnerung daran, wie Franca, Enno und ich uns leicht beduselt in Hafennähe aufgehalten haben und Cas uns angesprochen hat. Er muss uns für leichte Opfer gehalten haben. Leicht zu beeindrucken. Schnell zu überzeugen. Wir waren bestimmt nicht die Ersten, die er in die Katakomben gelockt hat. Und wir werden auch nicht die Letzten gewesen sein.

Ich bin so in meinen Gedanken gefangen, dass ich kaum bemerke, wie Vicente zu den nächsten Akten greift. Er stellt mir eine junge Frau und einen weiteren Mann vor, aber ihre Namen entfallen mir schon wieder, kaum dass ich sie gehört habe. Ihre Gesichter kommen mir nicht bekannt vor.

Schließlich hebt Vicente die letzte Akte an und schlägt sie auf. Ich weiß, was mich erwartet, bevor er den Namen überhaupt ausspricht. Am liebsten würde ich wegsehen, mich abwenden oder die Augen verschließen, doch die Neugier ist zu stark.

»Kisa Formisano«, verkündet Vicente.

Ich muss mich zurückhalten, um ihren Namen nicht gemeinsam mit ihm auszusprechen. Meine Aufmerksamkeit wandert zu ihrem Foto. Es wirkt alt und verpixelt. Vermutlich stammt es von einem Social-Media-Account. Kisa trägt auf dem Bild lange Haare und schaut missmutig in die Kamera. Dicke Eyeliner- und Kajal-Striche umrahmen ihre erschreckend normal aussehenden Augen. Die rote Färbung ihrer Iriden ist noch nicht vorhanden, stattdessen leuchten sie in einem warmen Ton, der mich an flüssiges Gold erinnert. Die Kisa auf dem Foto hat kaum Gemeinsamkeiten mit der Sangua, die ich in den Katakomben kennengelernt habe.

»Sie ist eines der neusten Mitglieder des Clans und erst seit Kurzem aktiv. Bisher wurde sie meist in der Nähe von Caspare gesichtet, also wird sie vermutlich genauso wie er nach Opfern Ausschau halten. Ansonsten ist über sie bekannt, dass sie vor ihrer Verwandlung kein einfaches Leben geführt hat. Ihre polizeiliche Akte verrät, dass sie zum ersten Mal mit fünfzehn Jahren von zu Hause abgehauen ist. Die Gründe sind unbekannt. Zeitweise hat sie in staatlich unterstützten Heimen gelebt, bis sie volljährig wurde. Danach verliert sich ihre Spur völlig, bis zu dem Moment, wo sie im Zusammenhang mit dem Clan wieder gesichtet wurde. Ihre Eltern haben sie in all den dazwischenliegenden Jahren nicht einmal als vermisst gemeldet.« Vicente klingt zerknirscht. Ihm scheint leidzutun, was diesen Menschen angetan wurde. Sie alle wurden von Silvano rekrutiert, ohne eine Chance auf eine selbstbestimmte Zukunft zu besitzen.

Mein Blick fällt zurück auf Kisas Foto. Ich frage mich, wie sie sich wohl fühlt. Wünscht sie sich wie ich ihr altes Leben zurück? Ohne dass ich es will, regt sich ein Hauch von Mitleid in mir.

»Können wir sie retten?«, flüstere ich.

Vicente schaut mich fragend an.

»Sie alle? Mithilfe des Heilmittels?«, spezifiziere ich. Niemand sollte dazu gezwungen sein, aus reinem Blutdurst Menschenleben zu nehmen. Wenn ich ihnen allen helfen kann, indem ich mich in die Katakomben begebe und mich den Sangua ausliefere, dann werde ich das tun. Wer sonst soll ihnen helfen?

Der Anführer der Pugna lächelt sanft und drückt mir den Aktenstapel in die Hand.

»Das hängt ganz allein von dir ab.«

25. KAPITEL | HAB VERTRAUEN

In der Woche nach unserem Gespräch tue ich nichts anderes, als stundenlang in den Akten zu blättern, obwohl ich die spärlichen Informationen über jedes einzelne Clan-Mitglied inzwischen auswendig kenne. Jedes Mal bleibe ich an Kisas Bild hängen. Ich frage mich immer wieder, wie aus ihr das Monster werden konnte, das für meine Verwandlung verantwortlich ist.

In meinen Träumen weiche ich ihr erfolgreich aus. Während wir schlafen, spüre ich ihre Anwesenheit. Doch weder sie noch ich legen den Schleier der Unsichtbarkeit ab. Wir schweigen uns an. So lange, bis eine von uns erwacht und den Traum beendet.

Danach folgt meist direkt das Training mit Luc. Er ist streng, aber nicht unfair. Er zeigt mir einfache Kampf- und Selbstverteidigungstechniken. Mithilfe eines Boxsacks üben wir Schläge und gezielte Tritte. Heute glaube ich, den Dreh so langsam rauszuhaben, und übe gerade einen gezielten Faustschlag mitten auf das Polster aus, als plötzlich die Tür zur Halle aufgestoßen wird. Luc gibt mir mit seiner erhobenen Hand das Signal zu stoppen. Ich halte inne und wende mich ebenfalls der Tür zu.

Vicente kommt uns beiden mit schnellen Schritten entgegen. Auf seinen Lippen liegt ein breites Lächeln, das sogar seine Augen zum Aufblitzen bringt. Das kann nur eines bedeuten …

»Der Antrag wurde von der Regierung abgesegnet. Es ist so weit. Die Mission kann starten.« Vicente ist die Euphorie deutlich anzumerken.

Ich selbst spüre jedoch eher einen Anflug von Angst. Bin ich wirklich schon bereit für diese Mission? Reicht mein Training aus, um mich im Notfall gegen den Clan verteidigen zu können? Die Zweifel verbeißen sich wie lästige Parasiten in meinen Verstand.

»Wann soll es losgehen?«, frage ich. Das Zittern in meiner Stimme spricht Bände.

»Morgen früh. Wir werden dich in die Nähe der Bourbonentunnel bringen, von dort aus kannst du dann allein weitergehen.« Vicente schenkt mir ein aufrichtiges Lächeln.

»Wir werden dich bei jedem deiner Schritte begleiten. Im Notfall greifen wir ein und holen dich da raus, das verspreche ich dir, Cara. Du hast nichts zu befürchten.«

Das wage ich zu bezweifeln.

»Ich werde sie auf die Abfahrt vorbereiten«, verkündet Luc.

Vicente nickt sein Angebot ab und lässt uns beide wieder allein. Er kündigt bloß an, mich morgen zu verabschieden. Sobald die Tür hinter ihm zufällt, stoße ich meinen angehaltenen Atem aus.

»*Non preoccuparti*. Es wird schon alles gut gehen«, meint Luc, während er sich auf mich zubewegt, um die Schutzhandschuhe einzusammeln, die ich in der letzten Woche für das Training am Boxsack genutzt habe.

Schlagartig wird mir bewusst, dass das hier meine letzte Einheit mit Luc gewesen ist. Obwohl wir uns noch nicht lange kennen und weit davon entfernt sind, so etwas wie Vertraute zu sein, ist er mir in der letzten Zeit sehr wichtig geworden. Er war eine tägliche Konstante. Ich konnte mich auf ihn verlassen. Neben Vicente war er der Einzige, der sich für mich eingesetzt und mich beschützt hat.

»Woher willst du das wissen?«, frage ich und meide seinen Blick. Es fällt mir schwer, ihm gegenüber einzugestehen, dass ich vielleicht noch gar nicht bereit bin für so einen großen Auftrag. Was, wenn ich die Pugna enttäusche? Was, wenn ich es verbocke und es allein wegen mir keine Heilung für die Sangua-Mutation geben wird?

Luc seufzt, als könnte er die Zweifel in meinem Kopf hören. »Lass mich dir etwas zeigen«, sagt er und deutet mit einer winkenden Handgeste an, dass ich ihm folgen soll.

Mit wackeligen Schritten folge ich ihm aus der Halle heraus, den Flur hinab und in einen völlig neuen Raum hinein. Es muss sich um eine Art Lager handeln, denn die Wände sind über und über mit Spinden, Kleidung, Waffen und Technik überzogen. Ich staune nicht schlecht, als ich das ganze Arsenal an UV-Strahlern, Schusswaffen und Schutzkleidung entdecke. Für einen Moment bin ich völlig überfordert von dem Anblick, bis Luc sich auf einen Schrank zubewegt, der zwischen den ganzen Gegenständen untergeht. Er öffnet ihn mithilfe eines kleinen Schlüssels, den er aus seiner Hosentasche fischt, und kramt ein wenig im Inneren des Spindes herum, bevor er sich mir zuwendet. In seinen Händen ruht ein Stapel mit Kleidung. Es dauert geschlagene zehn Sekunden, bis ich das oben liegende Hemd wiedererkenne.

»Das sind meine Sachen«, hauche ich und bewege mich auf ihn zu, um ihm den Stapel abzunehmen.

Luc nickt und schenkt mir ein schüchternes Lächeln. »Ich habe gedacht, dass du sie sicher gerne behalten würdest. Sie wurden gewaschen und mit ein paar Extras ausgestattet.«

Verwirrt schaue ich zu ihm auf. Er deutet auf die Knopfleiste meines schwarz-weißen Hemdes. Kein Tropfen Blut ist darauf zu erkennen. Es sieht aus wie neu.

»Die Knöpfe wurden ausgetauscht. In dem obersten versteckt sich eine Kameralinse und in dem darunterliegenden ein winziges Ansteckmikrofon. Die Kabel des Mikros wurden in den Saum des Hemds eingenäht, also sollte es auf den ersten Blick nicht auffallen. Darüber können wir alles sehen und hören. Dazu gehört noch ein kleines Earpiece, mit dem wir in Kontakt treten können, sodass du auch uns hörst. Ich werde persönlich das Monitoring übernehmen und eingreifen, wenn etwas schiefgehen sollte. Wir werden uns mit einem Fahrzeug in der Nähe der Katakomben aufhalten und stets auf Abruf bereitstehen. Du bist nicht allein, Cara. Zu keiner Zeit.«

Lucs Worte nehmen mir ein Stückchen der unsichtbaren Last ab, die schon seit dem Gespräch mit Vicente schwer auf mir liegt. Meine Schultern sacken vor Erleichterung ein wenig nach unten.

»*Grazie. Grazie mille*«, flüstere ich, weil ich nicht anders in Worte fassen kann, wie viel mir sein Zuspruch bedeutet. Warme Zuneigung flutet mein Innerstes und spült den letzten Rest Furcht fort.

»Das war noch nicht alles«, verkündet er mit einem feixenden Grinsen auf den Lippen. Er greift ein weiteres Mal in den Spind und fördert einen flachen, kreisrunden Gegenstand zutage, der bloß halb so groß wie mein Daumen ist.

»Das hier ist ein GPS-Sender. Damit können wir dich in den Katakomben orten und möglichst schnell bei dir sein, um zu Hilfe zu eilen. Am besten versteckst du ihn an oder in deinen Schuhen.« Luc übergibt mir den unscheinbaren Gegenstand, und ich schiebe ihn zwischen den Rand meiner völlig durchgetretenen Doc Martens und meinen Knöchel. Dort ist er definitiv sicher.

»Wie kann ich dir jemals dafür danken?«, frage ich. Luc schenkt mir Sicherheit, auch wenn ich selbst an mir zweifle. Dabei schuldet er mir nichts.

»Mach einfach deinen Job«, antwortet er grinsend. »Finde möglichst viel über den Clan heraus. Je mehr persönliche und medizinische Informationen, desto besser. Jede noch so kleine Erkenntnis könnte zu einem Durchbruch unserer Forschung führen. Außerdem werden wir durch die Kameras und deine Bewegungen in der Lage sein, ein Kartennetz der Katakomben anzulegen, was in der Zukunft durchaus hilfreich sein kann, falls wir uns selbst in die Katakomben hinabwagen müssen, zum Beispiel, um dir zu helfen.« Luc erzählt so locker von meinem Auftrag, als wäre all das keine große Sache. Als könnte gar nichts schiefgehen.

»Natürlich solltest du noch ein wenig genetisches Material beschaffen, wenn möglich. Darin verbergen sich die entscheidenden Informationen für die Entwicklung eines Heilmittels. Das Forschungsteam wird dir ebenfalls ein paar Dinge mit auf den Weg geben. Plastiktütchen, Wattestäbchen, Tücher und so weiter. Damit kannst du Haare, Spucke oder Blutproben sammeln. So unauffällig wie möglich, versteht sich.« Lucs aufbauendes Lächeln steckt mich an. Ich verziehe die Mundwinkel langsam nach oben und wage es, Hoffnung zu schöpfen. Das klingt alles machbar.

»Wenn du Glück hast, wird unser Verteidigungstraining gar nicht vonnöten sein. Du schaffst das, Cara. *Abbi fiducia, tutto andrà bene.*« Hab Vertrauen, es wird alles gut werden.

Zum ersten Mal glaube ich an diese Worte.

26. KAPITEL | SCAMPIA

In dieser Nacht weiche ich ihr nicht aus. Ich spüre Kisas Gegenwart bereits, als ich die Lider schließe. In der Schwärze vor meinem inneren Auge kann ich ihre Silhouette ausmachen. Mehr nicht.

»Kisa«, rufe ich. Meine Stimme schallt durch den luftleeren Raum und durchbricht damit das Schweigen zwischen uns. Ich sehe deutlich, wie ihr Kopf zu mir herumfährt, doch ich kann keine Gesichtszüge ausmachen. Ihre Miene ist in tiefe Schatten gehüllt.

»Lass uns reden«, verkünde ich.

Sie legt den Kopf schief und tritt auf mich zu. Zunächst beginnen ihre Augen, rot zu leuchten, danach wird auch der Rest ihres Gesichts und ihres Körpers in Helligkeit getaucht. Ich erkenne die scharfkantigen Wangenknochen, das seitlich gekämmte Haar und die deutlichen Muskeln, die den Stoff ihres Oberteils zum Spannen bringen. Ich schlucke schwer und habe Mühe, meinen Blick von ihr abzuwenden.

»Woher der plötzliche Sinneswandel?«, zischt Kisa herausfordernd. In ihrem Tonfall verbirgt sich deutliches Misstrauen.

»Du hast es selbst gesagt: Hier draußen ist es gefährlich. Ich brauche deine Hilfe«, antworte ich. Immerhin versteckt sich ein Hauch Wahrheit in meinen Worten, denn ich bin tatsächlich auf ihre Unterstützung angewiesen. Nur so komme ich nah an den Clan heran.

»Wochenlang ignorierst du mich und stößt mich weg. Ich hatte

den Eindruck, dass du nichts von mir wissen willst. Dass du mich hasst.« Kisa überbrückt die geringe Distanz zwischen uns und baut sich vor mir auf. Ihr kühler Atem streicht über meine Haut hinweg.

Ich recke das Kinn und begegne ihrem forschenden Blick. Ihre Nähe macht mir mehr zu schaffen, als ich zugeben möchte. Ein hartnäckiges Prickeln setzt sich in meinem Nacken fest und wandert von dort über meine gesamte Körperoberfläche. Ich müsste bloß meine Hand ausstrecken, um sie zu berühren ...

»Was hat sich verändert, Cara?«, fragt Kisa.

Ich würde am liebsten »Alles« antworten, doch stattdessen presse ich die Lippen aufeinander und versuche, mir eine vernünftige Erklärung auszudenken.

»I-ich habe Durst. Ich brauche d-deine Hilfe«, stottere ich und könnte mir für diese Ausrede mit der flachen Hand gegen die Stirn schlagen.

Kisa furcht die Augenbrauen und verschränkt die Arme vor der Brust, wodurch ihre Muskeln umso definierter hervortreten. Mio dio, warum muss sie auch so attraktiv sein? Das macht diese ganze Angelegenheit nur noch komplizierter.

»Das kaufe ich dir nicht ab. Du wirkst nicht desillusioniert oder hungrig, das heißt, du musst dich in den vergangenen Tagen von irgendetwas oder -jemandem genährt haben«, meint sie. »Was ist der wahre Grund?«

Ihre Präsenz schluckt jeden vernünftigen Gedanken, der sich in meinem Kopf bilden könnte. Sie hebt ihre Hand an und legt zwei Finger unter mein Kinn, um es anzuheben. Mir ist gar nicht aufgefallen, wie ich den Kopf gesenkt habe. Nun bin ich dazu gezwungen, ihr wieder in die Augen zu schauen. Unsere Blicke verhaken sich ineinander, und ich verliere mich in dem blutroten Strudel ihrer Iriden. Erinnerungen an unsere Küsse schießen mir durch den Kopf. Ihre kühlen Lippen auf meiner erhitzten Haut, der sanfte Druck, das leise Stöhnen, das aus ihrem Mund kam ...

»Du lügst. Ich vertraue dir nicht«, zischt Kisa und senkt ihre Hand. Ihre Fingerspitzen gleiten über meine Kehle, und dann weicht sie einen Schritt zurück. Völlig verdattert bleibe ich stehen. Meint sie das ernst?

Als ich Widerworte erhebe, wird ihre Gestalt von Finsternis umhüllt und vom luftleeren Raum verschluckt. Der Traum endet innerhalb eines Wimpernschlags.

Ich schlage die Lider auf, und zeitgleich wird mir bewusst, dass ich meine Chance vertan habe. Es war eine Schnapsidee, Kisa auf mein Kommen vorbereiten zu wollen. Ich habe gehofft, dass es meine Chancen einer unauffälligen Invasion erhöhen würde, aber stattdessen habe ich bloß Misstrauen gesät. *Asino!*

Ein Klopfen reißt mich aus den Selbstvorwürfen. Ich richte mich auf meiner Pritsche auf und beobachte, wie Luc die Tür öffnet und mir zunickt. Mein Zeichen. Es geht los.

Innerhalb weniger Minuten streife ich meine alte Kleidung über, die Luc mir gestern übergeben hat. Es fühlt sich komisch an, in die Sachen zurückzuschlüpfen, denn seitdem ich sie das letzte Mal getragen habe, ist verdammt viel passiert. Sie wirken fast schon zu klein. Als wäre ich ihnen in den letzten Wochen entwachsen.

Es löst ein seltsames Gefühl aus, das Zimmer zu verlassen, das in den letzten Wochen zu meinem Zufluchtsort geworden ist. Für einen Moment betrachte ich wehmütig die Risse in den aufgeplatzten Fliesen, wo ich die Ketten aus ihren Verankerungen gerissen habe. Niemals hätte ich geglaubt, dass ich irgendwann freiwillig hierbleiben würde. Aber Dinge ändern sich, und inzwischen verstehe ich, dass die Pugna damals keine andere Wahl hatten, als mich zu fixieren. Ich wäre eine Gefahr für alle Personen gewesen, die in der Sondereinheit arbeiten. Zum Glück liegen diese Zeiten hinter mir.

»Cara, bist du so weit?«, fragt Luc und reißt mich aus meinen Überlegungen. Ich nicke hastig und folge ihm ein letztes Mal durch die menschenleeren Flure.

Nach minutenlangem Laufen erreichen wir ein breites Tor, das einem Garagenzugang ähnelt. Luc klopft dreimal gegen das Metall, woraufhin ein ohrenbetäubendes Quietschen ertönt und das Tor ratternd in die Höhe gezogen wird.

Hinter der Abtrennung kommt ein großer Kellerraum zum Vorschein, in dem sich ein SUV hinter den anderen reiht. Die schwarzen Autos sind alle blank poliert.

Luc führt mich an den Fahrzeugen vorbei, bis wir zu einer kleinen Gruppe Menschen stoßen, die am anderen Ende der Garage auf uns warten. Einer von ihnen ist Vicente. Er lächelt mich erfreut an, und ich sehe deutlich den Stolz in seinen Augen aufblitzen. Heute ist er in die adrette Uniform aus tiefschwarzem Stoff gekleidet, die er auch bei unserer ersten Begegnung getragen hat. Über seinem Arm liegt ein Mantel, den er mir überreicht, sobald ich ihm gegenübertrete. Ich will gerade sagen, dass ich keinen Mantel brauche, doch Vicente schneidet mir das Wort ab.

»Der hier ist ein Geschenk von unseren Forschern«, verkündet er. Gleich darauf zeigt er mir die versteckten Taschen, die in das Innenfutter des Kleidungsstücks eingenäht wurden. Von außen sind sie nicht zu erkennen. Selbst ich habe Mühe, die Nähte zu entdecken. In den winzigen Taschen verbergen sich Plastikfolien sowie wiederverschließbare Phiolen und ein paar kleine Abtupftücher.

»Die Utensilien sollen dir beim Sammeln des genetischen Materials helfen. Bewahre die Proben so lange auf, bis wir die Mission offiziell beenden. Es wäre zu riskant, die Objekte zwischendurch an uns zu übergeben. Unsere höchste Priorität ist, dass deine wahren Motive unentdeckt bleiben und deine Verbindung zu uns nicht auffliegt. Sonst bringen wir dich und unsere Forschung noch in Gefahr.«

Ich nicke verstehend und lasse mir dann von Vicente den Mantel überstreifen. Kurz darauf tritt Luc zu mir und legt mir das versprochene Earpiece an, bevor er mich in eine feste Umarmung zieht. Der Soldat, der inzwischen so viel mehr für mich ist, drückt mich gegen seine harte Brust, sodass sich mein Ohr genau auf der Höhe seines Herzens befindet. Sein Puls echot durch meinen Kopf und verdrängt für einige Sekunden jegliche Ängste und Zweifel. Da ist nur noch sein Herzschlag. Nichts anderes.

Ganz kurz regt sich der Blutdurst wie ein erwachendes Tier in meinem Inneren. Aber ich unterdrücke das gierige Ziehen in meiner Magengrube mit aller Macht und löse mich anschließend aus der Umarmung.

»Du bist bereit, Cara. Hab Vertrauen in dich und in uns.« Mit diesen Worten verabschiedet sich Vicente von mir und tritt einen Schritt nach hinten. Luc positioniert sich neben ihm und winkt mir schwach zu. Sein Mundwinkel zuckt nach oben, als ich den Abschiedsgruß erwidere.

»Wenn wir uns das nächste Mal sehen, werden wir dich von deinem Sangua-Dasein erlösen«, meint er.

Seine Worte verleihen mir Hoffnung und geben mir den nötigen Schub, um die letzten Meter zu dem bereitstehenden Auto zu überbrücken. Der Motor des Fahrzeugs röhrt lautstark auf, als ich die Tür öffne. Außer dem Fahrer und mir befindet sich niemand im Wagen, und die hinteren Sitze sind sogar durch eine getönte Scheibe von den Fahrersitzen abgetrennt. Ich kann nicht einmal das Gesicht meines Fahrers ausmachen, höchstens den Umriss seiner Gestalt. Der intensive Geruch von Leder beißt in meiner Nase, und ich rutsche unruhig auf den glatten

Sitzen hin und her. Die Tür fällt ins Schloss. Ein verräterisches Klicken ertönt. Die Sicherung. Mein Hals verengt sich im selben Moment. Ich kralle meine Fingernägel in die Oberschenkel und versuche, mich mit einem Mantra nach dem anderen zu beruhigen: *Es wird alles gut. Das hier ist Teil des Plans. Du musst dich nicht fürchten. Es wird alles gut.*

Um mich von der Enge in dem Wagen und in meiner Brust abzulenken, richte ich meinen Blick aus dem Fenster. Der Fahrer lenkt das Auto gerade eine Rampe hinauf, die vor einem weiteren Garagentor endet. Es dauert einige Sekunden, bis sich der Ausgang öffnet und uns freigibt. Als ich einen Blick durch die Rückscheibe werfe, erkenne ich direkt hinter uns einen schwarzen Van, der förmlich an unserer Stoßstange klebt. Darin befindet sich bestimmt das Kontrollteam, von dem Luc gesprochen hat. Mich beruhigt der Gedanke, dass mein Begleitschutz schon bereitsteht und mich nicht im Stich lassen wird.

Dann kommt endlich der entscheidende Moment: Der Fahrer tritt aufs Gas und befördert uns aus dem unterirdischen Quartier der Pugna wieder an die Erdoberfläche. Der Anblick des Himmels ist so ungewohnt, dass ich mehrfach blinzele, um zu realisieren, dass ich mich wirklich nicht länger unter der Erde befinde. Zuerst weiche ich dem Sonnenlicht erschrocken aus, das durch die Autoscheiben fällt, aber anscheinend sind sie so stark verdunkelt, dass mir das Licht nicht schadet. Vielleicht haben die Pugna auch einen UV-Filter eingebaut.

Sobald ich mich etwas entspannt habe, registriere ich die mehrstöckigen Gebäude, die um mich herum in die Höhe ragen. Sie gleichen einem einfachen Plattenbau und sehen zum Teil schon sehr heruntergekommen aus. Eine völlig ausgetrocknete Grasfläche mit verdorrten Bäumen befindet sich zu meiner linken Seite. Ich runzle die Stirn. Das ist nicht das Neapel, das ich kenne. Wo sind wir?

Wir fahren weiter. Über Schlaglöcher hinweg, die mich ordentlich durchschütteln, und an Hochhäusern vorbei, die die unterschiedlichsten Formen haben. Doch egal wo ich hinsehe, die Gebäude erscheinen verlassen und heruntergekommen. Die Fassaden sind deutlich durch das Wetter gezeichnet und von tiefen Rissen durchzogen. Viele Straßenstrukturen, wie Brücken oder Tragpfeiler, sind völlig mit Unkraut und Moos überwuchert. Dieses Stadtviertel wirkt verlassen und unbewohnt.

In diesem Moment fällt es mir wie Schuppen von den Augen. Ich weiß nun, wo wir uns befinden. Das muss *Scampia* sein, Neapels Stadtviertel mit der höchsten Kriminalitätsrate. Die andauernde Armut und Perspektivlosigkeit nötigen viele Menschen dazu, schlimme Dinge zu tun, um hier zu überleben. Meine Eltern haben mir verboten, jemals einen Fuß in diese Gegend zu setzen, deswegen kenne ich sie höchstens von Fotos und Zeitungsberichten. Dieser Bereich Neapels ist besonders für seine Drogenclan-Aktivitäten bekannt. Es kommt häufiger zu Rivalitäten, Drogenmissbrauch und nicht gerade selten zu Morden. Ein Schauder fährt mir über den Rücken, als ich in einer Betonwand knapp neben der Straße Einschusslöcher entdecke.

Cazzo! Warum haben die Pugna ausgerechnet hier ihren Unterschlupf? Liegt es daran, dass sie in dieser Umgebung nicht weiter auffallen? Sie bleiben unter dem Radar und sind dennoch nah genug an den Sangua dran, um sie erforschen zu können. Das muss es sein.

Mit großen Augen betrachte ich die Betonlandschaft um mich herum. Die Plattenbauten wandeln sich nach einer Weile zu den bekannten beigefarbenen Fassaden, die mir aus den gängigen Wohnvierteln so bekannt sind. Die Straßen werden breiter, sind nun besser ausgebaut und füllen sich mit Vespas und anderen Autos, je näher wir dem Zentrum Neapels kommen. Palmen und Grünflächen säumen die Straßen.

Es dauert höchstens eine Dreiviertelstunde, bis ich das Meer durch die Fensterscheibe entdecken kann. Es glitzert verführerisch in der Sonne, und als ich meinen Blick noch weiter anhebe, erkenne ich sogar den Krater des Vesuvs in weiter Ferne. Der schlummernde Riese hat sich kein bisschen verändert. Er thront weiterhin über der Stadt und strahlt absolute Ruhe aus. Dabei weiß eigentlich jeder von uns, dass sich unter der friedlichen Oberfläche ein See aus Magma ansammelt, bereit für den nächsten Ausbruch.

Es geht mir genauso wie ihm. Ich versuche, meine Fassung zu bewahren, obwohl es in meinem Inneren brodelt. Angst, Zorn und Entschlossenheit vermengen sich zu einem Gemisch, das mich jeden Augenblick zum Explodieren bringen könnte. Momentan gelingt es mir, ruhig zu bleiben und alles unter der Oberfläche zu verstecken. Die Frage ist, wie lange noch …

27. KAPITEL | KONFRONTATION

Der Motor erstirbt. Die Tür neben mir gibt ein Klacken von sich und gibt mich frei. Nervös hebe ich die Hand, lege sie auf den Griff und steige aus. Der Fahrer parkt zum Glück im Schatten, sodass die Sonne mir wenig anhaben kann. Ich lege den Kopf in den Nacken und blicke dem wolkenlosen Himmel entgegen, während das Fahrzeug neben mir bereits mit quietschenden Reifen davonsaust. Wenn ich den zweiten gigantischen Van und dessen Insassen ignoriere, die sich an der nächsten Hausecke positionieren, könnte man beinahe meinen, ich wäre allein. Ich nehme mir einen Moment Zeit, um diese Tatsache zu realisieren.

Die Luft schmeckt dank des nahe gelegenen Meeres salzig auf meiner Zunge. Die Stimmen unzähliger Personen, die auf den Straßen unterwegs sind, prasseln auf mich ein und verschmelzen zu einer unhörbaren Melodie, deren Klang ich mehr genieße als gedacht. Eine sanfte Brise kitzelt meine Nase. Selbst im Schatten wärmt mich die Sonne und vertreibt die Restkälte des unterirdischen Bunkers aus meinen Knochen. Mir war gar nicht klar, wie sehr ich Neapel vermisst habe. Selbst die Menschenmassen, die mich sonst tagtäglich genervt haben, machen mir nichts mehr aus. Ich bin endlich heimgekehrt.

»Test, Test, Test. Kannst du mich hören, Cara?« Lucs Stimme

ertönt gemeinsam mit einem leisen Rauschen in meinem linken Ohr.

Das Earpiece! Das habe ich schon fast wieder vergessen. Es liegt so tief in meiner Ohrmuschel vergraben, dass es von außen nicht auffallen sollte. Abgesehen davon kann ich es hoffentlich gut mit meinen Haaren kaschieren.

»Sag etwas, wenn du mich verstehen kannst«, meint Luc nun. Seine Stimme erklingt so klar und deutlich, als würde er direkt neben mir stehen.

Ich wende mich dem Van zu, der bloß knappe zehn Meter von mir entfernt parkt.

»Ja, ich kann dich hören«, spreche ich testweise.

»*Bene*. Wir haben ein klares Bild und Ton. Wir sind so weit, Cara. Du kannst beginnen, wann du möchtest.« Luc lässt es so klingen, als könnte ich mir Zeit lassen, aber wir wissen beide, dass das nicht der Wahrheit entspricht. Obwohl ich gerade erst an die Erdoberfläche zurückgekehrt bin, muss ich jetzt schon wieder in den Untergrund hinabsteigen.

Mit einem schweren Seufzen setze ich einen Fuß vor den anderen und bewege mich vorsichtig auf das Parkhaus *Morelli* zu. Ich bin sehr darauf bedacht, bloß nicht den schützenden Schatten umstehender Gebäude und Bäume zu verlassen. Zwar schützt der Mantel einen Großteil meiner Haut, dennoch will ich keine Verbrennungen riskieren.

Mein Blick schweift suchend umher, über die Fassade des korallenrot gestrichenen Wohnhauses hinweg, das sich direkt neben dem Parkhaus und dem dazugehörigen Eingang zu den Bourbonentunneln befindet. Das Haus wirkt harmlos mit seinen mintfarbenen Fensterläden und den weißen Umrahmungen. Schwer vorstellbar, dass sich im Keller dieses fröhlich gestrichenen Hauses ein geheimer Zugang zu den Katakomben befindet. Kaum kommt dieser Gedanke auf, suchen mich auch schon die Erinnerungen an jenen Abend heim. Francas Lachen, das Klackern ihrer Absätze auf dem Kopfsteinpflaster, der Keller, die Finsternis, der Tunnel, die dunkle Aura von … Caspare. Ich kneife die Augen zusammen, um den Flashback zu vertreiben und den Anblick des Sangua loszuwerden. Ich darf mich nicht von der Vergangenheit zurückhalten lassen, sondern muss mich auf meine Aufgabe konzentrieren.

»*Dai, dai, dai* …«, zische ich mir selbst zu, um mich zu motivieren. Komm schon.

Passenderweise schiebt sich in diesem Moment eine Reisegruppe an mir vorbei, die aufgeregt plappert. Es reicht völlig, das Wort »*Bourbonentunnel*« herauszuhören, und schon hefte ich mich an ihre Fersen. Diese Gruppe ist mein Freifahrtschein, um in das unterirdische Tunnelsystem zu gelangen. Ein zweites Mal werde ich nämlich garantiert nicht in den Keller fremder Menschen eindringen und mich durch ein Loch in der Wand zwängen. Nein, dieses Mal marschiere ich einfach durch den aufgeschlossenen Eingang, lächle den Mitarbeitenden des Parkhauses zu und spaziere auf das gusseiserne Tor zu, über dessen Spitzen in roten Lettern »*Galleria Borbonica*« geschrieben steht. Die moderne Parkhausarchitektur mit ihren Pfeilern aus Beton und viel freier Fläche beißt sich mit den direkt angrenzenden Tuffsteinwänden, die einen engen Gang freigeben. Wer auch immer geglaubt hat, ein Parkhaus an dieser Stelle zu erbauen, wäre eine gute Idee, gehört definitiv verhaftet.

Sobald ich durch das Tor trete, vergesse ich jedoch die geschmacklose Kombination aus Moderne und Antike. Die meterhohen Tunnelwände schlucken jegliches Licht, und ein kühler Windzug lässt mich erschaudern. Vor mir liegt ein scheinbar unendlich langer Gang, der sich tiefer in das Gestein gräbt. Ich werfe einen zögerlichen Blick zu dem Tresen, vor dem sich die Reisegruppe sammelt, um ihre Tickets zu bezahlen. Bis auf die

Mitarbeiterin hinter dem Schalter ist weit und breit kein anderes Personal zu entdecken.

Ich knirsche mit den Zähnen. *Al diavolo!* Kurzerhand löse ich mich aus der Gruppe und laufe weiter. Das Blut rauscht lautstark in meinen Ohren, und vor Aufregung stolpere ich sogar über meine eigenen Füße. Allerdings fange ich mich schnell wieder und gehe weiter, bis …

»He! *Fermasi!* Bleiben Sie stehen! Sie haben nicht bezahlt!« Die hohe Stimme der Verkäuferin hallt durch den Gang und wird dank des Echos tausendfach zu mir zurückgeworfen. *Merda!* War ja klar, dass ich erwischt werde.

Ich wage es nicht, zurückzuschauen, sondern beschließe loszurennen. Hinter mir höre ich Rufe, Schritte und das eindeutig männliche Schnaufen von jemandem, der mich verfolgt. Wahrscheinlich ein Sicherheitsbeamter. Hoffentlich hat sich das stundenlange Training mit Luc gelohnt.

Meine Muskeln erinnern sich schnell an all die vergangenen Sporteinheiten zurück. Sie verfallen in einen gleichmäßigen Rhythmus, der mich nicht zu sehr überanstrengt und dennoch zu schnell für einen durchschnittlichen Menschen sein sollte. Ich zwinge mich zu einer kontrollierten Atmung, so wie Luc es mir beigebracht hat. Meine Lungenflügel dehnen sich weit aus, und ein schmales Lächeln schleicht sich auf meine Lippen, sobald ich bemerke, wie mein Verfolger immer weiter zurückfällt.

Die Tunnelwände ziehen an mir vorbei. Alte Relikte aus Weltkriegszeiten, die in den Tunneln museumsartig präsentiert werden, flackern kurz durch mein Bewusstsein. Autowracks, Waffen und Stahlkonstruktionen wurden direkt neben in den Stein geschlagenen Reliefs drapiert. Eine wirklich bizarre Ausstellung. Das Ganze wird beleuchtet von grellbunten Lichtern.

Ich renne weiter. Nur weiter geradeaus, denn es gibt schließlich keinen anderen Weg. Keine Abzweigungen oder kreuzenden Gänge. Verzweifelt grabe ich in meinem Gedächtnis nach den Erinnerungen von jener Nacht, in der Franca, Caspare und ich uns hier reingeschlichen haben. Der verfluchte Sangua hat uns zu einem Spalt in der Wand geführt, durch den wir tiefer in das Katakombensystem gelangt sind. Doch es sind überall Risse und Spalten in den Wänden! Woher soll ich wissen, welcher der richtige ist?

Ratlos zwinge ich mich selbst dazu, stehen zu bleiben. Mein Verfolger ist inzwischen so weit zurückgefallen, dass ich ihn kaum noch höre. Ich drehe mich immer wieder um die eigene Achse und betrachte schließlich einen tiefen Spalt in der Tuffsteinwand vor mir. Das ist definitiv nicht die Ritze, durch die wir uns damals gequetscht haben. Dieser Zugang ist breiter und wenn möglich sogar dunkler als der vorherige. Ich will mich gerade abwenden und weiterrennen, als mir eine Idee in den Sinn kommt. Spielt es überhaupt eine Rolle, den richtigen Spalt zu finden? Die Katakomben unterhalb Neapels sind ein breit gefächertes Netz, das sich in alle Richtungen ausbreitet. Vielleicht finde ich einen anderen Zugang zum Bereich des Clans. Und falls dieser hier in einer Sackgasse enden sollte, probiere ich eben einen anderen Spalt aus.

Obwohl mein Entschluss feststeht, zögere ich beim Anblick der eng beieinanderstehenden Wände und der rauen Steinoberfläche. Mir ist bewusst, wie finster es da drin werden wird. Die Furcht regt sich bereits in meiner Magengrube, obwohl ich noch nicht einmal einen Fuß in die Richtung der Spalte gesetzt habe.

»Da ist sie! *Rapido!*« Die bellenden Stimmen mehrerer Männer dringen zu mir durch. Mein Verfolger hat anscheinend Verstärkung gerufen. Wenn ich mich nicht beeile, werden sie mich bald einholen.

»*Cazzo*«, knurre ich und presse mich so hastig wie möglich seitlich in den Spalt der Tunnelwand. Schritt für Schritt schiebe ich mich immer tiefer der Dunkelheit entgegen, bis der Haupt-tunnel aus meinem Sichtfeld gerät. Selbst die Befehle der Security dringen nur gedämpft zu mir durch. Fast muss ich grinsen, als ich sie fragen höre, wohin ich verschwunden bin.

Das raue Gestein schabt über meine Haut, und Staub lagert sich auf meinen Haaren ab. Ich atme so flach wie möglich und taste mich vorsichtig weiter voran. Panik flutet meinen Verstand und kreiert ein fatales Szenario nach dem anderen. Was, wenn ich stecken bleibe? Was, wenn mir die Luft zum Atmen ausgeht? Was, wenn ich den Clan niemals finden werde?

Ich versuche, gegen die Verzweiflung anzukämpfen, doch mit jedem Schritt gewinnt sie an Macht. Nach einer Weile bin ich drauf und dran umzukehren, doch dann merke ich plötzlich, wie sich der Spalt weitet. Zunächst nur wenige Zentimeter, dann immer mehr. Bald muss ich nicht einmal mehr seitlich voran-schleichen, sondern kann mich völlig normal durch den Gang bewegen. Erleichtert atme ich auf. Ich habe es geschafft!

»*Grazie a dio*«, flüstere ich mir selbst ungläubig zu, während ich mir mit gespreizten Fingern durch die Haare fahre und sie währenddessen leicht raufe.

»Freu dich nicht zu früh.«

Diese Stimme.

Ich kenne sie. Immerhin hat sie mich bis in meine Träume verfolgt. Ich fahre zu Kisa herum. Obwohl sich meine Sicht noch nicht vollständig an die Dunkelheit angepasst hat, kann ich ihre Silhouette vor mir erkennen. Ihre blasse Haut leuchtet wie der Mond in der Nacht, und ihre Augen glühen unheilvoll.

»Warum bist du hier? Ich habe dir doch gesagt, dass ich dir nicht traue. Du bist nicht mehr willkommen«, raunt Kisa.

Also ist es wahr ... unsere Träume sind kein Hirngespinst ge-wesen. Sie waren real. Wir haben uns wirklich in diesem Zwi-schenraum getroffen und miteinander geredet. *Incredibile ...*

225

»Und vorher hast du darauf bestanden, mir eine Erklärung für alles zu liefern«, antworte ich wahrheitsgemäß. Tagelang wollte sie mich zum Reden bringen, bevor ich sie mit meinem Schweigen bestraft habe. Ich balle die Hände zu Fäusten und bewege mich näher auf sie zu. Das hier ist völlig anders, als ihr in meinen Träumen gegenüberzustehen. Ich nehme den frischen Duft ihres Parfüms wahr. Das Vibrieren der Luft zwischen uns. Ihren bohrenden Blick. Ich müsste bloß die Hand ausstrecken, um ihr eine lose Haarsträhne aus der Stirn zu streichen.

Ich verfluche mich selbst dafür, wie stark ich immer noch auf sie reagiere. Kisa besitzt diese magnetische Anziehung, der ich mich einfach nicht entziehen kann. Mein Herz, dieser lausige Verräter, schlägt allein bei ihrem Anblick schneller.

»Das war, bevor du eine Gefahr für meine *Familia* dargestellt hast. Du bist schließlich wochenlang untergetaucht. Woher soll ich wissen, dass du wirklich *nur* reden willst?«, kontert Kisa. Eine ungekannte Härte schleicht sich in ihre Stimme, aber ich weiche nicht zurück. Ich lasse mich nicht von ihr einschüchtern.

»Das nennst du also fair? Du hast mir alles genommen, Kisa. Alles! Meine Familie, mein Leben, meine Zukunft. Siehst du nicht, welchen Schaden du angerichtet hast?«, keuche ich. Der altbekannte Zorn ballt sich in meinem Inneren zusammen und droht an die Oberfläche katapultiert zu werden.

Kisas Blick wandert über die Spuren meiner Verbrennungen. Die dunkelrote Verfärbung meiner Haut ist nicht zu übersehen. Ebenso wenig wie die Narben, die sich über meine Hände und Teile meines Gesichts ziehen. Sie schluckt schwer.

»Es war keine Absicht …«, setzt sie an. »Ich wollte nie, dass sich unser Blut miteinander vermischt. Wenn du dich nicht so stark gewehrt hättest, dann wäre all das nicht passiert.«

»Jetzt ist das Ganze also meine Schuld?« Ich lache trocken auf und lasse meine Fingerknöchel provokant knacken. »Du hättest mich getötet! Du hättest jeden Tropfen Blut aus meinem Körper gezogen und mich sterbend in den Katakomben zurückgelassen, habe ich recht?« Diesen Vorwurf habe ich ihr schon einmal gemacht, doch es verschafft mir eine besondere Art der Befriedigung, ihr diese Worte im Wachzustand noch einmal entgegenzuschleudern.

»So was würde ich nie tun! Ich hätte dir genügend gelassen, damit du auf jeden Fall überlebst«, braust Kisa auf. Sie wirkt entsetzt, trotzdem kaufe ich ihr die Reaktion nicht ab. Sie hätte sich niemals selbst stoppen können und mich wieder freigegeben. Niemals. Ich habe den Blutdurst selbst erlebt und weiß, wie verheerend er sein kann.

»Lüg mich nicht an«, knurre ich und blecke meine spitzen Eckzähne.

»Deeskalation! Deeskalation!«, brüllt Luc in meine Ohrmuschel, aber ich ignoriere ihn gekonnt. Natürlich will er nicht riskieren, dass ich Schaden nehme, allerdings stelle ich mir bereits seit den ersten Stunden nach meiner Verwandlung vor, wie ich Kisa endlich mit dem konfrontiere, was sie angerichtet hat.

»Nur wegen dir stehe ich überhaupt hier! Du bist schuld an alldem!«, brülle ich ihr entgegen. Es tut so unfassbar gut, sich all den Frust von der Seele zu schreien. Das ist kein Traum, der jeden Moment zerplatzen könnte, sondern die Realität. Kisa wird nicht einfach verschwinden. Genauso wenig wie ich.

»Also tu das Mindeste, und führ mich zu deinem Clan. Ich will endlich Antworten!«, fordere ich ein.

Kisa mustert mich von oben bis unten. Purer Zorn strömt aus jeder Pore meines Körpers, und das muss auch sie deutlich merken.

»Nein«, antwortet sie stumpf.

Und dieses winzige Wort zerreißt meinen sowieso schon ausgedünnten Geduldsfaden endgültig. Ich stoße einen animalischen Schrei aus und gehe auf sie los. Kisa weicht instinktiv zurück, jedoch nicht weit genug. Sie bewegt sich zwar schneller als Luc oder Ambra, aber ihre Reaktion war um Sekunden verzögert.

Meine Hand schließt sich um ihren Oberarm. Ich reiße sie näher zu mir, doch Kisa reagiert instinktiv, indem sie mit ihrer freien Hand ausholt und einen Schlag in meine Richtung ausübt. Dieses Manöver habe ich mehr als einmal mit Luc während unserer Selbstverteidigungseinheiten geübt. Mein Muskelgedächtnis setzt ein und zwingt mich dazu, mich seitlich wegzudrehen, sodass Kisas Schlag ins Leere geht. Ihrem überraschten Gesichtsausdruck zufolge hat sie damit nicht gerechnet. Genugtuung flutet mein Bewusstsein, bevor ich meine Elle gegen ihren Arm schlage, ihn nach unten wegdrehe und dann ihr Handgelenk packe. Ich nutze das Überraschungsmoment aus, um ihre Hand zu verdrehen, bis Kisa ein schmerzerfülltes Stöhnen von sich gibt.

»Wo hast du das gelernt?«, knurrt sie. Ihre Frustration ist deutlich aus jeder Silbe herauszuhören.

»Oh, das hier?«, murmle ich und zerre noch ein wenig mehr an ihrer Hand. Inzwischen steht Kisa mit dem Rücken zu mir, sodass ich auch ihre zweite Hand packen, sie mit der anderen überkreuzen und Kisa anschließend vor mir herschieben kann, ohne dass sie in der Lage ist, sich gegen meinen Griff zur Wehr zu setzen.

»Das konnte ich schon immer. Ich hatte bisher nur keine Gelegenheit, es dir zu zeigen.« Die Lüge kommt mir so leicht über die Lippen, dass ich für einen Moment selbst erstaunt bin. Natürlich habe ich bereits vor meinem Training mit den Pugna ein paar Selbstverteidigungsmethoden beherrscht, aber meine jetzigen Taktiken habe ich ganz allein Luc zu verdanken.

»Gut gemacht. Bleib trotzdem wachsam, und provozier sie

nicht zu stark«, dröhnt mir seine Stimme passenderweise durch den Kopf. Ich knirsche bloß mit den Zähnen.

»Führ mich zu deinem Clan«, raune ich ihr von hinten ins Ohr.

»Wozu? Ich dachte, du wolltest nur mich«, möchte sie wissen und wirft mir über die Schulter hinweg einen scharfen Blick zu.

Dieser schneidet mir wie ein Messer mitten ins Herz. Ich entdecke darin nichts als Misstrauen. Bei unserer ersten Begegnung brannte in ihren Augen ein ganz anderes Feuer. Leidenschaft und Begehren … Ich verfluche mich selbst dafür, dass ich mir wünsche, sie würde mich erneut so ansehen.

Selbst jetzt, während sie mich voller Argwohn betrachtet, rast mein Puls. Ich sauge scharf die Luft ein und versuche, mich zu konzentrieren. Selbstsicher pflastere ich mir ein Lächeln aufs Gesicht, das vermutlich eher einer Grimasse ähnelt.

»Was wohl? Ich möchte mich euch anschließen.«

28. KAPITEL | MUTPROBE

Widerwillig führt Kisa mich zu ihrem Clan, während ich ihre
Hände weiterhin am Rücken fixiere. Sie murrt immer wieder,
dass die anderen Mitglieder mich nicht aufnehmen werden.
Dass sie genauso misstrauisch sind wie sie selbst und dass ich
umkehren soll, um ihre *Familia* in Ruhe zu lassen. Ich erwidere
nichts darauf. Ab und an versucht Kisa, sich von mir loszureißen, allerdings ohne Erfolg. Ich bleibe standhaft.

Wir wandern eine halbe Ewigkeit durch die unterirdischen
Tunnel. Glücklicherweise müssen wir uns dieses Mal nicht
durch irgendwelche niedrigen Gänge oder schmalen Öffnungen
quetschen. Trotzdem entdecke ich schnell einen neuen Grund
zur Sorge: Hin und wieder sehe ich auf dem Boden der Gänge
bleiche Gebeine liegen. Zunächst habe ich sie für Gesteinsreste
oder gar Äste oder Wurzeln gehalten, bis mir bewusst wurde,
dass es sich um Knochen handeln muss. Kisa scheint sich an
dem Anblick nicht zu stören, ganz im Gegensatz zu mir. Ab und
an erkenne ich den Rippenkäfig oder das Skelett einer Ratte
wieder. Zudem stolpern wir öfter, als mir lieb ist, über verblüffend lange Knochen. Einmal glaube ich sogar, einen halb ver-
scharrten menschlichen Schädel auszumachen. Sind das die
Überreste jener Menschen, die sich in den Katakomben ver-

laufen haben? Oder sind es die vergessenen Opfer der Sangua? Werde ich hier ebenfalls enden?

Von da an meide ich den Blick auf den Boden. Dafür schaue ich ständig über meine Schulter zurück und halte die Ohren offen, damit ich mögliche Gegner herannahen höre. Meine Nervosität steigert sich mit jeder Sekunde.

»Es ist nicht mehr weit«, verkündet Kisa nach einer Weile.

Auch ich bemerke langsam, wie sich die Gänge weiten und immer mehr Platz bieten. Ich lausche. Tatsächlich kann ich in weiter Ferne Geräusche hören. Stimmen. Wir sind allerdings noch zu weit entfernt, um klare Worte zu verstehen. Dennoch krampft sich mein Magen zusammen. Zum Teil vor Aufregung, zum Teil vor Angst. Was, wenn ich das hier völlig vermassle und die Mission in den Sand setze?

»Wir haben dich auf dem Radar, Cara. Mach weiter so«, flüstert Luc mir zu. Kennt er mich etwa schon gut genug, um zu wissen, dass meine Zweifel mir jetzt gerade zusetzen?

»Hast du das auch gehört?«, fragt Kisa plötzlich und wirft mir einen abfälligen Schulterblick zu.

Für einen Sekundenbruchteil erstarre ich. Konnte sie Luc etwa über das Earpiece hören? Ist das Gehör der Sangua so stark ausgeprägt?

»Nein«, entgegne ich knapp, woraufhin sie die Augenbrauen zusammenzieht und uns weiterführt. Ihr Nachhaken war eine eindeutige Warnung, noch vorsichtiger in der Gegenwart anderer Sangua zu sein. Hoffentlich hat Luc das auch begriffen. Zumindest bleibt das Earpiece nun still.

Ich fokussiere mich wieder auf den Weg vor uns und staune nicht schlecht, als sich der Gang aufspaltet, um in eine kuppelartige Höhle überzugehen. Ich kenne diesen Ort … das ist dieselbe Höhle, in der die Untergrundparty damals stattgefunden hat!

Ungläubig sehe ich mich um, weil die Umgebung plötzlich ganz anders wirkt ohne das rote Scheinwerferlicht und die feierwütige Menge. An den Wänden stehen unzählige Kerzen ordentlich aufgereiht und erfüllen den gesamten Raum mit warmem Licht. Links von mir liegen Sitzkissen auf dem Boden verteilt. Teppiche wurden ausgelegt, und selbst ein kniehoher Tisch thront inmitten des Kissenchaos. Rechts von mir stehen ein paar Pritschen, so wie ich sie aus meiner Zelle bei den Pugna kenne. Einfaches Campingzubehör. Das Mindeste zum Überleben.

Weiter hinten in der Höhle erkenne ich eine moderne Musikanlage sowie die hölzerne Bartheke, an der Kisa und ich uns das erste Mal unterhalten haben. Sofort muss ich an ihr verführerisches Lächeln zurückdenken und an den starken Geschmack des Cocktails auf meinen Lippen. Ich fahre mir mit der Zunge über die Unterlippe, als könnte ich immer noch eine Spur des Getränks dort finden.

Ich schüttle den Kopf und schaue mich weiter um. Die Höhle scheint in unterschiedliche Bereiche eingeteilt worden zu sein. Neben der Theke stapeln sich unzählige Bücher, die zum Teil aufgeschlagen auf dem Boden liegen. Daneben steht eine Gitarre, deren Saiten sehr mitgenommen wirken. Es ist das wildeste Chaos, das ich jemals gesehen habe, und es hat rein gar nichts mehr mit der Höhle gemeinsam, die ich damals mit Franca zusammen betreten habe. Die mysteriöse Atmosphäre ist verflogen. Stattdessen wirkt es hier schon beinahe … heimelig.

»Wir haben Besuch«, verkündet Kisa lautstark und nutzt meine Ablenkung aus, um sich endgültig aus meinem Griff loszureißen. Ihre Handgelenke entgleiten meiner Kontrolle, und sie bringt möglichst viel Abstand zwischen uns.

Ich balle meine Hände zu Fäusten und versuche, das hartnäckige Kribbeln auf meiner Haut zu ignorieren. Es prickelt genau dort, wo Kisas Haut meine berührt hat. Glücklicherweise kann ich nun Distanz wahren und muss ihr nicht hinterherhetzen. Immerhin habe ich mein Ziel längst erreicht. Ich bin in das Hauptquartier des Clans eingedrungen. Jetzt muss ich bloß noch die Sangua davon überzeugen, dass ich ein Teil ihrer Gruppe sein möchte. Hoffentlich sind nicht alle von ihnen so misstrauisch wie Kisa.

Aus dem Augenwinkel nehme ich eine flüchtige Bewegung wahr, und schon einen Wimpernschlag später baut sich ein schlaksiger Mann vor mir auf. Er legt den Kopf schräg, sodass sein strähniges blondes Haar zur Seite fällt, und betrachtet mich intensiv.

Ich muss aufschauen, um den Blick aus seinen roten Augen zu erwidern, da er beinahe zwei Köpfe größer ist als ich. Dabei entgeht mir nicht, wie leger er im Vergleich zu Kisa gekleidet ist. Er trägt eine locker sitzende Jeans in Kombination mit einem durchlöcherten Pullover und einem bodenlangen Mantel. Es vergehen einige stille Sekunden, bis mir sein Name einfällt. Der Sangua, der mir gegenübersteht, hat gar nichts mit dem Foto in der Akte gemeinsam, die Vicente mir überreicht hat. Wenn mich nicht alles täuscht, muss es sich bei dem Mann um Teodoro handeln. Das letzte offizielle Lebenszeichen von ihm war eine Festnahme wegen Drogenkonsum und -handel.

»Wen haben wir denn da?«, säuselt er und grinst dabei spöttisch.

Hält er mich etwa für leichte Beute? Anscheinend hat er nicht damit gerechnet, dass Kisa ein weiteres Raubtier in die Höhle führt.

»Sie ist eine von uns, Teo«, meint sie, was mein Gegenüber kurz zum Erstarren bringt.

Hat er tatsächlich nicht bemerkt, dass ich ebenfalls eine Sangua bin? Die rote Augenfarbe müsste mich verraten. Demonstrativ grinse ich ihn an und offenbare ihm im selben Atemzug meine spitzen Fangzähne. Teo wirkt ehrlich verblüfft. Anscheinend ist der Gute ein bisschen schwer von Begriff.

»Du solltest wirklich weniger kiffen«, meint plötzlich jemand, der sich uns von hinten nähert.

Ich fahre auf dem Absatz herum und stehe Auge in Auge mit Cas. Sein Erscheinen bringt mich für einen Moment aus dem Konzept. Seit ich ihn das letzte Mal gesehen habe, ist so viel geschehen. Dennoch hat er sich äußerlich kaum verändert. Er trägt immer noch die Sonnenbrille mit den runden Gläsern und kleidet sich in lange schwarze Klamotten, die seine Bewegungen verschlucken. Der Sangua gleicht einem lebendigen Schatten, der sich lautlos an mir vorbeischiebt, um sich neben Kisa und Teodoro zu positionieren.

»Wen haben wir denn da?«, fragt Caspare und legt den Kopf schief, um wohl eine Reaktion aus mir herauszukitzeln.

»Erinnerst du dich nicht an mich?«, zische ich provokant, was dazu führt, dass er einige Sekunden lang schweigt. Erst danach scheint ihm ein Licht aufzugehen.

»Die kleine Spaßbremse! Wie könnte ich dich vergessen?« Cas grinst mich an und offenbart mir währenddessen seine Reißzähne.

Ein Schauder wandert über meinen Rücken, aber ich erwidere nichts. Stattdessen presse ich die Lippen aufeinander und starre die kleine Gruppe vor mir abwartend an. Das sind längst nicht alle Mitglieder des Clans. Soweit ich weiß, fehlen noch zwei. Unter anderem der Anführer Silvano.

»Warten wir auf irgendetwas?«, frage ich provokant in die Runde.

»Wo ist *il capo*?«, raunt Kisa ihren Nebenmännern zu. Diese murmeln zurück, dass ihr Boss mit einer Späherin unterwegs ist. Er wird nicht so schnell wieder hier sein.

»Kein Problem, ich kann warten«, sage ich lautstark, um den dreien zu signalisieren, dass ich sie sehr gut hören kann.

»Was willst du überhaupt von uns, *bambolina*?«, stöhnt Teodoro auf.

Hat er mich eben wirklich Püppchen genannt? Ich kenne diesen Typ gerade einmal wenige Minuten und habe trotzdem das Bedürfnis, ihm an die Kehle zu springen. Reife Leistung.

Kisa wirft ihm ebenfalls einen vernichtenden Blick zu, was mir zumindest einen Hauch von Genugtuung gibt.

»Was wohl? Ich will eurem Clan beitreten«, gebe ich ehrlich zu.

Den Männern in der Runde entgleisen die Gesichtszüge. Sie mustern mich von oben bis unten. Teodoro betrachtet auffällig lange die Spuren der Verbrennungen auf meiner Haut.

Ich nutze ihre Sprachlosigkeit aus, um fortzufahren. »Kisa hat mich während einer eurer Untergrundpartys verwandelt. Danach hat sie mich einfach allein gelassen. Ich musste mich bis heute selbst durchkämpfen und völlig allein in Erfahrung bringen, weshalb ich so einen starken Blutdurst verspüre oder warum ich plötzlich kein verdammtes Sonnenlicht mehr vertrage. Ich habe meine eigene Familie angegriffen und bin abgetaucht, weil ich nicht mehr wusste, was ich machen soll –«

»Moment!«, unterbricht Cas mich energisch und wendet sich in Kisas Richtung. »Stimmt das? Du hast sie verwandelt und dann einfach ziehen lassen? Du kennst unseren Kodex. Das verstößt gegen jede Regel, die wir jemals aufgestellt haben.«

»Cas, ich wusste nicht, dass sie sich verwandeln würde!«, versichert Kisa sofort. »Das war nie meine Absicht! Ich wollte bloß so viel Blut von ihr trinken, bis sie das Bewusstsein verliert. Aber sie hat sich gewehrt und muss es irgendwie fertiggebracht haben, dass sich unser Blut im Handgemenge miteinander vermischt. Das konnte ich nicht wissen! Sie ist in die Katakomben gerannt, während sie vor mir geflohen ist. Ich habe geglaubt, dass das ihr sicheres Todesurteil ist, sonst wäre ich ihr natürlich hinterhergelaufen.«

»Du hättest mich sterben lassen …«, hauche ich fassungslos, dabei wusste ich das schon längst. Trotzdem wirkt es surreal.

Kisa fährt nun zu mir herum, und als sich unsere Blicke treffen, sehe ich eindeutig, wie etwas in ihr zerbricht. Ehrliches Bedauern quillt an die Oberfläche.

»Du hast eine Wandlerin in ihren schwersten Stunden allein gelassen, Kisa! Nichts kann das entschuldigen. Wir haben uns geschworen, dass wir füreinander da sind. Immer. Für jeden von uns«, erklärt Cas. Enttäuschung mischt sich in seinen Tonfall.

»I-ich habe wirklich geglaubt, sie wäre tot. Bis …« Kisa atmet einmal tief durch. Ich ahne, was nun kommt. »… bis Cara in meinen Träumen aufgetaucht ist.«

»Das Blutband«, raunt Caspare.

Er weiß auch davon? Bedeutet das etwa, dass er ebenfalls ein Blutband mit einem anderen Sangua hat?

»Ich wollte ihr alles erklären, aber sie ließ sich nicht auf mich ein!«, wettert Kisa los.

Ich schnaufe lautstark, sodass die Aufmerksamkeit aller Beteiligten zu mir wandert.

»Kannst du es mir verdenken? Ich war verwirrt, allein und verletzt. Ich konnte niemandem mehr vertrauen, am allerwenigsten mir selbst. Warum zur Hölle sollte ich ausgerechnet zu der Person rennen, die für all mein Elend verantwortlich ist?« Jedes Wort brennt wie Gift auf meiner Zunge, aber es hat die erwünschte Wirkung. Ich sehe deutlich, wie Kisa zusammenzuckt und meinen Blick meidet.

»Was hat deine Meinung geändert?«, hakt Caspare nun nach. Er scheint mir der Vernünftigste aus der Gruppe zu sein.

»Ich brauche Hilfe. Bisher habe ich mich allein durchgekämpft, aber ich glaube, dass ich den Schutz einer Gruppe gut gebrauchen kann. Essen, Abschirmung vor der Sonne, ein Schlafplatz, jemand, der meine Situation versteht und mir erklären kann, was mit mir passiert … das alles ist mehr wert, als ich dachte. Dafür bin ich sogar bereit, mich mit Kisa zu arrangieren«, erläutere ich.

Caspare nickt verstehend, als könnte er meine Worte nachvollziehen.

Kisa wiederum gibt einen schnalzenden Laut von sich. »Ich glaube dir kein Wort. Du hast dich so vehement gegen meine Hilfe gewehrt, und plötzlich gibst du nach? Das ist völlig unlogisch«, murrt sie.

Cas verpasst ihr daraufhin einen leichten Schlag in die Seite, was sie aufstöhnen lässt. »Mag sein. Aber sie ist jetzt hier und braucht unseren Schutz. Wir sind dazu verpflichtet, ihr diesen zu gewähren. Besonders, weil es deine Schuld war, dass sie überhaupt verwandelt wurde.«

Er verteidigt mich. Ich fasse es nicht. Wir kennen uns kaum, und dennoch ergreift er Partei für mich. Ein Hauch von Sympathie regt sich in meinem Inneren, bis ich mich daran erinnere, dass er derjenige war, der Franca und mich überhaupt in die Katakomben geführt hat. Ich muss wachsam bleiben, egal was kommt.

»Also, ich kann Kisas Zweifel durchaus verstehen«, mischt sich nun Teodoro ein. Er spricht langsam und zieht jede Silbe endlos in die Länge. »Ich finde, sie sollte ihre Absichten beweisen.«

Sein Vorschlag lässt mich auf der Stelle erstarren. Sie wollen einen Beweis? Wie soll ich das anstellen?

»Was hast du dir vorgestellt?«, fragt Kisa interessiert nach, ohne mich weiter zu beachten. Ihre abweisende Art mir gegenüber setzt mir mehr zu, als ich zugeben möchte.

»Eine kleine Mutprobe als Vertrauensbeweis«, meint Teodoro und schmunzelt. »Sie muss uns bloß etwas Essbares besorgen. Wenn sie in den letzten Wochen wirklich allein auf der Straße überlebt hat, sollte das kein Problem sein. Nicht wahr, Cara *mia*?«

Meine Kehle wird trocken. Meint er das ernst?

»*Nessun problema*«, antworte ich zwischen zusammengebissenen Zähnen. Ich habe schließlich keine andere Wahl, als mich auf diese Mutprobe einzulassen. Sollte ich bestehen, vertrauen sie mir hoffentlich genug, um mich in ihre Reihen aufzunehmen.

»*Bene*. Kisa kann dich ja begleiten und sich selbst davon überzeugen, dass du uns nicht betrügst«, verkündet Teodoro mit einem schiefen Grinsen.

Langsam wird mir bewusst, dass ich ihn völlig falsch eingeschätzt habe. Er wirkte zu Beginn unserer Unterhaltung fast schon dümmlich und unbeteiligt, doch in seinem Blick versteckt sich Schalk. Er weiß genau, was er tut, und ist nicht zu unterschätzen.

Kisa antwortet ihm nicht sofort, sondern starrt mich so intensiv an, dass ich für einen Moment völlig vergesse, worüber wir uns gerade unterhalten haben. Schließlich verzieht sie die Lippen zu einem raubtierhaften Lächeln.

»Nichts lieber als das.«

29. KAPITEL | DAS ROTE KREUZ

Es ist spät am Abend, als Kisa und ich uns auf den Weg zurück an die Erdoberfläche machen. Wir sprechen während der gesamten Strecke kein Wort miteinander. Ich folge ihr lediglich durch die dunklen Gänge der Katakomben und versuche verzweifelt, mir die Route einzuprägen. Allerdings verlässt mich mein schlecht ausgeprägter Orientierungssinn bereits nach wenigen Abbiegungen. Also bleibt mir nichts anderes übrig, als mich an Kisas Fersen zu heften. Viel zu oft gleitet mein Blick über ihre teils kurz rasierten Haare und ihre breiten Schultern. Ihre Taille wirkt im Vergleich zu ihrem Oberkörper und den breiten Oberarmen beinahe zierlich. Mein Blick wandert tiefer …

Stopp! Was tue ich denn da? Ich kann deutlich spüren, wie die Schamesröte in meine Wangen steigt und meine Haut erhitzt. Wie kann es sein, dass Kisa nach allem, was zwischen uns vorgefallen ist, immer noch solch eine starke Anziehungskraft auf mich ausübt? Liegt es an der Blutbindung? Es muss so sein, oder?

»*Tutto bene?*«, fragt Kisa plötzlich.

Ihre raue Stimme zu hören, überrascht mich so sehr, dass ich tatsächlich ins Stolpern gerate. »*Sì*«, presse ich eilig hervor und hoffe inständig, dass Kisa meine seltsame Reaktion nicht bemerkt. Aber meine Sorge ist unbegründet, denn sie dreht sich nicht einmal zu mir um.

»Wir sind gleich da. Ich werde mich im Hintergrund halten und nicht eingreifen. Tu einfach, was du tun musst. Wenn ich bemerke, dass du uns verarschst, werde ich den Rückweg antreten und die anderen warnen. Du wirst keinen Fuß mehr in die Nähe unseres Clans setzen, *hai capito*?« Sie klingt noch distanzierter als zuvor. Es ist offensichtlich, dass sie keine Lust hat, mich zu beaufsichtigen. Doch noch weniger kann sie wohl den Gedanken leiden, mich in ihren Clan aufnehmen zu müssen. Immerhin dreht sie sich jetzt kurz zu mir um.

Ich nicke lediglich steif, woraufhin sie mich um eine weitere Kurve führt. Ein widerlicher Gestank dringt in meine Nase. Es riecht modrig und nach Fäkalien. Kisa scheint all das kaum zu stören, denn sie leitet mich unbeirrt weiter voran, bis wir vor einer Wand zum Stehen kommen. In den Stein sind metallische Sprossen eingelassen, die in die Höhe führen. Mehrere Meter über uns entdecke ich kleine kreisförmig angeordnete Löcher, durch die gedimmtes Licht dringt.

Ist das etwa ein Gullideckel? Wir müssen uns ganz in der Nähe der Kanalisation befinden. Es ergibt Sinn, dass die uralten Katakomben früher oder später mit den Kläranlagen der Stadt kollidieren. Demnach müsste es unzählige Zugänge zu dem unterirdischen Tunnelsystem von Neapel geben. So viel zu: Es gibt nur diesen einen Eingang mit dem schrecklich winzigen Tunnel.

Kisa wartet nicht auf mich, sondern ergreift bereits die erste Sprosse, um sich in die Höhe zu ziehen. Sie klettert so zügig nach oben, als hätte sie diese ganze Prozedur schon unzählige Male gemacht. Vermutlich stimmt das sogar. Ich bemühe mich, mit ihr mitzuhalten, aber das ist unmöglich. Bevor ich den Fuß auf die zweite Sprosse setzen kann, ist sie bereits bei dem Gullideckel angelangt und stemmt ihn mit einer Hand in die Höhe, während sie sich mit der anderen weiterhin festhält.

Ungläubig beobachte ich, wie sie ihren Arm anspannt und den schweren Gegenstand zur Seite schiebt. Mir ist bewusst, dass die Sangua körperlich deutlich stärker sind als normale Menschen, doch die Leichtigkeit, mit der Kisa den Gullideckel anhebt, beeindruckt mich dennoch. Eine Sekunde später schiebt sie sich durch die Öffnung und schaut zu mir herunter.

»Die Luft ist rein, das ist ein abgelegenes Gebiet. Du kannst rauskommen.« Ihre Worte hallen zu mir hinab und motivieren mich, nun auch die letzten Sprossen zu überwinden.

Kurze Zeit später stehe ich neben Kisa inmitten einer Straße und schaue mich aufmerksam um. Wir sind in einer Sackgasse gelandet. Eine verlassene Ecke, in der sich Mülleimer und Säcke voller Abfall stapeln. Immerhin ist der Gestank hier nicht annähernd so schlimm wie unten in der Kanalisation. Die Hauswände, die uns umgeben, besitzen nicht einmal Fenster in unsere Richtung. Wir sind so allein, wie man in einer Millionenstadt nur sein kann.

Kisa lässt keine Zeit verstreichen, sondern führt mich im Schatten der Gebäude voran zu einer Straße, die deutlich mehr befahren ist. Personengruppen teilen sich mit uns den Gehweg, während Autos und Motorräder mit lauten Geräuschen an uns vorbeiziehen. Nach all den Wochen in Isolation bei den Pugna bin ich völlig überfordert von den ganzen Eindrücken. Meine Sinne sind seit der Verwandlung zur Sangua sowieso schon geschärft, doch jetzt gerade sind sie völlig überlastet.

Dennoch versuche ich, die Fassung zu bewahren und mir nichts anmerken zu lassen. Wenn Kisa bemerkt, dass ich nicht weiß, was ich tue, wird sie mich verlassen und zu ihrem Clan zurückkehren. Ich muss diese verfluchte Mutprobe bestehen, um ihr Vertrauen zu erlangen. Aber wie? Ich kann schlecht einen

Menschen auf offener Straße entführen und in die Katakomben schleppen. Allein die Vorstellung verknotet meinen Magen. Ich werde nie über Leichen gehen, bloß um mein Ziel zu erreichen.

»Wie lautet dein Plan?«, zischt Kisa mir ungeduldig zu. Wenn ich das wüsste …

Ich will gerade den Mund öffnen und ihr einen schnippischen Konter an den Kopf werfen, als ich ein verräterisches Knacken in meinem Ohr wahrnehme.

»Drei Straßen weiter auf der *Via Ponte dei Francesi* ist eine Einrichtung des Roten Kreuzes. Laut meinen Informationen fand dort heute eine große Blutspendeaktion statt.« Lucs Stimme ist deutlich leiser als bei seinen vorherigen Durchsagen. Bestimmt hat er die Lautstärke gedrosselt, weil Kisa ihn zuvor fast gehört hat.

Ich sende ein stummes Dankesgebet in seine Richtung und atme einmal tief durch, bevor ich die Hand meiner Begleiterin ergreife und sie mit mir ziehe.

»Lass dich überraschen«, sage ich.

Kisa schaut auf unsere ineinander verflochtenen Finger hinab, woraufhin ein elektrisierendes Kribbeln durch meine Knochen wandert. Ich rechne fest damit, dass sie sich meinem Griff entziehen wird, doch stattdessen seufzt sie bloß ergeben. »Na, dann mal los«, meint sie.

Ich ziehe sie weiter die Straße hinunter. Der Verkehr wird immer dichter. Autos und Straßenbahnen fahren uns beinahe über den Haufen, während wir eine Kreuzung überqueren wollen. Plattenbauten ragen um uns herum in die Höhe und lassen mich vergessen, dass wir uns eigentlich in Neapel befinden. Hier ist keine Spur von bunt gestrichenen Hausfassaden und idyllischen Gassen zu finden, bloß eine Betonwüste, die von vereinzelten Palmen auf Verkehrsinseln durchbrochen wird.

Trotz unseres schnellen Tempos dauert es beinahe eine Viertelstunde, bis wir endlich unser Ziel erreichen. Es handelt sich um eine Art Bungalow, der schon sehr heruntergekommen aussieht. Der einst weiße Putz des Hauses ist stellenweise abgeplatzt und ergraut. Ein rot gestrichener Metallzaun umschließt das Gebäude, und auf dem Pflaster der Einfahrt prangt das Symbol des Roten Kreuzes. Unzählige Tauben sitzen auf dem flachen Dach der Einrichtung und gurren aufgeregt, sobald sie uns vor dem Tor entdecken.

»Das Rote Kreuz?«, fragt Kisa. »Keine schlechte Idee.« Sie mustert mich überrascht von der Seite, als hätte sie mir so viel Intelligenz gar nicht zugetraut.

Ich lasse ihre Hand los, um an den Eisenstreben zu rütteln, doch natürlich ist das Tor fest verschlossen. Aber ich habe keine andere Wahl: Wenn ich an das Blut für den Clan gelangen will, muss ich einbrechen.

»Warte hier«, meine ich zu Kisa, woraufhin sie vehement den Kopf schüttelt.

»Ich lasse dich nicht allein da reingehen«, stellt sie klar. »Sonst warten irgendwelche Verbündeten von dir da drin, und das Ganze ist nur eine Falle.«

Ich presse die Lippen zu einem dünnen Strich zusammen und verdrehe die Augen. War ja absehbar, dass Kisa mich immer noch verdächtigt, etwas im Schilde zu führen. Genau genommen liegt sie damit nicht falsch, dennoch kränkt mich ihr Misstrauen. Ich *will*, dass sie mir glaubt.

»*Asina*«, murmle ich in mich hinein.

»Hast du mich gerade einen Esel genannt?«

Mist, ich vergesse immer wieder, dass sie besser hört als ein normaler Mensch. Dabei war die Beleidigung nicht mal gegen sie gerichtet, sondern gegen mich selbst.

»Ich habe *Aiuto* gesagt. Also bitte hilf mir mal«, kontere ich schnell, um meinen verbalen Ausrutscher zu kaschieren.

243

Kisa ist anscheinend so perplex, dass sie mir tatsächlich zu Hilfe eilt. Sie geht etwas in die Knie und hebt mich mit einer Räuberleiter so hoch, dass ich mich an den Streben des Zauns in die Höhe ziehen und auf die andere Seite schwingen kann. Mit einem dumpfen Laut lande ich auf dem Kopfsteinpflaster und drehe mich mit einem triumphalen Lächeln zu Kisa herum. Das war einfacher als gedacht.

Bevor ich sie fragen kann, wie sie nun plant, auf die andere Seite zu gelangen, packt sie schon die Metallstäbe und katapultiert sich mit einem Sprung in die Höhe. Zielsicher landen ihre Füße auf einem schmalen Querbalken. Ein weiterer Sprung, eine elegante Drehung und eine sichere Landung später steht sie neben mir und pustet sich eine ihrer Haarsträhnen aus dem Gesicht.

»W-wie hast du …«, stottere ich.

»Jahrelanges Training. Ich habe früher aktiv Parkour gemacht«, unterbricht sie mich.

Unwillkürlich stelle ich mir vor, wie sie an Hausfassaden in die Höhe klettert, über Treppen, Balkone und andere Hindernisse hinwegspringt, um auf die höchsten Dächer Neapels zu gelangen.

»Wollen wir?«, fragt sie auffordernd, und ich nicke hastig.

Mit gesenkten Köpfen nähern wir uns dem Haupteingang. Die unauffällige Holztür steht einen Spaltbreit offen, und so schieben wir uns lautlos in das Innere des Gebäudes. Drinnen sieht es glücklicherweise deutlich sauberer aus als von außen. Der Boden und die Wände sind gefliest und blitzen vor Sauberkeit. Der allgegenwärtige Geruch von Desinfektionsmittel liegt in der Luft, und weiter hinten höre ich deutlich zwei Männer miteinander diskutieren. *Merda*, ich habe gehofft, dass wir um diese Uhrzeit allein sein würden.

Doch nun ist es zu spät, um umzukehren. Wir dringen immer

weiter in das Innere des Gebäudes vor, bis wir zu einer Art Kühlraum gelangen. Hier stapeln sich unzählige Plastikwannen übereinander, in denen jeweils eine Blutkonserve aufbewahrt wird. Die beiden Männer stehen weiter hinten im Raum mit dem Rücken zu uns und unterhalten sich über den heutigen Spendentag, während sie die Wannen für den Abtransport vorsortieren. Bisher haben sie uns noch nicht bemerkt.

Vorsichtig schiebe ich mich in die Nähe der Wand und strecke meine Hand aus, um die erste Konserve zu packen und an Kisa zu übergeben. Das Blut darin schwappt gegen meine Hand. Unfreiwillig werde ich an die unzähligen Konserven erinnert, die ich bei den Pugna konsumiert habe. Stammen sie ebenfalls aus einem Blutspendezentrum? Bisher habe ich mir gar keine Gedanken darüber gemacht, wie die Pugna mich durchgefüttert haben.

Ich werfe einen weiteren Kontrollblick in die Richtung der beiden Mitarbeiter des Roten Kreuzes. Sie sind weiterhin in ihre Unterhaltung vertieft. Ich überreiche Kisa die nächste Konserve. Und noch eine. Und noch eine. Fünf sollten wohl für uns alle reichen. Ich umfasse die letzte Konserve, als sich mit einem Mal einer der beiden Mitarbeiter umdreht und in mein Sichtfeld tritt. Für einen Moment starren wir einander sprachlos an. Sein Blick gleitet über mein Gesicht hinweg, über meinen Arm bis hin zu meiner Hand, die die letzte Konserve umschließt.

»*Ladra!*«, brüllt er plötzlich aus vollem Halse, sodass sowohl der andere Mitarbeiter als auch ich zusammenzucken. Am liebsten würde ich behaupten, dass alles bloß ein Missverständnis ist und ich keine Diebin bin, allerdings spricht die Beweislage eindeutig gegen mich.

»*Ladra!*«, wiederholt er erneut und stapft voller Wut auf mich zu.

Hektisch werfe ich einen Blick zurück zu Kisa, aber diese

ist nirgends zu entdecken. Hat sie sich etwa verzogen? Oder will sie lediglich beobachten, wie ich mit dieser Situation umgehe?

Erst als der Mann direkt vor mir steht, reagiere ich. Er packt mich am Arm, sodass ich die Konserve loslassen muss. Obwohl er älter aussieht, besitzt er erstaunlich viel Kraft. Ich versuche, mich aus seinem Griff zu lösen, seine Finger gleichen jedoch einem Schraubstock, der sich immer fester dreht.

»Was willst du hier? Warum klaust du gespendetes Blut? Rede!« Die Pulsader des Mannes hebt sich deutlich von seinem Hals ab. Bloß eine Sekunde später höre ich lautstark das Blut durch seine Adern rauschen. Sein Herz pumpt kräftig und ein wenig zu schnell. Sein Puls und sein Blut sind alles, woran ich denken kann.

»Rede!«, brüllt er ein weiteres Mal.

Ich handle rein instinktiv. Es ist wie damals, als ich Ambra im Kampf gegenüberstand. Ich sehe sein Herz vor mir, lausche seinem kräftigen Schlagen und spüre den Blutfluss, als wäre es mein eigener. Und dann ... stoppe ich ihn.

»*Mi dispiace*«, murmle ich, obwohl ich genau weiß, dass meine Entschuldigung unbedeutend ist. Ich balle meine Hand zur Faust, als würde ich eigenhändig seine Adern und Venen abdrücken, um den Blutkreislauf zu unterbrechen. Das Blut fließt langsamer und langsamer, sein Puls wird schwächer und schwächer ... bis der Mann ein ersticktes Keuchen ausstößt, das Gesicht schmerzvoll verzieht, sich an die Brust fasst und schließlich zu Boden sackt. Sein Griff gleitet von mir ab, und im selben Moment kappe ich die Verbindung zu ihm. Er stöhnt auf und steht nicht mehr auf. Aber er lebt. Das ist alles, was zählt.

»Hilf ihm«, sage ich tonlos zu seinem Kollegen, der immer noch mit weit aufgerissenen Augen auf der anderen Seite des Raumes steht und mich fassungslos anstarrt, als wüsste er genau, dass ich für den Zustand seines Kollegen verantwortlich bin. Bevor er in meine Nähe gelangen kann, packe ich die letzte Blutkonserve und kehre ihm den Rücken zu.

Ohne meine Entscheidung zu überdenken, renne ich los. Meine Schritte hallen lautstark auf dem gefliesten Boden wider, sodass ich erst bemerke, dass mir jemand folgt, als ich den Ausgang erreiche. Nach einem hastigen Schulterblick stelle ich fest, dass es sich nur um Kisa handelt. Anscheinend hat sie sich wirklich bloß in den Schatten versteckt. Sie hätte mir ruhig helfen können, als mich der Mitarbeiter konfrontiert hat. Allerdings ist jetzt definitiv nicht der richtige Zeitpunkt für Diskussionen. Stattdessen stürzen wir nach draußen und kommen vor dem Metalltor zum Stehen. Kisa legt kurzerhand die Blutkonserven ab und bildet mit ihren Händen erneut eine Räuberleiter, damit ich mich hochstemmen kann.

Diese Geste überrascht mich im ersten Moment, weil ich schon fast damit gerechnet habe, dass sie mich im Stich lassen wird. Trotzdem lege ich meine Blutkonserve ebenfalls auf dem Boden ab und schwinge mich mit Kisas Hilfe auf die andere Seite des Zauns. Sie reicht mir unsere Beute durch die Gitterstäbe hindurch und klettert eigenhändig über die Metallstäbe.

Währenddessen behalte ich den Eingang des Gebäudes im Auge, doch alles bleibt ruhig. Die Mitarbeiter verfolgen uns nicht. Ich wähne mich bereits in Sicherheit, als ich in der Ferne eine Sirene wahrnehme. Ist das die Polizei? Oder ein Rettungswagen? Sind sie auf dem Weg zu uns oder bloß zum nahe gelegenen Krankenhaus? Egal was es ist …

»Wir müssen weg hier«, zische ich Kisa zu, woraufhin sie heftig nickt.

»In der Nähe gibt es einen Zugang zu den Katakomben. Mir nach!«

Zum ersten Mal seit unserem ersten Treffen ist die Luft zwischen uns nicht aufgeladen mit Misstrauen und Zorn. Stattdessen arbeiten wir zusammen. Es fühlt sich gut an.

Kisa legt ein straffes Tempo vor, doch ich folge ihr ohne große Probleme. Insgeheim danke ich dem harten Training von Luc, denn auch wenn ich seit meiner Verwandlung schneller renne als ein durchschnittlicher Mensch, hätte ich große Probleme gehabt, mit Kisa mitzuhalten. Sie lotst uns durch ein Labyrinth aus Hochhäusern, bis sie schließlich eine Sackgasse ansteuert. Zum Glück sind kaum noch Menschen draußen unterwegs, die uns mit den Blutbeuteln im Arm entdecken könnten.

Im nächsten Moment erkenne ich den Gullideckel am Boden und stöhne lautstark auf. »Ernsthaft? Die Kanalisation? Schon wieder?«, murre ich, was Kisa zumindest ein Schmunzeln entlockt. Allein ihr Anblick lässt mein Herz höherschlagen. Ich versuche, das Gefühl zu ignorieren, aber das ist völlig unmöglich.

»Die Gullis sind der schnellste Zugang zu den Katakomben. Du wirst dich wohl oder übel dran gewöhnen müssen, wenn du zu unserem Clan gehören willst«, meint sie, was mich aufhorchen lässt. Kisa klingt bei Weitem nicht so abweisend wie zuvor. Das Misstrauen ist aus ihrer Mimik gewichen. Sie wirkt erleichtert.

Ich beobachte, wie sie den Gullideckel zur Seite schiebt und mir bedeutet, voranzugehen. Ich klemme mir drei Konserven unter die Arme und stoße ein letztes Seufzen aus, bevor ich den Abstieg wage. Eine Sprosse nach der anderen klettere ich hinab, bis ich schließlich mit beiden Füßen in einem matschigen Morast stehe, der sowohl den Boden als auch die Wände hier unten bedeckt. Erneut steigt mir der ekelhafte Geruch nach Fäulnis in die Nase und lässt mich würgen. Manchmal sind diese ausgeprägten Sangua-Sinne wirklich ein Fluch.

»Stell dich nicht so an«, meint Kisa von weiter oben, während sie den Gullideckel über ihren Kopf zieht und nur wenige

Sekunden später neben mir im Matsch landet. Dreckspritzer fliegen in die Höhe und klatschen gegen mein Hosenbein. Ich werfe ihr einen vorwurfsvollen Blick zu, doch sie zuckt lediglich mit den Schultern und setzt sich in Bewegung.

Eine Weile laufen wir einfach schweigend nebeneinander her. Ich genieße es, dass die Stimmung zwischen uns deutlich entspannter ist als zuvor. Dennoch lasse ich mich von dem vermeintlichen Frieden nicht täuschen. Kisa ist immer noch meine Feindin. Sie ist dafür verantwortlich, dass ich überhaupt in dieser misslichen Lage bin. Ich werde meine Vorsicht in ihrer Gegenwart garantiert nicht fallen lassen.

»Das war wirklich beeindruckend«, sagt sie plötzlich aus dem Nichts und mustert mich neugierig von der Seite. »So viel Grips hätte ich dir gar nicht zugetraut. Ein Blutspendezentrum? Nicht schlecht. Hast du so die letzten Wochen überlebt?«

Ich deute ein Nicken an und konzentriere mich darauf, ruhig und gelassen zu wirken. Im Lügen bin ich furchtbar, aber wenn ich ein wenig Wahrheit in meine Worte streue, sollte es mir leichter von der Hand gehen. »Ich habe mich größtenteils von diesen Konserven ernährt«, meine ich und deute auf unsere Beute. »Wobei zwischenzeitlich auch die Tauben auf den Straßen sehr lecker aussahen.« Ich denke an das Tier vor der *Gesù-Nuovo*-Kirche zurück. Damals war ich drauf und dran, sie zu mir zu locken.

»Ha! Das kenne ich nur zu gut. Der Hunger ist kaum auszuhalten, nicht wahr?«, meint sie und klingt dabei zwar lockerer als zuvor, doch ihr forschender Blick dringt geradewegs durch meine Haut. Ich werde das Gefühl nicht los, dass sie alles dafür tut, um meine Vorsicht ins Wanken zu bringen. Sie denkt wahrscheinlich, ich würde mich selbst und meine Absichten bei der erstbesten Gelegenheit verraten. Aber darauf kann sie lange warten.

»Du sagst es«, murmle ich.

»Wie hast du es eigentlich geschafft, dass der Mitarbeiter des Roten Kreuzes dich loslässt und zu Boden geht?«, hakt Kisa nun nach. Ihr rot glühender Blick brennt auf meiner Haut.

Alles, woran ich denken kann, ist: *Sie weiß es. Sie weiß, was ich getan habe.*

»Der Mann hat sich vermutlich zu sehr aufgeregt und einen Herzinfarkt erlitten«, antworte ich ausweichend.

Kisa verengt die Augen zu zwei Schlitzen. »Ein Herzinfarkt?«, wiederholt sie ungläubig.

»Ja, vielleicht hatte er einen erhöhten Blutdruck, und der Stress hat einen Infarkt ausgelöst. Das wäre durchaus möglich, oder?«, haspele ich. Ich rede viel zu schnell, und meine Stimme klettert verräterisch in die Höhe. Hastig presse ich meine Lippen aufeinander.

Sei still. Verrate dich nicht.

Kisa erwidert nichts mehr auf meine Worte, und während wir weiter durch das unterirdische Netz aus Gängen und Tunneln wandern, werde ich das Gefühl nicht los, mich gleichzeitig in einem undurchschaubaren Netz aus Lügen zu verheddern.

30. KAPITEL | VERBORGENE GABEN

Cas und Teodoro wirken überrascht, als Kisa und ich gemeinsam in die Haupthöhle zurückkehren. Ich überreiche ihnen die Blutkonserven und beobachte, wie sie die Beute inspizieren.

»Nicht schlecht«, meint Caspare. Er klingt beeindruckt.

»Also habe ich den Test bestanden? Bin ich nun ein Teil eurer Gruppe?«, frage ich ungeduldig nach und lasse meinen Blick über die Clan-Mitglieder wandern.

Kisa öffnet bereits den Mund, doch sie wird jäh von Cas unterbrochen.

»Das haben wir nicht zu entscheiden, sondern Silvano.«

Ihr Anführer. Stimmt. Ich beiße mir vor lauter Nervosität auf die Unterlippe.

»Bis er sein Urteil fällt, darfst du gerne bei uns bleiben.« Teodoro klopft auffordernd auf das Kissen neben sich.

Für einen Moment hadere ich mit mir, aber dann gebe ich nach und lasse mich neben ihn auf den Boden sinken. Unruhig knibble ich an der Nagelhaut meiner Finger, während mein Blick hektisch durch die Höhle schweift. Das flackernde Kerzenlicht wirft lange Schatten an die Wände und gaukelt mir vor, dass sich jemand an uns heranschleicht. Jede Sekunde könnte Silvano hinter mir stehen …

Was, wenn der Anführer der Sangua mich durchschaut? Wird er mich aus den Katakomben verbannen? Wie weit würde er gehen, um seinen Clan vor einer möglichen Bedrohung zu schützen?

»Mach dir keine Sorgen, Cara. Silvano wird dich bestimmt akzeptieren, besonders nachdem du uns so großzügig versorgt hast«, meint Cas in meine Richtung.

Woher weiß er von meiner Unsicherheit?

»Deine Fußspitze tippt dauerhaft gegen den Boden. Ich nehme an, du bist nervös?«

Sofort unterdrücke ich die unbewusste Bewegung und starre den Sangua vor mir an. Ich kann ihm nicht einmal in die Augen schauen wegen seiner Sonnenbrille, und er liest meine Emotionen an einer winzigen Bewegung ab?

»Wie hast du …«

»Vibrationen«, stellt Kisa klar. »Cas kann kleinste Vibrationen in der Luft und auf der Erdoberfläche wahrnehmen.«

»*Incredibile*«, murmle ich und verfolge fasziniert, wie Caspare nun an den Bügel seiner Sonnenbrille greift, um sie abzunehmen. Zum ersten Mal kann ich ihm tatsächlich in die Augen sehen. Seine Pupillen wirken heller als bei sehenden Menschen. Ein seichter Blauton mischt sich in die Gräue seines Blickes. Ich erkenne aus der Nähe, wie seine Iriden zittern, als könnten sie sich nicht richtig fokussieren. Nach wenigen Sekunden setzt Caspare die Brille wieder auf und verbirgt seine Blindheit hinter den dunklen Gläsern.

»Ich bin schon von Geburt an blind, doch erst seit meiner Verwandlung zum Sangua ist mein Gehör derart stark ausgeprägt, dass ich mich durch die Vibrationen orientieren kann. Inzwischen hat sich mein Gehörsinn so verfeinert, dass ich kleinste Veränderungen in meiner Umgebung wahrnehme, bevor irgendjemand anders es tut. Da können selbst meine sehenden Freunde nicht mithalten.« Cas erzählt von seiner Vergangenheit, als wären wir alte Bekannte. Er lacht leise, woraufhin Kisa und Teodoro die Mundwinkel nach oben ziehen.

»Aus diesem Grund ist Cas einer unserer besten Späher und Wachmänner. Er kann eine Bedrohung schon dann erahnen, wenn wir anderen noch völlig ahnungslos sind«, erklärt Kisa. Sie klingt stolz auf ihren Freund. Ich höre ihr an, wie viel ihr dieser Clan bedeutet. Das hier ist nicht nur eine Zweckgemeinschaft, sondern ihre Familie.

»Besitzt ihr alle solche … Gaben?«, erkundige ich mich in Ermangelung eines besseren Wortes. Mir wird erst jetzt bewusst, dass ich zum ersten Mal ungefiltert all die Fragen stellen kann, die mich seit Wochen umtreiben.

»Und wie viele Clans gibt es noch außer euch? Seid ihr die Einzigen? Wie lange leben Sangua eigentlich? Und …« Die Worte strömen wie bei einem gebrochenen Damm aus meinem Mund, was die anderen wiederum zum Lachen bringt.

»Langsam, langsam. Eins nach dem anderen. Am besten beginnen wir bei den Gaben«, beschwichtigt Cas mich.

Teodoro und Kisa werfen sich einen unsicheren Blick zu. Ersterer deutet ein schwaches Nicken an.

»Seit meiner Verwandlung ist mein Geruchssinn extrem stark ausgeprägt«, startet Teodoro. »Ich kann krankes Blut riechen. Egal ob es sich um eine leichte Vergiftung oder eine Krebserkrankung handelt. Sobald dieser Mensch eine offene Wunde am Körper hat, kann ich riechen, ob er krank ist oder nicht. Sollte es so sein, geht ein fauliger Gestank von dem Blut aus. Eigentlich eine ziemlich unnütze und sehr nervige Begabung, wenn du mich fragst. Fast in jedem Menschen haust eine Krankheit, obwohl man es von außen nicht erkennt. Deswegen gehe ich kaum an die Oberfläche, die Gerüche wären nicht zu ertragen. Hier in den Katakomben kann ich mich abschirmen.«

Ungläubig starre ich Teodoro an. Seine Gabe klingt tatsächlich eher wie ein Fluch. Ich kann mir gar nicht vorstellen, wie es wäre, in seinen Schuhen zu stecken …

»Das stimmt doch gar nicht. Du bist ein Segen für uns alle, Teo! Nur dank dir können wir bestimmen, ob unsere Nahrung gesund ist. Von schlechtem Blut könnten wir krank werden«, meint Kisa und legt eine Hand auf seine Schulter.

Er hebt den Kopf und nickt ihr dankbar zu. »Das Blut, das ihr besorgt habt, ist auf jeden Fall rein. Da haben wir nichts zu befürchten«, sagt er und öffnet zeitgleich die erste Blutkonserve. Er trinkt einen Schluck, leckt sich über die Lippen und reicht die Konserve an mich weiter.

Nach kurzem Zögern nehme ich sie an und führe sie an meine Lippen. Ich habe das bei den Pugna unzählige Male gemacht. Kein Grund zur Sorge.

Die Flüssigkeit rinnt über meine Zunge meinen Rachen hinab. Ich kann ein genüssliches Stöhnen nicht unterdrücken. Die samtige Konsistenz des Blutes und der köstliche Geschmack erfüllen meine gesamte Wahrnehmung. Ich trinke noch einen langen Schluck, um das gierige Ziehen in meiner Magengrube zu stillen, und muss mich fast schon gewaltsam von der Konserve lösen, um sie hastig an Kisa weiterzugeben. Sie ist bereits halb leer.

»Und was ist mit dir?«, frage ich sie, während sie nach der Konserve greift.

Kisas Blick streift mich flüchtig, und ich erkenne deutlich, dass sie mir nicht antworten will. Sie presst die Lippen zu einer dünnen Linie zusammen.

»Oh, Kisas Gabe ist mit Abstand am nützlichsten. Sie ist unser Köder«, erklärt Caspare, bevor Kisa ihm mit dem Ellenbogen in die Seite stoßen kann.

»Köder?«, frage ich. Meine Stimme bricht. Ich kann mir nichts Gutes unter dem Wort vorstellen.

»Ich kann Menschen mit meinen Blicken lenken. Sie sehen mich an und fühlen sich angezogen von mir, sodass sie sich in meine Nähe wagen. Auf diese Weise gelingt es mir, ihr Blut anzuzapfen. Leider wirkt der Effekt nicht bei anderen Sangua.« Während sie mir ihre Begabung erklärt, vermeidet sie es vehement, in meine Richtung zu sehen. Noch nie habe ich sie so unsicher erlebt.

»Durch Kisa haben wir regelmäßigen Zugang zu Blut. Ohne sie wäre die Nahrungsbeschaffung deutlich schwieriger. Sie lockt die Menschen in die Katakomben, sodass wir uns an ihrem Blut bedienen können. Aber wir achten natürlich darauf, dass wir unsere Nahrungsquellen nicht töten. Wir nehmen uns nur so viel, wie wir brauchen, und lassen sie dann wieder ziehen. So konnten wir über die letzten Jahre hinweg gut überleben.« Teodoro klingt wirklich stolz, doch ich schaffe es gerade so, aufrecht sitzen zu bleiben und meine Gesichtszüge zu kontrollieren.

»Du lockst Menschen in die Falle?«, hauche ich fassungslos. »So wie mich?« Plötzlich ergibt alles Sinn. Die unerklärliche Anziehungskraft, die von Kisa ausging, sobald ich sie das erste Mal erblickt habe. Das verschwörerische rote Glühen ihrer Augen. Der Sog, den sie auf mich ausgeübt hat. Das alles war bloß … ihre Gabe?

Kisas Blick ruckt hoch und trifft meinen. Ich ertrinke in dem blutroten Strudel ihrer Augen. Hektisch will ich nach Luft schnappen, doch mein Mund bleibt fest verschlossen.

»Es ist nicht so, wie du denkst. Um einen Menschen anlocken zu können, brauche ich eine Verbindung zu ihm. Reiner Sichtkontakt reicht nicht aus. Die Person muss sich aus freien Stücken zu mir bewegen und eine gewisse Anziehungskraft verspüren. Meine Fähigkeiten verstärken diesen Effekt bloß und sorgen dafür, dass die Person nicht flieht. Ich schalte gewissermaßen ihre Vernunft aus, aber der Impuls muss dennoch vorhanden sein.« Mit jedem weiteren Wort verschlimmert Kisa die Situation.

»Also bin ich selbst schuld?«, raune ich. Denn genau das ist es, was ich aus ihren Worten heraushöre. Wenn ich nicht auf Kisa zugegangen wäre, wäre ich jetzt nicht hier. Wenn ich ihr nicht in die verfluchten Augen geschaut hätte, wäre ich jetzt nicht hier. Wenn ich mich nicht auf sie eingelassen hätte, wäre ich jetzt nicht hier …

»Cara«, setzt sie an, doch ich warte ihre Erklärung gar nicht ab, sondern springe auf und verlasse den Kreis, den Cas, Teodoro, Kisa und ich zuvor gebildet haben. Sie starren mich an. Caspare nippt an der Blutkonserve. Es ist alles zu viel.

»I-ich brauche einen Moment«, stottere ich und stolpere rückwärts von den Sangua weg. Mission hin oder her, ich muss Abstand nehmen, sonst verliere ich noch den Verstand. Kurzerhand fliehe ich in einen der Nebengänge und lehne mich gegen die raue Tunnelwand. Ich zwinge mich dazu, tiefe Atemzüge zu nehmen und mich zusammenzureißen. In den letzten Stunden sind so viele neue Informationen auf mich eingeprasselt, dass mein Schädel zu schmerzen beginnt.

»Bewahr die Ruhe, Cara. Du machst das großartig. Wir konnten dank dir schon viele neue Infos sammeln. Mach einfach weiter so.« Lucs Stimme in meinem Ohr kommt wie gerufen. Er muss gemerkt haben, dass mir die ganze Situation zusetzt.

Ich konzentriere mich auf seine Worte und grabe meine Fingernägel in den weichen Stoff des Mantels, in dem sich die Forschungsutensilien verstecken. *Mach einfach weiter …* Das ist definitiv leichter gesagt als getan. Mir ist klar, dass die Gespräche zwischen den Sangua nicht ausreichen werden, um das Interesse der Pugna zu stillen. Ich muss so schnell wie möglich genetisches Material von ihnen allen sammeln, damit ich den Clan bald wieder verlassen kann.

»Cara?«

Ich zucke zusammen, als Kisa meinen Namen in den Tunnel hineinruft. Langsam lockere ich meinen Griff und drehe mich zu ihr um. Ich beobachte, wie die Sangua sich mit vorsichtigen Bewegungen nähert. Hält sie mich etwa für ein scheues Tier?

»Was willst du?«, murmle ich und verschränke die Arme vor dem Oberkörper. Kisa bleibt jedoch nicht stehen, sondern stellt sich direkt vor mich. In ihren roten Augen spiegelt sich Reue.

»Ich wollte mich entschuldigen. Mir war nicht klar, wie sehr dich diese ganze Situation mitnimmt«, sagt sie. Ihre Worte klingen aufrichtig.

»Du hast mich in eine Falle gelockt, mich in eine Sangua verwandelt und dann allein gelassen. Was hast du gedacht, wie es mir damit gehen wird?«, zische ich erbost, und die alte Wut flammt in meiner Magengrube auf.

»Meine eigene Wandlung ist schon so lange her, ich habe völlig verdrängt, wie traumatisch der Prozess sein kann«, setzt Kisa an, schließt jedoch schnell wieder den Mund, als wollte sie sich vom Weiterreden abhalten. Dabei hätte ich sehr gerne gehört, was sie zu sagen hat.

»Worauf ich eigentlich hinauswollte, war, dass es mir ehrlich leidtut. Alles. Nicht nur, dass ich dich in jener Nacht auserwählt habe, sondern dass du obendrein diese ganze Tortur durchmachen musstest. Das ist nicht fair.« Mit jeder Silbe wird Kisas Stimme leiser. Sie scheint ihre Taten wirklich zu bereuen. Anscheinend ist sie doch kein so emotionsloses Monster, wie ich zuvor gedacht habe.

Sie hebt die Hand und streift mit ihren Fingerspitzen über meine Wange, bevor diese unter meinem Kinn zum Ruhen kommen und es leicht anheben. Vor Schock erstarre ich völlig. Zuletzt waren wir uns während unseres gemeinsamen Kusses so nah. Ich spüre immer noch das Verlangen nach einer Wiederholung in meinem Inneren. Den Wunsch, den Abstand zu verringern und meine Lippen auf die ihren zu legen. Es kostet mich jegliche Selbstbeherrschung, stumm stehen zu bleiben.

»Also ... war es nicht echt? Dein Interesse? Der Kuss? Das war alles bloß ein Mittel zum Zweck?«, wispere ich in der Hoffnung, dass das versteckte Mikrofon an meinem Hemd die Worte nicht aufschnappt.

Kisa schaut mich lange an. Das Rot ihrer Augen scheint sich mit jeder Sekunde zu intensivieren, und ich bilde mir ein, sie würde noch ein Stückchen näher an mich heranrücken.

»Ich wünschte, ich könnte *Ja* sagen«, haucht sie und erschüttert damit meine ganze Welt.

31. KAPITEL | TINTENSCHWARZ

Das Gespräch mit Kisa sitzt mir noch tief in den Knochen, selbst als ich mich schon längst zurück zu Cas und Teodoro in den Kreis gesellt habe. Kisa hat neben mir Platz genommen, und die Anspannung zwischen uns beiden ist so deutlich spürbar, als wäre ein Blitz in unserer Mitte eingeschlagen. Immer wieder gehen mir ihre Worte durch den Kopf. Ihr Eingeständnis, dass in jener Nacht mehr zwischen uns war als bloßer Blutdurst.

In den letzten Wochen habe ich in Kisa nicht mehr gesehen als ein Monster. Und nun stellt sich heraus, dass sie mir gegenüber tatsächlich … etwas … empfand? Ändert das irgendetwas? Vermutlich nicht. Soweit ich weiß, sind sie und ihr Clan für Francas Verschwinden verantwortlich. Selbst wenn Kisa mir gegenüber Reue zeigt, so hat sie sich bisher mit keinem Wort für Francas Schicksal entschuldigt. Vielleicht war sie sogar diejenige, die meine beste Freundin in den sicheren Tod gelockt hat, nachdem ich entkommen bin. Ich muss weiter nachbohren, um mehr herauszufinden.

»Wie viele Sangua gibt es noch, außer euch?«, greife ich meine Frage von vorhin wieder auf.

Cas legt den Kopf schief, die anderen beiden schweigen. Anscheinend kennt keiner die genaue Antwort.

259

»In Neapel sind wir auf jeden Fall der einzige Clan. Silvano hat allerdings davon gesprochen, dass sich unsere Spezies auch in anderen europäischen Ländern ausgebreitet hat. Besonders in Gegenden, die über weitläufige Tunnelsysteme verfügen. So wie die Katakomben in Paris oder die U-Bahn-Schächte in London. Zu diesen Clans haben wir allerdings keinen Kontakt«, erklärt Cas.

Ich hänge an seinen Lippen, dürste nach mehr Informationen. Mir schwirren so viele Fragen im Kopf herum, die ich am liebsten alle auf einmal stellen würde.

»Und sind all diese Sangua auch miteinander verbunden? Durch dieses … Blutband?«, hake ich nach.

Cas und Teodoro schütteln beide den Kopf. Kisa bleibt stumm. »Die Blutverbindung besteht nur zwischen Sangua, die ihr Blut miteinander vermischen. Während der Verwandlung zum Beispiel«, meint Teodoro.

Ohne es kontrollieren zu können, zuckt mein Blick kurz zu Kisa. »Bleibt die Verbindung für immer bestehen?«, will ich wissen und bemerke, wie sie sich versteift.

»Ja, allerdings kann man sie schwächen, indem man sich mental von der anderen Person abkapselt oder indem man genug räumliche Distanz zwischen sich bringt. Es ist schwer zu erklären, aber um eine Blutbindung aufrechtzuerhalten, muss man einander nah sein, sonst verblasst sie nach einiger Zeit.«

Ich denke daran zurück, wie ich versucht habe, Kisa aus meinen Träumen auszuschließen, und nicht mehr von ihr gesehen werden wollte. Damals habe ich unwissentlich das Blutband zwischen uns geschwächt.

»Und mit wem seid ihr verbunden? Mit Silvano?«, wundere ich mich.

Teodoro will gerade antworten, doch er klappt seinen Mund schnell wieder zu und fokussiert etwas direkt über mir.

»Sieh mal einer an«, ertönt es da plötzlich hinter meinem Rücken.

Ich fahre herum und erkenne wenige Schritte hinter mir zwei Gestalten mitten in der Höhle. Ihre Blicke sind auf mich gerichtet, eine deutliche Aufforderung aufzustehen. Caspare, Teodoro und Kisa schnellen ebenfalls in die Höhe.

»Wen haben wir denn da?«, fragt einer der Neuankömmlinge. Es handelt sich um einen groß gewachsenen Mann, der völlig deplatziert wirkt in den Katakomben, denn er trägt einen edel aussehenden Anzug. Sein grau meliertes Haar hat er ordentlich zurückgekämmt, und auf seinen Wangen zeichnet sich ein leichter Bartschatten ab. Das ist jedoch nicht das Skurrilste an dem Fremden. Mein Fokus bleibt an seinen unnatürlichen Augen haften. Man erkennt weder Pupille noch Iris, denn das gesamte Sehorgan ist tiefschwarz gefärbt. Es wirkt beinahe so, als hätte man den Augapfel in Tinte getunkt. Kein Licht reflektiert darin, keine Bewegung ist zu sehen.

Ein Schauder wandert bei diesem Anblick über meinen Rücken. Das muss Silvano sein. Der Anführer des Clans.

Neben ihm steht eine Frau, die besonders durch ihr feuerrotes Haar auffällt, das sie in eine aufwändige Flechtfrisur gewoben hat. Ihr Körper ist mit Lederplatten und dunklen Stoffen umwickelt. Passend dazu verzieht sie ihre Miene grimmig, und ich kann mir auch schon denken, warum. Ich schlucke schwer. Wenn mich meine vorherigen Recherchen bei den Pugna nicht täuschen, muss es sich hierbei um Camilla handeln. Die junge Frau ist als Jugendliche auf den Straßen Neapels verschwunden und nie wieder aufgetaucht. So wie fast alle aus dem Clan.

»Das ist Cara. Sie will sich uns anschließen«, offenbart Caspare und tritt an Silvanos Seite. Er bewegt sich so geschmeidig, dass ich nie auf die Idee gekommen wäre, dass er blind sein könnte. Wobei da vielleicht auch nur meine Vorurteile sprechen.

261

»Ist das so?«, fragt Silvano und bewegt sich in meine Richtung. Erst knapp vor mir kommt er zum Stehen und mustert mich von oben bis unten. Sein finsterer Blick gleitet wie ein dunkler Schatten über mich hinweg und sorgt dafür, dass ich am liebsten Kisas Hand neben mir ergreifen würde. Ich habe das Gefühl, Silvano würde mir direkt bis auf den Grund meiner Seele starren und meine Absichten durchschauen.

Vicente hat mich vor ihm gewarnt und mir eingeschärft, dass ich ihm gegenüber auf gar keinen Fall meine Mission erwähnen darf. Silvano ist der erste Sangua seiner Art in Neapel, und er ist meines Wissens für die Verwandlungen des jetzigen Clans verantwortlich. Er will kein Gegenmittel für die Mutation beschaffen, denn nach allem, was die Pugna herausgefunden haben, genießt er sein Dasein als Vampir. Doch erst jetzt, wo ich vor ihm stehe, weiß ich, was Vicente mit seinen Worten gemeint hat. Silvano besitzt Macht. Die anderen sehen zu ihm auf und respektieren ihn. Sobald er die Höhle betreten hat, hat sich die Dynamik verändert. Er ist der Mittelpunkt ihres Daseins. Wer würde so viel Einfluss freiwillig aufgeben?

»*Sì*«, antworte ich ihm und schlucke schwer. Am liebsten würde ich mich unter seinem Blick winden, aber ich schaffe es, äußerlich ruhig zu bleiben.

Lange starrt er mich einfach nur an, intensiv und ohne zu blinzeln. »Wer ist dafür verantwortlich?«, raunt er schließlich und hebt seine Hand, um mir eine Haarsträhne zur Seite zu streichen. Seine kalten Fingerspitzen fahren über die Narben auf meiner Haut. Kisas Bisswunde. Die Berührung sendet einen Blitz in meine Muskeln und Knochen hinein. Dennoch wage ich es nicht, mich zu bewegen. Bloß mein Blick zuckt kurz zur Seite, wo Kisa steht.

Endlich wendet Silvano sich von mir ab und Kisa zu. »Warum hast du mir nichts von deinem Fehltritt erzählt, *bambina*?«

Ich runzle die Stirn. Nennt er alle Mitglieder des Clans seine Kinder? Stellt er so was wie eine Vaterfigur für sie dar?

»I-ich wusste nicht ...«

»Lüg mich nicht an! Du weißt, es nützt dir nichts«, unterbricht Silvano sie.

Ich verenge die Augen und betrachte ihn genauer. Sollten alle Sangua eine besondere Begabung besitzen, so muss auch Silvano über eine verfügen. Kann er vielleicht erahnen, ob jemand lügt oder die Wahrheit spricht? Oder interpretiere ich zu viel in seine Worte hinein?

»Die Verwandlung war nicht beabsichtigt. Cara hat sich in den letzten Wochen allein durchgeschlagen. Wenn sie auf sich gestellt bleibt, wird sie an der Oberfläche nicht mehr lange überleben«, gibt Kisa schließlich zähneknirschend zu.

Falls er ihr diese Version der Geschehnisse abkauft, dann vielleicht auch mir. Wird er den Köder schlucken?

»Und du hältst sie für ungefährlich?«, fragt Silvano laut genug, damit alle anderen Clan-Mitglieder ihn ebenfalls hören.

Ich fokussiere Kisa, und für einen Moment gerät mein Puls ins Stolpern. Sie vertraut mir nicht, dessen bin ich mir bewusst. Selbst nachdem wir gemeinsam die Blutkonserven gestohlen haben, ist sie sich nicht sicher, was meine Absichten angeht. Sie ahnt etwas ...

»*Sì*«, bestätigt Kisa klar und deutlich.

Überrascht ziehe ich die Augenbrauen in die Höhe. Ich sehe Kisa an, dass sie eigentlich etwas ganz anderes sagen wollte. Die inneren Zweifel spiegeln sich deutlich in ihren zitternden Händen wider, die sie hinter dem Rücken verschränkt hält. Aber ihre Miene bleibt hart und unlesbar.

Silvano schaut sie regungslos an, bevor er sich von ihr ab- und den anderen Sangua zuwendet. »Was denkt ihr darüber?«, fragt er in die Runde.

Camilla bleibt stumm. Ihr Blick brennt stärker als das Sonnenlicht auf meiner Haut. Teodoro legt hingegen eine Hand auf Caspares Schulter und drückt diese kurz.

»Wir glauben, Cara könnte eine gute Ergänzung für unsere Gruppe sein. Sie hat bereits ihren Eifer bewiesen und uns mit neuer Nahrung versorgt. Wenn nichts dagegenspricht, unterstützen wir die Entscheidung, sie bei uns aufzunehmen«, erklärt Caspare, während er in Richtung des kleinen Stapels Blutkonserven deutet, der auf dem Boden liegt.

»Wir werden sehen«, murrt Silvano und dreht sich schlussendlich wieder in meine Richtung. Ich weiche dem Blick aus seinen tintenschwarzen Augen nicht aus. Nein, stattdessen stürze ich mich in die Fluten und trotze der Dunkelheit. Ich zwinge mich dazu, keine Angst gegenüber diesem Mann zu empfinden.

»Wenn es wirklich dein Wille ist, dich dem Clan anzuschließen, musst du zuerst den Blutritus vollziehen. Vorausgesetzt, du überlebst diesen, heißen wir dich herzlich in unseren Reihen willkommen.« Silvano beendet seine Ansprache mit einem breiten Lächeln, das dem einer Raubkatze gleicht. Seine geschärften Fangzähne sind beinahe doppelt so groß wie meine, und ich glaube, an ihnen sogar noch etwas Blut kleben zu sehen.

»*Grazie*«, erwidere ich atemlos und nicke ihm zu.

Der Anführer erwidert die Geste, bevor er sich von mir abwendet. Er verschwindet genauso schnell, wie er aufgetaucht ist, und lässt all seine Anhänger kommentarlos zurück.

Während die anderen nach Minuten des Schweigens wieder in gewohnte Verhaltensmuster und Unterhaltungen zurückfallen, stehe ich wie erstarrt da und betrachte den Fleck am Boden, wo bis gerade eben noch der Anführer des Sangua-Clans von Neapel vor mir gestanden hat. Ich werde das Gefühl nicht los, dass er mehr über mich weiß, als er zugeben will. Er muss ahnen, dass ich nicht ohne Hilfe an der Erdoberfläche überlebt habe. Wahrscheinlich hält er mich für eine Bedrohung seiner *Kinder*. Hat er mir deswegen mit dem Tod gedroht?

Vollziehe den Blutritus ... was soll das überhaupt bedeuten?

Worauf habe ich mich da bloß eingelassen?

32. KAPITEL | LEERE DROHUNGEN

Es hat Stunden gedauert, in denen ich mich schlaflos auf der Pritsche hin und her gedreht habe, bis ich in die Bewusstlosigkeit abgedriftet bin. Doch jetzt bin ich endlich hier. An dem Ort, den nur Kisa und ich aufsuchen können.

Sie wartet bereits auf mich, starrt mir entgegen, sobald ich mich vor ihr manifestiere. Kisa legt den Kopf schief und verschränkt die Arme vor der Brust.

»Du bist spät dran«, meint sie.

»Ich konnte nicht einschlafen«, murmle ich zur Antwort.

»Das war ganz schön viel heute, nicht wahr?«

Ich zucke bloß mit den Schultern. Jetzt, wo ich die Ereignisse des vergangenen Tages sacken lasse, wird mir erst bewusst, was alles geschehen ist. Ich habe mich nicht nur zurück in die Katakomben geschlichen, sondern auch den Clan infiltriert und obendrein eine Blutbank ausgeraubt. Aber mich plagt das Gefühl, dass mir noch viel Schlimmeres bevorsteht.

»Was hat es mit diesem Blutritus auf sich, von dem euer Anführer gesprochen hat?«, will ich wissen und nähere mich Kisa. Ich habe keine Ahnung, wie wir zueinander stehen, allerdings spüre ich deutlich die Anspannung in der Luft.

Sie stößt einen langen Atemzug aus. »Es handelt sich um eine Art

Feuerprobe, bei der geprüft wird, ob du wirklich ein Teil des Clans werden solltest«, erklärt Kisa und weicht plötzlich meinem Blick aus. »Es ist gefährlich. An deiner Stelle würde ich vor dem Beginn des Ritus fliehen, falls du auch nur den leisesten Zweifel in dir trägst. Viele überleben die Prozedur nicht.« Ein Schatten huscht über Kisas Gesicht, als würde sie sich an all den Schmerz erinnern, den sie selbst einst erleiden musste.

»Wenn du willst, dass ich gehe, warum hast du mich dann vorhin vor Silvano in Schutz genommen?«, wundere ich mich.

Nun schaut Kisa endlich auf. In ihren Augen glüht Verzweiflung. »Um dir die Möglichkeit zur Flucht zu geben. Hätte er dich in diesem Moment als Bedrohung wahrgenommen, so wie ich, hätte er dich auf der Stelle eliminiert.«

»Wäre das denn gegen deinen Willen gewesen? Soweit ich weiß, willst du mich loswerden, seit ich hier aufgetaucht bin.« Meine Stimme bleibt ruhig, auch wenn in meinem Inneren ein Sturm wütet. Verwirrung und Angst umwirbeln einander wie ein Tornado, der eine Schneise der Zerstörung in meiner Gefühlswelt hinterlässt.

»Ich will, dass du verschwindest, nicht, dass du stirbst«, stellt Kisa klar. Sie klingt hart, unnachgiebig. »Wahrscheinlich muss ich dir erst zeigen, was ich meine, damit du mich verstehst.« Mit diesen Worten kehrt sie mir den Rücken zu und beginnt, ihren Hemdsärmel nach oben zu schieben.

Ich stehe wie festgefroren da und kann meinen Blick nicht von ihr abwenden. Ich erwarte, makellose Haut zu entdecken, doch das, was ich stattdessen erkenne, lässt mich erschrocken nach Luft schnappen. Vier breite Narben prangen auf ihrem Arm. Es sieht aus, als hätte ein Ungeheuer seine Krallen in ihr Fleisch gegraben und sie der Länge nach aufgeschlitzt. Langsam nähere ich mich der Vampirin und strecke die Hand aus, um sie vorsichtig zu berühren. Meine Fingerspitzen streifen über die wulstigen Narben, woraufhin Kisa deutlich zusammenzuckt. Langsam fahre ich jede einzelne Narbe nach und beobachte, wie sich eine feine Gänsehaut auf ihrem Unterarm bildet. Ihre Haut ist kühl im Vergleich zu meinem erhitzten Blut. Meine Finger kribbeln dort, wo unsere Hautoberflächen aufeinandertreffen.

»Jedes Mitglied des Clans fügt dir eine Narbe zu, um dein Blut zu ernten und mit seinem eigenen zu vermischen. Auf diese Weise wird ein Blutband zwischen allen Sangua geknüpft. Es fühlt sich beinahe an, wie ein zweites Mal verwandelt zu werden.«

Ich zweifle ihre Worte nicht an.

»Wusstest du, dass während der Wandlung zur Sangua für kurze Zeit ein Totenzustand herrscht? Wir atmen nicht, wir besitzen keinen Puls. Wir sind tot. Bis wir wiederauferstehen und unter den Lebenden wandeln, als wäre nichts geschehen.«

Kisas Worte bohren sich tief in mein Gedächtnis. Ich denke an die Zeit kurz nach unserem Aufeinandertreffen in den Katakomben zurück. An jenen Moment, in dem ich kraftlos inmitten der unterirdischen Tunnel zusammengebrochen bin und mir sicher war zu sterben. Ich habe Dante und meine Eltern vor mir gesehen und war davon überzeugt, dass dies das Ende ist ... bis ich aufgewacht bin. Als Sangua. War ich wirklich tot? Ist das überhaupt möglich? Und wenn ja, steckt überhaupt noch ein Hauch Menschlichkeit in mir?

»Der Blutritus ist schlimmer als die Wandlung. Du erlaubst den anderen Sangua, einen Teil von dir zu stehlen. Sie rauben einen Part deiner Seele, um zu wissen, was du denkst. Was du fühlst. Nur so können sie sich sicher sein, dass du auf unserer Seite stehst. Und wenn ihnen nicht gefällt, was du empfindest, können sie dich immer noch töten.« Kisas Worte klingen endgültig.

Ich lege meine flache Hand auf ihren Arm und spüre deutlich, wie sie unter meiner Berührung erzittert. Obwohl jeder Instinkt in meinem Körper mich dazu drängt zu fliehen, bleibe ich. Bei ihr.

»Ich werde nicht gehen«, stelle ich klar.

Ihr Kopf ruckt nach oben, und ihr Blick verhakt sich mit meinem. »Du wirst nicht überleben, Cara.«

»Das werden wir sehen.« Ich bewahre die Ruhe, obwohl ich nichts lieber tun würde, als die Flucht zu ergreifen. Aber ich habe keine andere Wahl. Wenn ich meine Mission erfüllen und den Pugna bei der Erstellung eines Heilmittels helfen will, muss ich in der Nähe des Clans bleiben. Meine Menschlichkeit steht auf dem Spiel.

»Dich bindet nichts an den Clan! Du musst gehen!« Inzwischen ist Kisa die Verzweiflung deutlich anzumerken.

Ich schaue ihr in die Augen, sodass sie keinen Zweifel an meinen Worten hat, als ich ihr sage: »Doch. Du hältst mich hier.«

Es ist die Wahrheit. Kisa und mich verbindet mehr, als ich zugeben möchte. Nicht nur das Blutband, sondern auch unsere gemeinsame Vergangenheit. Sie ist der Beginn meiner Reise. Sie ist verantwortlich für meine Wandlung. Sie wird mein Ende sein. Dafür werde ich sorgen.

Kisa bebt unter meiner Berührung. Mein Puls wummert in meinen Ohren und macht es mir unmöglich zu denken.

»Du hast in meinem Clan nichts verloren. Ich hasse dich«, knurrt sie und fletscht die spitzen Eckzähne, doch davon lasse ich mich nicht einschüchtern. Inzwischen kenne ich sie gut genug, um zu erkennen, wann sie lügt.

Ihr Atem vermischt sich mit meinem, als ich ihr noch ein Stückchen näher komme. »Nein, tust du nicht«, flüstere ich. In diesem Moment durchschaue ich ihre sorgfältig errichtete Fassade. Kisa verspürt keinen Hass, sondern Furcht. Sie hat Angst um ihren Clan, ihre Familie und vielleicht sogar ein bisschen um mich. Sie versucht, mich von sich zu stoßen, um sich selbst zu schützen und diejenigen, die sie liebt. Ich sehe die widersprüchlichen Gefühle über ihre Miene huschen. Sie traut mir nicht, doch zugleich weiß sie, dass sie sich nicht von mir fernhalten kann.

»Ich habe keine Angst vor dir«, hauche ich und lege meine Hände auf ihre Taille, um sie näher an mich heranzuziehen.

Kisas Augen weiten sich. Ihr Blick huscht über mein Gesicht und verharrt einen Moment lang auf meinen Lippen. Sie furcht die Augenbrauen, und ohne noch eine weitere Sekunde verstreichen zu lassen, umfasst sie mein Gesicht mit ihren Händen.

»Maledizione!«, knurrt sie, als sie ihre Lider schließt, ihren Kopf in meine Richtung senkt und schließlich ihren Mund auf den meinen legt. Zunächst streifen mich ihre Lippen nur sanft wie ein Atemzug, bevor wir beide gieriger werden und immer mehr von der jeweils anderen einfordern. Die Anspannung der letzten Stunden entlädt sich wie ein Blitz zwischen uns. Meine Lippen prickeln elektrisiert, und ich könnte schwören, dass ein Knistern über meine Haut wandert. Kisa vergräbt ihre Finger in meinem Haar, während ich meine Hand über ihren Rücken wandern lasse.

Ihr Duft hüllt meine Sinne ein. Ich spüre ihr Lächeln und fahre mit der Zungenspitze über ihre Unterlippe, beiße sanft hinein. Kisa stößt ein genießerisches Stöhnen aus, das dafür sorgt, dass mein Unterleib sich verräterisch zusammenzieht.

Ihr Mund streift über meine Wangenknochen an meinem Kiefer entlang, hinunter zu meinem Hals bis zu der Stelle, an der sie mich damals gebissen hat. Kisa hinterlässt eine heiße Spur aus Küssen auf meiner Haut. Ich ringe nach Luft, grabe meine Fingernägel in ihre Schultern und versuche, mich zu beherrschen. Doch erst als ihre Lippen auf der Bissverletzung zum Ruhen kommen, klärt sich der Nebel in meinem Verstand. Die Erinnerung an den damaligen Schmerz bringt mich zurück auf den Boden der Tatsachen.

Dio mio, was tun wir hier? Kisa hat mir gerade ins Gesicht gesagt, dass sie mich hasst, und daraufhin küssen wir uns? Was ist bloß in mich gefahren?

Bevor ich es verhindern kann, reiße ich die Augen auf und fliehe aus dem Traum.

33. KAPITEL | MI DISPIACE

Ich sitze senkrecht auf meiner Pritsche und ringe nach Luft. Mein Blick zuckt über die Umgebung hinweg, bis ich Kisa wenige Meter von mir entfernt entdecke. Sie lehnt sitzend an der Wand. Ist sie etwa so eingeschlafen? Ihre Lider heben sich, und ich sehe deutlich, wie hektisch sich ihr Brustkorb hebt und senkt. Noch immer spüre ich ihren Kuss auf meinen Lippen und muss den Drang unterdrücken, die Finger auf meinen Mund zu legen. Mein Herz pocht so laut, dass Kisa es sicherlich hören kann.

Sie richtet sich gerade auf und wirkt so, als wollte sie auf mich zukommen, aber im selben Moment stellt sich jemand vor mich und blockiert mein Sichtfeld. Ich schaue an der breit gebauten Gestalt in die Höhe und mustere Cas fragend.

»Bist du bereit für das Ritual, Cara?«, erkundigt er sich in einem verschwörerischen Tonfall.

Bevor ich nicken kann, steht Kisa auch schon neben ihm. »Ich übernehme das, Cas«, zischt sie bedrohlich.

»Silvano hat mich persönlich damit beauftragt, sie vorzubereiten. Du kennst ihn, er hasst jegliche Abweichungen von seinen Befehlen.« Cas weicht nicht zurück. Er bietet Kisa völlig mühelos die Stirn.

Diese wirft mir einen verzweifelten Blick zu, der mich förmlich anfleht, diese Gelegenheit zu nutzen und den Clan zu verlassen. Sollte ich den Blutritus nicht vollziehen wollen, muss ich gehen. Jetzt. Ich erinnere mich an die tiefen Narben auf ihrem Arm und zweifle für einen Sekundenbruchteil an meinem Vorhaben. Dieser Ritus ist lebensgefährlich. Aber wenn ich ihn nicht hinter mich bringe, verwirke ich meine Chancen auf ein Heilmittel gegen die Sangua-Mutation. Dann war alles, was ich durchlitten habe, völlig umsonst.

Mein Entschluss steht fest. Ich bleibe.

»Ist schon in Ordnung«, wispere ich in ihre Richtung. Kisa steht da wie vom Donner gerührt, während ich mich von der Pritsche schwinge und vor Cas positioniere. »Ich bin bereit.«

Mehr braucht der Sangua nicht zu hören. Er legt mir eine Hand auf die Schulter und führt mich fort von den Schlafplätzen, wo Teodoro unbeirrt vor sich hin schnarcht. Camilla muss irgendwo Wache stehen, denn ich kann sie nirgends entdecken. Kisa bleibt wortlos zurück und schaut uns hinterher. Ich kann ihren brennenden Blick deutlich in meinem Nacken spüren.

»Ich habe Kisa noch nie so erlebt. Was hast du bloß mit ihr angestellt?«, fragt Caspare und kann ein leises Lachen nicht unterdrücken.

Ich schlucke schwer und versuche, die aufkommende Erinnerung an unseren Kuss zu unterdrücken. Meine Emotionen wirbeln durcheinander, und ich weiß gar nicht, was ich als Erstes fühlen soll. In den letzten Wochen habe ich meinen Hass gegen Kisa geschürt, weil ich sie für all die Veränderungen in meinem Leben verantwortlich gemacht habe. Doch nun, wo ich ihr wieder gegenüberstehe, schleicht sich die Anziehungskraft zurück in meine Wahrnehmung. Ich bemerke all diese Dinge an ihr, die mir vorher nicht aufgefallen sind. Wie sie mich in Schutz nimmt, obwohl sie mir nicht vertraut. Wie sie sich um mich sorgt, obwohl sie mich ohne große Umstände loswerden könnte. Wie sie mich ansieht, obwohl sie behauptet, mich zu hassen.

»Sie ist bestimmt nur müde und deswegen gereizt«, antworte ich vage, obwohl ich genau weiß, dass viel mehr hinter Kisas Verhalten steckt. Ich erwische mich sogar dabei, wie ich mir wünsche, ihr von meiner Mission erzählen zu können. Vielleicht geht es ihr wie mir, und sie ist das Sangua-Dasein längst leid. Wenn sie sich ebenfalls ein Heilmittel für ihren Zustand wünscht, könnten wir zusammenarbeiten. Doch dafür kenne ich sie noch nicht gut genug. Ihre Loyalität gegenüber Silvano ist wahrscheinlich zu groß. Sie würde mich verpfeifen. Trotzdem fühlt es sich falsch an, so eine große Sache vor ihr zu verheimlichen.

»Was geht dir durch den Kopf?«, wundert sich Cas und katapultiert mich damit zurück ins Hier und Jetzt.

»Ich bin bloß nervös wegen des Rituals. Kisa hat erwähnt, dass es sehr schmerzhaft ist und vielleicht sogar tödlich enden kann«, behaupte ich. Inzwischen bin ich viel zu gut darin geworden, mir Ausreden und Lügen einfallen zu lassen.

Er seufzt, und das sagt eigentlich schon alles. »Sie hat nicht ganz unrecht. Aber wenn du es überstanden hast, wirst du mit uns verbunden und ein fester Teil des Clans sein. Nicht einmal Silvano wird dann deine Loyalität anzweifeln können«, erklärt er, während er mich in eine kleine Nebenhöhle führt, die ebenfalls von Kerzenlicht erhellt wird. An der Wand lehnt eine große Spiegelscherbe. Die Oberfläche ist bereits trüb geworden, sodass ich mich kaum wiedererkenne. Daneben liegt ein dunkles Bündel auf dem Boden. Caspare geht auf dieses zu, hebt es an und überreicht es mir schließlich. Erst beim näheren Hinsehen erkenne ich, dass es sich anscheinend um eine Art Kutte handelt.

»Hör zu, bevor du das hier anlegst, muss ich dir noch etwas sagen«, meint Cas plötzlich. Er nimmt sogar seine Sonnenbrille ab, damit ich ihm in die Augen schauen kann. Auch wenn er meine nicht fokussiert, erkenne ich seine Emotionen auf diese Weise viel besser. Er presst die Lippen zusammen und furcht die Stirn.

»*Mi dispiace.* Es tut mir leid, Cara.« Er schluckt schwer. »Es war nie meine Absicht, dich in dieses ganze Chaos reinzuziehen. Als ich dich und deine Freunde damals angesprochen und zu der Untergrundparty eingeladen habe, wollte ich keinen von euch ernsthaft verletzen, geschweige denn verwandeln. Das Dasein als Sangua ist kein leichtes, das weiß ich selbst nur zu gut. Dass du nun in der gleichen Lage steckst wie wir, bereue ich sehr. Du solltest das alles nicht mitmachen müssen. Die Verwandlung, den Blutdurst, das Ritual … es tut mir leid. Wirklich. Auch wenn es dir vermutlich schwerfällt, mir das zu glauben.« Caspares Stimme bebt. Er scheint lange über seine Worte nachgedacht zu haben, vielleicht sogar die ganze Nacht. Sie wirken zwar einstudiert, aber sie kommen offensichtlich von Herzen.

Dennoch kann ich nicht verhindern, dass sich meine Hände um die Kutte verkrampfen und meine Miene sich zu einer schmerzerfüllten Grimasse verzieht. Nie im Leben kann ich seine Entschuldigung annehmen. Nicht nach allem, was ich durchmachen musste. Nicht mit dem Wissen, dass meine beste Freundin ihm und seinem Clan zum Opfer gefallen ist.

»Allerdings«, entgegne ich. Meine Stimme bricht, und ich brauche einen Moment, um mich zu sammeln. »Wie kannst du ernsthaft glauben, dass ich deine Entschuldigung annehme nach dem, was ihr Franca angetan habt?«

Caspares Augenbrauen wandern in die Höhe.

»Du erinnerst dich bestimmt an sie, schließlich war sie so willig, dir bis in diese verdammten Katakomben zu folgen. Hast du wirklich geglaubt, ich würde das Schicksal meiner besten Freundin vergessen? Sie ist diejenige, die nie nach Hause zurückgekehrt ist. Du schuldest mir keine Entschuldigung, sondern ihr!«

Merda, was ist bloß in mich gefahren? Die unterdrückte Trauer um meine beste Freundin kämpft sich mit brachialer Gewalt zurück an die Oberfläche. Ohne diesen Clan wäre meine beste Freundin noch am Leben! Vermutlich würden wir in diesem Moment sogar gemeinsam die Stadt unsicher machen oder uns auf ihre Couch verkrümeln. Tränen brennen in meinen Augen und lassen meine Sicht verschwimmen. Sie quellen über meinen Wimpernkranz und bahnen sich ihren Weg über meine Wangen.

»Du glaubst, sie ist noch in den Katakomben?«, will Caspare wissen. Er klingt ungläubig.

Was für eine Frage! Immerhin weiß ich dank den Pugna, dass sie weder auf den Straßen von Neapel noch bei ihrem Elternhaus aufgetaucht ist. Aber das kann ich ihm nicht auf die Nase binden.

»Das ist nicht möglich. Ja, Teodoro hat sich ein wenig an ihr … bedient. Zumindest soweit ich weiß, allerdings wurde sie nach einer Weile wieder an die Oberfläche zurückgeführt. Ich habe sie höchstpersönlich dorthin gebracht. Wir haben dir doch schon erklärt, dass wir uns nur so viel Blut von den Menschen nehmen, wie wir brauchen.« Caspare klingt überzeugt. Seine Stimme zittert nicht. Er regt sich kaum.

»Du glaubst mir nicht«, stellt er fest.

»Nicht wirklich.« Ich weiß nicht, was ich glauben soll. Die Pugna haben Nachforschungen betrieben und Franca nicht ausfindig machen können. Sie muss also in den Katakomben umgekommen sein. Cas wirkt jedoch nicht so, als würde er sich das alles ausdenken. Oder will er mich bloß in Sicherheit wähnen? Ich wünschte, Luc würde sich über das Earpiece melden, aber vermutlich wagt er es nicht, dieses in der Gegenwart eines Sangua einzuschalten, der für seine Hörgabe bekannt ist.

»Ist das der Grund, weshalb du zurück in die Katakomben gekommen bist? Um deine Freundin zu finden?«

Seine Frage erwischt mich eiskalt, allerdings bietet sie mir zugleich einen perfekten Ausweg.

»Ja, unter anderem. Ich brauche wirklich die Hilfe des Clans zum Überleben. Natürlich habe ich trotzdem gehofft, hier unten vielleicht auf Franca zu treffen«, gebe ich zu.

Cas scheint einen Moment nachzudenken. Er wirkt ganz anders als bei unserem ersten Treffen. Damals war er verschlossen und heimlichtuerisch. Heute habe ich das Gefühl, ihn wie ein offenes Buch lesen zu können. Verhält er sich nur so, weil ich eine Sangua bin und nun zu seiner Art gehöre? Oder weil er Schuldgefühle mir gegenüber empfindet?

»Ich mache dir einen Vorschlag. Sobald das Ritual überstanden ist, suchen wir deine Freundin auf und beweisen dir, dass es ihr bis auf einen geringen Blutverlust gut geht. Einverstanden?« Das Angebot klingt verlockend. Cas streckt seine Hand aus und wartet darauf, dass ich einschlage.

Kann ich ihm trauen? Spricht er die Wahrheit? Könnte es tatsächlich sein, dass Franca lebt? Aber warum sollten die Pugna mich anlügen? Es gibt nur einen Weg, um die Wahrheit herauszufinden: Ich muss sie selbst suchen. Selbst wenn das bedeutet, einem Sangua zu vertrauen.

»Einverstanden«, antworte ich und erwidere seinen Händedruck. Ich verfluche mich selbst dafür, dass ich den geringen Hoffnungsschimmer, Franca könnte noch am Leben sein, mit aller Gewalt beschütze. Es wird mich zerstören, sollte sich herausstellen, dass die Pugna recht behalten haben und sie längst verstorben ist. Doch dann weiß ich auch, dass meine Loyalität ihnen gegenüber begründet ist.

»*Bene.* Lass uns das Ritual hinter uns bringen«, meint Cas und schenkt mir ein kleines Lächeln. Er weist mich an, den Oberkörper freizumachen und die Kutte anzulegen. Kurz darauf verlässt er die Höhle.

Widerwillig knöpfe ich mein Hemd auf und lege es ab. Mir ist bewusst, dass sich darin das Mikro und die Kamera verbergen, mit denen ich mit den Pugna verbunden bin. Aber damit die Sangua keinen Verdacht schöpfen, muss ich die Kleidung zurücklassen.

Ich schlüpfe in die bodenlange Robe mit einer breiten Kapuze, die meine gesamte Gestalt verhüllt. Wieder einmal frage ich mich, worauf ich mich hier eigentlich eingelassen habe.

»Mach dir keine Sorgen, Cara. Wir haben alles unter Kontrolle und werden einschreiten, sobald wir verdächtige Aktivitäten wahrnehmen. Außerdem habe ich bereits veranlasst, dass ein neuer Trupp nach Spuren deiner Freundin sucht. Sollte sie tatsächlich noch leben, werden wir sie ausfindig machen. *Fidati di me.*«

Ich bin erleichtert, als ich die gewohnte Stimme meines Kameraden im Ohr vernehme. Es tut gut zu wissen, dass er alles mithört und mich nicht allein lässt. Immerhin bin ich weiter durch das Earpiece mit Luc verbunden, auch wenn ich keine Kamera mit mir führe. Der Pugna klingt ruhig und gefasst. Nicht so, als hätte Cas gerade mein ganzes Weltbild auf den Kopf gestellt.

Ich betrachte mich ein letztes Mal in dem milchigen Spiegelglas und schrecke beinahe vor dem Anblick zurück, der mich darin erwartet. Bleiche Haut, schwarzes Haar, das mit der Robe verschmilzt, und blutrote Augen bilden einen starken Kontrast zu der Cara, die ich einst kannte. Das Wesen im Spiegel hat nichts mehr gemeinsam mit der jungen Frau, die stundenlang durch die sonnigen Straßen Neapels gewandert ist und ihre Freizeit lieber mit einem Glas Wein und nicht mit dem Trinken von Blut verbracht hat. Kisa sprach davon, dass wir während der Wandlung sterben, wenn auch nur für eine kurze Weile. Ist die alte Cara etwa längst gestorben, ohne dass ich es gemerkt habe?

34. KAPITEL | DIE BLUTERNTE

Cas leitet mich in völliger Dunkelheit durch das Tunnelsystem. Wir kehren nicht in die Haupthöhle zurück, sondern schlagen einen ganz anderen Weg ein. Die Finsternis verdichtet sich, und es fällt mir schwer, Cas zu folgen. Im Gegensatz zu mir stolpert er kein einziges Mal. Er gleitet durch die finsteren Gänge, als wäre er selbst ein Schatten, der über dem Boden schwebt.

Erst nach einer Weile fällt mir auf, dass der Weg abschüssig ist. Wir scheinen uns tiefer in das Erdreich hinabzubegeben. Mehr als einmal frage ich meine Begleitung, wo er mich hinführt, aber der Sangua bleibt stumm. Ein unangenehmes Déjàvu-Gefühl sucht mich heim. Das letzte Mal, als mich Cas durch die Katakomben geleitet hat, hat es nicht gut für mich geendet.

Bevor ich auf dem Absatz kehrtmachen kann, weitet sich der enge Tunnel und wird von einem warmen Schein erfüllt. Ich höre das Plätschern von Wasser. Wir gelangen in eine kuppelförmige Höhle, die von Wasseradern durchzogen wird. Sie verlaufen in langen parallelen Bahnen, die kreisförmig angeordnet sind. Wenn mich nicht alles täuscht, handelt es sich hierbei um ein unterirdisches Viadukt. Es muss noch aus der Antike stammen.

Staunend sehe ich mich um und schiebe meine Zweifel bei-

278

seite. An den Tunnelwänden entlang wurden Kerzen aufgestellt, die nun alle Sangua des Clans enthüllen. Sie haben sich am äußeren Ring der Wasserkreise eingefunden, tragen ebenfalls die schwarzen Roben und sind aus der Ferne kaum voneinander zu unterscheiden. Bloß Kisa erkenne ich auf den ersten Blick. Sie steht genau gegenüber von mir auf der anderen Seite des Viadukts. Kaum richte ich meine Aufmerksamkeit auf sie, spüre ich auch schon die magnetische Anziehungskraft, die mich in ihre Richtung drängt. Es kostet mich einiges an Überwindung, regungslos neben Cas stehen zu bleiben. Unweigerlich habe ich das Gefühl, mitten in einem Sektentreffen gelandet zu sein.

Plötzlich löst sich rechts von mir ein weiterer Schatten von der Wand. Die Gestalt greift sich an den Saum der dunklen Kapuze und zieht sie nach hinten. Silvanos Tintenaugen starren mich an.

»Du hast dich also dazu entschieden, das Ritual zu vollziehen?« Seine Stimme wird tausendfach als Echo von den Wänden zurückgeworfen.

Ein letztes Zögern. Nur eine Sekunde. Dann nicke ich.

Als Reaktion darauf zucken Silvanos Mundwinkel in die Höhe. »Lasst uns keine Zeit verschwenden!«

Wie auf ein Zeichen hin beginnen die restlichen Sangua, sich in die Mitte der Höhle zu begeben, sodass sie einen kleinen Kreis bilden. Caspare gesellt sich wortlos zu ihnen und lässt mich neben Silvano allein zurück. Der Anführer der Sangua legt seine Hand auf meinen Rücken und führt mich genau ins Zentrum des Kreises. Ich bin peinlich darauf bedacht, mich nicht vor ihm zu blamieren und in die Wasseradern zu treten. Wenn ich zum Clan gehören will, muss ich das hier bestmöglich überstehen.

Kaum stehe ich in der Mitte des Geschehens, tritt auch Silvano zurück. Schweigen breitet sich wie eine Decke über uns allen aus und erstickt mich langsam, aber sicher. Mein Brustkorb hebt sich hektisch, und mein Blick tigert abwartend durch die Höhle. Was geschieht nun?

Instinktiv drehe ich mich in Kisas Richtung und versuche, an ihren Augen abzulesen, was mich als Nächstes erwartet. Doch ihre Miene bleibt verschlossen. Nach einer gefühlten Ewigkeit heben alle Sangua zeitgleich ihre Hände, um sich die Kapuzen abzustreifen. Ich starre nacheinander in die regungslosen Gesichter von Cas, Teodoro, Camilla und schließlich Silvano. Sie lassen sich nichts anmerken. Ich runzle die Stirn.

Mit einem Mal schlagen sie alle in einer flüssigen Bewegung ihre Umhänge zurück und strecken einen Arm in die Höhe. Ich schrecke zurück. Jeder hält einen Dolch in der Hand und richtet ihn auf mich. Doch sie verharren in dieser Position und greifen nicht an.

Mein Herz pocht so heftig gegen meinen Rippenkäfig, als wolle es jeden Moment ausbrechen. Dennoch zwinge ich mich dazu, die Ruhe zu bewahren und abzuwarten. Ich mustere die unterschiedlichen Waffen und versuche zu verstehen, was hier vor sich geht. Kisas Waffe ist klein und schmal, aber sie glänzt in einem polierten Silber. Caspares Dolch ist im Vergleich dazu länger und besitzt eine leicht geschwungene Form. Camillas Stichwaffe wirkt fast schon edel durch das goldene Metall und einen Edelstein, der im Schaft des Griffs eingearbeitet ist. Teodoros Waffe gleicht eher einem Küchenmesser als einem Dolch. Seine Hand zittert leicht, während er sie erhoben hält. Zuletzt wende ich mich Silvano zu, der eine tiefschwarze Klinge mit der Hand umfasst. Der Griff ist mit dunklem Leder umwickelt, und ich erkenne aus der geringen Entfernung Flecken auf der glatten Oberfläche. Ich schlucke schwer.

»Um ihre Loyalität gegenüber dem Clan zu beweisen, muss diese junge Sangua das Ritual der Treue absolvieren. Möge sie ihr Blut für uns vergießen und ihre wahren Absichten offenlegen. Wenn ihre Intention rein ist, wird sie überleben. Wenn nicht, beseitigen wir hiermit eine weitere Gefahr für unsere *Familia*.« Silvanos Worte klingen endgültig.

Jetzt gibt es kein Zurück mehr.

»Mit jedem Stich und jedem vergossenen Tropfen wird sie ein Teil von uns werden. Wir knüpfen heute ein neues Band. Auf dass wir durch das Blut miteinander verbunden werden.« Der Kreis schließt sich. Alle Sangua treten näher an mich heran. Ich erstarre zur Statue und kann mich nicht mehr regen.

Kisa schreitet nach vorne. Ihr Mund zuckt, als wollte sie etwas sagen, aber offensichtlich ist ihr das verboten. Stattdessen greift sie nach dem Umhang, der meinen Oberkörper bedeckt, und schiebt einen Ärmel nach oben. Wortlos senkt sie den Kopf und weicht zurück. Der Widerwille strömt ihr förmlich aus jeder Pore.

»Beuge dich deinem Schicksal, junge Sangua«, befiehlt Silvano. Er deutet mit einer Handgeste an, dass ich mich hinknien soll.

Zögernd gehe ich vor ihm in die Knie. Erinnerungsfetzen von den tiefen Narben auf Kisas Arm schießen mir durch den Kopf. Ich ahne bereits, worauf das alles hinauslaufen wird. Völlig verkrampft starre ich auf die Wasserader, die direkt vor mir entlangläuft. Das Plätschern des Viadukts beruhigt meine angespannten Nerven ein wenig.

»Erntet das Blut!«, verkündet Silvano lautstark. Seine raue, tiefe Stimme fährt mir geradewegs ins Mark und bringt meine Knochen zum Vibrieren.

Nach und nach erheben sich auch die Stimmen der anderen Clan-Mitglieder. Sie wiederholen seine Worte in einem melodischen Singsang, der mir eine unangenehme Gänsehaut beschert.

»Erntet das Blut … *raccogliere il sangue … raccogliere il sangue …*« Der Gesang verdrängt jeden logischen Gedanken aus meinem Kopf und nimmt mich völlig gefangen. Irgendwann forme ich die Worte selbst mit den Lippen.

Nach einer Weile mischen sich Schritte in den Gesang, und ein langer Schatten fällt auf mich. Ich schaue hoch und sehe Silvano vor mir stehen. Er erhebt seine pechschwarze Klinge und schenkt mir ein diabolisches Grinsen, bevor er meinen Arm packt und die Spitze auf meiner Haut ansetzt. Ich versteife mich am ganzen Körper, dennoch kann mich nichts auf den plötzlichen Schmerz vorbereiten.

Sein Dolch dringt in meine Haut ein und zerfetzt mein Fleisch. Ich presse die Lippen zusammen, um den Schrei in meiner Kehle zu ersticken. Quälend langsam zieht Silvano die Waffe nach unten. Die Schmerzen sind derart intensiv, dass mir für einen Moment schwarz vor Augen wird.

»*Raccogliere il sangue*«, ruft Silvano nun ein weiteres Mal, als er die Klinge endlich von meiner Haut löst. Warmes Blut rinnt über meinen Arm und tropft neben mir zu Boden. Es zerläuft in alle Richtungen und fließt schlussendlich in die Wasseradern des Viadukts. Ich erkenne schwarze Schlieren in dem klaren Wasser. Schwarz? Warum ist mein Blut schwarz?

Doch der Schmerz macht es unmöglich, weiter über diese seltsame Tatsache nachzudenken. Stattdessen beobachte ich, wie Silvano seine Waffe erneut hebt und sich selbst in die Handfläche schneidet. Tintenschwarzes Blut quillt aus der Wunde hervor. Der Anführer ballt seine Hand zur Faust und lässt sein Blut auf meinen Arm tropfen. In meine Wunde hinein.

»Mögen wir von nun an für immer miteinander verbunden sein«, murmelt er, tritt zurück und reiht sich wieder in den Kreis des Clans ein.

Ich reiße den Kopf hoch und finde Kisa, die mir direkt gegenübersteht. Ihre Miene ist zwar völlig blank, aber ihre Augen strahlen zeitgleich eine Ruhe aus, die mich erdet. Ich halte ih-

282

ren Blick fest, während sich Caspare vor mir positioniert und die gleiche Prozedur vollzieht wie Silvano.

Im Vergleich zum Clan-Oberhaupt kratzt er zwar nur an den obersten Muskelschichten, dennoch brennt der Schnitt höllisch. Erst als er das Messer zurückzieht und sein Blut in meine Verletzung tropfen lässt, atme ich auf. Kisa nickt mir unauffällig zu, als wolle sie mir Mut zusprechen.

Nach Caspare ist Teodoro an der Reihe. Seine Hand zittert verräterisch, als er sich schneidet. Seine Nervosität überträgt sich auf mich, sobald er unser Blut miteinander vermischt. Ich knirsche mit den Zähnen, weil ich meinen Kiefer so sehr anspanne. Drei von fünf geschafft. Bald ist es vorbei.

Das zuvor klare Wasser der Viadukt-Rinnen hat sich inzwischen komplett schwarz verfärbt.

»*Raccogliere il sangue!*« Camillas Schnitt ist etwas tiefer als die vorherigen. Doch ich gebe ihr nicht die Genugtuung eines Schreis. Stattdessen keuche ich bloß auf und beiße mir auf die Zunge, um keinen weiteren Laut von mir zu geben. Erst als ich ihr Blut in meine Wunde tropfen spüre, entspanne ich mich ein wenig.

Nur noch ein Clan-Mitglied fehlt. Kisa. Sie schreitet an mir vorbei und wirft mir einen letzten Blick zu. Für einen Moment bilde ich mir ein, Tränen in ihren Augen schimmern zu sehen. Sie positioniert sich vor mir. Ich zittere am ganzen Leib.

»*Raccogliere il sangue ...*«, flüstert sie und zückt ihren silbernen Dolch. Im nächsten Augenblick bewegt sie sich so schnell, dass ich bloß einen Schatten wahrnehme. Innerhalb eines Sekundenbruchteils zieht sie einen Querstrich über meinen Arm und durchkreuzt damit die vier Wunden der anderen, als wäre mein Unterarm eine Strichliste.

Der Schmerz setzt genau einen Atemzug später ein. Die Verletzungen brennen wie Feuer, und der Schmerz raubt mir jegliche Selbstbeherrschung. Ein Laut, wie ich ihn noch nie zuvor von mir gegeben habe, verlässt meinen Mund. Ich bemerke nicht einmal, wie Kisa ihr Blut in die Wunde tröpfelt.

»Mögen wir von nun an für immer miteinander verbunden sein«, wiederholt sie die Worte von Silvano.

Kaum hat sie die letzte Silbe ausgesprochen, verändert sich etwas in meinem Inneren. Neben dem Leid breitet sich eine seltsame wohlige Wärme in mir aus, die durch meine Adern fließt. Mein Puls verlangsamt sich stetig, bis ich glaube, neben meinem eigenen Herzschlag einen weiteren zu spüren. Es ist schwer zu beschreiben, aber es fühlt sich an, als würden mehrere Herzen in meiner Brust schlagen.

Mein Kopf ruckt hoch, als Kisa an mir vorbeigeht und zu ihrem Platz im Kreis zurückkehrt. Sie fasst sich an den Brustkorb und reibt sich über die Rippen. Fühlt sie etwa, was ich fühle? Ist es ihr Puls, den ich in meinem eigenen Körper wahrnehme?

Der Blutverlust verwirrt mich und bringt meine Gedanken zum Erlahmen. Ist es jetzt endlich vorbei? Habe ich das Ritual überstanden?

»Wir sind am Ende angelangt«, verkündet Silvano plötzlich.

Ich halte inne. Was passiert jetzt? Habe ich seinen Test bestanden?

Kisa scheint die Hilflosigkeit in meinem Blick wahrzunehmen und presst die Lippen zu einem dünnen Strich zusammen. Für einen Moment glaube ich, eine Art Echo ihrer Gefühle wahrzunehmen. Ihre Hilflosigkeit und Verzweiflung brausen wie eine Welle in meinem Inneren auf. Sie würde mir am liebsten zur Seite eilen, allerdings verbieten es ihr die Regeln des Rituals. Verwirrt blinzle ich sie an. Ist das eine weitere Nebenwirkung des Blutbands, oder verliere ich langsam den Verstand?

Meine Aufmerksamkeit wandert weiter zu Cas. Kaum fällt mein Blick auf ihn, werde ich von einer Welle aus Mitleid erfasst. Sie ist so intensiv, dass sie mir die Luft zum Atmen nimmt. Spüre ich tatsächlich das, was Caspare empfindet? Und kann er im Gegenzug das fühlen, was ich fühle?

»Das Blutband, das zuvor nur Kisa und du miteinander geteilt habt, wurde nun auch zu den anderen Sangua geknüpft. Wir sind nun alle miteinander verbunden. So sichern die Sangua sich ihre Loyalität zueinander. Sie bilden eine Gemeinschaft, die durch das Schicksal zusammengeführt und mit ihrem Blut besiegelt wurde«, erklärt jemand mit dröhnender Stimme in meinem Rücken. Eine Hand legt sich plötzlich auf meine Schulter. Ich schaue auf und erblicke Silvano hinter mir. Beinahe hätte ich mich aus Furcht von ihm losgerissen, doch etwas hält mich zurück. Das stolze Lächeln auf seinen Lippen und die emotionale Wärme, die von ihm ausgeht.

»*Benvenuto,* Cara. Du bist nun ein Teil unseres Clans.«

35. KAPITEL | ICH WERDE MICH UM DICH KÜMMERN

Der Rückweg zur Haupthöhle zieht wie im Rausch an mir vorbei. Das Einzige, was einigermaßen klar bleibt, ist Kisa, die mich Schritt für Schritt voranzieht. Sie bringt mich zu einer der Pritschen und drückt mich sanft auf das Polster. Die anderen Clan-Mitglieder wuseln geschäftig um mich herum, Cas bringt mir meine verwanzte Kleidung zurück, und selbst Camilla reicht mir eine neue Blutkonserve. Nur Silvano lässt sich nicht mehr blicken.

Meine Sicht ist unfokussiert, weswegen all ihre Gesichter zerfließen. Ihre Gefühle vermischen sich miteinander und überschwemmen mich. Kisa erkenne ich jedoch sofort wieder. Ihre besorgte Miene, ihre sanfte Stimme. Seit dem Ritual wirkt sie völlig verändert. Sie kümmert sich um mich und scheint sich ernsthafte Sorgen um meinen Zustand zu machen. Die Dynamik zwischen uns fühlt sich ganz anders an. Vertrauter.

»Lasst mich das machen!«, blafft Kisa die anderen Clan-Mitglieder irgendwann an.

Caspare, Teodoro und Camilla stehen reglos da und starren sie bloß geschockt an.

»Gib mir das«, murrt sie und nimmt Teodoro einen Wassereimer ab. Die Flüssigkeit schwappt über den Rand und benetzt den Boden vor mir.

»Teodoro, hast du noch etwas von dieser Salbe, di–«

»Schon unterwegs!«, unterbricht er sie und nutzt die erste Gelegenheit, um Abstand zwischen sich selbst und Kisa zu bringen.

Niemand wagt es, ihr zu widersprechen. Es ist offensichtlich, dass sie in dieser Situation das Sagen hat. Tatsächlich verziehen sich die anderen nach und nach, bis bloß Kisa und ich übrig bleiben.

»Kisa«, flüstere ich, während sie mir dabei hilft, in meine Kleidung zurückzuschlüpfen.

Ihr Blick wandert nur flüchtig zu meinem Gesicht, trotzdem erkenne ich die Tränen, die sich an ihrem Wimpernkranz sammeln. »Du hättest das nicht tun sollen«, wispert sie und schnieft leise.

Ich glaube, ich habe sie noch nie so verletzlich gesehen. Kisa hat sich bisher immer bemüht, die taffe und gefühlskalte Sangua zu mimen. Irgendetwas hat ihre Mauern eingerissen. Irgendetwas oder … irgendjemand.

»Ich musste es machen«, erwidere ich mit heiserer Stimme.

Kisa greift daraufhin zu einem Lappen, der in dem Wassereimer schwimmt, und wringt ihn aus, bevor sie damit behutsam das Blut von meinem Arm wischt. Jedes Mal, wenn der Stoff die Ränder meiner Wunden streift, muss ich ein schmerzerfülltes Stöhnen unterdrücken. Ich beiße mir auf die Zunge und halte die Luft an. Dennoch tut das kühle Wasser überraschend gut. Es lindert das Brennen, das meine Hautoberfläche heimsucht.

»Ich bin nicht gestorben. Ich bin noch hier. Es ist alles gut gegangen«, sage ich leise.

Sie schüttelt bloß den Kopf und betrachtet meine Verletzungen mit so viel Mitgefühl, dass ich glaube, sie könnte ein Echo meines Schmerzes spüren. Vielleicht ist das auch der Fall.

»Du musstest mir nichts beweisen …«, grollt sie.

»O doch. Das musste ich«, falle ich ihr ins Wort. »Wenn ich das Ritual nicht vollzogen hätte, hättet ihr alle in mir weiterhin einen Eindringling gesehen. Ganz besonders du. Du hättest mir niemals vertraut.«

Kisa presst die Lippen zusammen. Sie weiß, dass ich recht habe. Sie war von dem Moment an misstrauisch, in dem ich die Katakomben betreten habe. Nun lasse ich ihr keine andere Wahl. Sie muss mir vertrauen.

»Du hast bewiesen, dass du es ernst meinst. Niemand würde freiwillig so etwas durchmachen, nur um uns hinters Licht zu führen. Ich wollte es nicht wahrhaben, aber du meinst es ehrlich, nicht wahr? Du willst wirklich ein Teil dieses Clans sein?« Sie hebt den Blick, und ich sehe deutlich, wie sich die Angst darin spiegelt. Sie hat befürchtet, dass ich ihr und ihrem Zuhause schaden will.

Wie würde sie wohl reagieren, wenn sie herausfindet, dass sie von Anfang an recht hatte? Dass man mir nicht trauen kann, weil ich die Interessen der Pugna vertrete und aus egoistischen Gründen in die Katakomben zurückgekehrt bin? Würde sie mich genauso ansehen? Oder würde sie mich hier und jetzt in Stücke reißen?

Denn wenn es den Pugna dank mir tatsächlich gelingen sollte, ein Heilmittel für die Sangua-Mutation zu entwickeln, könnte das ihren Clan zerstören. Ihre Familie. Zum ersten Mal frage ich mich, ob Kisa überhaupt gerettet werden will.

»Ich will wirklich ein Teil des Clans sein. Wir stehen von nun an auf derselben Seite«, stelle ich mit fester Stimme klar und hoffe insgeheim, dass weder Kisa noch ein anderes Mitglied des Clans über das Blutband hinter meine eigentlichen Absichten kommt. Sie können zwar keine Gedanken lesen, aber wenn sie auch nur den Hauch meiner eigenen Zweifel empfinden, könnte ich auffliegen.

Kisa starrt mich so lange wortlos an, bis Teodoro die versprochene Salbe bringt und sich gleich darauf wieder verzieht. Kisa nimmt die silberne Dose an und schraubt den Deckel ab. Sofort steigt mir der intensive Duft von Kamille in die Nase.

»Das hilft bei der Wundheilung«, erklärt sie und verteilt die Creme auf meinem Unterarm.

Dieses Mal kann ich ein Zischen nicht unterdrücken, weil Kisa meine Verletzungen direkt berühren muss. Es dauert eine halbe Ewigkeit, bis sie die Dose verschließt.

»Sehr schlimm?«, fragt sie. Ich nicke atemlos. Der Schmerz raubt mir die Fähigkeit zu sprechen.

»Es wird schnell besser werden. Wir müssen diese Prozedur leider noch ein paarmal wiederholen, aber jedes Mal wird es leichter zu ertragen. Vertrau mir, ich spreche aus eigener Erfahrung.« Kisa greift nach einer Rolle Verbandsmulden, die neben ihr auf dem Boden bereitliegen. Sie beginnt damit, meinen ganzen Arm einzuwickeln. Ihre Fingerspitzen streichen über meine Haut hinweg und hinterlassen dort eine prickelnde Spur. Sie kommt mir so nah, dass ich mühelos ihren frischen Duft wahrnehmen kann. Ihr kurzes Haar kitzelt an meiner Wange.

»Ist es sehr schlimm?«, frage ich leise, um mich abzulenken, und deute auf den Verband.

Ein kleines Lächeln zupft an Kisas Mundwinkeln. »Du wirst es überleben. Wir sind sehr widerstandsfähig.«

Das lässt mich innehalten. Ich erinnere mich an unseren letzten gemeinsamen Traum zurück. Ihre Worte hallen immer noch durch meinen Kopf.

Wusstest du, dass während der Wandlung zur Sangua für kurze Zeit ein Totenzustand herrscht? Wir atmen nicht, wir besitzen keinen Puls. Wir sind tot. Bis wir wiederauferstehen und unter den Lebenden wandeln, als wäre nichts geschehen.

»Stimmt das, was du mir im Traum gesagt hast? Sterben wir

wirklich bei der Verwandlung?« Ich traue mich kaum, diese Frage zu stellen, denn eigentlich kenne ich die Antwort schon. Immerhin habe ich die Wandlung am eigenen Leib erfahren. Die Todesangst, die Leere vor dem Erwachen.

»Ja. Ich habe dich nicht angelogen, Cara«, wispert Kisa.

Das beruht definitiv nicht auf Gegenseitigkeit. Meine ganze Anwesenheit hier ist eine Lüge. Mir liegt nichts am Clan, nur an mir selbst und meiner Heilung. Zumindest rede ich mir das ein, während ich Kisa betrachte und meinen erhöhten Puls zu ignorieren versuche.

»Wenn wir erwachen, sind wir keine Menschen mehr. Wir mögen zwar einen Herzschlag besitzen oder atmen, aber das sind die einzigen Gemeinsamkeiten, die wir noch haben«, erklärt Kisa.

»Hast du jemals … körperliche Beschwerden gehabt? Kopfschmerzen oder so was?«, hake ich nach.

Kisa furcht die Stirn. Sie weiß nicht, worauf ich hinauswill. *Bene.*

»Ja, durchaus. Besonders nachdem du mir eine verpasst hast«, meint sie, und ich kann das Grinsen aus ihren Worten heraushören.

Die Erinnerung daran, wie ich ihr meine Faust ins Gesicht gerammt habe, lässt mich aufstöhnen. Damals habe ich mir nicht anders zu helfen gewusst.

»*Mi dispiace.* Danach hat dein Schädel bestimmt ordentlich gebrummt«, murmle ich, was Kisa bejaht. »Aber ich wette, eine Ibu hat schnell gegen den Schmerz geholfen.«

Jetzt kommt der kritische Moment. Die Aussage, die ich schon die ganze Zeit aus Kisa herauskitzeln will.

Sie lacht leise. »Ich wünschte, es wäre so. Leider wirken Medikamente bei uns nicht. Seitdem ich eine Sangua bin, kann ich so viele Schmerzmittel schlucken, wie ich will, ohne dass sie irgendetwas bewirken. Es passiert einfach … nichts. Glücklicherweise können sich unsere Körper sehr gut von selbst heilen. Besser als die der Menschen. Ich kann mich gar nicht mehr daran erinnern, dass ich jemals krank war.« Kisas Blick driftet ab.

Unwillkürlich frage ich mich, wie lange die Sangua wohl leben. Sie werden anscheinend niemals krank, und ihre Verletzungen verheilen unnatürlich schnell.

Kisa räuspert sich und scheint wieder im Hier und Jetzt anzukommen. »Du wirst also leider mit den Schmerzen leben müssen. Aber keine Sorge, in ein paar Tagen bist du wieder ganz die Alte.«

Mit dem Unterschied, dass nun auf meinem Arm eine Strichliste aus Narben prangt. Doch das ist tatsächlich nicht meine größte Sorge. Wenn wir keine Menschen mehr sind und die herkömmliche Medizin keine Wirkung zeigt, wie soll es den Pugna gelingen, ein Heilmittel für die Mutation herzustellen?

Wissen sie von der Tatsache, dass Medikamente uns nichts ausmachen? Oder sind sie völlig ahnungslos?

Kisa streicht sanft über meine mitbandagierte Schulter. »Ruh dich aus, Cara. Ich werde mich um dich kümmern.«

36. KAPITEL | GESTÄNDNISSE

In den darauffolgenden Tagen hält Kisa ihr Versprechen. Sie bringt mir täglich frisches Blut, wechselt meine Bandagen und cremt mir den Arm ein. Immer wieder schickt sie die anderen Clan-Mitglieder fort, um mit mir allein zu sein. Mit jeder Minute, die wir gemeinsam verbringen, wird sie mir vertrauter.

Ihr Duft von Minze hängt über uns. Ihre Berührungen dauern jedes Mal ein wenig länger an, und ihre Blicke bleiben auffällig oft an meinem Körper hängen. Sie geht mir unter die Haut.

Mir ist klar, dass der Blutritus etwas zwischen uns verändert hat. Wir sind keine Feindinnen mehr. Kisa hat ihre Abwehrhaltung mir gegenüber aufgegeben. Obwohl ich weiterhin vorsichtig bleibe, merke ich, wie sehr ich ihre Gegenwart genieße. Aber was sind wir nun, wenn nicht Feinde? Freunde? Erzfreundinnen? Gibt es so was überhaupt?

Es fühlt sich komisch an. Sie vertraut mir und erkennt langsam an, dass ich ein Teil des Clans werde. Mir hingegen fällt es von Tag zu Tag schwerer, die Maskerade aufrechtzuerhalten, Kisa anzulügen und ihr nicht den wahren Grund zu verraten, weshalb ich hier bin. Besonders schlimm werden die Schuldgefühle, als ich unauffällig ein paar Haare einsammle, die ich auf ihrem Schlafplatz und dem der anderen finde. Abgebrochene

Fingernägel, sogar benutzte Taschentücher, an denen Blut oder andere Körperflüssigkeiten haften … Ich tüte alle DNA-Proben ein und verstecke sie im Futter meines Mantels. Gleichzeitig spricht mir Luc immer wieder über das Earpiece Lob zu. Er versichert mir, dass ich das Richtige tue. »Bald haben wir genug Informationen gesammelt, um dich zurückzuholen und mit dem Heilmittelprozess zu beginnen«, meint er.

Trotzdem kann ich das Gefühl nicht abschütteln, etwas Falsches getan zu haben. Nutze ich das Vertrauen des Clans aus?

⁓

»Worüber denkst du nach?«, erkundigt sich Kisa. Sie wickelt den Verband ab und besieht sich die Wunden an meinem Unterarm. Ich kann spüren, wie ihre Blicke über meine Haut wandern. Sie könnte genauso gut mit ihren Fingerspitzen über meinen Rücken fahren.

»Ich frage mich, was deine Geschichte ist«, antworte ich hastig. Schließlich kann ich ihr nicht erzählen, was wirklich in meinem Kopf vorgeht. »Du weißt so viel über mich, aber ich kenne dich kaum. Wie bist du zum Clan gekommen? Was hast du vorher gemacht? Wieso bist du hiergeblieben?«

Kisa hält mitten in der Bewegung inne. Ich kann ihre Zweifel so deutlich spüren, als wären es meine eigenen. Seit der Bluternte nehme ich ihre Gefühle noch intensiver wahr als zuvor. Zu keinem anderen aus dem Clan habe ich eine solch starke Verbindung. Von Caspare und Teodoro nehme ich ebenfalls Schwingungen wahr, die jedoch nicht mal annähernd das Level an Intensität wie die Emotionsechos von Kisa erreichen. Vielleicht liegt es daran, dass unsere Schicksale schon zuvor eng miteinander verknüpft waren. Immerhin war sie diejenige, die mich verwandelt hat.

»Willst du das wirklich wissen?«, fragt sie leise.

Ja, ich will es *wirklich* wissen. Kisas Hintergrund interessiert mich mehr, als ich zugeben möchte. Ich dürste danach, mehr über die Frau zu erfahren, die es bloß mit einer simplen Berührung schafft, meine Haut in Flammen zu setzen. Deswegen nicke ich bestimmt.

»Ich warne dich vor, es ist keine schöne Geschichte.«

Bisher haben wir uns auf neutralem Boden befunden. In den letzten Tagen haben wir uns angenähert und vielleicht sogar die Grundlage für eine zukünftige Freundschaft geschaffen. Könnte das, was sie mir nun erzählt, eventuell eine Grenze überschreiten?

»Also gut. Ich bin in einer sehr konservativen Familie aufgewachsen, musst du wissen. Sonntags ging es immer in die Kirche, wir haben jedes Fest in der Gemeinde mitgefeiert. Hochzeiten, Taufen, Feiertage … es war eigentlich eine schöne Zeit, auch wenn ich nie sehr gläubig war. Dieses Gemeinschaftsgefühl war unbeschreiblich. Jeder war für jeden da, half aus, und man griff sich gegenseitig unter die Arme. Es war einfach perfekt.« Ein sehnsuchtsvoller Unterton mischt sich in Kisas Stimme.

Ich war ebenfalls noch nie sonderlich religiös, aber ihre Beschreibung der Zusammengehörigkeit hört sich wirklich schön an. Wie es wohl wäre, Teil einer Gemeinschaft zu sein? Fühlt sie sich deswegen so stark mit dem Clan verbunden? Weil dieser ebenfalls eine Gemeinschaft bildet und das Loch in ihrem Herzen füllt?

»Zumindest bis meine große Schwester eine Beziehung mit einem ihrer Kommilitonen eingegangen ist. Die beiden wussten schnell, dass sie heiraten wollten. Ich habe mich für sie gefreut, wirklich. Aber ihre Beziehung und ihr Auszug haben dazu geführt, dass die ganze Aufmerksamkeit unserer Eltern plötzlich auf mir lag. Obwohl ich erst sechzehn war, begannen meine Eltern, mich ständig zu fragen, wann ich denn mal einen Jungen mit nach Hause bringen will. Ob ich für jemanden schwärme. Was mein Typ ist.«

O nein, ich ahne, worauf sie hinauswill. Mein Magen krampft sich zusammen.

»Jungs haben mich noch nie interessiert. Dass ich lesbisch bin, habe ich allerdings erst realisiert, als ich mich Hals über Kopf in meine beste Schulfreundin verliebt habe. Wir konnten stundenlang miteinander reden, ohne dass uns die Gesprächsthemen ausgingen. In ihrer Nähe habe ich mich wohlgefühlt, geborgen. Ihre Umarmungen waren die besten auf der ganzen Welt. Sie war der wichtigste Mensch in meinem Leben. Doch das beruhte leider nicht auf Gegenseitigkeit. Als sie begann, sich mit den Jungs aus unserer Klasse zu verabreden, zerbrach es zuerst mein Herz und später unsere Freundschaft. Von da an wusste ich, dass ich weitaus mehr für sie empfand als sie für mich.« Kisas Stimme wird mit jedem Wort leiser, dennoch trifft sie mich mit einer Wucht ins Herz, die mir beinahe Schmerzen verursacht. Ich ringe nach Atem.

»Es war nicht schwer zu akzeptieren, dass ich auf Frauen stehe. Viel schwerer war es, zu realisieren, dass ich nie einen Mann lieben werde. Ich brauchte viele Jahre, um diese Wahrheit anzunehmen. Und leider war ich naiv genug, um zu glauben, dass meine Eltern das ebenfalls verstehen würden.«

Bevor Kisa weiterspricht, greife ich nach ihrer Hand. Mir ist egal, was noch zwischen uns steht. Wie viele Missverständnisse es in der Vergangenheit gab. Ich verflechte ihre Finger mit meinen und bin für sie da. Sie zittert leicht, entzieht sich allerdings nicht meinem Griff.

»Als ich es ihnen gesagt habe … sind sie völlig ausgerastet. Sie wollten es nicht verstehen, egal wie oft ich versucht habe, es ihnen zu erklären. Tagelang haben wir diskutiert und gestritten, bis sie mich vor die Wahl gestellt haben: Entweder ich werde wieder *normal* oder ich muss gehen.« Ein Schluchzen dringt aus ihrem Mund. Sie drückt meine Hand ein wenig fester.

Kisas Schmerz strömt wie eine Welle durch mich hindurch. Ich spüre die Strömung aus Verzweiflung, die sie in die Tiefe reißt. Das schäumende Unverständnis darüber, wie Eltern ihr eigenes Kind verstoßen können. Das Gefühl, an den eigenen Emotionen zu ertrinken.

»Also … bin ich gegangen«, flüstert sie. »Danach habe ich mich lange auf der Straße durchgeschlagen. Ich war zeitweise in Hilfsgruppen für Jugendliche und in einem betreuten Wohnheim. Zwischendurch habe ich mich einer Bande angeschlossen und lange Zeit im *Scampia*-Viertel gelebt. Zu meinen Eltern habe ich nie wieder Kontakt aufgenommen. Bis heute nicht.« Kisa räuspert sich. Die vorherige Verletzlichkeit weicht aus ihrer Stimme, und eine gewisse Härte schleicht sich in ihre Worte. Sie hat ihre Entscheidung getroffen und bereut sie offensichtlich nicht.

»Das ging so lange gut, bis wir mit einer anderen Gruppe aneinandergeraten sind und ich während eines Straßenkampfes schwer verletzt wurde. Meine Bande hat mich einfach zurückgelassen. Sie haben sich nicht darum geschert, was mit mir geschieht. Der Einzige, der gekommen ist, um mir zu helfen, war Silvano. Er hat mich blutend in dieser Seitengasse gefunden und mir ein Angebot gemacht, das ich einfach nicht ausschlagen konnte. Er hat mir einen Platz in seiner Familie angeboten. Einen Schlafplatz. Essen. Alles, was er von mir wollte, war mein Blut.« Ein trauriges Lächeln bildet sich auf ihren Lippen.

Mein Daumen streicht in langsamen Kreisbewegungen über ihren Handrücken. Kisa lässt es zu.

»Ich bereue diese Entscheidung nicht im Geringsten. Klar, die Verwandlung und das Ritual waren furchtbar, aber dafür habe ich eine neue Familie dazugewonnen. Einen Vater, der uns

296

beschützt. Brüder, die auf mich achtgeben. Eine Schwester, die mich jeden Tag neue Dinge lehrt. Und schlussendlich auch dich. Es ist vielleicht kein ideales Dasein, doch ich würde es gegen nichts auf der Welt eintauschen. Der Clan ist jetzt meine Familie.« Kisa schaut auf. Ihr Blick verwebt sich mit meinem und hält ihn fest. Das rote Glühen ihrer Iriden verzehrt mich mit Haut und Haaren. Ich kann mich nicht von ihr lösen.

»Du wolltest meine Geschichte hören. Das war sie«, murmelt sie. Ihre Sätze spuken mir immer noch durch den Kopf, selbst als sie sich aus meinem Griff befreit und sich mit den Fingern durch das kurze Haar streicht.

»Es tut mir so leid«, flüstere ich. »Es ist so unfair, dass du diesen ganzen Hass ertragen musstest. Das hast du nicht verdient.«

Sie lacht trocken auf. »Niemand hat das. Trotzdem ist es für viele Menschen die Realität. Inzwischen weiß ich, dass es nötig war, meine alte Familie zu verlieren, um meine neue zu finden. Ich würde nichts anders machen.«

Kisa wirkt so überzeugt. So sicher. Der Clan ist ein Teil von ihr. Was wird sie wohl über mich denken, wenn sie herausfindet, dass ich ihr diese Gemeinschaft nehmen will? Dass ich sie heilen und damit die Mutation, die sie alle miteinander verbindet, auslöschen will?

Zweifel winden sich in meiner Magengrube wie eine erwachende Schlange. Die Pugna haben mich vor der Aggressivität und der Unberechenbarkeit der Sangua gewarnt. Sie haben Kisa und die anderen Clan-Mitglieder als Gefahren dargestellt. Während ich mich mit ihr unterhalte, habe ich hingegen einen ganz anderen Eindruck. Das hier sind keine aggressiven Wesen, sondern Personen, die aufeinander aufpassen.

»Ich denke, jetzt bin ich an der Reihe«, meine ich schließlich. Kisa hat mir einen Teil ihrer Lebensgeschichte offenbart, da ist es nur fair, wenn ich den Gefallen erwidere.

Kisa schaut überrascht auf. »Du musst das nicht tun.«

»Doch. Ich muss«, stelle ich klar. Zwischen uns ist so viel vorgefallen, dass ich das Vertrauen, das sie mir geschenkt hat, zurückgeben möchte. In diesem Moment ist mir sogar egal, dass Luc über das Mikro in meinem Hemd alles mithören kann. Ich habe nichts zu verbergen.

»Mir ging es ähnlich wie dir. Ich habe früh für andere Frauen geschwärmt, ohne es richtig zu realisieren. Am Anfang waren es Schauspielerinnen oder Seriencharaktere, die ich förmlich angehimmelt habe. Trotzdem war mir erst richtig klar, was abgeht, als ich in der Gegenwart meiner besten Freundin Herzklopfen bekommen habe«, beginne ich. Mir ist bisher gar nicht klar gewesen, wie viel Kisa und ich gemeinsam haben.

»Franca?«, fragt Kisa leise.

Ich nicke bloß. Eigentlich erinnere ich mich nicht gerne an diese Zeit zurück. Franca war lange der Mittelpunkt meiner Welt. Ich wollte immer Zeit mit ihr verbringen, ständig in ihrer Nähe sein. Zeitweise habe ich mich sogar wie sie angezogen, weil ich so sein wollte wie sie. Bis ich endlich akzeptiert habe, dass ich mit ihr zusammen sein möchte. Das war nur wenige Wochen, bevor sie mir gestand, dass sie für Enno schwärmt.

»Sie hat sich in einen Jungen aus unserer Stufe verliebt. Ich musste meine Gefühle für sie schnell begraben, weil wir offensichtlich keine Chance hatten. Es war besser so. Als Freundinnen sind wir eindeutig besser dran, und inzwischen bin ich froh, dass sich nicht mehr daraus entwickelt hat«, gebe ich zu.

»Franca hat schon immer ihren eigenen Kopf gehabt, und früher oder später wären unsere Wertvorstellungen miteinander kollidiert. Aber als Freundin ist sie unersetzlich für mich. Sie stand mir jederzeit zur Seite und konnte mich in jeder Lebenslage aufmuntern. Manchmal frage ich mich jedoch, ob sie insgeheim wusste, dass ich eine Weile für sie geschwärmt habe.

Die Jahre danach waren ... verwirrend, um es milde auszudrücken. Ich habe mich nicht nur zu Mädchen hingezogen gefühlt, sondern auch zu Jungs. Sobald ich eine Beziehung mit einem Jungen eingegangen bin, war ich mir nicht mehr sicher, ob ich wirklich queer genug bin. Ständig habe ich geglaubt, dass ich mich entscheiden müsste, obwohl das für mich ein Ding der Unmöglichkeit war. Es hat mich fertig gemacht und dafür gesorgt, dass ich mich andauernd selbst angezweifelt habe. Es hat Jahre gedauert, bis ich geschnallt habe, dass die Personen, mit denen ich zusammen war, nicht meine Sexualität bestimmen. Ich bin bi, egal mit wem ich eine Beziehung eingehe.«

Ich schenke Kisa ein schüchternes Lächeln. Versteht sie, was ich meine? Ich liebe Menschen, egal welches Geschlecht sie haben.

»Als ich mich bei meinen Eltern geoutet habe, wurde ich nicht ernst genommen. Erst haben sie mich völlig ignoriert, dann haben sie behauptet, es sei bloß eine Phase. Nichts weiter. Immer wenn ich mit einem Mann zusammengekommen bin, hieß es: Also bist du jetzt wieder vernünftig geworden? Immer wenn ich von Frauen geschwärmt habe, wurde das Thema totgeschwiegen. Sie haben mich nicht angefeindet, aber richtig akzeptiert haben sie mich nie. Es war ständig dieser Schwebezustand. Nach ein paar Jahren habe ich aufgegeben und ihnen einfach nichts mehr erzählt. Das war die friedlichste Lösung«, sage ich zerknirscht. »Mir ist bewusst, dass dein Schicksal härter ist. Aber ich dachte, es tröstet dich vielleicht zu hören, dass auch bei mir nicht alles ideal gelaufen ist«, murmle ich.

Kisa streicht mir eine lose Haarsträhne hinter das Ohr. Ihre Finger verharren auf meiner Wange. »Es ist nie einfach gewesen, dennoch würde ich es wieder tun. Das Outing war ein Befreiungsschlag für mich. Es hat mich nicht zu einem anderen Menschen gemacht, sondern meiner Familie gezeigt, wer ich wirklich bin. Wer ich schon immer war. Die Art und Weise, wie sie damit umgegangen sind, war furchtbar, doch genau das hat mir vor Augen geführt, dass ich dort nie glücklich geworden wäre. Ich hätte nie die gleichen Werte wie sie geteilt.«

Ich weiß genau, was sie meint. »Mein Bruder ist ebenfalls das absolute Goldkind unserer Familie. Er trifft natürlich immer die richtigen Entscheidungen. Er erinnert mich an deine ältere Schwester«, fahre ich fort. »Man lebt in ihren Schatten und kann es nur falsch machen, wenn man einen anderen Weg einschlägt. In den Augen meiner Eltern bin ich die absolute Versagerin. Abgebrochene Ausbildungen, unentschlossen, verwirrt …«

»Falls es dich tröstet, ich halte dich nicht für eine Versagerin.« Kisa legt ihre Finger unter mein Kinn und hebt es leicht an, sodass ich ihr in die Augen schauen muss. Ehrliches Mitgefühl strömt mir aus ihren Iriden entgegen. Erinnerungen an unsere vergangenen Küsse zucken durch mein Gedächtnis wie Blitze. Ihr heißer Atem auf meiner Haut. Das Streifen ihrer scharfen Zähne. Das Prickeln auf meinen Lippen.

»Es gab mal eine Person, die genau das Gleiche zu mir gesagt hat«, murmle ich gedankenverloren. Ich kann nicht verhindern, dass mein Blick auf ihrem Mund ruht.

Kisa runzelt die Stirn. »Franca?«, rät sie.

Ich nicke.

»Vermisst du sie?« Höre ich da tatsächlich einen Hauch Eifersucht aus ihrer Stimme heraus? Nein, das muss ich mir einbilden.

Ich nicke wieder. »Ich mache mir Sorgen und weiß gar nicht, was ich denken soll. Ich habe geglaubt, sie wäre tot …«, gebe ich zu.

»Du musst mit eigenen Augen sehen, dass es ihr gut geht, um mit der ganzen Sache abschließen zu können«, stellt Kisa fest.

Ich presse die Lippen aufeinander. Ist es egoistisch, an dieser

Hoffnung festzuhalten und die Mission der Pugna zu riskieren, bloß um meine beste Freundin wiederzusehen? Vermutlich.

»Cas hat mir versprochen, dass wir sie gemeinsam suchen werden, sobald das Ritual überstanden ist«, erkläre ich ihr.

»Möchtest du das immer noch?« Kisa beugt sich ein Stückchen näher zu mir hinab, sucht in meiner Miene nach einer Antwort.

»*Sì*«, hauche ich. »Ich brauche Gewissheit.«

37. KAPITEL | LA VERITÀ

Bereits in der darauffolgenden Nacht kommen Kisa und Cas auf mich zu. Sie haben sich beide möglichst dunkel gekleidet und werfen mir ebenfalls eine schwarze Jacke zu, die ich mir überziehen soll.

»Damit fällst du weniger auf«, erklärt Caspare. Er selbst trägt natürlich wieder seinen bodenlangen Mantel.

Ich könnte natürlich meine eigene Jacke nutzen, aber dann würde ich riskieren, die DNA-Proben zu offenbaren oder gar zu beschädigen. Deswegen nehme ich das Angebot von Cas dankbar an und streife das Kleidungsstück über.

Kisa zieht ihre Kapuze über den Kopf und schenkt mir ein schwaches Lächeln, bevor sie meint: »Na, dann mal los.«

Nie im Leben hätte ich gedacht, dass sie sich uns anschließen würde. Doch Kisa hat keinen Moment gezögert, nachdem ich ihr von unserem Plan erzählt habe.

»Weich nicht vom Plan ab, Cara. Das könnte uns in Schwierigkeiten bringen«, meldet sich Luc in meinem Ohr zu Wort.

Am liebsten hätte ich ihm geantwortet, dass er mir nichts zu sagen hat. Besonders nachdem er und die anderen Pugna mich glauben lassen haben, Franca wäre gestorben. Ich weiß nicht, woher die plötzliche Ablehnung kommt, aber ich beschließe, dieses Mal nicht auf ihn zu hören und stattdessen das zu tun, was sich richtig anfühlt.

Ich verschwende keine Zeit, sondern schlüpfe schnell in die Jacke und ziehe mir ebenfalls die Kapuze über den Kopf, bevor ich den beiden Sangua durch die dunklen Gänge der Katakomben folge. Inzwischen haben sich meine Augen vollständig an das dämmrige Licht gewöhnt, sodass ich sogar die Risse in den Tuffsteinwänden ausmachen kann. Die knochenähnlichen Überreste auf dem Boden ignoriere ich geflissentlich.

Caspare und Kisa sprechen kein Wort miteinander, weswegen ich ebenfalls schweige. Wir marschieren weiter, bis der Gang sich endlich weitet und in einer Art Kellergewölbe endet. Diesen Ausgang kenne ich noch gar nicht. Ich frage mich, wie viele Zugänge zu den Katakomben es eigentlich in Neapel gibt. Verbirgt sich hinter jeder Straßenecke etwa ein Eingang?

»Wir müssen leise sein. Dieser Zugang befindet sich auf einem Privatgrundstück. Der Eigentümer sollte im besten Fall nicht bemerken, dass wir hier waren«, zischt Caspare, woraufhin Kisa und ich nicken.

Sie greift nach meiner Hand und zieht mich weiter voran. Ich versuche, das hartnäckige Prickeln zu ignorieren, das von ihrer Berührung ausgeht, auch wenn das weitaus leichter gesagt als getan ist.

Wir halten uns an Cas, der uns selbstsicher durch das Kellergewölbe führt. Die Wände sind mit Fässern und Regalen gesäumt, die bis unter die Decke reichen. Erst auf den zweiten Blick wird mir klar, dass das hier ein Weinkeller ist. Wieso, um Himmels willen, braucht eine einzige Person so viel Wein?

Kisa schenkt den ordentlich aufgereihten Flaschen und Fässern keine Beachtung, sondern zieht mich einfach weiter. Schließlich gelangen wir in einen Nebenraum, der bis auf ein paar Vorratsschränke und ein flaches Fenster direkt unter der

Decke völlig leer ist. Mir wird bewusst, dass wir nun im Keller eines Hauses stehen. Cas macht sich gerade am Schließmechanismus des Kellerfensters zu schaffen. Er will sich doch nicht wirklich durch diese schmale Öffnung quetschen, oder?

»Gibt es keinen anderen Ausweg?«, frage ich leise, woraufhin mir die anderen zischend zu verstehen geben, dass ich nicht sprechen soll, um keine Aufmerksamkeit zu erregen. Cas schüttelt warnend den Kopf. Also gut. Dann bleibt es wohl bei dem Fenster.

Es dauert geschlagene fünf Minuten, bis wir uns mithilfe von Räuberleitern aus dem Fenster gewunden haben. Kisa hilft mir in die Höhe, nachdem ich durch das Fenster gekraxelt bin.

Sobald sich unser kleines Grüppchen versammelt hat, schaue ich an der Villa empor, aus der wir soeben ausgebrochen sind. Die helle Fassade ist mit mehreren Balkonen und dazugehörigen Giebelfenstern gespickt. Im oberen Stockwerk brennt Licht und erhellt das Dunkel der Nacht. Ansonsten bleibt es ruhig. Wir wurden nicht entdeckt.

»Kommt. Wir müssen weiter.« Cas lässt keine Zeit verstreichen. Auf leisen Sohlen eilt er voraus und führt uns durch enge Gassen, über leergefegte Kreuzungen und an unzähligen Häuserreihen vorbei. Erst nach einer Weile erkenne ich die Gegend wieder. Wir bewegen uns auf das Herz des *Chiaia*-Viertels zu und damit auf das Zuhause von Franca.

»Konntest du sie aufspüren?«, frage ich an Cas gerichtet, was ihm ein trockenes Lachen entlockt.

»Was denkst du denn? Ich bin der beste Späher des Clans. Ich habe sie bereits gefunden, während du noch die Sonderbehandlung von Kisa genossen hast.«

Seine Worte lassen Hitze in meine Wangen schießen. Kisa räuspert sich ebenfalls und zupft ihre Kapuze zurecht.

»Es ist nicht so, wie du …«

»Jaja, ist klar. Mir braucht ihr nichts vorzumachen, ich kann die Schwingungen zwischen euch deutlich spüren. Wir sind schließlich alle miteinander verbunden«, triezt Cas. »Wir sind da.«

Ich blinzle verwirrt. Tatsächlich.

Vor mir ragt Francas Wohnhaus auf. Automatisch wandert mein Blick hinauf zum dritten Stockwerk. Die Fenster ihrer Wohnung sind trotz der späten Uhrzeit hell erleuchtet. Mein Herz stolpert verräterisch, als sich eine Silhouette gegen das Licht abzeichnet. Ist sie das?

Am liebsten wäre ich in diesem Moment auf die Wohnungstür zugestürmt und hätte ihre Klingel betätigt. Doch sowohl Caspare als auch Luc halten mich zurück.

»Vorsicht! Vergiss nicht deine Mission!«, ruft Luc und bringt damit mein Trommelfell beinahe zum Platzen.

»Pass auf, sonst sieht sie dich noch!«, zischt Cas zeitgleich.

Ich bete, dass er Lucs Stimme nicht gehört hat.

»Ich dachte, sie wäre tot«, flüstere ich ergeben. Warum haben die Pugna mich angelogen? Wussten sie es nicht besser? War ihnen nicht bewusst, dass Franca nach Hause zurückgekehrt ist?

»Komm, wir beweisen dir endgültig das Gegenteil«, wispert Kisa und umfasst meinen Ellenbogen, um mich weiterzuziehen. Ihre Nähe durchdringt den dichten Gedankennebel in meinem Kopf. Widerstandslos lasse ich mich von ihr zum gegenüberliegenden Gebäude ziehen. Cas folgt uns lautlos.

Fassungslos beobachte ich, wie Kisa alle Klingeln zeitgleich betätigt, obwohl es mitten in der Nacht ist. Nur wenige Sekunden später melden sich einige verschlafene Stimmen, um zu erfahren, welcher Störenfried um diese Uhrzeit klingelt.

»Pizzalieferung für Bianchi! Können Sie bitte die Haustür öffnen?«, entgegnet Kisa bloß. Der Nachname, den sie genannt hat, ist nicht auf den Klingelschildern zu finden. Clever. Schließlich ertönt der Summer, als sich einer der Nachbarn erbarmt und die Haustür öffnet.

Kisa stößt die Tür auf und winkt uns alle schnell hinein. Das Treppenhaus ist in Dunkelheit getaucht. Keiner von uns macht sich die Mühe, das Licht einzuschalten. Stattdessen steuern wir die Treppe an und erklimmen eine knarzende Stufe nach der anderen, bis wir in den dritten Stock gelangen. Auf jeder Etage befindet sich ein Fenster, durch das man zum gegenüberliegenden Gebäude spähen kann. Wir positionieren uns vor dem Fenster des dritten Stockwerks und schauen hinaus. Ich dränge mich nah an das Fensterbrett und presse meine Nase förmlich gegen die Scheibe, um möglichst viel erkennen zu können.

Mein Blick sucht und findet die Wohnung von Franca. Helle Lichtstrahlen ergießen sich durch ihre Fenster in die schwarze Nacht. Mein Herz pocht so laut, dass Cas und Kisa es hören müssen. Doch sie sagen nichts, sondern verweilen schweigend neben mir, während ich Ausschau halte.

Plötzlich regt sich etwas in der Wohnung uns gegenüber. Ich beobachte, wie die Silhouette einer jungen Frau zum Fenster schreitet und die Vorhänge zuzieht. Es braucht nur diesen einen Moment, um sie wiederzuerkennen. Die Locken, die schmale Statur, die Art, wie sie sich bewegt …

»Sie ist es«, hauche ich. Franca. Sie lebt. Ich sehe es mit eigenen Augen. Mein Puls rauscht in meinen Ohren, und ich schnappe hektisch nach Luft. Tränen bahnen sich an die Oberfläche und lassen meine Sicht verschwimmen. Meine beste Freundin ist so nah und doch so weit entfernt. Ich würde am liebsten über die Straße rennen, in ihre Wohnung sprinten und sie in die Arme schließen. Mit einem Mal fällt die zentnerschwere Last ab, die ich in den letzten Wochen mit mir herumgetragen habe. Die Schuldgefühle verblassen nach und nach.

Die ganze Zeit habe ich mir vorgeworfen, für Francas Tod verantwortlich zu sein. Bloß um jetzt herauszufinden, dass es ihr gut geht.

»Wir haben dir gesagt, dass sie wohlauf ist. Teodoro hat ihr bei der Party höchstens einen Liter entzogen, nicht mehr. Wir haben uns in den darauffolgenden Tagen um sie gesorgt, als wir sie an die Oberfläche zurückbegleitet haben. Sie war höchstens vier Nächte lang verschwunden. Inzwischen hat sie sich bestimmt wieder vollständig erholt. Und dank meiner Überredungskunst und dem Einfluss von Kisa sowie einer ganzen Menge Alkohol erinnert sie sich vermutlich nur an eine nie enden wollende Party. Sie war zu keinem Zeitpunkt in Gefahr. Die Tage fühlten sich für sie bloß wie Stunden an«, murmelt Cas.

Die Erleichterung zerstört jeglichen Rest Selbstbeherrschung, der mir noch geblieben ist. Als Franca sich von dem Fenster abwenden will, strecke ich instinktiv die Hand aus und balle sie zur Faust. Ich konzentriere mich so stark auf sie, dass ich selbst aus der großen Distanz glaube, ihren Herzschlag hören zu können. Ich stelle mir vor, wie ihr Blut durch meine Finger fließt. Ich allein besitze die Macht, es zu stoppen oder bloß einen Moment lang festzuhalten. Und genau das tue ich. Ich halte sie fest. Verlangsame ihren Puls und damit ihre Bewegungen. Franca erstarrt. Regt sich nicht.

Die Entfernung macht es schwer für mich, die Kontrolle über sie nicht zu verlieren. Entschlossen beiße ich die Zähne zusammen. Bloß eine Sekunde länger. Ein letzter Blick. Ich will mich noch nicht verabschieden. Das hier darf nicht das Ende sein.

Ein Schluchzen kämpft sich in meiner Kehle empor. Ich balle die Hand weiter zusammen und beobachte, wie Franca weiterhin regungslos dasteht. Das Pochen ihres Herzens vermischt sich mit dem meinen. Ich will sie nicht gehen lassen.

»Cara, was tust du da?«, fragt Kisa neben mir.

Ich habe ihre Anwesenheit komplett ausgeblendet. Meine ganze Konzentration liegt auf Franca.

»Du musst aufhören! Cara, hörst du mich?«

Ja, aber ich antworte nicht. Wenn ich jetzt nachgebe, verliere ich Franca für immer. Ist es zu viel verlangt, ein paar Sekunden mehr mit ihr zu verbringen?

»Cara!« Kisas drängender Tonfall bohrt sich in meinen Verstand. Gleich darauf spüre ich ihre Hand auf meiner. Sie versucht, meine angespannten Finger zu lösen und die Faust aufzubrechen. Franca entgleitet mir. Ich spüre es deutlich. Ihr Puls wird schwächer. Der Blutfluss langsamer …

»Du musst es stoppen! Egal was du tust! Hör auf!«, schaltet sich nun auch Cas ein.

Kisa gelingt es, meine Finger einen nach dem anderen zu lockern. Anschließend verschränkt sie unsere Hände miteinander. Ich blinzle und unterbreche die Verbindung zu Franca. Ich lasse los.

Der Moment, in dem Franca die Kontrolle über ihren Körper zurückerlangt, ist deutlich sichtbar. Sie sackt kurz zusammen, stützt sich aber zum Glück rechtzeitig am Fenstersims ab. Es geht ihr offensichtlich nicht gut. Dafür bin ich verantwortlich. Die Erkenntnis, dass ich meiner besten Freundin geschadet habe, trifft mich wie ein Faustschlag in den Magen. Ich wollte sie bloß ein bisschen länger festhalten. Nur noch eine kleine Weile, bevor sich unsere Wege für immer trennen werden. Was habe ich getan?

Damit ich nicht erneut in Versuchung geführt werde, wende ich mich von dem Fenster ab. Die Tränen kennen nun kein Halten mehr. Sie rinnen mir in Bächen an den Wangen hinab und tropfen von meinem Kinn auf den Boden.

»Es tut mir so leid«, flüstere ich. »So leid, so leid, so leid …«

Kisa zögert keine Sekunde, sondern zieht mich in ihre Arme.

Ich klammere mich an ihren starken Schultern fest und vergrabe mein Gesicht in ihrer Schulterbeuge. Ihre Hände streichen über meinen Kopf, während sie mir ununterbrochen beruhigende Worte zuwispert. Dass alles gut werden würde. Dass ich nichts falsch gemacht hätte. Ich wünschte, ich könnte ihr glauben.

Es dauert einige Minuten, bis sich meine Schnappatmung so weit normalisiert hat, dass ich mich von Kisa lösen und ihr in die Augen sehen kann. Ihr sorgenvoller Blick wirft mich völlig aus der Bahn. So hat sie mich noch nie angeschaut.

»*Che diavolo*, was war das denn?«, zischt Cas gleich darauf.

»Ich glaube, ich schulde euch eine Erklärung«, murmle ich und wische mir hastig über die Wangen, um die letzten Tränenspuren zu beseitigen.

»Allerdings«, entgegnet Cas. Er wirkt skeptisch, und ich kann es ihm nicht einmal verübeln. An seiner Stelle würde ich mir ebenfalls nicht trauen.

Vorsichtshalber lege ich meine Hand über das versteckte Knopfmikrofon in meinem Hemd, damit Luc diese Unterhaltung nicht mithören kann, und tue so, als würde ich meinen Kragen ein Stück von meinem Hals wegziehen.

»Seit meiner Verwandlung besitze ich diese seltsame Fähigkeit. Ich kann den Puls anderer Lebewesen deutlich spüren und ihren Blutfluss beeinflussen. Zunächst ist es mir nur bei Tieren gelungen, inzwischen auch bei Menschen. Ich versuche, es nicht zu häufig anzuwenden. Mir macht diese Macht Angst«, gebe ich ehrlich zu und senke den Blick.

»Warum hast du nicht schon vorher was gesagt? Wir haben dir doch von unseren eigenen Gaben erzählt«, will Cas wissen. Kisa bleibt überraschend still. Ihre Hand ruht weiterhin in meiner.

»Ich hatte Angst. Vor euch, euren Fähigkeiten und vor dem,

zu was ihr in der Lage seid. Zu dem Zeitpunkt habe ich noch nicht zum Clan gehört. Ihr habt mir nicht vertraut. Hätte ich es euch erzählt, hättet ihr in mir vielleicht eine Bedrohung gesehen und mich nicht aufgenommen«, erkläre ich. Aus diesem Grund habe ich es den Pugna ebenfalls verschwiegen. Luc und die anderen hätten mir nie vollständig vertraut und die Freiheiten zugestanden, die sie mir gegeben haben, wenn sie wüssten, zu was ich in der Lage bin.

»Cara, das Tonsignal ist gestört«, beschwert sich Luc in dieser Sekunde über das Earpiece. Er spricht so leise, dass selbst ich Probleme habe, ihn zu verstehen.

»Das stimmt nicht«, meint Cas im selben Moment.

»O doch. Das wisst ihr beide ganz genau.« Ich hole tief Luft. »Es tut mir wirklich leid, okay? Ich habe selbst nicht verstanden, zu was ich in der Lage bin. Wie hätte ich es euch dann erklären können?«

Kisas Griff um meine Hand wird fester.

»Du musst uns hier und jetzt versprechen, dass du diese Fähigkeit nicht aus egoistischen Gründen einsetzt oder um andere in Gefahr zu bringen. Wenn die falschen Leute herausfinden, zu was du fähig bist, könnte das unseren ganzen Clan gefährden«, sagt sie. Kisa klingt im Vergleich zu Cas völlig ruhig und gefasst.

»*Te lo prometto*«, flüstere ich. Ich würde alles versprechen, um die beiden zu beruhigen. Sie sollen nicht an mir oder meiner Loyalität zweifeln. Das könnte mein ganzes Vorhaben gefährden.

Fürs Erste scheinen sie sich jedoch zu entspannen. Caspares Schultern sacken ein Stückchen hinab, und Kisa lockert ihren Griff um meine Hand. Ich bin froh darüber, dass sie mich nicht loslässt. Ihre Anwesenheit ist mein rettender Anker, der mich während dieser Sturmflut aus Emotionen erdet.

Eine Sache bringt mich dennoch zum Stutzen. Vorsichtshalber bedecke ich weiterhin das versteckte Mikrofon, um ein Störgeräusch zu erzeugen.

»Aber was genau meint ihr mit den *falschen Leuten*? Gibt es Menschen, die von den Sangua wissen und ihnen schaden wollen?«, frage ich nach.

»Allerdings«, meint Caspare in einem höhnischen Tonfall. »Menschen ängstigen sich vor allem, was sie nicht verstehen. Und die Sangua gehören definitiv dazu. Ich war damals gerade einmal wenige Tage verwandelt und noch völlig orientierungslos, als so eine *heroische* Organisation versucht hat, mich unter ihre Fittiche zu nehmen. Sie lockten mich mit allen möglichen Versprechungen, aber als ich nicht darauf eingegangen bin, fingen sie an, mich zu jagen. Erst als ich in die Katakomben zurückgekehrt bin und von Silvano geschützt wurde, ließen sie mich in Ruhe. Die anderen können Ähnliches berichten«, grummelt Caspare.

Ich kann kaum glauben, was er da erzählt. Eine Organisation? Spricht er womöglich von den Pugna? Nein, das kann nicht sein …

»Cara, wir haben Probleme mit dem Ton. Bitte justiere unauffällig dein Mikrofon«, wiederholt Luc.

Hoffentlich hat er nichts von Caspares Ausführungen gehört. Ich fahre mir mit der flachen Hand über den Hoodie und störe so hoffentlich weiterhin den Empfang.

»Wie meinst du das? Was ist mit den anderen Mitgliedern des Clans passiert?«, will ich wissen. Wenn sich hinter Caspares Äußerungen wirklich die Pugna verbergen, muss ich das schnellstmöglich herausfinden.

»Das erzählen sie dir am besten selbst. Wir sollten in die Katakomben zurückkehren. Hier draußen ist es zu gefährlich. Wir könnten entdeckt werden«, meint Kisa plötzlich und zieht mich vom Fenster weg. Cas stimmt ihr wortlos zu.

311

Mir fällt es wirklich schwer, keinen Blick zurück zu Francas Wohnung zu werfen. Diese Nacht hat mich völlig durcheinandergebracht, in jeglicher Hinsicht. Die einzige Konstante, an der ich mich festhalten kann, ist Kisa. Sie lässt meine Hand nicht los und sorgt dafür, dass ich weitergehe. Einen Schritt nach dem anderen. Irgendwie ironisch, dass mich ausgerechnet die Person unterstützt, vor der ich mich am meisten fürchten sollte. Ob sie wohl immer noch so zu mir steht, wenn sie die Wahrheit herausfindet?

38. KAPITEL | DESIDERIO

Als wir in die Katakomben zurückkehren, ist niemand sonst dort. Teodoro und Camilla haben sich entweder an die Oberfläche oder tiefer in die Tunnel zurückgezogen, und Silvano lässt sich wie üblich nicht blicken. Ich werde sie also zu einem anderen Zeitpunkt zu ihren Begegnungen mit der mysteriösen Organisation befragen müssen, die Cas erwähnt hat.

Ehrlich gesagt bin ich nicht einmal enttäuscht darüber, denn die Ereignisse der letzten Stunden haben mir jegliche Kraftreserven geraubt. Die Wunden an meinem Arm pochen schmerzhaft, und ich stöhne auf, als ich mich auf die Pritsche sinken lasse. Caspare verabschiedet sich mit ein paar knappen Worten von uns, bevor er sich in einen der Nebengänge zurückzieht.

»Du solltest dich ausruhen«, meint Kisa und lässt erst jetzt meine Hand los.

Sofort überfällt mich Panik. Sie umschließt meinen Brustkorb wie eine Klaue und zerdrückt mich Stück für Stück. Wenn ich erst mal allein bin, kann ich meinen Gedanken nicht entkommen. Ich werde an Franca denken müssen. An meine Fähigkeiten. An Caspares Worte über die Feinde der Sangua. Im Moment fehlt mir einfach die Kraft, um mich damit auseinanderzusetzen, ob ich wirklich das Richtige tue und ob ich den Pugna vertrauen kann.

»Warte, bitte«, flüstere ich und halte Kisa am Handgelenk fest. Sie erstarrt augenblicklich.

»Lass mich nicht allein«, wispere ich. Es kostet mich weniger Überwindung als gedacht, diese Worte auszusprechen.

Kisa schaut mich einen Moment lang an und scheint mit sich zu ringen. Schließlich geht ein Ruck durch ihren Körper, und ein schmales Lächeln bildet sich auf ihren Lippen.

»Komm mit, wir suchen uns einen Ort mit mehr Privatsphäre«, wispert sie und zieht mich gleich darauf wieder in die Höhe. Ich folge ihr widerstandslos. Kisa führt mich aus der Haupthöhle hinaus durch ein Wirrwarr aus abzweigenden Gängen. Die Situation erinnert mich unweigerlich an unsere erste Begegnung, als sie mich während der Untergrundparty tiefer in die Katakomben gelockt hat. Mein Herz schlägt genauso schnell wie damals, als ich ihr hinterherlaufe. Offensichtlich habe ich seitdem nichts dazugelernt.

Schließlich kommt Kisa zum Stehen. Trotz der intensiven Dunkelheit kann ich einiges erkennen. Wir scheinen uns in einer Art Ausbuchtung des Tunnels zu befinden. Eine kleine, niedrige Höhle offenbart sich vor uns. Kisa tastet die Wand ab, und nur wenige Sekunden später flammt ein Streichholz vor ihrem Gesicht auf. In Windeseile entzündet sie eine Reihe Kerzen, die in dem kleinen Raum verteilt stehen.

Offensichtlich besitzen die Sangua eine Vorliebe für Kerzenschein. Mir soll es recht sein, denn das flackernde Licht erzeugt eine heimelige Atmosphäre, der ich mich einfach nicht entziehen kann. Neugierig lasse ich meinen Blick über den Rest der Höhle wandern. Der Boden wurde mit Teppichen und Decken ausgelegt, während in der Mitte des Raumes Dutzende Kissen auf einem Haufen drapiert wurden. In jedem freien Winkel liegen Bücher herum oder Schminkutensilien. Ich entdecke sogar einen uralten Plattenspieler und eine kleine Sammlung an Vinylplatten.

»Wo sind wir hier?«, frage ich möglichst leise, um den Frieden dieses Ortes nicht zu stören.

»*Benvenuti a casa mia*«, verkündet Kisa. Ein vielsagendes Grinsen zeichnet sich auf ihrem Gesicht ab.

Erstaunt starre ich sie an. Das gehört alles ihr?

»Ich habe dringend einen Rückzugsort gebraucht. Glaub mir, wenn du so viel Zeit mit Teodoro und Cas wie ich verbracht hast, dann willst du irgendwann nur noch deine Ruhe haben. Also habe ich mir dieses kleine Reich geschaffen. Was sagst du?«

Ich kann mir vorstellen, wie anstrengend es sein muss, dauerhaft mit anderen Menschen ... *scusi*, Sangua zusammenzuleben. Denn auch ich brauche Privatsphäre und Ruhe um mich herum. Mein Wohnheimzimmer in der Nähe der Uni war mein eigenes Reich, in das weder meine Familie noch meine Freunde ungefragt eindringen konnten.

»Es ist einfach perfekt«, antworte ich wahrheitsgemäß. »Danke, dass du es mir zeigst.« Mir ist mehr als bewusst, dass sie mir all das niemals hätte zeigen müssen. Sie macht sich damit verletzlich und reißt eine weitere Grenze zwischen uns ein.

»Gerne. Komm, du solltest dich ausruhen. Der Ausflug heute Nacht war anstrengend genug«, meint sie und führt mich zu dem Kissenberg in der Mitte der Höhle. Dann hilft sie mir dabei, mich vorsichtig auf den gepolsterten Boden zu setzen. Ein kindliches Lachen stolpert über meine Lippen, als ich in den Kissen versinke und mich nicht mehr nach oben stemmen kann. Wie viele von den Dingern besitzt Kisa? Es müssen mindestens hundert sein.

Sie grinst breit, während sie sich neben mich fallen lässt. Wir drehen uns seitlich, sodass wir einander im Liegen anschauen können. Mir wird schlagartig bewusst, dass wir zum ersten Mal ganz unter uns sind. Kein anderes Clan-Mitglied befindet sich in unserer Nähe. Wir träumen nicht. Wir sind wirklich *hier*.

Ich nehme mir Zeit, um ihr Gesicht zu mustern. Das intensive Rot ihrer Augen. Den leicht verschmierten Lidstrich. Den Schlitz in ihrer rechten Augenbraue. Die Grübchen, die sich auf ihren Wangen abzeichnen, weil sie mich anlächelt. Ihre dunkel geschminkten Lippen.

»Gefällt dir, was du siehst?«, fragt Kisa leise, woraufhin ich sichtbar zusammenzucke. Der Schalk blitzt mir aus ihren Augen entgegen.

»Allerdings«, antworte ich dennoch wahrheitsgemäß. Kisas Augenbrauen wandern überrascht in die Höhe. Damit hat sie anscheinend nicht gerechnet. Nun erwische ich sie dabei, wie sie mich mustert. Ich kann körperlich spüren, wie ihr Blick über meine Wangenknochen wandert, über meine Nase bis hin zu meinem Mund.

»Ich weiß, wir haben darüber schon im Ansatz geredet, aber …«, setze ich an. Für einen Moment verharre ich. Sollte ich die Frage wirklich beenden? Ach, scheiß drauf! »… hatte es einen Grund, weshalb du ausgerechnet mich während der Untergrundparty als dein Opfer ausgewählt hast?«

Kisa starrt mich einige Sekunden lang an. Ihre Miene ist hart und verschlossen. Was sie wohl denkt?

»Wünschst du dir, dass mehr hinter unserer ersten Begegnung steckt?«, stellt sie als Gegenfrage.

Dieser Gedanke trifft einen wunden Punkt. Kisa spukt mir bereits seit unserer ersten Begegnung am Hafen im Kopf herum. Sie hat mir den Kopf verdreht. Ich will wissen, ob das auf Gegenseitigkeit beruht.

»Es wäre nicht schlimm, wenn du mich bloß als Frischfleisch gesehen hättest«, meine ich und grinse.

»Nein, so war das nicht«, haucht Kisa und rückt noch ein Stückchen näher an mich heran. Sie seufzt ergeben. »Ich habe dich sofort bemerkt, als du den Raum betreten hast. Mein erster Gedanke war: *süß*.«

»Süß?«, lache ich. Ich wurde schon als viele Dinge bezeichnet, aber ganz bestimmt nicht als süß.

»Süß«, bestätigt Kisa. »Es lag an der unschuldigen Art, wie du dich umgesehen hast. Ich erinnere mich genau daran, wie groß deine Augen gewirkt haben. Wie die eines erschrockenen Rehs. Doch sobald dein Blick auf mich gefallen ist, hat sich etwas zwischen uns verändert. Ich habe es sofort gespürt. Die Welt ist zusammengeschrumpft, und ich habe dieses Ziehen in meiner Magengrube bemerkt. So stark habe ich es noch nie gespürt. Unsere Körper haben einander förmlich angezogen. Und dann bist du auf mich zugekommen. Einfach so. Völlig ohne Angst.« Kisa fällt eine Haarsträhne ins Gesicht, als sie ungläubig den Kopf schüttelt.

Ohne nachzudenken, hebe ich die Hand und streiche sie ihr hinters Ohr. Ich lasse meine Finger knapp unter ihrem Kinn ruhen. Kisa gerät ins Stocken.

»Plötzlich fand ich dich nicht nur süß, sondern auch ziemlich attraktiv«, offenbart sie mir begleitet von einem schweren Schlucken. »Ich konnte meine Augen nicht mehr von dir nehmen und wollte mehr Zeit mit dir verbringen. Meine Gabe habe ich völlig unbewusst eingesetzt, das musst du mir glauben. Sie ist an meine Instinkte und Empfindungen geknüpft. Ich wollte in diesem Moment nichts anderes, als dich in meiner Nähe zu behalten, und dafür hat die Gabe gesorgt.«

Obwohl es jeglicher Logik entbehrt, ergibt es Sinn. Ich erinnere mich vage an das Gefühl, alles wie in einem Rausch wahrzunehmen. Kisas Nähe war wie ein feiner Wein, mit dem ich mich betrunken hatte. Ich konnte einfach nicht genug bekommen.

»Ich wollte dich nicht beißen«, gesteht sie schließlich. »Aber ich hatte seit Tagen nichts mehr getrunken und war kurz davor, die Beherrschung zu verlieren. Unser Clan wurde wochenlang durch Neapel gejagt, und wir mussten bereits einmal unsere Höhle wechseln. Caspare schlug als Lösung eine Party vor, die wir zu unserem Vorteil nutzen konnten. Natürlich ohne dauerhaften Schaden anzurichten.«

Ich erstarre, als Kisa erwähnt, wie sie durch die Stadt gejagt wurden. Am liebsten würde ich sie unterbrechen und fragen von wem, doch ich bleibe still und höre einfach zu. Sie kann nicht von den Pugna reden. Ganz bestimmt nicht. Entschlossen schiebe ich diese Vermutung zurück in die hinterste Ecke meines Gedächtnisses und versuche, die Tatsache auszublenden, dass ich immer noch komplett verkabelt vor ihr liege und Luc vermutlich jedes ihrer Worte mithören kann. Dadurch, dass er so leise ist, vergesse ich häufig, dass er quasi dauerhaft anwesend ist.

»Es war leicht, dich zu verführen, weil du mich genauso sehr wolltest wie ich dich«, haucht Kisa. Ihr sehnsuchtsvoller Blick bringt mein Herz zum Stolpern, und ich halte die Luft an. Bin ich wirklich so leicht zu durchschauen gewesen?

»Du *wolltest* mich also?«, wispere ich und lasse meine Finger quälend langsam in ihren Nacken wandern, bis ich ihren Hinterkopf mit meiner Hand umschließen kann. Ich spüre die kurz geschorenen Haare ihres Sidecuts und lasse meinen Daumen in langsamen Kreisbewegungen darüber wandern.

»Nicht nur damals. Ich will dich immer noch«, offenbart sie mir mit einem schiefen Grinsen.

Merda, ich kann nicht mehr klar denken! Alles, was mir durch den Kopf geht, ist, wie intensiv ihr Blick auf mir liegt, wie verführerisch ihre Lippen aussehen und wie gerne ich sie jetzt küssen würde.

Für eine kurze Weile starren wir einander bloß an, bevor wir uns zeitgleich aufeinander zubewegen und uns lediglich ein Atemzug voneinander trennt.

»Willst du mich denn auch, Cara?«, haucht Kisa. Ihr Atem streicht über meinen Mund hinweg. Alles andere rückt in den Hintergrund. In diesem Moment existieren nur sie und ich. Keine Mission. Keine Pugna. Kein Clan. Diese Sekunden gehören einzig und allein uns.

»Mehr als alles andere«, antworte ich stockend.

Einen Herzschlag später schließen wir die Lücke zwischen uns. Unsere Lippen streifen einander. Zunächst sanft, dann immer fordernder. Ich kralle mich in ihre Haare, während Kisa ihre Arme um meinen Rücken und meine Taille schlingt, um mich noch näher an sich heranzuziehen.

Alles, was ich in diesem Augenblick denken kann, ist … *endlich. Infine.* Wie oft habe ich mich in den letzten Wochen nach diesem Moment verzehrt, auch wenn ich es mir nie eingestehen wollte. Kisa geht mir nicht mehr aus dem Kopf, seit wir uns zum ersten Mal gesehen haben. Ich habe mir eingeredet, sie hassen zu müssen für das, was sie mir angetan hat. Inzwischen bin ich mir nicht einmal mehr sicher, ob ich sie dafür überhaupt verurteile. Ohne ihren Biss wäre ich ihr garantiert nie wieder begegnet. Ich hätte den Clan nicht kennengelernt. Sie wäre nichts weiter als eine Erinnerung.

Ich halte Kisa fest. Am liebsten würde ich sie niemals wieder loslassen. Mir ist klar, dass unsere Schicksalsfäden für immer miteinander verwoben sind. Selbst wenn wir wollten, könnten wir uns nicht mehr voneinander lösen.

Bevor mein Verstand sich endgültig verabschiedet, halte ich kurz inne. »Können Sangua eigentlich Geschlechtskrankheiten bekommen?«

Für einen Moment starren wir uns sprachlos an, dann sprudelt das Lachen einfach aus mir heraus, völlig leicht und frei. Kisa prustet ebenfalls los. Was für eine absurde Frage …

»Nein, können wir nicht. Einer der vielen Vorteile am Dasein einer Sangua«, erwidert Kisa schließlich, begleitet von einem vielsagenden Grinsen.

Sie vertreibt jeglichen Rest Rationalität, indem sie ihre Hand langsam über meine Rippen wandern lässt. Immer weiter nach oben, in einem trägen Tempo. Das Lachen erstirbt augenblicklich. Stattdessen bringt ein Schauder meinen ganzen Körper zum Erzittern, als sie mit ihrem Daumen sanft über den Ansatz meiner Brust streift. Ich spüre ihr Lächeln auf meinen Lippen und komme nicht umhin, selbst die Mundwinkel nach oben zu ziehen.

»Und du bist dir sicher, dass du das hier willst?«, fragt sie mich gleich darauf, und für einen Moment verharren wir im Stillen.

Ich nicke hastig. »*Assolutamente sicuro*«, hauche ich völlig atemlos. Ich war mir noch nie in meinem Leben sicherer, etwas so sehr zu wollen wie Kisa in diesem Augenblick. Nur einen Sekundenbruchteil später liegen ihre Lippen erneut auf meinen. Funken tanzen hinter meinen geschlossenen Lidern, und ein leises Seufzen entfährt mir.

Immer wieder fahre ich mit der Hand unter ihr Oberteil und über den schmalen Streifen Haut, der durch das Verrutschen ihrer Kleidung zustande kommt. Schließlich stößt Kisa ein Stöhnen aus. Sie bäumt sich auf und streift kurzerhand ihr weißes Hemd ab. Ich tue es ihr gleich und ziehe den Hoodie aus, bevor ich meine schwarz-weiße Bluse aufknöpfe, um sie zur Seite zu legen. Das Earpiece pflücke ich mir ebenfalls unauffällig aus dem Ohr, während ich mich flüchtig von Kisa abwende und so tue, als würde ich durch meine Haare streifen. Die Knopfkamera, der kleine Lautsprecher und das Mikro werden durch den Stoff meiner Kleidung verdeckt. Kisa und ich sind nun völlig unter uns.

Ich erlaube es mir kurz, ihren perfekten Körper zu mustern. Ihre breiten Schultern und die leicht hervortretenden Schlüsselbeine. Ihre Muskeln und Sehnen zeichnen sich deutlich unter der Hautoberfläche ab, sodass ich meine Augen kaum von ihr abwenden kann. Mir war klar, dass sie durchtrainiert ist, dennoch verschlägt mir ihr Anblick völlig die Sprache.

Unwillkürlich frage ich mich, wie Kisa wohl mein Aussehen gefällt. Im Vergleich zu ihr bin ich deutlich schmaler und durch die Strapazen der letzten Wochen fast schon ausgemergelt. Hoffentlich findet sie mich überhaupt attraktiv …

»Hey«, flüstert sie und beugt sich über mich. Ihre Hände sinken links und rechts von meinem Kopf in die Kissen, sodass mir keine andere Wahl bleibt, als zu ihr aufzuschauen.

»Weniger denken, mehr fühlen«, raunt Kisa, als wüsste sie genau, dass ich mir viel zu viele Gedanken mache. Und mit diesen Worten schafft sie es, jegliche Ängste aus meinem Bewusstsein zu verbannen. In ihrem Blick liegt so viel stummes Verlangen, dass sich mein Unterleib erwartungsvoll zusammenzieht.

Ich kann mich nicht länger beherrschen, sondern stemme mich hoch, um sie erneut zu küssen. Statt ihres Mundes ziele ich jedoch auf ihre Halsbeuge und ihre Schultern. Ich hinterlasse eine Spur aus Küssen auf ihrer kühlen Haut, was ihr schlussendlich ein fast schon animalisches Knurren entlockt.

Schließlich liege ich schwer atmend vor ihr, darauf wartend, was als Nächstes geschehen wird. Doch Kisa übereilt nichts. Sie nimmt sich Zeit, schenkt mir ein diabolisches Grinsen und fährt mit ihren Fingern über meinen Hals hinweg. Ihre Berührungen stecken voller Leidenschaft, dennoch bewahrt Kisa die Kontrolle. Sie weiß genau, was sie tut, und übereilt nichts.

Ich kralle mich in den Stoff der Kissen und versuche, das Beben meines Körpers zu unterdrücken. Mit ihren Berührungen und Küssen erschüttert Kisa meine Welt jedoch wieder und wieder. Mit ihren Fingerspitzen fährt sie über meine Taille, hinab zu meiner Hüfte. Leicht wie eine Feder streicht sie über meinen Bauch hinweg, während sie zeitgleich eine Spur aus heißen Küssen hinab zu meiner Körpermitte zieht. Ich glühe unter ihren Händen und kann nichts dagegen tun. Es kostet mich mehr Selbstbeherrschung als gedacht, auf dem Rücken liegen zu bleiben. Am liebsten würde ich mich auf sie stürzen und sie genauso sehr in den Wahnsinn treiben. Aber ich muss mich in Geduld üben.

Kisas Zeigefinger streicht über meine Körpermitte und verharrt knapp vor dem Bund meiner Hose. Unsere Blicke treffen sich. Fragend hebt sie die Augenbrauen. Ich denke jedoch gar nicht daran aufzuhören.

Also öffnet sie langsam meine Hose und streift sie gemeinsam mit dem Slip an meinen Beinen hinunter. Sie kommt wieder zu mir hoch, und nur einen Wimpernschlag später gleiten ihre Finger weiter hinab. Immer tiefer und tiefer, und schließlich in mich hinein. Sie erkundet mich sorgfältig und schenkt jedem Millimeter unendlich viel Aufmerksamkeit. Ich stöhne auf, sobald ihr rauer Daumen über meine empfindlichste Stelle fährt. Ihre Berührungen werden stetig schneller. Innerhalb kürzester Zeit bäume ich ihr meinen Oberkörper entgegen und muss ein Stöhnen unterdrücken. Es fühlt sich einfach zu gut an …

Noch nie im Leben habe ich solche Dinge gespürt. Ich weiß nicht, ob es an dem Blutspakt liegt, der uns miteinander verbindet, doch Kisa scheint instinktiv zu bemerken, was mir gefällt und was nicht. Sie ist genau in den richtigen Momenten schnell und intensiv, bloß um mich kurz darauf mit langsamen und trägen Bewegungen zu quälen.

Ich verliere jegliches Zeitgefühl und gebe mich ihr völlig hin.

Kisa zögert nicht lange, sondern übersät auch meine Brüste mit Küssen. Ihre Zunge streift spielerisch über meine Haut hinweg, während ihre Finger tief in mir versinken. Ich ringe nach Atem und vergrabe meine Hand in ihrem kurzen Haar, um die Kontrolle zurückzugewinnen. Vergebens. Die Lust in meinem Inneren verdrängt jegliche Vernunft. Ich kann nicht mehr denken, nur fühlen.

Kisas Berührungen sind wie elektrische Stöße, die meine Haut zum Kribbeln bringen. Mein Unterleib zieht sich lustvoll zusammen, ein Stöhnen dringt aus meinem Mund, und mein gesamter Körper erschaudert, als ich schwer atmend in die Kissen zurücksinke. Mein Herz wummert so lautstark, dass ich kaum mitbekomme, wie Kisa sich neben mich fallen lässt. Ihr Zeigefinger zeichnet kleine Kreise um meinen Bauchnabel.

»Das war … unglaublich«, keuche ich.

Auf ihren Lippen liegt ein triumphierendes Lächeln. »Ich weiß«, entgegnet sie provokant. »Ruh dich jetzt am besten ein wenig aus, du solltest dich eigentlich noch schonen.«

»O nein, das kannst du vergessen«, knurre ich und stemme mich in die Höhe.

Kisa schaut verblüfft auf.

Zielsicher finden meine Finger den Bund ihrer Hose und lösen den Gürtel, der sich um ihre Hüfte schlingt. Durch die Aufregung sind meine Bewegungen etwas zittriger als ihre, doch davon lasse ich mich nicht aufhalten. Ich nehme mir Zeit, um jeden Zentimeter ihrer Haut zu erkunden, ihren Duft in mich aufzunehmen und Küsse auf ihrem gesamten Körper zu verteilen. Ich fühle mich wie im Rausch, während Kisa sich unter meinen Händen windet und ab und an genießerisch stöhnt.

Schließlich kann ich mich nicht länger zurückhalten. Ich umfasse ihre Handgelenke mit einer Hand und pinne sie über ihrem Kopf am Boden fest. Die Sangua blinzelt mich verwirrt an, als hätte sie mir so viel Dominanz gar nicht zugetraut. Ich beiße mir auf die Unterlippe, um ein Seufzen zu unterdrücken. Kisa ist so verdammt attraktiv. Ich weiß nicht, wie es mir gelingen konnte, mich so lange von ihr fernzuhalten.

Entschlossen schiebe ich mein Knie zwischen ihre Oberschenkel und drücke sie so leicht auseinander. Kisa scheint zu ahnen, was ich vorhabe, denn sie grinst mich verwegen an.

In rhythmischen Bewegungen reibe ich mein Knie an ihr. Zunächst langsam, dann etwas schneller, nur um anschließend in ein trägeres Tempo zurückzufallen. Dieser Wechsel macht Kisa völlig wahnsinnig, denn sie bäumt sich immer wieder auf, stöhnt und drückt sich enger an mich. Als ich schließlich meine Finger zu Hilfe nehme, scheint sie das endgültig in andere Sphären zu befördern.

»Cara«, raunt sie zwischen zusammengepressten Zähnen. Ihre Bewegungen werden hektischer und fahriger. Jegliche Vorsicht ist vergessen. Ihre Worte geben mir den letzten Schubs. Ich halte sie weiterhin fest, zeitgleich beuge ich mich nach unten und visiere ihren Hals an.

Ohne lange nachzudenken, lege ich die Lippen an ihre Hauptschlagader. Ich vergrabe meine Zähne in ihrem Fleisch und beginne zu saugen. Warmes Blut fließt über meine Zunge und rinnt meinen Rachen hinab. Ich kann ihre Lust förmlich schmecken. Der süße Schmerz bringt Kisa endgültig um den Verstand. Sie stöhnt lautstark.

»Cara …« Meinen Namen aus ihrem Mund zu hören, spornt mich nur noch mehr an. Ich sauge so lange, bis sich ihre Fingernägel in die Kissen graben und sie unter mir zu zittern beginnt. Erst als sie sich völlig atemlos zurücksinken lässt, lasse ich locker. Ich küsse die Wunde, die ich an ihrem Hals hinterlasse, und lege mich neben sie.

Kisa starrt mich an. Ihre Pupillen sind so stark geweitet, dass sie das Rot ihrer Iriden beinahe vollständig verdrängen. Ihre Lippen wirken geschwollen, und ihre Haare sind völlig zerzaust. Sie sah noch nie begehrenswerter aus.

Wir sagen kein Wort zueinander, sondern lächeln uns bloß atemlos an. Zum ersten Mal in meinem Leben habe ich das Gefühl, zum richtigen Zeitpunkt am richtigen Ort zu sein. Hier, bei Kisa, fühle ich mich endlich angekommen.

39. KAPITEL | LAUERNDE GEFAHR

Die nächsten Tage und Nächte ziehen wie im Rausch an mir vorbei. Kisa und ich verbringen die meiste Zeit gemeinsam. Wir überfallen eine weitere Blutbank und schleichen uns an die Oberfläche, um das Nachtleben von Neapel zu genießen. Ich schlafe kaum, weil wir jede Sekunde nutzen, um einander nah zu sein. Selten habe ich mich so frei und glücklich gefühlt. Ich mache mir endlich keine Sorgen mehr um die Zukunft, sondern lebe einfach im Hier und Jetzt. Selbst meine Mission rückt völlig in den Hintergrund. Lucs warnende Stimme erinnert mich immer wieder an meinen Auftrag, doch inzwischen ignoriere ich ihn geflissentlich.

Seit unserer gemeinsamen Nacht habe ich keine weiteren DNA-Proben von den Sangua gesammelt. Der Mantel, in dem ich alles verstecke und aufbewahre, liegt inzwischen unberührt in einer Ecke der Haupthöhle. Denn sobald ich die Mission erfülle, bedeutet das auch, Abstand von Kisa und dem Clan zu nehmen. Immerhin würde ich mich mit einem Heilmittel zurück in einen Menschen verwandeln und wäre nicht länger eine von ihnen. Zwischendurch frage ich mich allerdings, ob ich das immer noch will. Mein altes Leben hat jeglichen Reiz verloren. Will ich wirklich zurück zu meinen enttäuschten Eltern, meiner abgebrochenen Ausbildung und zu Menschen, die ständig auf mich herabblicken? Ich bin mir nicht mehr sicher.

Jeden Tag sage ich mir aufs Neue, dass ich bloß ein bisschen mehr Zeit brauche. Mehr Zeit mit dem Clan. Mehr Zeit mit Kisa. Mehr Zeit, um herauszufinden, was ich will. Zwischendurch überlege ich sogar, ob ich Kisa von den Pugna und ihrem Vorhaben erzählen soll, doch ich fürchte mich vor den Konsequenzen. Was, wenn sie es mir übel nimmt, dass ich sie nicht von Anfang an eingeweiht habe? Was, wenn sie mir danach nicht mehr vertraut? Der Zwiespalt reißt mich beinahe in Stücke.

»Worüber denkst du nach?«, fragt Kisa. Sie haucht einen Kuss auf meinen Nacken und grinst mich verschlafen an. Wir beide haben in den letzten Stunden alles Mögliche getan, außer zu schlafen. Heute steht eine weitere Jagd an, und wir müssen eigentlich fit sein.

»*Niente*«, murmle ich leise und lehne mich mit dem Rücken gegen ihre Brust. Nur noch ein weiterer Tag. Ich will nur noch einen weiteren Tag mit ihr verbringen.

»Komm, die anderen warten bestimmt schon«, meint sie und hilft mir dabei langsam in die Höhe. Wir ziehen uns an und Kisa hilft mir sogar dabei, mein Hemd zuzuknöpfen. Ich bin völlig durch den Wind. Bitte, nur noch ein weiterer Tag …

Ganz selbstverständlich ergreift sie meine Hand und führt mich aus unserem Rückzugsort hinaus durch die dunklen Tunnel der Katakomben bis hin zur Haupthöhle, wo bereits der restliche Clan auf uns wartet.

Cas, Teodoro und Camilla sitzen schweigend beisammen und reden kein Wort miteinander. Die Stille wiegt schwer wie Blei und weitet sich auf Kisa und mich aus.

»Wir wären so weit. *Scusi*, wir sind ein bisschen spät dran«, eröffnet Kisa das Gespräch.

Niemand regt sich. Ein flaues Gefühl legt sich auf meine Magengrube. Was ist hier los?

»Heute findet keine Jagd statt«, antwortet Cas nach einer Weile schließlich. »Und in den nächsten Nächten vermutlich ebenfalls nicht.«

»Was? Wieso? Unsere Vorräte neigen sich dem Ende zu«, braust Kisa auf.

Meine Zunge klebt trocken an meinem Gaumen. Der Blutdurst regt sich langsam. Ich schiele unauffällig zu dem Stapel aus Blutkonserven, der vor Cas auf dem Boden liegt. Ich zähle vielleicht vier oder fünf. Viel zu wenig für den gesamten Clan. Wir *müssen* Nachschub besorgen.

»Cam und ich haben an der Oberfläche seltsame Aktivitäten registriert, die darauf hindeuten, dass wir beobachtet werden. In der Nähe der Bourbonentunnel streifen andauernd dieselben Männer und Frauen herum. Sie schauen sich nicht die Ausstellung an, sondern betrachten die Risse und Spalten in den Wänden. Auch in der Kanalisation treiben sich mehr Leute herum als üblich, die anscheinend nach Zugängen zu den Katakomben suchen. Wir sollten uns bedeckt halten, denn mich beschleicht das Gefühl, dass sie etwas ganz Bestimmtes suchen. Oder jemanden«, erklärt Cas ruhig.

»Uns?«, fragt Kisa fassungslos. »Ihr glaubt, es sind welche von ... *denen?*«

Camilla blickt ernst drein. Bisher hatte ich kaum Berührungspunkte mit ihr, doch jedes Mal, wenn sie mich ansieht, bekomme ich eine Gänsehaut. Ihre Miene regt sich kaum, während sie mit völlig kalter Stimme spricht: »*Sì.* Ich habe beobachtet, wie sie in ihre Vans eingestiegen und davongefahren sind. Es ist, wie Cas sagt. Wir werden beobachtet.«

»*Cazzo*«, flucht Kisa.

Ich wiederum erstarre innerlich. Könnten sie etwa von den

328

Pugna reden? Wagen sich Vicente, Luc und die anderen etwa weiter in die Katakomben vor? Aber wieso? Vertrauen sie mir nicht länger? Wollen sie die Mission selbst durchziehen? Das ergibt gar keinen Sinn!

»Von wem redet ihr überhaupt?«, frage ich. Hoffentlich bemerkt niemand das verräterische Zittern in meiner Stimme. Ich versuche, meine Emotionen zu kontrollieren und so gut wie möglich unter Verschluss zu halten. Durch das Blutband spüre ich deutlich die Bedrückung der anderen Clan-Mitglieder. Ich darf mich nicht verraten, indem ich panisch werde.

Cas seufzt auf und deutet neben sich auf den Boden. Ich werfe Kisa einen letzten Blick zu, bevor ich mich neben ihm niederlasse. Zögerlich schlinge ich meine Arme um meine bis zum Kinn angezogenen Beine. *Ruhig bleiben, Cara. Niemand weiß von deiner Mission. Verhalte dich unauffällig.*

»Erinnerst du dich an unser Gespräch, als wir deiner Freundin einen Besuch abgestattet haben?«, setzt Cas an.

Ich nicke zögerlich. Ehrlich gesagt habe ich jegliche Gedanken an Franca und jene Nacht in die hinterste Ecke meines Gedächtnisses verbannt.

»Dann weißt du bestimmt noch, wie ich dich davor gewarnt habe, deine Fähigkeiten vor den falschen Leuten einzusetzen?«, fährt er fort.

»*Sì*, du hast auch davon gesprochen, dass eine Organisation dich kurz nach der Verwandlung aufgesucht hat«, vollende ich seine Aussage.

Caspare lächelt zufrieden. »Ganz genau. Unsere Beobachter gehören vermutlich ebenfalls dazu. Sie sehen in uns Sangua eine Gefahr für die Allgemeinheit und versuchen schon seit Jahren, uns unschädlich zu machen. Wir alle haben bereits Erfahrungen mit ihnen gemacht. Sie nutzen den verwirrten Zustand nach der Verwandlung aus, um in die Nähe der Sangua zu gelangen. Diese Schweine kennen keine Grenzen. Mich haben sie damals auf offener Straße aufgehalten und mich gefragt, ob sie mir helfen könnten. Im ersten Moment habe ich mich auf das Gespräch eingelassen, bis sie mir den Himmel auf Erden versprochen und mir eine Kooperation angeboten haben.« Caspare schluckt schwer.

Ich halte still und wage es nicht einmal, zu atmen. Seine Erzählung kommt mir viel zu bekannt vor …

»Sag ihr, womit sie dich gelockt haben«, fordert Teodoro ihn auf.

Mir schwant bereits Übles, doch als Caspare antwortet, zucke ich dennoch schuldbewusst zusammen.

»Sie versprachen mir mein Augenlicht zurück. Von da an wusste ich, dass sie mich bloß ködern wollten. Ich bin geflüchtet und habe seitdem versucht, nicht mehr daran zu denken.«

Fassungslos starre ich Caspare an. Ein kaum wahrnehmbares Beben geht von seinem Körper aus. Am liebsten würde ich ihn umarmen, allerdings fühle ich mich dazu nicht imstande. Seine Geschichte erinnert mich viel zu sehr an meine eigene.

»Bei mir waren sie subtiler«, ergänzt Kisa. Ich schaue überrascht zu ihr auf, doch ihr Blick geht ins Nichts. Sie scheint mit den Gedanken völlig in der Vergangenheit festzustecken. »Sie haben mir Essen und eine Unterkunft angeboten. Aber niemals im Leben wäre ich zu Unbekannten in ein Auto gestiegen, bloß weil ich Hunger hatte. Als ich fliehen wollte, haben sie mich festgehalten und versucht, mich in den Wagen zu zerren. Ich konnte mich zum Glück losreißen und abhauen. Aber diese Furcht werde ich niemals vergessen.«

Bevor ich irgendetwas erwidern kann, meldet sich schon Camilla zu Wort: »Sie haben mich wochenlang durch Neapel verfolgt. Jedes Mal, wenn ich die Katakomben verlassen habe, waren sie bereits in meiner Nähe. Ihre Schatten haben mir immer im Nacken geklebt. Sie haben erst lockergelassen, als sie gemerkt haben, dass sie mich niemals fangen können.«

Teodoro nickt betreten. Er wirkt im Vergleich zu den anderen stiller. In sich gekehrter. Doch natürlich hat auch er eine Geschichte, die sich nun an die Oberfläche drängt.

»Wie ihr wisst, habe ich sehr unter meiner Gabe gelitten. Wer will schon krankes Blut riechen können in einer Welt, in der gesunde Menschen die Minderheit sind? Ich wollte nichts mehr, als endlich normal zu sein und mein alltägliches Leben weiterleben zu können.«

Seine Worte treffen mich mehr als die der anderen, denn sie gleichen meinen eigenen Erfahrungen. Wie oft habe ich mir verzweifelt gewünscht, wieder menschlich zu sein und zu meiner Familie zurückkehren zu können? Inzwischen ist dieser Wunsch deutlich abgeschwächt, doch er haust weiterhin in meinem Inneren. Vermutlich wird er das für immer.

»Sie haben mir angeboten, ein Heilmittel herzustellen und mich in einen Menschen zurückzuverwandeln«, raunt Teodoro so leise, dass ich seine Worte kaum verstehe.

Trotzdem schlagen sie ein wie eine Bombe. Ihm wurde ein Heilmittel angeboten? So wie mir? Das kann kein Zufall sein! In meiner Brust klafft ein schwarzes Loch auf, das jegliche Emotionen absorbiert und nichts als Leere zurücklässt. Ich kann nichts tun. Nur dasitzen und vor mich hinstarren.

»Zum Glück war mir schnell klar, dass das absolut unmöglich ist. Wir sind während unserer Verwandlung gestorben. Das ist nicht umkehrbar. Wir sind keine Menschen mehr und werden es auch nie wieder sein. Keine Medizin der Welt wird uns jemals zu dem machen, was wir einst waren.«

Teodoros Aussage gleicht einem Messerstich mitten ins Herz. Die Klinge zerschneidet jedes bisschen Hoffnung, das noch in meinem Inneren gewohnt hat. Ich kämpfe gegen die Tränen an und richte den Blick auf den Boden, um nicht die Aufmerksamkeit der anderen auf mich zu lenken.

Wie konnte ich so naiv sein? Wie habe ich glauben können, dass wirklich ein Heilmittel existiert? Wie?

Ein Schluchzer kämpft sich durch meine Luftröhre nach oben, doch ich unterdrücke jeglichen Laut mit aller Macht. Wenn die anderen Clan-Mitglieder erfahren, was ich getan habe … dass ich mich auf die Pugna eingelassen habe … das werden sie mir niemals verzeihen. Das wird Kisa mir niemals verzeihen.

»*Merda.* Sie kennen keine Grenzen. Das Einzige, was sie wollen, ist, uns aus dem Verkehr zu ziehen und uns für ihre eigenen Zwecke zu nutzen. Sie wollen uns unschädlich machen. Und sie werden nicht ruhen, bis wir von der Erdoberfläche verschwunden sind. Für immer«, zischt Camilla.

Ich halte das nicht mehr aus. Das ist alles zu viel. Ich muss hier weg! Ruckartig stehe ich auf und drehe dem Clan trotz der erschrockenen Blicke den Rücken zu. Hastig entferne ich mich von der Gruppe und gehe auf einen der angrenzenden Tunnel zu.

»Cara, warte!«, ruft Kisa mir hinterher. Ich höre das Knirschen von Kieseln unter ihren Schuhen und beschleunige meine Schritte. »Wo willst du denn hin? Was ist los?«

Weg. Bloß weg.

Ich antworte ihr nicht, sondern steigere lediglich mein Tempo. Denn ich bin mir sicher, dass die Wahrheit aus mir rausbrechen würde, sollte ich auch nur die Lippen öffnen. *Merda, merda, merda …*

Was habe ich getan? Ich habe mich auf die Gegner des Clans eingelassen und damit die ganze Gruppe gefährdet. Wochenlang habe ich sie heimlich gefilmt, ihre Gespräche aufgezeichnet, Proben gesammelt und ihren Standort per GPS an die Pugna übermittelt. Wenn ich Kisa davon erzähle, zerstöre ich alles, was wir uns bisher aufgebaut haben. Das kann ich nicht. Bevor es so weit kommt, muss ich versuchen, diese Sache allein wieder geradezubiegen. Koste es, was es wolle.

Entschlossen renne ich los, geradewegs in die Katakomben hinein. Ich biege wahllos links und rechts ab, steuere völlig orientierungslos durch die Dunkelheit, bis ich Kisas Stimme nicht mehr hören kann. Ihre Schritte verhallen hinter mir. Ich spüre ihre Nähe nicht länger. So einsam habe ich mich seit der Zeit nach meiner Verwandlung nicht mehr gefühlt.

40. KAPITEL | VERRAT

Ich harre in der Dunkelheit aus und warte darauf, dass sich meine Augen an die Schwärze der Umgebung gewöhnen. Erst als ich schwache Umrisse wahrnehme, öffne ich den Mund.

»Luc? Luc, bist du da?«, zische ich in die Finsternis hinein. Keine Antwort. Ich presse meine Hand auf das Ohr, in dem sich mein Earpiece versteckt, und sage seinen Namen immer und immer wieder. Verdammt, wo steckt er? Ich muss unbedingt mit ihm sprechen! Er allein kann mir die Wahrheit liefern.

Aber wieso sollte er das tun?

Die Stimme der Vernunft rüttelt mich wach.

Wieso sollte er dir ausgerechnet jetzt die Wahrheit sagen, falls er dich schon die ganze Zeit angelogen hat?

Erstarrt halte ich inne. Könnte er mir die ganze Zeit nur etwas vorgemacht haben? War unsere Verbindung bloß gespielt? Seine Freundlichkeit reine Fassade? War er nie mein Verbündeter? Bisher habe ich in Luc einen Freund gesehen. Er hat mich während meiner Zeit bei den Pugna beschützt und sich sogar mit Ambra für mich angelegt. War das alles nicht echt?

»Stimmt es? Ist das Heilmittel eine Lüge? Nur ein Vorwand, um mich zur Kooperation zu bringen? Wollt ihr die Sangua auslöschen? Ist das eure wahre Absicht?« Meine Stimme zittert verräterisch. Tränen brennen in meinen Augen, und dieses Mal halte ich sie nicht zurück. Sie rinnen unkontrolliert über meine Wangen und tropfen von meinem Kinn. Immer noch keine Antwort.

Stattdessen höre ich etwas anderes. Ein leises Rauschen in meinem Ohr. Atmen. Luc scheint den Sprechknopf gedrückt zu haben, aber er entscheidet sich ganz bewusst dazu, mir keine Antwort zu geben. Sein Schweigen sagt mehr als genug. Wenn die Beschuldigungen der Sangua an den Haaren herbeigezogen wären, würde er mich beschwichtigen. Stattdessen weiß er offensichtlich nicht, was er erwidern soll.

»*Faccia di culo*«, beleidige ich meinen einstigen Verbündeten. Mit spitzen Fingern zerre ich das Earpiece aus der Ohrmuschel und werfe es auf den Boden. Kurzerhand zertrete ich das Abhörgerät mit meiner Schuhsohle. Das metallische Knirschen, das dabei entsteht, klingt wie Musik in meinen Ohren.

Mein nächster Griff geht an den falschen Knopf an meinem Hemd, in dem sich die Kamera versteckt. Ohne lange zu fackeln, zupfe ich sie von dem Stoff ab und schmettere sie neben die Überreste des Earpiece. Zuletzt löse ich die versteckten Kabel aus dem Saum meiner Kleidung und reiße sie mit bloßen Händen auseinander, bis nichts als zerstörte Drähte übrig bleiben. Schwer atmend starre ich auf den Technikschrott zu meinen Füßen. Allein der Anblick sorgt dafür, dass sich mein Magen qualvoll zusammenzieht und Säure in meine Speiseröhre schießt.

Ich muss mich zurückhalten, um mich nicht an Ort und Stelle vor Abscheu zu übergeben. Wie konnte ich bloß so naiv sein und davon ausgehen, dass die Pugna meine Verbündeten sind? Sie wollten von Anfang an nichts anderes als meine Auslöschung. Doch anstatt mich zu töten, haben sie meine Ahnungslosigkeit ausgenutzt, um sich einen Vorteil zu verschaffen und kostbare Informationen über den Clan zu sammeln. Bisher war dieser in einer direkten Auseinandersetzung im Vorteil, weil die Pugna unsicher im Terrain der Katakomben waren und nicht genug über die Fähigkeiten der Sangua wussten. Dank mir haben sie inzwischen jedoch so viel Wissen gesammelt, dass sie jeden Moment einen Angriff starten und den Clan überrumpeln könnten.

»Ich muss sie warnen«, murmle ich. Kisa, Caspare, Camilla, Teodoro und Silvano … sie alle schweben in höchster Gefahr! Wir müssen die Katakomben verlassen und einen neuen Unterschlupf finden. Wenn wir nicht sofort evakuieren, mutieren wir alle zur Zielscheibe der Pugna.

Bevor ich einen Schritt zurück in die Richtung der Haupthöhle setzen kann, ertönt ein kaum wahrnehmbares Scharren hinter meinem Rücken. Gleich darauf ein lautes Klatschen. Und noch eins. Und noch eins. Ich zucke zusammen. Applaudiert da etwa jemand?

»*Bravissimo!*« Die raue Stimme jagt mir einen Schauder über den Rücken. Ich erkenne sie sofort wieder, schließlich verfolgt sie mich seit der Bluternte.

Langsam wende ich mich um und blicke geradewegs in Silvanos Gesicht. Seine Mundwinkel verziehen sich zu einem grimassenhaften Lächeln und entblößen seine Fangzähne. Seine hohe Gestalt ist in einen nachtschwarzen Anzug gehüllt, der ihn mit der Umgebung verschmelzen lässt.

Wie lange beobachtet er mich bereits? Hat er gesehen, wie ich versucht habe, Kontakt zu Luc aufzunehmen? Wie ich die Abhörgeräte vernichtet habe? Wie ich zusammengebrochen bin?

»Ich habe mich schon gefragt, wie lange du brauchst, um die Wahrheit herauszufinden«, offenbart er mir, immer noch lächelnd. »Die Pugna sind so ein lästiges Volk, findest du nicht auch? Verlogen und hinterhältig.«

Der Anführer der Sangua tritt auf mich zu. Er hebt die Hand und legt einen spitzen Finger unter mein Kinn, um meinen Fokus in seine Richtung zu zwingen. Mein gesamter Körper bebt unter seiner Berührung.

»*Mi dispiace*«, entschuldige ich mich leise, während ich seinem bohrenden Blick standhalte. Silvanos Augen sind völlig schwarz. Wie zwei Seen aus dunkler Tinte, in denen ich ertrinke.

»Kein Grund, sich zu entschuldigen. Ich bin mehr als dankbar für deinen Betrug, kleine Sangua«, raunt Silvano, beugt sich nach vorne und kommt meinem Hals mit seinem Mund so nah, dass ich seinen kühlen Atem auf meiner Haut deutlich spüre. Er könnte jeden Moment zubeißen, darüber bin ich mir sehr bewusst. Dennoch irritieren mich seine Worte mehr als der nahende Tod.

»Wie meinst du das?«, frage ich leise und bleibe völlig starr. Ich rege mich keinen Millimeter.

Silvano entfernt sich langsam von meinem Hals, um mir wieder in die Augen zu schauen. »Ich meine es genau so, wie ich es gesagt habe«, wispert er verschwörerisch, als würde er mir gerade ein Geheimnis offenbaren.

»Glaubst du wirklich, dass ausgerechnet *du* etwas vor mir geheim halten könntest? Ich wusste bereits, wer du bist, als du einen Fuß in die Katakomben gesetzt hast. Ich wusste, dass du etwas vor uns verbirgst, noch während ich dich aus den Schatten beobachtet habe. Ich wusste, dass du keine von uns bist, schon bevor du den Blutritus vollendet hast. Ich wusste, dass du eine Betrügerin bist. Aber das war mir recht, denn es hat meinem eigenen Nutzen gedient.« Silvanos Grinsen wird immer breiter. Seine Worte schwirren durch meinen Kopf und verwirren mich umso mehr.

»Ich kann deine Aura sehen, kleine Blutsaugerin. Und ich wusste vor allen anderen, dass du tief in deinem Inneren eine

Verräterin bist. Durch und durch. Das ist schließlich der Grund, weshalb du nicht nur deine eigene Familie angegriffen, sondern auch den Clan und nun die Pugna verraten hast, nicht wahr? In deinem tiefsten Inneren bist du eine Deserteurin. Eine Rebellin.«

Seine Worte schmerzen mehr als jeder Biss. Sie treffen mich in meiner Seele und spalten mich auf, als würde er gewaltsam mein Innerstes nach außen kehren. Er hat recht. Jedes Wort ist die Wahrheit. Ein Keuchen dringt über meine Lippen.

»Du brauchst es nicht abstreiten. Wir wissen beide, dass es stimmt. Unter normalen Umständen hätte ich jemandem wie dir niemals eine Chance gegeben, doch du hast deine Arbeit ganz hervorragend gemacht. Du warst sehr nützlich für mich«, meint Silvano und legt den Kopf schief, um mich zu mustern. Schließlich löst er seinen Finger von meinem Kinn und lässt die Hand sinken. Er gibt mich frei. Einfach so. Ohne Konsequenzen.

»I-ich verstehe nicht …«, stottere ich ungläubig. Der Anführer des Clans sollte erbost sein. Vor Zorn toben. Mich wütend in Stücke reißen. Warum tut er nichts von alldem?

»War ich bisher nicht deutlich genug? Ich *will*, dass die Pugna uns finden.«

Silvanos Worte hallen tausendfach durch meinen völlig leergefegten Kopf. Das kann er nicht ernst meinen. Er muss lügen. Oder mich an der Nase herumführen. Das ergibt keinen Sinn. Wieso sollte er wollen, dass die Pugna in die Katakomben eindringen und die Sangua ausrotten?

Silvano muss mir meine Ahnungslosigkeit ansehen, denn er stößt ein tiefes Seufzen aus. Schließlich umfasst er den linken Ärmel seines Anzugs und schiebt ihn langsam nach oben. Stück für Stück legt er seine blasse Haut frei und dreht anschließend seinen Unterarm zu Seite.

Ich schnappe nach Luft. Schwarz gestochene Linien prangen auf dem hellen Untergrund. Nein, das kann nicht sein. Ich kenne dieses Tattoo. Eine nachtschwarze Schlange, die sich um ein schmales Schwert windet. Dieses Motiv habe ich bereits an Luc und Vicente bewundert.

»Das Zeichen des Äskulap«, murmle ich fassungslos.

»Ganz genau. Das Symbol des Gottes der Heilung. Und zugleich das Erkennungszeichen der Pugna«, erklärt Silvano.

Obwohl mir diese Tatsache bewusst war, verändert sie in diesem Moment alles. Denn wenn Silvano das Symbol der Pugna auf der Haut trägt, bedeutet das …

»Du bist einer von ihnen«, stelle ich fest.

41. KAPITEL | URSPRUNG

»War. Ich *war* einer von ihnen«, korrigiert Silvano mich. Ein Anflug von Traurigkeit huscht über sein Gesicht. Doch dieser verzieht sich so schnell, dass ich glaube, ihn mir bloß eingebildet zu haben.

Ich stehe regungslos da und versuche zu verstehen, was Silvano mir da gerade offenbart. Er war einst ein Pugna? Aber wie ist das möglich? Laut Vicente ist er der erste Sangua von Neapel. Er hat den Clan gegründet. Das ergibt alles keinen Sinn!

»Wie lange ist das her?«, frage ich nach. Inzwischen ist die Angst fast vollständig aus meinen Knochen gewichen. Wenn Silvano mir schaden wollen würde, hätte er das längst getan. Nein, er ist aus einem anderen Grund hier. Ich muss ihn nur noch herausfinden.

»Eine ganze Weile. Viele Jahre. Ich weiß es nicht genau, in den Katakomben scheint die Zeit anders zu vergehen«, erklärt er. »Einst habe ich zu ihnen gehört. Zu den Beschützern und den Heilern. Die Pugna verfolgten früher tatsächlich gute Absichten, weißt du? Sie wollten helfen. Leben retten. Sie waren naiv, so wie ich.«

Ich versteife mich bei dem Gedanken daran, dass mir ebenfalls ein Heilmittel versprochen wurde. Haben sie früher tatsächlich an eine Lösung geglaubt? Wann haben sie die Hoffnung aufgegeben und Medizin als Lockmittel verwendet? Die Fragen wirbeln mir durch den Kopf, allerdings traue ich mich nicht, auch nur eine von ihnen zu stellen.

»Damals war ich ein Forscher. Ein Wissenschaftler, der Menschen helfen wollte. Die Pugna waren nichts weiter als ein von der Regierung gefördertes Institut. Ich habe ein normales Leben gelebt. Mich mit Freunden getroffen, mit Kollegen gelacht und von Beförderungen geträumt.« Er stößt ein heiseres Lachen aus. »Wie schnell sich alles ändern kann, nicht wahr?«

Ich presse die Lippen zu einem dünnen Strich zusammen und antworte nicht. Mein Blick verharrt weiterhin auf seinem Tattoo.

»Ich habe meine Arbeit geliebt. Bis zu jenem Tag, an dem mein Vorgesetzter uns einen besonderen Fall vorgestellt hat. Eine junge Französin, die sich in den Katakomben von Paris herumgetrieben hat, ist an einer seltsamen Blutkrankheit erkrankt, die ihre Zellstruktur verändert und sie für kurze Zeit sogar in einen Totenzustand versetzt hat. Wir sollten herausfinden, was der Ursprung der Krankheit war und wie man ihre Verbreitung stoppen kann, denn in ganz Europa sind Erkrankte aufgetaucht. Damals fand ich den Fall spannend. Heute verfluche ich meinen Chef dafür, ihn mir zugeteilt zu haben. Vielleicht kennst du ihn. Sein Name lautet Vicente.«

Mein Kopf ruckt hoch und begegnet Silvanos kaltem Blick. Seine Miene ist nun völlig blank, keine Regung ist darin zu erkennen. Vicente und er haben zusammengearbeitet? Ein hartnäckiges Stechen malträtiert meine Schläfen. Das ist alles zu viel.

»Er hat uns nicht über die Gefahr der Krankheit aufgeklärt. Und Unfälle passieren immer wieder, egal wie vorsichtig man ist. Im Labor habe ich lediglich mit den Blutproben gearbeitet.

Ich hatte nicht einmal Kontakt zu der infizierten Person. Doch es hat gereicht, eine der Phiolen fallen zu lassen und mich beim Aufheben der Scherben an dem blutigen Glas zu schneiden. Ein einziger Tropfen hat genügt, um das kranke Blut in meinen Körper einzuladen und mich zu verwandeln.« Silvano legt den Kopf schief und mustert mich, als würde er eine Reaktion von mir erwarten.

Trotzdem unterdrücke ich jede Regung, um ihn nicht zu unterbrechen. Stattdessen sauge ich jede neue Information auf wie ein Schwamm. Warum erzählt Silvano mir ausgerechnet jetzt davon? Wir haben bisher kaum ein Wort miteinander gewechselt. Was veranlasst ihn nun dazu, die Wahrheit zu sagen?

»Du kannst dir bestimmt denken, was passiert ist. Es hat einige Tage gedauert, doch die Mutation hat schließlich eingesetzt. Ich habe versucht, mich zu kontrollieren, dennoch ging ich auf die Menschen in meinem Umfeld los. Meine Familie, meine Freunde und Kollegen … niemand war sicher vor meinem Blutdurst. Vicente war der Einzige, der mir die Stirn bieten konnte. Er hat sich gewehrt, mich in die Ecke getrieben und anschließend ein ganzes Team aus Jägern auf mich angesetzt, um mich zu fassen. Ich tat das einzig Mögliche und zog mich in den Untergrund zurück. In die Katakomben.«

Also hat Vicente nicht gelogen. Silvano war tatsächlich der erste Sangua in Neapel gewesen. Bloß hat er eine Kleinigkeit verschwiegen: Die Pugna sind selbst für dessen Geburt verantwortlich. Sie haben Silvano und den Clan durch ihre eigene Unvorsichtigkeit erschaffen. Sie tragen die Schuld an allem, was seitdem geschehen ist.

»Und nun wollen sie ihre Taten vertuschen«, flüstere ich. Es fällt mir wie Schuppen von den Augen. Die Regierung will nicht nur die Ausbreitung der Sangua verhindern, sondern auch ihren eigenen Fehler ausradieren. Wenn jemals an die Öffentlichkeit kommen sollte, dass sie für den Tod unschuldiger Menschen verantwortlich sind, wird absolutes Chaos ausbrechen. Sie werden an Macht und Glaubwürdigkeit verlieren. Deswegen wurden die neuen Pugna ins Leben gerufen. Deswegen werden sie zu Kämpfenden ausgebildet. Deswegen sollen die Sangua eliminiert werden.

»Doch damit ist nun Schluss. Wir haben endlich die Chance, uns zu beweisen und ihnen zu zeigen, dass wir uns unter Kontrolle haben. Weißt du, wie lange ich schon auf den Tag warte, an dem ich alles richtigstellen kann? An dem ich an die Oberfläche zurückkehren kann ohne Angst, verfolgt zu werden?«

Trotz der intensiven Schwärze sehe ich in Silvanos Augen etwas aufblitzen. Verblendung. Besessenheit. Er ist anscheinend völlig davon überzeugt, den Pugna beweisen zu können, dass die Sangua keine Gefahr sind. Aber ich weiß es besser. Ich habe Wochen bei ihnen verbracht. Die Pugna werden keine Gnade zeigen.

»Dieser Tag wird nicht kommen«, erkläre ich, allerdings schüttelt Silvano vehement den Kopf.

»Er ist längst da. Kannst du sie nicht hören?«, raunt er und hält inne.

Ich spitze die Ohren und lausche ebenfalls. In weiter Ferne vernehme ich ein Rumpeln. Knirschen. Dumpfe Schritte. Sie sind noch so weit entfernt, dass ich sie bisher nicht wahrgenommen habe. Die Geräusche bewegen sich jedoch zweifelsfrei in unsere Richtung. Die Pugna. Sie sind auf dem Weg zu uns.

»Wir müssen den Clan warnen!«, entfährt es mir. Mein ganzer Körper verspannt sich, jeder Muskel und jede Sehne ist aufs Äußerste gespannt. Ich bin bereit loszurennen. Doch Silvano lacht bloß. Hohl und kalt.

»Dafür ist es längst zu spät. Ich habe dir zu danken, kleine Sangua. Das alles ist nur dein Verdienst. Du warst die Einzige, die die Pugna in das Labyrinth der Katakomben locken konnte. Eine Außenstehende. Die perfekte Spionin. Jedem anderen Clan-Mitglied, inklusive mir, hätten sie misstraut und einen Hinterhalt vermutet. Die Pugna wissen, dass sie uns in den unterirdischen Tunneln unterlegen wären. Dank dir haben sie allerdings endlich den Mut gefasst, um sich in unser Reich hinabzuwagen.«

Seine Worte jagen mir einen Schauder über den gesamten Körper. Nun wird es mir klar. Endlich verstehe ich es. Den Grund, weshalb er mir all diese Dinge erzählt hat. Er wollte Zeit schinden, um den Pugna die Möglichkeit zu geben, tiefer in die Katakomben einzudringen. Er hat mich ganz bewusst hingehalten, damit ich die anderen nicht warne und zur Evakuierung zwinge.

Silvano setzt das Leben des gesamten Clans aufs Spiel, nur um etwas zu beweisen. Um *sich selbst* zu beweisen. Bedeuten ihm die anderen Mitglieder überhaupt etwas? Oder sind sie alle seine Marionetten? Seine Mittel, um ein höheres Ziel zu erreichen? Versteht er nicht, dass die Pugna eine Bedrohung für unser aller Leben sind?

Meine Abscheu diesem Mann gegenüber wächst von Sekunde zu Sekunde. Kurz entschlossen sammle ich den Speichel in meinem Mund und spucke ihm direkt vor die Füße. Ein deutliches Zeichen dafür, was ich von ihm halte. Ich warte seine Reaktion nicht mehr ab, schließlich habe ich schon viel zu viel kostbare Zeit verloren. Stattdessen renne ich los. Ich aktiviere jede Zelle meines Körpers und leite all meine Kraft in meine Beine. Selbst während des Trainings mit Luc bin ich nicht so schnell gelaufen.

Trotzdem kann ich das Gefühl nicht abschütteln, dass es bereits zu spät ist.

42. KAPITEL | BEICHTE

»Kisa!« Ich schreie, so laut ich kann.

»Kisa!« Meine Lunge brennt. Ich fühle mich, als würde ich Feuer speien.

»Kisa!« Meine eigenen Rufe werden als Echo von den Wänden zu mir zurückgeworfen. Ich muss sie finden. Das ist das Einzige, was zählt. Knochenreste zerbrechen unter meinen Schuhsohlen. Staub und Steine werden durch meine Schritte aufgewirbelt und erzeugen eine dichte Wolke hinter mir.

»Cara?« Ihre Stimme klingt leise und gedämpft. Trotzdem erkenne ich den Klang. Sie ist ganz in meiner Nähe. Ich folge ihrer Stimme, biege um eine Ecke und komme schlitternd inmitten eines Tunnels zum Stehen. Nur wenige Schritte von mir entfernt entdecke ich ihre Silhouette in der Dunkelheit. Ein erleichtertes Seufzen stolpert über meine Lippen. Sie ist wohlauf. Es geht ihr gut. Sie lebt.

»Cara! Wo zur Hölle warst du? Ich habe dich überall gesucht!«, fährt Kisa mich an. Sie überbrückt die geringe Distanz zwischen uns und zieht mich in eine hastige Umarmung.

Zitternd hebe ich die Arme und lege sie um ihren Hals. Presse sie enger an mich. Das hier könnte das letzte Mal sein, dass wir einander in die Arme schließen. Das letzte Mal, dass ich ihren typischen Duft nach Minze einatme. Das letzte Mal, dass unsere Herzen einander so nah sind.

Denn inzwischen gibt es kein Zurück mehr. Ich kann meiner Vergangenheit nicht länger davonlaufen. Die Wahrheit hat mich längst eingeholt. Ich muss Kisa alles beichten. Jetzt.

Aber kaum öffne ich den Mund, dringt nichts weiter als ein Schluchzen aus meiner Kehle. Verzweiflung droht mich zu überwältigen. Tränen fliehen aus meinen Augenwinkeln. Vor Scham erhitzen sich meine Wangen, und ich vergrabe den Kopf an Kisas Schulter. Ich kann das nicht. Ich kann ihr nicht sagen, was ich getan habe.

»Cara? Was ist denn los?«, flüstert Kisa. Jegliche Vorwürfe sind aus ihrer Stimme gewichen, stattdessen schleicht sich Sorge in ihren Tonfall. Ihre Hand streicht sanft über meinen Hinterkopf. Sie tröstet mich, obwohl ich diejenige bin, die alles zerstört hat. Die ihre Familie und ihr Zuhause in Gefahr gebracht hat.

Ich kann es ihr nicht sagen. Aber ich *muss*.

»Du verhältst dich seltsam. Rede mit mir. Was ist passiert?«, fragt sie leise.

Ihre Sanftheit zerreißt mich innerlich. Ich habe Kisa nicht verdient. Ihre Zuneigung, ihre Berührungen, ihre Liebe.

»Es tut mir so leid …«, schluchze ich. Jedes Wort kostet mich unendlich viel Überwindung. Ich presse jede Silbe mit Gewalt hervor, weil ich sonst für immer schweigen würde. »Ich wollte uns retten. Ich musste eine Lösung finden. Für mich. Für uns alle. Ich wollte nur helfen, Kisa …«

»Wovon redest du denn da?«, hakt sie nach. Mein wirres Gebrabbel ergibt vermutlich keinen Sinn für sie, doch zu mehr bin ich gerade nicht imstande. Die Schuldgefühle erdrücken mich. Sie zermürben mich innerlich und zerquetschen meinen Verstand.

»Die Pugna … sie sind auf dem Weg hierher. Meinetwegen.«
Meine Stimme bricht.

Kisa erstarrt. Ihre Hand löst sich von meinem Kopf, bevor
sie einen Schritt zurücktritt und mich völlig entgeistert mustert. »Was hast du da gerade gesagt?«, raunt sie.

Wir verstummen beide und lauschen. Inzwischen sind die
nahenden Schritte deutlich zu hören.

»Die Pugna sind hier. Wir müssen die anderen warnen«,
stelle ich klar. Hastig wische ich mir über die Wangen und versuche so, die Spuren meiner Tränen zu vertreiben.

Kisa starrt mich immer noch ungläubig an. »Du hast sie her-
gelockt? Du hast mit ihnen zusammengearbeitet?«, fragt sie. In
jedem Wort schwingt Unglauben mit.

»Ich wollte nur helfen, Kisa. Ich habe gedacht, die Pugna wären unsere Rettung. Inzwischen weiß ich es besser. Bitte, das
musst du mir glauben!« Wir haben nicht genug Zeit. Ich kann
ihr nicht im Detail erklären, was ich angerichtet habe.

»Ich glaube dir gar nichts mehr.«

Es geht so schnell. Ihre Miene verschließt sich vor mir. Sie
weicht zurück. Ihr Blick wird abweisend, die Luft um sie herum kalt. Genau diesen Moment habe ich gefürchtet, seit ich
mein Herz an sie verloren habe. Ich wusste, dass es irgendwann
so weit sein würde. Dass sie mich wegen meiner Taten von sich
stoßen würde.

Mein Herz krampft sich zusammen. Ich strecke eine Hand
aus, um sie zu berühren. Um sie daran zu erinnern, dass ich
immer noch dieselbe Cara bin. *Ihre* Cara, die bloß einen furcht-
baren Fehler gemacht hat.

»Lass es mich erklären, bitte«, flehe ich.

Doch Kisa weicht vor mir zurück. Ich will ihr von meiner
Entführung erzählen, den Lügen, die mir bei den Pugna auf-
getischt wurden. Der Manipulation, die ich erst jetzt vollstän-

dig durchschaut habe. Ich will ihr von Silvano berichten. Allerdings wird mir in diesem Moment bewusst, dass sie mir nicht zuhören wird.

»Nein«, wispert sie bloß, und es bricht mir das Herz. »Ich will nichts mehr von dir hören. Die Zeit rennt uns davon, und ich habe eine Familie, die ich beschützen muss.« Ihre Worte ziehen eine deutliche Linie. Sie schließt mich aus. Ich bin nicht länger Teil des Clans. »Du solltest verschwinden, solange du noch kannst. Bete, dass dich die Pugna nicht finden. Oder ich.«

Ihre Drohung erinnert mich an unsere Anfänge. An die ständigen Machtkämpfe und Streitereien. Doch dieses Mal schwingt etwas völlig anderes in ihren Worten mit: Ernst. Ich bin davon überzeugt, dass sie mich in diesem Moment am liebsten umbringen würde. Vielleicht hätte sie das auch getan, sofern uns nicht die Pugna im Nacken sitzen würden.

»Ich lasse euch nicht allein«, halte ich dagegen. »Selbst wenn es das Letzte ist, was ich tue: Ich werde den Clan beschützen. Das bin ich euch schuldig.« Meine Entscheidung steht fest. Ich bin für dieses Chaos verantwortlich. Ich habe die Pugna in die Katakomben gelockt, sie mit Informationen gefüttert und die Sangua verraten. Nie im Leben werde ich diesen Fehler wiedergutmachen können. Aber ich werde für meine Fehler geradestehen und die Sangua beschützen, komme, was wolle.

Kisa mustert mich abschätzig. Ein lautes Poltern dröhnt durch die Tunnel. Sie stöhnt auf und fährt sich mit gespreizten Fingern durch die kurzen Haare. Für einen Wimpernschlag sehe ich den Schmerz in ihren Augen aufblitzen. Sie gibt sich nach außen hin kalt und unnahbar, aber diese Situation setzt ihr mindestens genauso sehr zu wie mir. Mein Verrat. Die Sorge um ihre Familie. Die nahende Bedrohung. Es ist alles zu viel.

»Tu, was du nicht lassen kannst«, murmelt sie schließlich, bevor sie sich von mir abwendet und in Richtung Haupthöhle läuft. Ihre Abweisung schmerzt mehr als ihr Zorn. Ich will, dass sie mich anschreit. Mich zur Rechenschaft zieht. Mich beschimpft. Stattdessen frisst sie ihren Frust in sich hinein.

»Kisa …«, setze ich ein letztes Mal an.

»Wir haben keine Zeit dafür, Cara. Falls wir diesen Kampf überleben, können wir reden. Verstanden?«, knurrt sie.

Ich blinzle gegen die erneut aufkommenden Tränen an. Dieser Augenblick fühlt sich so endgültig an. Wie eine Trennung. Ist es das wirklich? Gibt es keine Rettung mehr für uns beide?

All die Liebe und Leidenschaft für Kisa, die mich zuvor erfüllt haben, fallen nun in sich zusammen und hinterlassen ein schwarzes Loch in meinem Brustkorb, das jegliche Emotionen absorbiert. Sosehr ich Kisa gerne widersprechen würde, gebe ich ihr in einem Punkt recht: Wir haben keine Zeit mehr. Wir müssen *jetzt* handeln, denn die Pugna nähern sich in einem erschreckenden Tempo.

43. KAPITEL | ALTE BEKANNTE

Ich hefte mich an Kisas Fersen und folge ihr bis zur Haupthöhle zurück, wo der Rest des Clans auf unsere Rückkehr wartet. Doch anstatt entspannt beisammenzusitzen, haben sich Cas,
Teodoro und Camilla erhoben und wirken mindestens so auf-
gekratzt wie Kisa und ich. Cams Hand ruht auf dem Griff der
Klinge, die an ihrem Gürtel befestigt ist. Teo und Cas stehen
eng beisammen. Während der eine aufmerksam lauscht, schaut
sich der andere hektisch um.

In diesem Moment bereue ich es mehr als alles andere, ihnen
bisher nichts gesagt zu haben. Wenn ich den Clan rechtzeitig
eingeweiht hätte, wäre es vielleicht nie so weit gekommen. Wir
hätten uns in Sicherheit bringen können.

»Kisa! Cara! Da seid ihr ja. Wisst ihr, was los ist? Es hört sich
so an, als würde sich eine ganze Armee auf uns zubewegen.«
Teodoro klingt hysterisch. Seine Stimme klettert gleich mehrere Oktaven in die Höhe. Es ist mehr als offensichtlich, dass
er nicht weiß, wie er sich verhalten soll.

Ich kann mir gar nicht vorstellen, wie er sich fühlen muss.
Seit Jahren lebt er zurückgezogen von allen Menschen in den
Katakomben, und nun macht sich eine ganze Kompanie auf
den Weg zu uns.

»Die Pugna haben uns aufgespürt. Macht euch bereit für eine Konfrontation«, stellt Kisa deutlich klar. Für mich hat sie bloß einen flüchtigen Seitenblick übrig. Trotzdem erwähnt sie meinen Verrat mit keinem Wort.

Verwundert mustere ich sie. Warum beschützt sie mich nach wie vor? Will sie verhindern, dass unter den Sangua Panik ausbricht? Oder liegt ihr vielleicht noch etwas an mir?

»Sollten wir uns nicht zurückziehen und ein Versteck suchen? Es klingt, als wären sie in der Überzahl«, wirft Caspare ein, Kisa schüttelt allerdings vehement den Kopf.

»Ich gehe davon aus, dass sie überall ihre Soldaten und Soldatinnen stationiert haben. Wir sollten uns nicht verstecken. In den engen Tunneln sind wir leichte Beute. Gemeinsam sind wir stark und können ihnen mehr entgegensetzen«, erklärt sie.

Am liebsten würde ich mich in Luft auflösen, doch das hilft niemandem. Ich bin für dieses Unheil verantwortlich, also muss ich es auch aufhalten. In der Ferne höre ich das Echo von Rufen und das Krachen von Geröll. Sie kommen näher.

»Wie haben sie uns gefunden? Das ist das erste Mal, dass sie sich so tief in die Katakomben vorwagen«, überlegt Cas laut, während Camilla sich zu ihrem Schlafplatz bewegt und eine Vielzahl an Waffen zutage fördert. Sie drückt Teo eine Art Speer in die Hand, danach stattet sie Kisa und mich mit Klingen und Dolchen aus. Der Griff des Messers wiegt schwer in meiner Hand. Ich weiß nicht einmal, wie ich es richtig packen soll. In meiner Kampfausbildung mit Luc habe ich hauptsächlich mit den Fäusten gekämpft.

»Keine Ahnung«, murrt Kisa lediglich, bevor sie sich von den Clan-Mitgliedern ab- und der immer lauter werdenden Geräuschkulisse zuwendet.

Unschlüssig bleibe ich neben ihr stehen. Es gab inzwischen genügend Gelegenheiten, in denen sie mich hätte auffliegen lassen können. Ein Wort an den Clan hätte gereicht. Ein einfaches »Es ist ihre Schuld«, doch sie schweigt weiterhin.

Kisa muss meinen bohrenden Blick gespürt haben. »Glaub ja nicht, dass wir quitt sind. Das hier ist nur nicht der richtige Zeitpunkt, um Missgunst zu säen«, flüstert sie. Sie bemüht sich zwar, möglichst leise zu sprechen, doch ich sehe deutlich, wie Cas' Ohr zuckt und sich seine Stirn furcht. Er fragt sich, was zwischen uns passiert ist.

»Seid ihr bereit?« Ein raubtierhaftes Lächeln ziert Camillas Lippen, und in ihren Augen blitzt pure Kampfeslust auf.

Sie hat am meisten Erfahrung von uns allen in der direkten Konfrontation und scheut die Pugna nicht. Für einen Moment erkenne ich dasselbe Monster in ihr, das auch die Jäger sehen. Die Gewaltbereitschaft und die fehlende Angst machen sie zu einer Todesmaschine. Bisher habe ich sie noch nie in Aktion erlebt, doch ich denke, es wird einen Grund haben, weshalb sie zu Silvanos persönlicher Beschützerin mutiert ist.

Im Gegensatz zu ihr wirkt Teo wie ein verschrecktes Kind, das sich am liebsten unter einer Decke verkriechen würde, bis die Gefahr überstanden ist. Seine Angst ist deutlich zu spüren. Cas scheint sich innerlich für den nahenden Kampf zu wappnen, ihm merke ich ebenfalls zum ersten Mal Verunsicherung an. Bisher war er dank seiner Fähigkeit immer der Überlegene, aber kann er sich auch gegen ausgebildete Kämpfer und Kämpferinnen verteidigen?

Mein Blick wandert zurück zu Kisa. Ihre Muskeln treten hervor, und allein an ihrer Haltung kann ich erkennen, dass dies nicht ihr erster Kampf ist.

Ich versuche, es ihr gleichzutun, und gehe in die Kampfhaltung, die Luc mir beigebracht hat. Leicht schräg stehen, Füße parallel zueinander, in die Knie gehen. Hände erheben, Waffe vom Körper wegrichten. Warten. Geduld zeigen.

»Es sind nur Menschen, auch wenn sich die Pugna gerne für etwas Besseres halten«, zischt Camilla hinter meinem Rücken. »Es wird Zeit, sie an ihre eigene Sterblichkeit zu erinnern.«

Stille legt sich über uns alle. Niemand regt sich. Keiner spricht, alle lauschen. Die Schritte der Pugna in den Tunneln sind verstummt. Es ist kein Rufen, kein Rumpeln oder Krachen mehr zu hören. Für einen kurzen Moment liegen die Katakomben ruhig da, sodass man meinen könnte, wir hätten uns alles nur eingebildet. Doch die Stille trügt.

Ein Scharren erklingt aus den Tunneln. Ein langer Schatten zeichnet sich an den Wänden ab. Das Kerzenlicht flackert. Ich erkenne die altbekannte schwarze Uniform mit den roten Applikationen wieder. Mein Blick wandert höher. Zu dem kalten Lächeln. Den eisblauen Augen. Dem sauber zurückgekämmten Haar.

»Vicente«, murmle ich. Obwohl ich so viel Zeit mit dem Anführer der Pugna verbracht habe, kommt er mir in diesem Moment fremd vor. Seine abweisende Haltung und der arrogante Gesichtsausdruck passen nicht zu der Wärme, die er mir gegenüber gezeigt hat. Zum ersten Mal habe ich das Gefühl, sein wahres Gesicht zu sehen. Bisher hat er sich fürsorglich und nett verhalten, doch irgendetwas kam mir schon immer *falsch* an Vicente vor. Sein Lächeln hat nie seine Augen erreicht. Seine Nähe wirkte gezwungen. Wie habe ich jemals glauben können, dass Vicente wirklich etwas an mir liegen würde?

Sein Blick wandert über den Clan hinweg, bis er schließlich an mir hängen bleibt. Sein rechter Mundwinkel zuckt, und ihm entweicht ein Schnauben. Entgeistert starre ich ihn an. Amüsiert ihn diese Situation etwa?

Wenn ich mich konzentriere, kann ich über die Distanz hinweg seinen Puls hören. Er schlägt entspannt und kräftig. Nicht zu schnell, nicht zu langsam. Sein Herz klopft in einem regelmäßigen Rhythmus. Vicente fürchtet sich offensichtlich kein bisschen vor dieser Situation. Er ist die Ruhe selbst.

»Wie ich sehe, erwartet ihr unsere Ankunft bereits«, verkündet Vicente lautstark. »Ich würde euch dringlichst raten, keinen Widerstand zu leisten und unseren Befehlen Folge zu leisten, dann wird niemand verletzt«, fährt er fort. Das unterkühlte Grinsen weicht nicht aus seinem Gesicht. Es wirkt wie festgefroren.

»Vergiss es«, knurrt Camilla laut genug, damit Vicente sie hören kann. »Wir lassen uns nicht einfach festnehmen und wegsperren.«

»Ihr seid eine Gefahr für die Allgemeinheit!«, hält Vicente dagegen.

Hinter ihm höre ich unruhige Schritte in den Tunneln. Bestimmt warten dort die restlichen Pugna auf ihren Einsatz. Sie sind garantiert nicht ohne Waffen ausgerückt. Mein Blick zuckt hinab zu meinen völlig verbrannten und vernarbten Händen. Die Erinnerung an die UV-Strahler und die Verbrennungen fühlt sich noch immer frisch an. Ich balle die Hände zu Fäusten und umklammere mein Messer fester.

Obwohl mir die Pugna solche Qualen zugefügt haben, habe ich ihnen vertraut. Mein Verstand wurde von ihrem Lügennetz so eingespannt, dass ich ihnen selbst dann geglaubt habe, als sie mir nur geschadet haben. Wie konnte ich es so weit kommen lassen? Wieso habe ich ihre Manipulation nicht viel früher durchschaut?

»Eine Gefahr für die Allgemeinheit? Das wage ich zu bezweifeln«, dröhnt plötzlich Silvanos Stimme durch die Höhle. Der Anführer der Sangua schreitet hinter uns durch einen weiteren Tunnelzugang, der offensichtlich noch nicht von den Pugna eingenommen wurde.

Skeptisch betrachte ich seine hohe Gestalt. Selbst nach unserer Unterhaltung weiß ich nicht, wie ich ihn einschätzen soll. Wo liegt seine Loyalität? Bei seinem Clan? Oder bei seinen ehemaligen Kollegen? Seine Miene bleibt starr und unlesbar, als er auf Vicente zuschreitet. Zum ersten Mal nehme ich von diesem ein Herzstolpern wahr. Silvanos Anblick scheint ihn also ebenfalls zu überrumpeln.

»*Buongiorno*, alter Freund«, provoziert Silvano und tritt noch näher an den Befehlshaber der Pugna heran.

»Silvano. Was für eine Überraschung«, entgegnet dieser lediglich.

Während ich mich auf die beiden fokussiere, spüre ich, wie die anderen Mitglieder des Sangua-Clans fragende Blicke austauschen. Offensichtlich weiß niemand von der Verbindung zwischen den beiden Männern. Keiner ahnt, dass ihr angesehener Anführer einst selbst ein Pugna war.

»Sag bloß, dir war nicht bewusst, dass ich mich hier unten aufhalte. Schließlich bist du doch der Grund für mein Exil«, stochert Silvano weiter. In seinen Worten schwingt nicht nur ein deutlicher Vorwurf mit, sondern auch Schmerz. Unendlich viel Schmerz.

Mir wird bewusst, wovon er redet. Er wirft Vicente indirekt vor, für *alles* verantwortlich zu sein. Für den Unfall im Labor, seine Verwandlung, die Jagd auf die Sangua und seine jetzige Zurückgezogenheit.

»Es gibt einen guten Grund dafür. Du und deine Anhänger habt unschuldige Zivilisten getötet«, antwortet Vicente völlig ungerührt. Silvanos Vorwürfe prallen wirkungslos an ihm ab.

Ich bemerke, wie Kisa neben mir von einem Fuß auf den anderen tritt. Sie wird langsam nervös, genauso wie der Rest des Clans. Sie wissen nicht, was hier vor sich geht. Niemand von ihnen kennt die ganze Geschichte. Silvano hat anscheinend bisher sehr eisern über seine Vergangenheit geschwiegen.

»Das ist bereits Jahre her. Wir töten schon seit Ewigkeiten niemanden mehr. Wir bedienen uns an den Menschen, das ist wahr. Aber wir nehmen nie mehr zu uns als nötig und halten uns im Hintergrund. Wir sind keine bluthungrigen Monster, Vicente. Wir haben uns unter Kontrolle«, erklärt Silvano ruhig.

Mir ist klar, dass er den Anführer der Pugna von unserer Unschuld überzeugen will, doch ich erkenne an Vicentes Körperhaltung, dass er damit keinen Erfolg haben wird. Der Befehlshaber der Pugna steht unter Anspannung. Unauffällig verschiebt er seine Füße in eine defensive Haltung.

»Was hat er vor?«, zischt Kisa neben mir. Camilla stimmt ihr leise zu. Die beiden sind drauf und dran, Vicente anzugreifen. Der Einzige, der sie bisher davon abhält, ist Silvano.

»Das hast du auch beim letzten Mal behauptet. Seitdem hast du die Flucht ergriffen, einen Clan gegründet und dir ein Imperium im Untergrund aufgebaut. Sosehr ich dir Glauben schenken möchte, ich kann es nicht«, stellt Vicente klar.

»Ich habe aus meinen Fehlern gelernt. Wir wollen nicht länger gegen euch kämpfen. Lasst uns an die Erdoberfläche zurückkehren. Wir können uns unter die Menschen mischen und endlich wieder ein normales Leben leben. Vicente, ich weiß, dass du ein guter Mensch bist. Vertrau mir, bloß dieses eine Mal«, verkündet Silvano lautstark.

Wir sind alle darauf eingestellt gewesen, um unser Leben zu kämpfen. Sollen wir nun wirklich gar nichts tun und die Füße stillhalten?

Ich komme ins Grübeln. Stimmt das, was Silvano behauptet? Wenn er tatsächlich in der Lage ist, die Auren anderer Menschen zu lesen, sieht er dann in Vicente tatsächlich eine gute Seele? Das kann ich mir nicht vorstellen.

»Das hier ist unsere Chance, einen Waffenstillstand zu schließen. Was sagst du, *mio vecchio amico*?« Silvano gelingt es sogar, seinen alten Freund und Rivalen anzulächeln. Er meint es ernst. Ihm liegt nichts an einem Kampf gegen die Pugna. Mir war nicht klar, wie groß Silvanos Sehnsucht nach einem normalen Leben außerhalb der Katakomben ist. Doch in diesem Moment wird mir die Dringlichkeit in seiner Stimme bewusst.

Vicente wiederum mustert ihn neugierig. Für einen Augenblick weicht seine Miene auf, und ich schöpfe Hoffnung. Vielleicht zeigt er heute die gleiche Gnade, die er mir im Bunker der Pugna entgegengebracht hat. Womöglich habe ich mir seine Güte nicht nur eingebildet, und er lässt sich hier und jetzt auf einen Waffenstillstand ein.

»Was ich dazu sage?«, überlegt der Befehlshaber der Pugna laut. Als er die Mundwinkel nach oben zieht, bilden sich kleine Lachfältchen in seinen Augenwinkeln. »Nein.«

Ein winziges Wort reicht aus, um Silvanos Welt zu erschüttern. Ich sehe es ihm deutlich an. Jegliche Gesichtszüge entgleisen ihm, während er seinen alten Freund betrachtet. Fassungslos steht er völlig still da.

Vicente hingegen nutzt den Schockmoment seines Gegenübers aus und zückt innerhalb eines Wimpernschlags einen Gegenstand, der zuvor an seiner Gürtelschnalle gebaumelt hat. Ich erkenne sofort, was er da in den Händen hält.

»Vorsicht!«, rufe ich noch, doch da erhebt Vicente den UV-Strahler bereits und schaltet das grellweiße Licht ein. Der Lichtkegel trifft genau auf Silvanos Gesicht, worauf ein unüberhörbares Zischen folgt. Der Anführer der Sangua schreit schmerzerfüllt auf und wendet sich von dem Lichtstrahl ab, aber der Schaden ist längst angerichtet. Selbst aus der Entfernung erkenne ich die roten Verfärbungen auf seiner Haut und erste Blasen, die sich aufgrund der Verbrennungen bilden.

»Ich kann nichts sehen!«, heult Silvano auf.

Cas will an seine Seite eilen und ihm helfen, Teodoro packt

ihn allerdings gerade noch rechtzeitig am Ärmel und hält ihn zurück. Jegliche Versuche von Cas, sich loszureißen, schlagen fehl.

»Halt dich zurück«, knurrt schließlich auch Camilla. Wenn selbst sie sich aus einem Kampf heraushält, muss es ernst sein.

»Seht gut zu, denn euch wird das gleiche Schicksal ereilen«, brüllt Vicente in unsere Richtung, bevor er erneut den Strahler auf Silvano richtet und ihm immer mehr Verbrennungen zufügt.

Voller Entsetzen starre ich auf die bizarre Szenerie und bemerke so erst Sekunden später die Person, die an Vicentes Seite tritt. Ich erkenne meinen vorherigen Verbündeten kaum wieder. In seiner nachtschwarzen Uniform wirkt er völlig anders. Ernster. Strenger.

»Luc«, wispere ich. Ich kann nicht verhindern, dass sich Enttäuschung in meine Stimme mischt.

Der Anblick der beiden Männer, die mich in der schwierigsten Zeit meines Lebens begleitet haben, zerreißt mich innerlich. Ich weiß, dass sie nichts anderes als die Vernichtung meiner Art wollen. Dennoch verzehrt sich mein Herz nach ihrer Zuneigung. Nach ihren ermutigenden Worten. Das eigensinnige Ding hat noch nicht begriffen, dass die beiden nun meine Feinde sind.

Völlig stumm stehe ich da und beobachte, wie Luc an seine Seite greift und in Windeseile ein Kurzschwert hervorzieht, während Vicente sein Opfer weiterhin mit dem Lichtstrahl malträtiert. Der flackernde Kerzenschein spiegelt sich für einen Sekundenbruchteil auf der Klinge, bevor Luc sie niedersausen lässt. Genau auf Silvanos Nacken.

Es geschieht so schnell, dass meine Gedanken kaum Gelegenheit haben, sich zu manifestieren. Natürlich verfehlt er nicht. Er verfehlt nie.

Silvano sackt auf die Knie, und jegliche Spannung weicht aus seinen Gliedmaßen. Für den Bruchteil einer Sekunde nehme ich ein Echo seines Schmerzes wahr. Ein qualvolles Reißen an meiner Kehle, als würde meine eigene Haut zerschnitten werden. Einen Atemzug später schlägt sein toter Körper nach vorne und bleibt regungslos am Boden liegen. Schwarzes Blut ergießt sich in einer Lache aus dem offenen Hals des hingerichteten Sangua. Keiner spricht, keiner atmet. Niemand wagt es, sich zu regen.

44. KAPITEL | DIE BESTIE

Silvano, der Anführer des Clans, der erste Sangua Neapels ...
ist tot. Ungläubig starre ich in die matten Augen, auf das vergossene Blut und den schlaffen Körper, aber ich kann es immer
noch nicht glauben.

Bis ein ohrenbetäubender Schrei mein Trommelfell fast zerreißt. Mein Blick löst sich endlich von Silvanos Leiche und
zuckt zu Camilla, deren Mund weit zu einem qualvollen Schrei
aufgerissen ist. Ihr ganzes Gesicht wirkt völlig verzerrt. Ich
kann mir kaum vorstellen, was sie in diesem Moment durchmacht. Sie war Silvanos rechte Hand. Seine Beschützerin.

»Letzte Chance! Lasst euch den Tod eures Anführers eine
Warnung sein. Ergebt euch freiwillig. Jegliche Zeichen von Widerstand werden gewaltsam bestraft!«, tönt Vicente. Er klingt
selbstsicher. Vermutlich glaubt er, er hätte diesen Kampf längst
gewonnen.

Als im nächsten Moment auch noch eine ganze Horde uni-
formierter Pugna aus allen Tunneleingängen in die Haupthöhle
strömt, scheint eine Flucht aussichtslos. Wie ein Schwarm ag-
gressiver Wespen bewegen sie sich auf uns zu. Fast jeder von
ihnen hält einen UV-Strahler fest umklammert. Ich versuche,
den Raum zu scannen und zu erfassen, wie viele Gegner es

insgesamt sind. Wie viele von ihnen bewaffnet sind. Welche Ausgänge wir ansteuern könnten. Doch es sind zu viele Feinde. Mindestens zwei Dutzend. Ich verliere den Überblick.

»Wir müssen uns für einen Angriff wappnen. Sie werden uns nicht verschonen«, flüstere ich Kisa zu, die mich grimmig anschaut und schließlich nickt. Sie verhält sich mir gegenüber distanziert, allerdings spielt das in diesem Moment keine Rolle. Wir müssen uns jetzt voll und ganz auf unser Überleben fokussieren.

»Wir werden uns niemals kampflos ergeben!«, brülle ich Vicente entgegen.

Die Clan-Mitglieder wenden ihre Köpfe überrascht in meine Richtung. Einigen von ihnen sehe ich an, dass sie tatsächlich über Kapitulation nachgedacht haben. Die Schwingungen, die ich von ihnen wahrnehme, zeugen von Verzweiflung und Hoffnungslosigkeit. Teodoro zittert am ganzen Leib, und der Schock über Silvanos Tod steht ihm deutlich ins Gesicht geschrieben. Bloß auf Kisas Lippen legt sich ein schmales Lächeln.

Mein Blick kollidiert schließlich mit dem von Vicente. Seine eisblauen Augen übergießen mich mit Kälte. Er schüttelt enttäuscht den Kopf. »Ich habe schon geahnt, dass du uns verraten wirst, Cara. Was für eine Verschwendung meiner Ressourcen«, entgegnet er in nüchternem Tonfall.

Erneut spüre ich das fragende Starren der anderen Clan-Mitglieder auf meiner Haut. Natürlich wollen sie wissen, weshalb der Anführer der Pugna meinen Namen kennt. Doch jetzt ist nicht der richtige Zeitpunkt dafür. Ich werde ihnen alles erklären, vorausgesetzt, wir überleben die kommende Auseinandersetzung.

»Ihr habt eure Wahl getroffen!« Vicentes Stimme echot tausendfach von den Höhlenwänden zurück. Seine Worte wirken wie ein Signal für die restlichen Pugna. Sie rücken immer näher an uns heran, richten ihre UV-Strahler auf uns und machen sich zum Angriff bereit.

Allerdings lasse ich es nicht so weit kommen. Die Sangua sind stärker und schneller als Normalsterbliche. Diesen Vorteil sollten wir nutzen. Der Angriff auf Silvano hat uns alle überrumpelt, aber nun sind wir vorbereitet und wissen, was uns erwartet.

Ohne zu zögern, sprinte ich auf die geschlossene Front zu, die sich uns entgegenstellt. Bevor sie auch nur daran denken können, ihre UV-Strahler einzuschalten, presche ich schon durch ihre Reihen. Ich stoße rücksichtslos jeden um, der in meinem Weg steht, kicke ihnen die Beine weg und schlage einigen sogar ins Gesicht, um sie kurzzeitig zu irritieren. Das Überraschungsmoment ist auf meiner Seite, und ein Aufschrei geht durch die Menge. Offensichtlich haben die Pugna nicht damit gerechnet, dass wir so schnell Gegenwehr leisten würden.

Ich schlage mich durch die Menge und bemerke am Rande, wie es die anderen Sangua mir nachtun. Sie stürzen sich ins Geschehen und warten nicht darauf, dass die Pugna angreifen. Vereinzelt leuchten die UV-Strahler auf, allerdings treffen ihre Lichtkegel niemanden von uns. Mir ist jedoch bewusst, dass dieser Schockmoment nicht ewig andauern wird. Die Pugna werden sich bald sammeln und mit voller Kraft zurückschlagen. Bevor es so weit kommen kann, muss ich bis zu meinem Ziel durchdringen.

Ich entdecke Lucs Haarschopf bereits von Weitem.

»Hab ich dich«, murmle ich, ramme zwei weitere Pugna zur Seite und stehe schließlich vor ihm. Unsere Blicke verhaken sich ineinander.

»Luc.« Sein Name brennt wie Säure auf meiner Zunge. Ich spucke ihn förmlich aus. Er verzieht keine Miene. »Hast du mir nichts zu sagen?«

»Warum sollte ich?«, fragt er nonchalant. Er wirkt unbeküm-mert. Ein schelmisches Grinsen zupft sogar an seinen Mund-winkeln. Ich erkenne ihn kaum wieder.

»Weil du mich wochenlang belogen und manipuliert hast«, antworte ich. Aus meinem Augenwinkel nehme ich eine Bewe-gung wahr. Die Pugna formatieren sich neu, richten ihre Waffen nun gegen mich. Doch bevor irgendeiner von ihnen die UV-Strahler einsetzen kann, hebt Luc die Hand und bringt mit die-ser Geste die Soldaten und Soldatinnen in unserem Umkreis zum Erstarren.

»Sie gehört mir«, knurrt er bloß, und sofort wenden sich die Pugna von mir ab.

Erst jetzt wird mir klar, dass Luc bei Weitem kein norma-ler Soldat ist. Er muss eine höhere Position innehaben, wenn er Befehlsmacht über die anderen besitzt. Ist er vielleicht Vicen-tes rechte Hand? Ich halte nach dem Anführer der Pugna Aus-schau, aber dieser hat sich anscheinend in den Hintergrund zu-rückgezogen und hält sich aus den Kämpfen raus.

Na gut. Dann muss Luc vorerst reichen.

»Ich will nur eines wissen«, setze ich an, ehe ich in meine Kampfhaltung übergehe. »War alles gelogen?«

Er zuckt mit den Schultern, als wäre das alles keine große Sache für ihn.

»All die Dinge, die du mir über die Sangua erzählt hast? Über dich? Über deine Schwester?«, konfrontiere ich ihn.

Das bringt ihn offensichtlich aus dem Konzept. Er blinzelt mich überrascht an, als hätte er nicht gedacht, dass ich mich an seine angeblich tote Schwester erinnere, die von den Sangua umgebracht wurde. Inzwischen bin ich mir nicht einmal sicher, ob das überhaupt der Wahrheit entspricht.

»Halt Calliope da raus«, raunt er. In seinen Augen flammt ein altes Feuer auf.

Also hat er zur Abwechslung tatsächlich die Wahrheit über seine Schwester gesagt. Jeder Mensch hat einen wunden Punkt, und ich habe soeben seinen gefunden.

»Es ist eine Schande. Wir hätten Freunde sein können, du und ich«, provoziere ich Luc weiter.

»Da irrst du dich«, entgegnet er vehement. »Ich hätte mich niemals mit einer Sangua abgegeben. Ihr seid Blutsauger, Monster und Mörder. Du bist keine Ausnahme, Cara!«

Ich halte meine unbeeindruckte Fassade aufrecht, doch seine Beleidigungen treffen mich sehr wohl. Trotz aller Umstände habe ich bis zum Schluss gehofft, dass zwischen Luc und mir eine tiefere Verbindung besteht. Wie verzweifelt muss ich gewesen sein, um seine Manipulationen mit einer wahren Freundschaft zu verwechseln?

»Alles, was ich getan habe, habe ich nur gemacht, um dich an diesen Punkt zu bekommen. Was für ein Jammer, dass du dich trotz allem für die falsche Seite entschieden hast. Du warst uns dennoch eine große Hilfe, Cara. *Grazie molto!*« Langsam setzt Luc seine überhebliche Maske wieder auf. Der Zorn weicht aus seinem Blick, stattdessen legt sich kalte Berechnung in jede seiner Regungen. Er wird angreifen. Doch dieses Mal befinden wir uns nicht in den Trainingshallen und können jederzeit abbrechen. Das hier ist ein echter Kampf. Ohne Gnade und Rücksicht. Und er wird erst enden, wenn einer von uns am Boden liegt.

Ich festige meinen Stand. Atme tief ein und aus. Hebe die Hände schützend vor den Oberkörper. Warte auf den Angriff. Es dauert höchstens einen Sekundenbruchteil, bis Luc den Strahler einschaltet und auf mich richtet. Ich weiche aus, kann aber nicht verhindern, dass der Lichtkegel über meine Arme oder Beine streift. Die Kleidung schirmt zwar das meiste ab, dennoch spüre ich das verräterische Brennen auf meiner Haut.

Ich stoße ein Zischen aus und unterdrücke einen Aufschrei. Hoffentlich schlägt sich der Rest meines Clans besser.

Während ich mich permanent hin und her bewege, um dem UV-Licht zu entgehen, arbeite ich mich immer weiter in Lucs Nähe vor. Nur wenige Meter trennen mich von ihm, als ich mich dazu entschließe, einen Angriff zu wagen. Solange er im Besitz der Waffe ist, bin ich ihm unterlegen. Also muss ich ihn auf eine Stufe mit mir bringen.

Kurzerhand fasse ich einen Entschluss. Ich lasse mir gar keine Zeit, um diesen noch mal zu überdenken, sondern sprinte einfach los. In vollem Tempo. Der Lichtkegel trifft meine Schulter und brennt sich durch den dünnen Stoff meines Hemds. Augenblicklich spüre ich, wie sich meine Haut strafft, aufreißt und wundes Fleisch offenlegt.

Luc befindet sich nun in meiner direkten Reichweite. Meine Chance ist gekommen. Ich erinnere mich zurück an die Techniken, die er mir selbst beigebracht hat, um jemanden zu entwaffnen. Sofort visiere ich seinen ausgestreckten Arm an und lasse die Kante meiner Hand auf sein Gelenk niedersausen. Sein Körper reagiert völlig instinktiv und lockert seinen Griff um den Strahler. Blitzschnell schlage ich ihm die Waffe aus der Hand, sodass diese scheppernd zu Boden geht. Nur um sicherzugehen, kicke ich noch einmal nach, sodass der Strahler mehrere Meter über den Boden rollt. Luc starrt mich überrascht an, als hätte er nicht mit so einem waghalsigen Gegenangriff gerechnet.

»Hast du etwa geglaubt, ich hätte alles vergessen, was du mir beigebracht hast?«, verhöhne ich ihn, woraufhin Luc eine Augenbraue hochzieht. Er gibt sich zwar unbeeindruckt, doch mir entgeht nicht, wie sein Puls in die Höhe schnellt. Auch wenn er es nie zugeben würde, fürchtet er sich vor mir.

»Denkst du wirklich, du könntest mich mit meinen eigenen Waffen schlagen?«, entgegnet er, während er ausholt und mit seiner Faust meinen Kopf anvisiert. Ich ducke mich unter dem Schlag weg, allerdings rechnet er bereits damit und reißt sein Knie in die Höhe. Es kollidiert ungebremst mit meinem Kinn und schleudert meinen Kopf zurück. Ein grässliches Knacken ertönt, und meine Zahnreihen schlagen schmerzhaft aufeinander. Ich stolpere nach hinten und versuche, den pochenden Schmerz zu ignorieren, der meinen Schädel malträtiert.

Allerdings lässt mir Luc keine Pause, sondern startet direkt die nächste Attacke. Er tritt und schlägt mit so viel Kraft, dass ich immer weiter zurückgedrängt werde. Ab und an gelingt es mir, seine Angriffe zu blocken, doch mehr als einmal finden seine Fäuste ihr Ziel.

Ich habe kaum Zeit, um durchzuatmen oder mich zu sammeln. Luc ist so offensiv, dass ich mich höchstens schützen kann. Jegliche Versuche der Gegenwehr werden abgeblockt. Mit einem gezielten Tritt reißt er meine Füße zur Seite, sodass ich ungebremst zu Boden stürze. Schwer keuchend kämpfe ich mich in eine kniende Position. Jeder Knochen in meinem Körper fühlt sich angeknackst an. Es würde mich wundern, wenn meine Haut nicht von blauen Flecken übersät wäre. Ich spucke einen Schwall Blut aus und schaue zu Luc auf.

»Endlich bekommst du, was du verdienst. *Traditrice!*« Luc ist nun schon die dritte Person, die mich als Verräterin bezeichnet. Er umfasst meinen Kopf mit beiden Händen und fixiert ihn so in seinem Griff. Ich lese an seinem Blick ab, was er als Nächstes plant. Er will mir das Genick brechen. Er ist fest entschlossen. Er wird mich umbringen.

Diese Erkenntnis legt einen Schalter in meinem Kopf um.

Verräterin … Traditrice … Verräterin.

Bisher habe ich Luc verschont. Ich habe mich zurückgehalten und fair gegen ihn gekämpft. Wieso? Weil ich gehofft habe, dass er trotz allem ein Freund für mich war?

Stronzata!

Ich visiere ihn an und konzentriere mich voll und ganz auf die Berührung seiner Fingerspitzen. Ich nehme die Wärme seines Körpers wahr. Seinen schnellen Atem. Seinen rasenden Puls. Sobald ich die Augen schließe und mich auf das Rauschen seines Blutes fokussiere, spüre ich förmlich, wie es über meine Finger fließt.

Ich packe den Blutstrom. Umwickle ihn mit meinen Fingern und balle meine Fäuste, um ihn zu stoppen. Luc keucht auf. Seine Hände gleiten von meinem Kopf ab. Meine Lider öffnen sich flatternd, und ich beobachte, wie Luc sich erschrocken an die Brust fasst. Genau dort, wo sein Herz schlagen sollte und nur noch Stille herrscht. Jegliche Farbe weicht aus seinem Gesicht. Seine Lippen und Fingerspitzen verfärben sich bläulich.

Ich lächle, während er um sein Bewusstsein ringt. »Du hättest mich umbringen sollen, als du die Chance dazu hattest«, wispere ich ihm ins Ohr und kämpfe mich in die Höhe. In diesem Moment verspüre ich nichts als Bedauern und Verachtung für diesen Wurm von einem Mann. Erst als seine Augäpfel nach hinten rollen und er das Bewusstsein verliert, löse ich meinen mentalen Griff und gebe seinen Blutfluss wieder frei. Sein Herz bleibt jedoch stumm.

In diesem Augenblick wird mir bewusst, dass wir weiterhin von einer Horde Pugna umgeben sind, die das ganze Geschehen fassungslos beobachtet haben. Ich starre sie kampflustig an, bevor ich ihnen entgegenspeie: »Wenn ihr euch beeilt, könnt ihr ihn vielleicht reanimieren.«

Plötzlich bricht Chaos aus. Gleich mehrere Soldaten und Soldatinnen stürzen sich auf Luc, während der Rest auf mich losgeht. Dieses Mal bin ich auf ihre Attacken vorbereitet. Sie wenden die gleichen Techniken an wie Luc zuvor. Ich weiche ihren Schlägen und Tritten bestmöglich aus.

Ein Fuß trifft mich mit voller Wucht in den Bauch. Ich stolpere zurück und keuche schwer. Magensäure brennt in meiner Kehle.

Ein UV-Strahl wandert über meinen Oberschenkel hinweg. Das Brennen zieht sich durch mein ganzes Bein und bringt mich kurz zum Erlahmen.

Faustknöchel streifen meinen Kiefer. Es knackt. Pochender Schmerz wandert durch meine linke Gesichtshälfte.

Das reicht! Ich schreie auf, spucke den Gegnern vor die Füße und gehe zum Gegenangriff über. Mein Atem geht stoßweise, meine Bewegungen sind abgehackt, und meine Gliedmaßen schmerzen aufgrund all der Angriffe, die ich bereits einstecken musste. Dumpfer Schmerz begleitet all meine Bewegungen. Egal was ich tue, egal wie verbissen ich kämpfe … ich schaffe es einfach nicht. Ich bin nicht stark genug.

Hör auf zu kämpfen wie ein Mensch!, ermutige ich mich selbst. Warum sollte ich mich auf meine Fäuste beschränken? Weshalb sollte ich keinen Gebrauch von den neuen Fähigkeiten machen, die mir die Mutation verliehen hat?

Zum ersten Mal seit meiner Verwandlung reiße ich die dicken Mauern aus Selbstbeherrschung nieder, die ich um mich herum errichtet habe.

Ich öffne die Türen des Käfigs in meinem Inneren und lasse das Monster, das seit Wochen dort lauert, endlich ins Freie. Die Bestie und ich werden eins. Wir knurren und fauchen. Ihr Blutdurst wird mein eigener.

Zum ersten Mal in meinem Leben fürchte ich mich nicht vor dem Tod.

45. KAPITEL | ROT

Ich sehe rot. Nichts als rot.

Blut klebt auf meiner Haut, in meinen Haaren, an meinen Lippen. Mein Mund ruht am Hals eines Soldaten, meine Zähne sind tief in seiner Haut vergraben. Ich habe mir den nächststehenden Mann geschnappt und meinem Blutdurst endlich nachgegeben. Er wusste gar nicht, wie ihm geschah. Sein Körper zuckt unter mir, und das Geräusch seines rasenden Pulses stachelt mich nur noch weiter an. Ein letztes Beben wandert durch den sterbenden Körper, bevor er in meinem Griff erschlafft. Schon leer? Wie enttäuschend.

Ich löse mich von seinem Hals, woraufhin er regungslos zu Boden fällt. Der Aufprall erschüttert jeden einzelnen Kämpfenden im Umkreis. Ich grinse sie provokant an.

»Ihr wolltet ein Monster? Da habt ihr es!«, fauche ich. Die Bestie in meiner Brust wütet. Sie will mehr. Mehr Blut. Mehr Opfer. Mehr Rache.

Bloß für einen Atemzug verspüre ich Angst. War es eine falsche Entscheidung, nachzugeben? Mein inneres Monster freizulassen? Ich blicke hinab auf den Toten zu meinen Füßen. Ich habe gerade einen Menschen umgebracht! Sollte ich mich nicht schuldig fühlen oder zumindest den Anflug eines schlechten

Gewissens bekommen? Warum fühlt es sich stattdessen so ... gut an?

Ich schaue auf und starre geradewegs in die entsetzten Mienen der Soldaten und Soldatinnen. In diesem Moment fällt mein Entschluss, dass ich jeden Einzelnen von ihnen eigenhändig umbringen werde, wenn sie mich oder meinen Clan weiterhin in Gefahr bringen. Meine Loyalität gilt nicht länger den Menschen, sondern nur noch den Sangua. Diese Soldaten sind meine Feinde. Es gibt keinen Grund, ihnen gegenüber Mitleid zu zeigen.

Ich entblöße meine spitzen Fangzähne, von denen das warme Blut meines Opfers tropft. Im selben Augenblick weichen die Kämpfenden vor mir zurück. Verzweifelt klammern sie sich an ihre UV-Strahler, als könnten diese irgendetwas ausrichten. Sie können mich verbrennen, aber sie werden mich niemals zu Boden ringen.

Sie wissen genau, dass ich keine Gnade zeigen werde. Niemandem gegenüber.

»Lasst mich durch«, knurre ich. Die Soldaten und Soldatinnen rücken zur Seite und lassen mich durch ihre Reihen treten. Ich greife sie nicht an, denn sie sind nicht mein Ziel. Nein, es gibt genau eine Person in diesen Katakomben, die ich leiden lassen will, und diese zieht sich bewusst aus dem Kampf zurück. Vicente.

Ich streife an den Kämpfenden vorbei, wage mich tiefer in das Geschehen vor. Sobald sich doch ein Pugna in meine Nähe wagt, lenke ich ihn mit einer flüchtigen Handbewegung von mir fort. Es wird mit jeder Sekunde leichter, die Finger nach dem Blutfluss anderer Menschen auszustrecken und sie zu manipulieren.

Im Vorbeigehen entdecke ich Teodoro und Cas, die sich gegenseitig den Rücken decken. Sie setzen sich mit bloßen Händen gegen eine uniformierte Frau zur Wehr, die Ambra verblüffend ähnlich sieht. Camilla hält ganz in ihrer Nähe mithilfe ihrer Klingen gleich mehrere Pugna in Schach. Sie wirkt wie ein Tornado aus Stahl und spritzendem Blut. Unsere Blicke treffen sich über das Schlachtfeld hinweg. Wir nicken uns knapp zu. Der Clan steht weiterhin aufrecht, während die Zahl der Pugna stetig sinkt.

Ich steige über Leichen und schwer verletzte Kämpfer hinweg. Blut klebt an den Wänden, dem Boden und der Decke. Der intensive Geruch nach Kupfer benebelt meine Sinne und stachelt meine Aggressivität bloß weiter an. Ich schaue mich hektisch um und lenke einen weiteren Soldaten weg von mir.

Wo ist Kisa? Der Rest des Clans kämpft und verteidigt sich gemeinsam. Wo ist sie?

Ich recke den Kopf und schaue über die Masse hinweg. Warum kann ich sie nirgends entdecken? Plötzlich erfüllt Furcht meinen Brustkorb und raubt mir den Atem. Ist es etwa möglich, dass Kisa … im Kampf gefallen ist?

Nein. Nein, das darf nicht sein!

»Kisa!«, brülle ich, so laut ich kann. Immer wieder schreie ich ihren Namen. Ich stoße Gegner aus dem Weg, beiße und kratze wie ein wildes Tier, während ich jeden Zentimeter des Bodens nach ihr absuche.

Blutstropfen wirbeln durch die Luft, zerplatzen auf meiner Haut und benetzen meine Lippen. Völlig rücksichtslos presche ich durch die Menge und schreie mir die Lunge aus dem Leib.

»Kisa!« Hinter mir hat sich eine eindeutige Schneise aus Zerstörung und Verletzten gebildet. Vielleicht hatten sie recht. Offensichtlich bin ich wirklich ein Monster.

»Cara! Ich bin hier!«

Jegliche Reue ist vergessen, als ich ihre Stimme höre. Sie lebt.

»Kisa!«, antworte ich erleichtert. Glücksgefühle strömen

durch meine Adern und Venen, meine Schritte beschleunigen sich, und ich folge ihrem Ruf. Ich stoße einen weiteren Soldaten aus dem Weg, bevor ich stolpernd zum Stehen komme.

Es dauert einige Sekunden, bis ich die Szenerie vor mir begreife. Zuerst entdecke ich nur Kisa, die auf dem Boden kniet. Ihr weißes Hemd ist mit dunklem Rot durchtränkt. An ihren Armen und ihrem Hals erkenne ich Verbrennungsmale. Ihr Haar wirkt wirr und verklebt von dem ganzen Blut. Ich kann nicht ausmachen, ob es das unserer Gegner oder ihr eigenes ist. Am schockierendsten sind mit Abstand die Tränen, die ihr über die Wangen rinnen. Ich habe Kisa noch nie weinen sehen.

Mein erster Impuls ist, an ihre Seite zu eilen und ihr zu helfen, in dem Moment bemerke ich jedoch die Person, die neben Kisa steht und einen UV-Strahler genau auf ihren Kopf richtet. Vicente. Eine falsche Regung von ihm, und der Lichtkegel trifft Kisas Augen, genau wie Silvano zuvor.

»So sieht man sich also wieder«, säuselt der Mann, von dem ich bis vor Kurzem geglaubt habe, er wäre mein Verbündeter.

46. KAPITEL | VENDETTA

»Vicente«, grolle ich und nehme aus dem Augenwinkel Kisas panischen Blick wahr. Doch ich muss mich ganz auf den Anführer der Pugna konzentrieren, darf nicht zulassen, dass er auch nur eine falsche Bewegung macht.

»Wir hätten so viel gemeinsam bewirken können, Cara. Deine Nachforschungen haben uns enorm geholfen. Was für eine Schande, dass du dich für die falsche Seite entschieden hast«, meint Vicente. Obwohl um uns herum immer noch Kämpfe toben, bleibt er völlig ruhig. Nicht einmal sein Puls gerät aus dem Takt.

»Ich habe nicht geforscht. Ich habe für euch Schwachstellen des Clans gesucht, ohne es selbst zu wissen. Bloß damit ihr einen unfairen Vorteil besitzt«, entgegne ich. In den letzten Wochen habe ich nicht nur genetisches Material gesammelt, sondern mich fast ausschließlich in den Katakomben bewegt. Auf diese Weise konnten die Pugna garantiert wichtige Informationen zu den Tunneln sowie den Ein- und Ausgängen der Höhlen sammeln. Ohne mich hätten sie sich niemals so weit in die Katakomben hineingewagt, denn sie hätten sich garantiert verlaufen oder die Orientierung verloren. Es ist ganz allein meine Schuld, dass sie in die Heimat der Sangua eingedrungen sind.

»Und dafür sind wir dir überaus dankbar«, ergänzt Vicente. Sein kaltes Lächeln beschert mir eine Gänsehaut. »Es ist wirklich tragisch. Du wärst eine gute Ergänzung für unser Team gewesen. Du hättest nur loyal bleiben müssen.«

»Ihr habt mich angelogen! Du persönlich hast mir ein Heilmittel versprochen und mich dann für deine eigenen Zwecke benutzt! Warum sollte ich loyal gegenüber jemandem sein, der mich von Anfang an hintergangen hat?«, keife ich.

Ich trete einen Schritt nach vorne, woraufhin Vicente seinen Daumen auf den Schalter legt, der den UV-Strahler betätigt. Kisa kneift die Augen zusammen, und ich halte inne. So wütend ich auch bin, ich muss mich zügeln, sonst leidet Kisa darunter.

»Wieso?«, echot Vicente. »Vielleicht weil du eine echte Chance gehabt hättest. Du hättest unter Menschen leben können. Deine Familie wiedersehen können. Mit Dante zusammenarbeiten können. Ist es nicht das, was du immer wolltest? Dich mit deinem Bruder zu messen?«

Ich erstarre. Plötzlich fühle ich mich, als hätte mich jemand mit langsam erhärtendem Beton übergossen. Sprachlos starre ich Vicente an. Was hat er da gerade gesagt? Woher kennt er Dante?

»Halt meine Familie da raus«, zische ich.

Doch Vicente übergeht meine Warnung und lacht lauthals los. Es ist das erste Lachen von ihm, das nicht aufgesetzt wirkt. Und es macht mir verdammt noch mal Angst.

»Dafür ist es längst zu spät. Dein Bruder besitzt einen sehr offenen Geist und ist fest entschlossen, seiner kleinen Schwester zu helfen«, sagt er.

O nein. Nein, nein, nein!

Ich erinnere mich deutlich daran zurück, wie Luc mir erzählt hat, dass er nach dem Tod seiner Schwester von Vicente und den Pugna rekrutiert wurde. Sie kamen auf ihn zu, versprachen ihm Antworten und Rache. Haben sie das Gleiche etwa mit Dante vor? Wollen sie ihn zu einem Pugna machen?

»Ihm wird gar nicht gefallen, was für eine Bestie aus seiner kleinen, unschuldigen Schwester geworden ist. Wie nennt er dich noch mal? *Topolina?*«, provoziert Vicente weiter. Seine Worte gleichen Messerspitzen, die meine Brust durchbohren.

Meine Aufmerksamkeit wandert zu Kisa hinab, die vorsichtig den Kopf schüttelt. Ihr Anblick gibt mir den Rest. Erinnerungen daran, wie die Pugna mich gefangen, gefesselt und gefoltert haben, strömen durch mein Bewusstsein. Ich denke an die Lügen und das falsche Vertrauen zurück. Daran, wie naiv ich war zu glauben, dass *ich* die wahre Gefahr wäre. Ich hebe meine Hände und betrachte die dunkelrote Verfärbung meiner Haut. Das ist das Werk der Pugna. Sie bringen nichts als Zerstörung und Hass. Sie hatten meine Loyalität nie verdient.

»Ich bin also eine Bestie geworden?«, frage ich Vicente mit monotoner Stimme. Heiße Wut wandert wie Lava durch meine Adern und Venen, doch ich kontrolliere sie. Noch kann ich einen Ausbruch verhindern.

»Allerdings. Oder widersprichst du mir etwa?«

Sein Konter sorgt dafür, dass ich mir des Blutes, das an meinen Gliedern klebt, bewusst werde. Ich habe Menschenleben genommen und Blut vergossen. Unschuldig bin ich schon lange nicht mehr. Mein linker Mundwinkel zuckt in die Höhe.

»Nein. Bist du dir denn darüber bewusst, dass du dieses Monster erschaffen hast?«, entgegne ich. Damit ist alles gesagt. Dieses Mal halte ich mich nicht zurück, sondern lasse den Vulkan in meinem Inneren ausbrechen. Ich stoße einen Schrei aus, der dem Grollen von auseinandergesprengten Felsbrocken gleicht. Pure Macht spült wie Magma durch jede Faser meines Körpers, während ich meine rechte Hand hebe. Es dauert einen Wimpernschlag, bis ich seinen Blutfluss zu fassen kriege. Sein Puls gleicht sich schnell dem meinen an. Der Befehlshaber der Pugna starrt mich fragend an, als würde er nicht begreifen, was mit ihm geschieht. In diesem Moment wird mir bewusst, dass er nichts von meinen Fähigkeiten ahnt. Zumindest dieses Geheimnis konnte ich also vor ihm schützen.

»*Addio*, Vicente«, raune ich, als ich meine Hand zur Faust balle. Sein Blutfluss stoppt in derselben Sekunde. Er röchelt und fasst sich an die Brust. Ich nicke Kisa knapp zu, woraufhin diese Vicente in einer schnellen Drehung die Waffe aus der Hand schlägt und sich mit einem Ausfallschritt in Sicherheit bringt. Vicente reagiert hingegen kaum. Er steht völlig steif da und starrt mich an, während ich seinen Blutfluss kontrolliere.

»Das wirst du bereuen«, keucht er mit letzter Kraft und sackt auf die Knie. Wie eine Henkerin stehe ich vor ihm. Die Macht liegt in meiner Hand. Ich entscheide, was mit ihm geschieht.

»Das bezweifle ich«, erwidere ich und lächle ihn an. Ich könnte Gnade zeigen und ihn mit einer Warnung davonkommen lassen, so wie Luc. Doch das würde nichts ändern. Er würde sich zurückziehen, seine Kräfte sammeln und den nächsten Angriff auf die Sangua starten. Ich weiß, was ich tun muss, um das Ganze zu stoppen.

»Cara …« Kisa steht plötzlich neben mir und legt ihre Hand auf meine Schulter. »Du musst das nicht tun.«

Ich schaue sie an, blicke in ihre glühenden Augen und weiß, dass das nicht stimmt.

»Doch. Ich muss. Für uns. Für den Clan«, wispere ich, bevor ich all meine Aufmerksamkeit wieder auf Vicente richte. Er röchelt und kämpft um sein Bewusstsein. Ich trete näher an ihn heran.

»Das ist für Silvano, der nichts weiter wollte als ein normales Leben«, verkünde ich, als ich meine Faust enger zusammenballe. Vicente stöhnt auf. Seine Lippen verfärben sich bläulich.

»Das ist für den Clan, der wegen dir und deinen Anhängern leiden muss«, fahre ich fort und festige meine Faust ein wenig mehr. Es verschafft mir eine unglaubliche Genugtuung, zu betrachten, wie Vicente vor mir auf dem Boden zusammensackt. Ich beuge mich zu ihm hinab und koste jede Sekunde aus.

»Und das ist für mich. Weil ich dir geglaubt und in dir einen Verbündeten gesehen habe. Mich zu hintergehen, wird dein letzter Fehler gewesen sein«, flüstere ich ihm ins Ohr, ziehe meine ausgestreckte Faust mit einem Ruck zu meinem Brustkorb und zerreiße damit seinen Blutfluss endgültig. Ein letzter Schrei dringt über Vicentes Lippen. Sein Oberkörper bäumt sich auf, doch der Tod ereilt ihn nur einen Herzschlag später.

Regungslos liegt er vor meinen Füßen. Blut rinnt aus seinem Mundwinkel und benetzt den Boden unter ihm. Seine Augen starren ins Leere.

Eine einsame Träne läuft über meine Wange. Ich bin eine Mörderin.

47. KAPITEL | VERFOLGUNG

Mir bleibt keine Zeit, um meine eigenen Emotionen in den Griff zu bekommen. Verwirrung vermischt sich mit Panik. Der Machtrausch beflügelt mich. Trotzdem liegt über allem weiterhin ein Schleier aus Wut. Es ist noch lange nicht vorbei.

Mit bebenden Knien richte ich mich zu meiner vollen Größe auf und schaue mich um. Die Kampfgeräusche sind endgültig verstummt. Sämtliche Blicke sind auf mich und Vicentes Leiche gerichtet. Die verbliebenen Pugna richten wie in Zeitlupe ihre Waffen auf mich. Ich höre ihre erhöhten Herzschläge.

Aus der Ferne kann ich sogar Teodoro, Cas und Camilla erahnen, die mich mindestens genauso fassungslos anstarren wie die Menschen. Nur Kisa steht weiterhin aufrecht neben mir und weicht mir nicht von der Seite. Ihr Handrücken streift den meinen. In diesem Moment spüre ich, dass zwischen uns alles wieder in Ordnung kommen kann. Ich habe bewiesen, dass ich nicht zu den Pugna gehöre, sondern für den Clan kämpfen werde. Für sie. Für uns.

Diese Erkenntnis schenkt mir neue Kraft. Wir haben den Anführer der Pugna erledigt. Jetzt müssen wir es nur noch schaffen, irgendwie aus den Katakomben zu entkommen. Und ich weiß auch schon, wie.

»Renn«, flüstere ich ihr zu.

Kisa wendet ihren Kopf überrascht in meine Richtung. »Was?«, fragt sie entsetzt.

»Schnapp dir die anderen, und renn los. Seht zu, dass ihr entkommt. Ich halte die Pugna auf«, befehle ich ihr und schaue dann zu den UV-Strahlern, die in unsere Richtung zeigen.

Hastig hebe ich beide Hände und versuche, die Blutstränge aller Menschen in der Höhle gleichzeitig zu erfassen. Meine Kräfte sind bereits überstrapaziert, besonders weil ich meine Fähigkeiten schon bei Luc und Vicente angewandt habe. Aber ich darf den Clan nicht im Stich lassen. Sie haben nur eine realistische Fluchtmöglichkeit, wenn ich die Pugna hinhalte. Intuitiv stelle ich mir ein Bündel aus blutroten Fäden vor, die ich fest umschlossen halte.

Ich beiße die Zähne zusammen und konzentriere mich voll und ganz auf die Soldaten und Soldatinnen vor mir. Es sind mindestens ein Dutzend. Ihre Blutstränge vermischen sich miteinander und überlagern einander. Ich bekomme sie kaum gleichzeitig zu fassen. Immer wieder entgleiten mir welche oder mehrere auf einmal. Schweiß rinnt über meinen Nacken. Ich zittere am ganzen Körper, obwohl ich mich nicht von der Stelle bewege. Die Pugna und ich ergeben ein seltsames Stillleben. Obwohl wir allesamt völlig stumm und steif dastehen, fechten wir gerade den Kampf unseres Lebens aus.

»Cara, *prego*! Du hast schon genug für uns getan«, versucht es Kisa ein letztes Mal.

Am liebsten würde ich sie in diesem Moment schütteln und anschreien. Sie muss hier weg und sich in Sicherheit bringen. Sofort!

»Ich kann sie nicht mehr lange aufhalten. Du musst gehen. Jetzt!«, presse ich hervor, ohne meinen Blick von den Dutzend Soldaten und Soldatinnen vor mir zu nehmen. Trotzdem spüre ich Kisas Zögern. Wie sie verharrt und sich dagegen sträubt, mich allein zu lassen.

»*Grazie*, Cara. Für alles«, flüstert sie mir zum Abschied zu, bevor sie mir einen sanften Kuss auf die Wange haucht.

In diesem Augenblick zerbreche ich beinahe. Hinter ihrer zarten Geste verbirgt sich so viel. Insbesondere die Liebe, die wir füreinander empfinden, trotz aller Hindernisse.

Ihre Schritte entfernen sich langsam von mir, während ich krampfhaft versuche, die Pugna zu kontrollieren. Ihre Blutflüsse sind stark. Sie pulsieren heftig zwischen meinen Fingerspitzen. Einige reißen sich ständig los. Andere sind hingegen so glitschig, dass ich sie kaum festhalten kann. Obwohl ich ruhig atme und meine Konzentration bündele, verliere ich langsam den Halt. Ich spüre es deutlich. Zunächst ist es nur ein Strang, der sich lockert und den ich nicht wieder aufgreifen kann. Dann noch einer. Und noch einer.

Meine Kräfte schwinden dahin. Ich habe heute jegliche Reserven aufgebraucht. Es reicht nicht mehr aus, um diese große Masse zu beherrschen. Innerlich sende ich ein Stoßgebet gen Himmel. Ein wenig göttliche Unterstützung schadet immerhin nie, nicht wahr?

Ich bete, dass ich Kisa und dem Clan einen Vorsprung verschaffen konnte und sie bereits ein wenig Abstand zu den Pugna gewinnen konnten. Vorsichtig weiche ich einen Schritt nach dem anderen zurück. Ein weiterer Strang entzieht sich meiner Kontrolle.

Noch ein Schritt. Ein weiterer Strang.

Schritt. Strang.

Dann renne ich los. Ich lenke all meine verbliebene Energie in meine Muskeln und stoße einen markerschütternden Schrei aus. Jede Zelle meines Körpers brüllt vor Anstrengung, doch ich bleibe nicht stehen.

Die Pugna hinter mir beginnen, sich zu regen. Ich renne weiter, auch als die Strahlen ihrer Waffen meinen Hinterkopf, meinen Rücken und meine Beine streifen. Obwohl meine Haut aufreißt, stoppe ich zu keiner Sekunde. Stattdessen sprinte ich so schnell wie nie zuvor. Ich fokussiere einen der angrenzenden Tunnel, der tiefer in die Katakomben hineinführt.

Ohne zu zögern, stürze ich mich in die Dunkelheit. Zwar folgen mir eine Handvoll Pugna, doch die meisten bleiben in der Haupthöhle zurück. Sie trauen sich nicht tiefer in die weit verzweigten Katakomben hinein. Das könnte ich zu meinem Vorteil nutzen.

Ein Lichtstrahl trifft mich an der linken Wade. Der plötzlich aufflammende Schmerz ist so intensiv, dass ich ins Stolpern gerate. Davon lasse ich mich trotzdem nicht aufhalten. Mein Bein pocht immer extremer, weswegen ich schließlich nur noch humpelnd vorankomme. Hinter mir nehme ich das Echo der Stimmen meiner Verfolger wahr.

»Hier irgendwo muss sie sein!«

»Lasst sie nicht entkommen!«

Eine weitere Kurve. Ein neuer Gang. Nichts als Finsternis, die vor mir liegt. Ich weiß nicht, ob mich jeden Moment eine Sackgasse erwarten könnte. Dann wäre es aus mit mir. Zumindest denke ich das, bis ich bemerke, wie die Stimmen immer gedämpfter und leiser klingen.

»Sieh es ein, wir haben sie verloren.«

»Lass uns umkehren, bevor wir uns noch verirren.«

»Wir dürfen nicht aufgeben, sonst ist alles umsonst gewesen!«

»Du riskierst hier nur dein eigenes Leben, *Stolto*!«

Obwohl die Soldaten und Soldatinnen die Verfolgung aufgeben, bleibe ich nicht stehen. Ich humple weiter, bis ihr Puls vollständig aus meiner Wahrnehmung verschwindet. Ich kämpfe mich selbst dann weiter voran, als ein blitzartiger Schmerz durch mein gesamtes Bein jagt und mich weiter verlangsamt. Immer weiter. Weiter, weiter, weiter. Meine Augen haben sich zum Glück längst an die Dunkelheit gewöhnt, und meine Ohren sind gespitzt, um jedes noch so kleine Geräusch wahrzunehmen.

Denn auch wenn der Kampf mit den Pugna anscheinend überstanden ist, steht mir eine letzte große Herausforderung bevor: Ich muss Kisa und den Clan wiederfinden.

48. KAPITEL | VERGEBUNG

Es ist unmöglich, zu sagen, wie lange ich bereits in der Dunkelheit herumirre. Jedes Mal, wenn ich ein verräterisches Geräusch wie ein Scharren oder Knacken höre, steuere ich in die Richtung, aus der das Geräusch kam. Jedes Mal hoffe ich darauf, Kisa oder eines der anderen Clan-Mitglieder zu treffen.

Doch die Katakomben sind gigantisch. Sie erstrecken sich unter ganz Neapel. Wie konnte ich bloß so naiv sein und glauben, es wäre ein Leichtes, den Clan wieder aufzuspüren?

Stöhnend komme ich zum Stehen und stütze mich an der Tunnelwand neben mir ab. Das raue Gestein schabt über meine Handfläche, während ich keuchend zu Atem komme. Die Anstrengungen der letzten Stunden zehren an mir. Ich spüre jeden Knochen in meinem Körper. Jeder Fleck wirft Blasen. Blut klebt in meinen Haaren und an meiner Kleidung. Ich sehe aus wie ein Monster.

Plötzlich strömen all die zurückgedrängten Erinnerungen mit voller Wucht auf mich ein. Wie ein Tsunami wallen sie über mich hinweg und reißen den letzten Rest meiner Selbstbeherrschung mit sich. Ohne Vorsicht lasse ich mich auf den Boden plumpsen und vergrabe das Gesicht in den Händen. Die

Nässe, die ich an meinen Fingerspitzen spüre, stammt nicht von dem Blut meiner Gegner, sondern von meinen eigenen Tränen.

Bilder von Lucs entsetztem Gesichtsausdruck suchen mich heim. Seine blauen Lippen und zurückrollenden Augen. Ich hätte ihn fast umgebracht, und ich habe es nicht einmal bereut. Was ist nur aus mir geworden?

Vicentes Worte spuken durch meinen Kopf.

»Wir hätten so viel gemeinsam bewirken können, Cara.«

Stattdessen liegt sein kalter Leichnam nun in den Katakomben Neapels. *Sì*, Vicente war kein guter Mensch. Aber hat er wirklich den Tod verdient?

Ein ersticktes Schluchzen dringt aus meiner Kehle. Ich habe heute so viel Schaden angerichtet. Wie soll ich all das jemals wiedergutmachen? Vielleicht wäre es besser, wenn ich hier unten in den Katakomben bleibe. Allein. Fernab jeglicher Zivilisation. Ich bin eine Gefahr für jeden, dem ich begegne.

Mit einem Mal höre ich ganz in der Nähe gedämpfte Schritte und leise Stimmen. Vielleicht gehören sie einigen Pugna, die sich tiefer in die Katakomben gewagt haben und nun nach mir suchen. Ich könnte aufstehen und weiterrennen. Meine Beine würden mich sicherlich noch eine Weile tragen. Doch ich bin so müde. Müde vom Kämpfen. Müde vom Leiden.

Den einzigen Trost, den ich zulasse, ist der Gedanke daran, dass ich dem Clan zur Flucht verholfen habe. Das war das einzig Gute, was ich heute zustande gebracht habe.

Die Schritte nähern sich. Es scheint eine ganze Gruppe zu sein. Sie bewegen sich in völliger Dunkelheit und schalten ihre UV-Strahler nicht an. Das wiederum verwundert mich. Ich erkenne bereits aus einiger Entfernung drei Silhouetten, die sich langsam in meine Richtung vorarbeiten.

»Ich könnte schwören, dass ich aus dieser Gegend etwas gehört habe«, sagt einer der Schatten.

Mein Kopf ruckt hoch. Ich fokussiere die Umrisse der Personen genauer. Nein, das kann nicht sein. Das ist nicht möglich. Ein weiteres Schluchzen stolpert über meine Lippen.

Die Gruppe verharrt.

Ich halte die Luft an.

»Cara?« Ihre Stimme. Sie ist es. Sie muss nur meinen Namen sagen, und schon vergesse ich alles andere um mich herum.

»Kisa«, hauche ich, und im nächsten Moment schließen sich ihre Arme um mich. Sie presst mich an ihre Brust, sodass ich ihr laut pochendes Herz höre. Kisa vergräbt ihre Finger in meinem Haar und haucht mir einen Kuss auf den Scheitel. Ich selbst klammere mich voller Verzweiflung an sie. Meine Hände umfassen ihre Schultern, während meine Tränen in ihrem Hemd versickern. Obwohl es unfassbar guttut, von ihr gehalten zu werden, schiebe ich sie nach nur wenigen Sekunden entschlossen von mir weg.

»Ihr müsst gehen. Einen neuen Unterschlupf suchen. Weit weg von den Katakomben und von …« *Mir.* Ich beende den Satz nicht, aber jeder von uns weiß genau, was ich damit ausdrücken will. Es hat sich nichts geändert. Ich bin eine Gefahr für den Clan. Wegen mir sind die Pugna überhaupt in die Katakomben eingedrungen.

»Kommt gar nicht infrage«, entgegnet Kisa vehement. »Du gehörst zu uns. Wir gehen gemeinsam.«

Verwundert schaue ich zu ihr auf. Bei unserem letzten Gespräch wirkte sie so abweisend und kalt. Ich war mir sicher, dass sie mir nie verzeihen würde. Was hat sich seitdem geändert?

»Es ist alles meine Schuld, begreift ihr das nicht? Der Angriff, Silvanos Tod … ich habe euch an die Pugna verraten«, stelle ich ein für alle Mal klar.

Camilla und Teodoro tauschen einen langen Blick miteinander, bevor sich der Sangua in die Hocke begibt und mir eine

Hand auf die Schulter legt. Seine Finger streifen eine Brandwunde und lassen mich zurückzucken.

»Cara, du hast einen Fehler gemacht. Das will ich gar nicht abstreiten. Aber diese grausamen Menschen haben dich in deinem schwächsten Moment manipuliert. Jeder von uns hatte nach seiner Verwandlung die Unterstützung des Clans auf seiner oder ihrer Seite. Du warst völlig auf dich allein gestellt und angreifbar. Sie haben dich ausgenutzt. Wenn es einen Schuldigen in dieser Situation gibt, dann sind es die Pugna«, erklärt Teodoro so ruhig wie möglich. Er schenkt mir sogar ein schwaches Lächeln.

»Ich …«

»Und du hast heute mehr als einmal bewiesen, dass du bereit bist, deinen Fehler wiedergutzumachen und an der Seite des Clans zu kämpfen«, unterbricht er mich.

»Du hast uns die Wahrheit gesagt und deinen Verrat offengelegt«, meint Kisa leise. Sie ergreift meine Hand und malt mit ihrem Daumen kleine Kreise auf meine Haut. Ein elektrisierendes Kribbeln wandert über meinen gesamten Arm.

»Du hast uns vor dem Kommen der Pugna gewarnt«, ergänzt Teo und nickt mir stolz zu.

»Du hast ihren Anführer vor den Augen aller umgebracht. Für uns. Für den Clan.« Auf Camillas Lippen zeichnet sich ein triumphierendes Lächeln ab. Sie hat den Anblick von Vicentes Hinrichtung offensichtlich sehr genossen.

Ich sehe in die Runde und kann nicht fassen, dass wirklich jedes Clan-Mitglied bereit dazu ist, mir meinen folgenschweren Fehler zu verzeihen. Nein, Moment … jemand fehlt.

»Wo ist Cas?«, frage ich. Ich kann den großgewachsenen Sangua und seine angewachsene Sonnenbrille nirgends entdecken.

Camilla seufzt schwer und schaut zurück in den dunklen Tunnel. »Wir wurden bei unserer Flucht getrennt. Wir wissen nicht, ob er sich überhaupt noch in den Katakomben befindet. Doch Cas kommt sehr gut allein klar. Er kennt jeden Winkel und Gang hier unten. Wenn er verletzt wäre, hätten wir das deutlich gespürt.«

Der Blutspakt. Ich erinnere mich an den urplötzlichen Schmerz, der meine Kehle überzogen hat, als Silvano der Kopf abgeschlagen wurde. Sein Todesschmerz war für einen Moment mein eigener. Sein vergossenes Blut war auch meines.

»Sollten wir Cas suchen?«, frage ich. Die Vorstellung, wie er völlig allein in den Katakomben umherstreift, beunruhigt mich.

Doch die anderen schütteln entschlossen den Kopf.

»Cas kann gut auf sich selbst aufpassen. Wenn wir als Gruppe nach ihm suchen, laufen wir bloß Gefahr, erneut von den Pugna entdeckt zu werden. Allein hat er bessere Chancen zu entkommen. So wie ich ihn kenne, streunt er längst an der Oberfläche herum und sucht sich einen Unterschlupf. Um ihn mussten wir uns noch nie Sorgen machen. Wir werden einander wiederfinden. Sangua ziehen einander an wie Motten, die sich an einer Lichtquelle sammeln.«

Camillas Worte besänftigen meine aufgewühlte Seele zumindest ein wenig. Wenn sie Vertrauen in Caspare hat, sollte ich das auch haben. Wenn ich tief in mich hineinhorche, glaube ich, Cas deutlich zu spüren. Seinen kräftigen Herzschlag direkt neben meinem. Seine beruhigende Art. Ich kann die Bänder förmlich ertasten, die das Ritual mithilfe unseres Blutes zwischen uns geknüpft hat. Neben Cas erahne ich ebenso Teodoros unterdrückte Angst und Camillas Entschlossenheit. Kisas Emotionen nehme ich jedoch mit Abstand am stärksten wahr. Sie sieht mich an und spürt nichts als Glück. Reines Glück.

Allerdings bedeutet das ebenfalls, dass sie meine Verunsicherung genauso klar wahrnimmt. Ihr Griff um meine Hand verstärkt sich.

»Wir sind für alle Zeit miteinander verbunden. Du hast das Blutritual ebenso durchgezogen wie wir. Allein deswegen würden wir dich niemals hier zurücklassen. Wir sind nun eins«, ergänzt Kisa.

Mein Blick wandert über ihr Gesicht. Ihre roten Augen, die weichen Lippen und das spitze Kinn. Sie schenkt mir ein sanftes Lächeln, das ich zögerlich erwidere. Sie meint ihre Worte ernst. Trotz allem, was geschehen ist, will sie mich in ihrem Clan behalten.

»Seid ihr euch sicher?«, frage ich ein letztes Mal. Ich will nicht, dass sie ihre Entscheidung irgendwann bereuen.

»Du hättest dein Leben für uns geopfert, Cara. Ich werde diese Katakomben nicht ohne dich verlassen«, flüstert Kisa und streicht mir über das wirre Haar.

Mein Herz geht auf. Es füllt sich bis zum Rand mit purer Liebe und Erleichterung.

»Ich würde es wieder tun«, antworte ich ehrlich. In diesem Augenblick rückt alles andere in den Hintergrund. Camilla, Teodoro, Cas, die Katakomben, die zurückliegenden Kämpfe … all das spielt keine Rolle mehr. Lediglich Kisa und ich existieren füreinander.

»Ich weiß«, erwidert Kisa. Sie beugt sich nach vorne und schließt den Abstand zwischen uns. Sie legt einen Finger vorsichtig unter mein Kinn und hebt es an. Ihr Blick streift über meine Haut, bevor sich ihre Lider flatternd schließen. Gleich darauf hauchen ihre Lippen einen sanften Kuss auf meinen Mund. Obwohl die Berührung ihrer Lippen federleicht ist, raubt sie mir jegliche Sinne. Ich schmecke nur noch Kisa. Rieche den Duft von Minze, der sie stetig umgibt. Und einen Hauch von Kupfer. Blut.

Ein Kribbeln wandert von meinen Lippen ausgehend über meinen gesamten Körper und lässt mich erschaudern. Kisa scheint meine Reaktion auf ihren Kuss deutlich wahrzunehmen und beginnt zu lächeln. Wir lösen uns quälend langsam voneinander, und in diesem Moment wird mir eines klar: Nie im Leben wäre es mir gelungen, mich von Kisa fernzuhalten.

»Wenn ihr dann mal fertig seid, sollten wir wirklich los. Keiner von uns weiß, wie lange es noch sicher hier unten ist. Silvano hat mir schon vor einer Weile einen geheimen Unterschlupf außerhalb der Stadt gezeigt, in den wir uns vorerst zurückziehen können. Aber um dorthin zu gelangen, sollten wir uns beeilen«, mischt sich Camilla plötzlich begleitet von einem deutlichen Räuspern ein.

Mir wird schlagartig bewusst, dass sie und Teodoro unseren Kuss beobachtet haben müssen. Glühende Hitze schießt mir in die Wangen. Trotzdem nicke ich und lasse mir von Kisa hochhelfen. Erst jetzt bemerke ich das volle Ausmaß meiner Verletzungen. Ich kann mich kaum gerade aufrichten, weil die Verbrennungen meinen gesamten Rücken überziehen. Jeder Schritt sendet ein qualvolles Ziehen durch meine Waden und Oberschenkel, sodass ich mehr humple als gehe. Kisa muss mich stützen, damit ich überhaupt vorankomme. Doch gemeinsam wagen wir uns durch die Katakomben. Schritt für Schritt.

Obwohl die Lage in diesem Moment aussichtslos erscheint, spüre ich zum ersten Mal so etwas wie Hoffnung in meinem Inneren aufblühen. Meine Verletzungen werden heilen. Der Clan wird sich sammeln. Und schon bald errichten wir einen neuen Rückzugsort für uns alle.

Ich lasse die Finsternis der Katakomben hinter mir und trete in das Licht einer neuen Zukunft. Mit Kisa an meiner Seite.

EPILOG | VIERZEHN TAGE SPÄTER

Liebe Franca,
ich hoffe, es geht dir gut …

Nein, das klingt ja furchtbar! Viel zu förmlich. Ich streiche die Worte schnell durch.

Na, hast du mich vermisst, Franca?

Ich stöhne auf. Das ist ja noch schlimmer. Das muss ich auch streichen.

Jetzt beginne ich diesen Brief schon zum dritten Mal und finde einfach nicht die richtigen Worte, um dir zu erzählen, was mit mir passiert ist …

Immerhin ein Anfang.

Franca muss wissen, was mit mir geschehen ist. Ich bin mir sicher, dass sie Fragen hat, und meine beste Freundin verdient Antworten. Einen Brief an sie zu schreiben, erschien mir wie eine gute Idee. Doch nun bemerke ich, dass mir die Worte fehlen. Sie verlassen mich in dem Moment, in dem ich versuche, all meine Erinnerungen in Sätze zu verpacken. Ursprünglich hatte ich auch geplant, einen Brief an meine Eltern und Dante zu schreiben. Vielleicht sollte ich diese Entscheidung noch einmal überdenken.

Unschlüssig schaue ich auf die Stadt hinab, die jahrelang mein Zuhause war. Neapels Laternen erhellen die Küste und bilden ein strahlendes Lichternetz in der finsteren Nacht. Ich lege den Brief zur Seite, schlinge meine Arme um die Beine und ziehe die Knie bis unter mein Kinn. Der Wind zerrt an meinen Haaren, und das Geräusch brechender Wellen dringt an meine Ohren. Das nahe gelegene Meer wirkt durch die Dunkelheit schwarz wie Tinte, dennoch beruhigt sein Rauschen meine angespannten Nerven. Mein Blick wandert suchend über die nächtliche Umgebung. Jedes Knacken, jedes Rascheln weckt leise Hoffnung in mir. Vielleicht ist es Caspare. Womöglich hat er endlich zu uns zurückgefunden. Schon zwei Wochen ist der Angriff der Pugna in den Katakomben her. Vor zwei Wochen haben sich unsere Wege während der Flucht getrennt. Seitdem warten wir auf ein Lebenszeichen von Caspare. Bisher vergeblich.

Zumindest hat Camilla uns zielsicher aus den Gassen der Stadt herausgeführt. Über unbefestigte Wege haben wir uns an der Küste entlangbewegt, in Richtung des Vesuvs. Dem stummen Riesen entgegen, der über unsere Stadt wacht. Zwei Nächte sind wir ohne Pause durchmarschiert. Tagsüber haben wir in verlassenen Gebäuden ausgeharrt, um nicht dem Sonnenlicht ausgesetzt zu sein oder anderen Menschen zu begegnen.

Die Mühe hat sich gelohnt. Camilla hat uns ein Versteck offenbart, das Silvano einst genutzt hat, um sich vor dem Clan zurückzuziehen. Eine Lavahöhle in den Erdschichten des uralten

Vulkans. Sie hat uns erklärt, dass die tiefgehende Grotte während eines vergangenen Ausbruchs entstanden sein muss, als die Lava in einer Rinne den Abhang hinabgeflossen ist. Durch das schnelle Erhärten des Lavastroms entstand eine Art Dach über den Rändern der Rinne. Auf diese Weise hat sich ein Hohlraum gebildet, der den Bourbonentunneln verblüffend ähnlich sieht. Ein perfekter Unterschlupf für Wesen, die sich bei Tageslicht nicht draußen aufhalten können.

Außerhalb der Stadt sind wir außerdem bestens geschützt vor den verbliebenen Pugna. Zum ersten Mal seit Wochen kann ich mich frei an der Erdoberfläche bewegen, ohne die Angst im Nacken zu spüren, dass ich jeden Moment entführt werde oder einen fremden Menschen aus Blutdurst anfalle. Hier draußen gibt es keine Geräuschkulisse, die mein Trommelfell beinahe zum Platzen bringt. Nur das Rauschen des Meeres und keine Menschenseele weit und breit. Genau das, was ich nach der turbulenten Zeit brauche.

Davon ausgeschlossen sind natürlich die anderen Sangua. Tatsächlich bin ich froh darüber, Kisa und die anderen in meiner Nähe zu wissen. Selbst jetzt, wenn ich mich von ihnen abkapsele, ist mir klar, dass sie ganz in der Nähe wachen und auf mich aufpassen. Der Rest des Clans hat es sich in der Finsternis der Höhle gemütlich gemacht, doch ich komme so oft wie möglich zurück an die Oberfläche, um nach Caspare Ausschau zu halten. Er ist irgendwo da draußen. Ich weiß es. Ich spüre es.

Jede Nacht suchen mich die Schuldgefühle aufs Neue heim, weil es zum Teil auch mein Verschulden ist, dass Cas nun allein dort draußen herumstreift. Wenn ich nicht gewesen wäre, würde der Clan weiterhin friedlich in den Katakomben leben. Am liebsten würde ich losziehen und nach ihm suchen, obwohl mich alle immer wieder zur Ruhe ermahnen. Ich solle mich gedulden und erst einmal vollständig genesen. Caspare ginge es bestimmt gut. Nur woher wollen sie das wissen? Der Blutspakt mag uns zwar verraten, dass Caspare noch am Leben ist, doch die Distanz zwischen uns ist zu groß. Wir können nicht einmal emotionale Schwingungen von ihm auffangen.

Ich fahre über die Krusten meiner Verbrennungen und stelle erleichtert fest, dass sie schneller heilen, als ich gedacht habe. Ein paar neue Narben werden sich sicherlich zu den alten auf meinem Körper gesellen, aber das ist mir recht. Ich kann froh sein, mit dem Leben davongekommen zu sein. Ein paar Male auf der Haut mehr oder weniger machen da nichts aus. Gedankenverloren drehe ich meinen Arm und betrachte das Motten-Tattoo, das wie durch ein Wunder völlig unbeschadet geblieben ist. Immerhin etwas.

Ein schweres Seufzen entweicht mir. Gleich darauf ertönt ein Scharren hinter meinem Rücken. Schritte. Ich wende den Kopf in die Richtung des Geräuschs und blicke überrascht zu Kisa auf, die mir ein Lächeln zuwirft.

»Darf ich mich zu dir setzen?«, fragt sie leise, woraufhin ich nicke. Sie lässt sich neben mir im Dreck nieder, und ich bette völlig selbstverständlich meinen Kopf auf ihre Schulter. Ihre Nähe beruhigt mich. Unsere Herzen schlagen im gleichen Takt, und ihre Finger fahren über meinen Kopf. Ihre sanften Berührungen lullen mich ein und nehmen mir ein Stück der inneren Unruhe.

Kisa ist in den letzten beiden Wochen zu meinem Felsen geworden, während eine wahre Sturmflut aus Emotionen immer wieder gedroht hat mich mitzureißen. Sie hat mich davon überzeugt, bei ihr und dem Clan zu bleiben, auch wenn mich die Schuldgefühle beinahe aufgefressen haben. Sie hat mich festgehalten, während die Trauer mich übermannte und ich beinahe an meinen Tränen erstickt wäre. Sie hat mir zugehört und mir geholfen, die Geschehnisse des Kampfes zu verarbeiten. Ich habe ihr sogar von den Ereignissen erzählt, die sich im Bunker der Pugna ereignet haben. Kisa ist zu keinem Zeitpunkt von meiner Seite gewichen, und dafür bin ich ihr unendlich dankbar.

»Hast du schon den Brief geschrieben?«, wispert sie. Ich schüttle den Kopf. »Du wirst die richtigen Worte noch finden.«

Stillschweigend sitzen wir nebeneinander. Den Blick auf die glitzernde Lichterstadt zu unseren Füßen gerichtet. Von hier oben sieht Neapel überirdisch schön aus. Beinahe unreal. Kaum zu fassen, was für eine makabre Unterwelt sich direkt unterhalb dieser strahlenden Fassade verbirgt.

»Glaubst du, dass irgendwann alles so wird wie vorher? Dass irgendwann ... alles wieder gut wird?« flüstere ich. Meine Stimme ist kaum mehr als ein Flüstern, das vom Wind davongetragen wird.

Kisa haucht mir einen flüchtigen Kuss auf die Stirn. »Nein«, sagt sie. Mein Herz verkrampft sich bei dieser Antwort. »Ich glaube nicht, dass es jemals so wird wie vorher. Aber das ist auch gut so.«

Ich richte mich auf, damit ich Kisa in die Augen schauen kann. Ihre Pupillen weiten sich bei meinem Anblick. Es ist kaum wahrnehmbar, und dennoch lässt diese kleine Reaktion ihrerseits mein Herz flattern.

»Wie meinst du das?« Ich kann mir nicht vorstellen, dass Kisa irgendeinen Sinn in dem Kampf gegen die Pugna sieht. Wir mussten ein Massaker durchleben.

»Die Spannungen zwischen den Pugna und den Sangua haben einem Vulkan geglichen, der kurz vor dem Ausbruch stand. Über Jahre hinweg hat sich immer mehr Druck und Magma angesammelt. Angst voreinander. Zorn und Aggressionen. Es musste früher oder später zur Explosion kommen. Ja, der Kampf hat uns vieles genommen, aber er hat uns auch neue Freiheiten geschenkt. Er war gewissermaßen die Lava, die das Land um den Krater des Vulkans herum völlig verbrannt hat. Wir haben die Katakomben zwar verloren, dafür allerdings ein neues Zuhause gewonnen. Und du weißt, was man sagt: Vulkanerde schenkt neues Leben. Wir werden stärker aus diesem Kampf hervorgehen als jemals zuvor. Wir werden an den Herausforderungen wachsen und uns ein neues Leben aufbauen. Ein besseres. Deswegen hoffe ich nicht, dass alles so wird wie vorher.« Kisa beendet ihre Erklärung mit einem vielsagenden Lächeln.

Ich starre sie bloß sprachlos an. So habe ich diese ganze Angelegenheit noch nie betrachtet. Ich habe den zurückliegenden Kampf eher als Fluch gesehen, nie als Segen.

»Außerdem würde das Zurückkehren zum Alten bedeuten, dass du nicht an meiner Seite wärst«, wispert Kisa. Wir verschränken unsere Finger miteinander. Meine Haut kribbelt verräterisch. »Und das würde ich niemals ertragen.«

»Ich auch nicht«, gebe ich leise zu.

Meine Gedanken wandern zurück zu jenem Moment in den Katakomben, in dem ich geglaubt habe, Kisa für immer verloren zu haben. Es ist längst überfällig, ihr zu sagen, was ich wirklich für sie empfinde.

»Ich liebe dich, Kisa.« Endlich spreche ich die Wahrheit, die ich eigentlich schon seit Wochen kenne, laut aus. Seit unserer ersten Begegnung habe ich gespürt, dass uns mehr verbindet als bloßes Interesse. Ich habe in Kisa jemanden gefunden, mit dem ich alles teilen möchte. Die guten und schlechten Erfahrungen. Die Hochs und Tiefs.

Ihre Augen weiten sich überrascht, doch ihre Antwort folgt ohne jedes Zögern. Nicht einmal der leiseste Zweifel schleicht sich in ihre Stimme: »Ich liebe dich auch.«

Unsere Lippen finden einander wie von selbst. Sie streichen zunächst sanft übereinander hinweg, bevor der Kuss an Intensität gewinnt und ihre Zunge leicht gegen meine Unterlippe stößt. Ich lasse sie ein und versinke in Kisa. In dem Gefühl, das sie in mir auslöst. Pures Glück.

Ich beiße ihr auf die Unterlippe, bis ein einziger Blutstropfen unsere Münder benetzt. Sie tut es mir gleich. Wie damals vermischt sich unser Blut miteinander. Mein Puls rast davon, während ich versuche, einen klaren Gedanken zustande zu bringen. Vergeblich.

Jegliche Sorgen um die Zukunft verblassen unter ihren Berührungen. Meine eigenen Schmerzen rücken in den Hintergrund. Ihre Liebe schließt die Wunden auf meiner Seele. Kuss für Kuss heilt sie mich. Deswegen gebe ich ihr alles, was ich habe, und alles, was ich bin.

ENDE

DANKSAGUNG

Zwischen den Seiten von »Blood Rebel« steckt unfassbar viel Herzblut, Phantastik-Liebe und ein Traum, den ich mir nach vielen Jahren endlich erfüllen konnte: Ich durfte eine queere Geschichte schreiben, die meine liebsten Fantasiewesen aufgreift. Vampire. Niemals hätte ich vermutet, dass Cara und Kisa mir so sehr ans Herz wachsen würden. Dass ich ihre Geschichte heute mit euch teilen kann, habe ich einigen ganz besonderen Menschen zu verdanken.

Zuerst möchte ich selbstverständlich meiner wundervollen Literaturagentur *erzähl:perspektive* danken. Micha und Klaus leisten großartige Arbeit hinter den Kulissen, und insbesondere Micha hat immer ein offenes Ohr für meine (manchmal etwas verrückten) Ideen.

Weiterhin geht mein Dank an das gesamte Moon-Notes-Team für das Vertrauen in meine Vampire. Vielen Dank an Isabella Clausing, die mir während meines Besuchs beim Oetinger Verlag die frohe Botschaft überbracht hat, dass »Blood Rebel« ein aufgehender Mond am Verlagshimmel sein darf. Insbesondere Maren Wendt möchte ich für ihre intensive Betreuung und das gründliche Lektorat danken. Sie hat immer das Potenzial in meinem Text gesehen und mich stetig ermutigt. Dafür werde ich ihr immer dankbar sein!

Natürlich bedanke ich mich an dieser Stelle ebenfalls ganz herzlich bei der lieben Yvonne Lübben. Es war mir ein innerliches Blumenpflücken, mit ihr gemeinsam den Lektoratsmarathon zu absolvieren. Danke für die Geduld, die Ermutigungen und die vielen hilfreichen Kommentare!

Ein gigantisches Dankeschön geht natürlich ebenfalls an

meine Testleser*innen und Schreibbuddies Mareike Allnoch, Janina Schneider-Tidigk, Carolin Herrmann, Chiara Schnee, Ney-Key Sceatcher, Ana Woods und Rune L. Green. Durch euch fühlt sich das Am-Schreibtisch-sitzen-und-in-die-Tasten-Hauen weniger einsam an. Dafür danke ich euch von ganzem Herzen!

In diesem Zusammenhang möchte ich mich besonders bei meinem Sensitivity Reader Marius Schaefers bedanken. Durch seine großartige Arbeit habe ich wahnsinnig viel in Bezug auf mein Schreiben gelernt. Ich bin ihm so dankbar, dass er sich die Zeit genommen und dieses Buch bei seiner Entstehung begleitet hat.

Ein besonders großer Dank gebührt auch meinen Freund*innen, die meine verrückten Träumereien und Buch-Ideen zuerst zu hören bekommen und mich stetig anfeuern. Soso, Meli, Alex, Judith, Lüli, Janis, Zvicky, Sarah und Joe – ihr bedeutet mir die Welt! Danke, dass ihr mich auch dann noch leiden könnt, wenn ich für eine Weile im Nirwana verschwinde. Im selben Atemzug bedanke ich mich auch bei meiner Mama und meiner Schwester Lilli, die jederzeit für mich da sind. Ich weiß, dass ich mich auf euch verlassen kann. Immer. Egal was kommt.

Zum Schluss möchte ich noch Marc Ribeiro danken. Es gibt keinen besseren Mutmacher, Sorgenradierer und Aufmunterer als dich. Danke, dass du mich bei all meinen außergewöhnlichen Einfällen und Ideen unterstützt, egal wie absurd sie auch klingen. Danke schön, dass du einfach du bist und mich so akzeptierst, wie ich bin. Ich liebe dich.

Abschließend gebührt mein Dank natürlich DIR. Ihr Leser*innen haucht meinen Geschichten und Charakteren Leben ein. Ich bin schon sehr gespannt, wie Cara und Kisa von euch aufgenommen werden. Seid gut zu ihnen, mein Herz hängt an den beiden!